삼
국
지

1

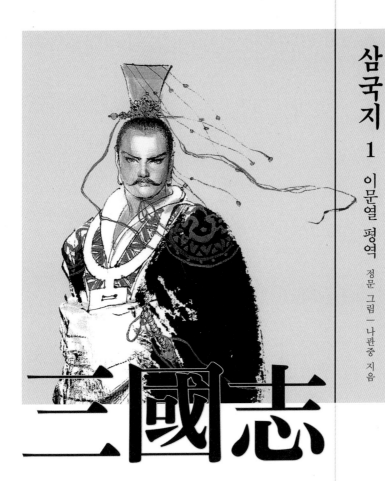

삼국지 1

이문열 평역

정문 그림 ― 나관중 지음

三國志

도원桃園에 피는 의義

RHK
알에이치코리아

장비
張飛

조조
曹操

손권
孫權

평역(評繹) 『삼국지』 개정 신판에 부쳐

이제 벌써 마흔 해 가까이 되어가는가. 그해 이른 봄 어느 날 나는 바로 받아들기에는 망설여지고 한편으로는 걱정스러운 데까지 있었지만, 그렇다고 못 들은 척 물리치기 또한 곧 쉽지 않은 제의를 하나 받았다. 그 무렵 기세 좋던 어느 신문사로부터 받은 『삼국지연의』 연재 요청이 그랬다.

망설임은 그때 내 나이 서른넷이었고 당시로서는 문단 늦깎이로 이제 겨우 세 권의 책을 세상에 내놓은 등단 사 년차라는 데서 왔다. 버젓이 '통속 연의'라는 표제를 달고 있는 이런 책을 정색하고 우리말로 풀어놓는 일에 내 젊은 날의 소중한 몇 년을 써도 될 것인가. 세월과 더불어 언젠가는 쇠잔해갈 내 문학적 재능과 열정을 이런 분명치 못한 문화적 효용과 함부로 맞바꾸어도 좋은가.

그때의 걱정은 좋은 사전 가지고도 주석서 없이는 사서(四書)조차 제대로 읽어낼 수 있을 성싶지 않을 만큼 엉성한 내 한문 독해력이나 『주자서(朱子書)』의 주(註) 가운데서 이따금 눈요기한 송대백화(宋代白話) 말고는 한번도 정식으로 배운 적이 없는 백화문에서 비롯되었다. 아무리 내 독학과 사숙(私淑)을 넉넉하게 셈해준다 해도, 그리고 『삼국지연의』가 원전 제목에 통속(通俗)이라고 못 박을 만큼 읽기 쉬운 고전문(古典文)으로 쓰여 있다 해도, 그 책을 우리 말로 평역(評譯)할 만하다는 근거는 내 학력이나 이력 어디에서도 찾기 어려울 터였다.

하지만 그 제안에는 앞서의 망설임이나 걱정을 덮기에 넉넉한 끌림도 있었다. 먼저 당시 주요 일간지 문화부장의 월급과 맞먹을 정도라는 연재 고료에다 일본 일주일, 타이완 열흘의 자료 수집 및 보충 취재를 위한 여행 경비와 보조 인력(주로 단기 고용 통역과 그 지역 특파원) 지원 약속이 있었다. 거기다가 연재 원고 매수가 그 무렵의 일간지 평균의 두 배에 가깝고 연재 기간도 오 년 가까이 되어 그 제안의 경제적 매력을 더욱 키웠다.

그러나 그 매력을 주저 없는 수락으로 바꾸게 만든 것은 이미 여러 해 전에 고인이 되신 박맹호 회장님의 사려 깊은 충고와 권유였다.

"이 형이 오랜 세월 지켜내야 할 문학과 이 형의 보살핌을 받아야 할 사람들이 일용할 양식을 위해서도 알맞은 때에 받은 좋은 제의 같소. 띄엄띄엄 내는 베스트셀러나 근근이 발행되는 문예지 원고료로는 그 둘을 지키고 보살피는 데 그리 넉넉하지 못할 테니. 진지한 작가도 가질 수 있는 아주 효율적인 부업 정도로 여기고 한번 해보시오. 흔치 않은 기회를 축하하고 또 뜻있는 결실을 기대해보지요."

그 뒤 얼마간 더 뜸을 들이기는 했지만 결국 나는 그 봄이 다하기도 전에 먼저 타이완으로 떠났다. 전해 오공 정부의 연좌제 폐지로 내게도 겨우 나라 밖으로 나갈 길이 열리기는 했으나 1983년 그때만 해도 해외여행은 소수의 사람들만이 누릴 수 있는 특혜에 가까웠다. 거기다가 타이완 여행은 대륙이 아직 굳게 닫혀 있을 때라, 중국을 전생의 아득한 고향쯤으로 여기며 꿈꾸어온 내게는 여러 가지로 새롭고 별난 기억을 남겨주었다.

그중에서도 타이중(臺中)박물관은 마오쩌둥의 용인 아래 장제스 군대의 군함에 실려 양쯔강을 타고 내려왔다는 대륙의 보물들과 고적, 고문서로 사람을 압도하였다. 나는 거기서 어느 하루 내내 나관중 『통속 연의』의 여러 판본들을 복사해 왔는데, 기억으로는 홍치본에서 모종강, 이탁오본을 비롯해 이립옹본, 주왈교본 같은 것들로 그 일부는 지금도 내 서재 구석 어딘가에 처박혀 있을 것이다.

그때까지만 해도 그 중심이 아직 타이완에 머물러 있던 중국 고전 출판물 국제 시장에서 이름만 듣던 고서들이 산더미처럼 쌓여 있는 거리를 지나는 것도 아주 인상적이었다. 나는 거기서 당장 서가에 비치해둘 필요가 있는 사사(四史, 『사기』·『한서』·『후한서』·『삼국지』)에다 남은 17사(史, 사사에서 『남사』·『북사』까지) 대강을 갈색 타블로이드판 크기 장정본으로 샀는데, 돌아올 때 항공화물 무게 초과로 고생했던 기억이 아직도 생생하게 남아 있다.

그밖에 한 주일 가까운 타이완에서의 취재기간 중 내가 만났던 사람들이나 그들에게서 받은 교훈이며 충고 같은 데도 별난 것이 많

왔다. 하지만 이 평역 초간본 서문이나 다른 회고 회상에서 이미 쓴
적이 있어 여기서는 되풀이를 피한다.

일본 간다(神田)의 헌책방 골목까지 돌며 요란을 떨고 돌아온 뒤
겨우 대여섯 달의 자료정리와 숙려 구상 기간 뒤에 서둘러 연재에
들어간 것은 다시 이듬해 초봄이었다. 그리고 사 년 반 남짓 지난
1988년 초에 신문 연재를 끝내고, 출판사의 편집 교정 출판 과정을
거쳐 그해 초여름에 초판 평역 삼국지가 전 10권으로 출간되었다.
나는 초간본『평역 삼국지』서문을 쓸 때 삼십 년 뒤에 내가 또
다시 '개정 신판 서문'을 쓰리라고 예상하지 못했다.『삼국지연의』가
그 나라 말(또는 당대 일상 언어)로 번역, 평역, 편술, 재구성 등으로
엮여 시대에 따라 판본이 바뀌며 읽히는 동양 세 나라를 돌아보면서
그때 내가 얼핏 계산한 한 판본의 수명은 대략 길어야 삼십 년 쯤
되었다.
중국 현대어로 바뀐『삼국연의』도 그렇지만 여러 대 전해온 일본
의 번역 번안 판본들도 삼십 년을 넘긴 것은 거의 없어 보였고, 가장
많이 읽혔다는 요시카와 에이지의『삼국지』도 한 이십 년 지난 그때
는 시들해진 듯했다. 오히려 새로 나온 지 오래지 않은 진순신의
『비본(秘本) 삼국지』가 일본 독자들의 관심을 끌고 있는 것 같았고,
심하게는 이제 삼국지가 그 시대 중국의 나라별 인물별 평전(評傳)
형태로 쪼개져 나오는 경향이 시작된 게 아닌가 싶기도 했다.
우리나라도 비슷해서 해방 뒤 박태원을 비롯해 수십 종 삼국지가
나왔다고 알려져 있으나 그때 시중에서 구할 수 있는 것은 많지 않

왔다. 80년대 초반 무렵 쉽게 구할 수 있던 것은 김광주 역 문고판
과『김구용 삼국지』,『박종화 삼국지』등이 있었는데, 시중 서점에서
의미 있는 판매고를 올리고 있던 것은『박종화 삼국지』정도였다.
그것도 출간 십오 년이 다 돼 가 벌써부터 매대 구석으로 몰려나고
있는 느낌이었다. 그런데 이제 초판 출간 삼십 년이 훨씬 넘은『평역
삼국지』개정 신판에 서문을 새로 쓰게 되니 그 감회 어찌 그리 만
만할 수 있겠는가.

　전판의 개정 윤문을 시작하기 전에 먼저 살펴본 것은 그간 내『삼
국지』에 쏟아진 평이었다. 초반에는 우호적인 평이 많았으나 갈수록
비판이 늘어가고 나중에는 비난과 혹평까지 쏟아졌다. 대개는 나도
놀랄 만큼 폭발적인 내『평역 삼국지』판매부수와 비례했는데, 주로
그 뒤 새로 나온 번역판들과 서평에 곁들여진 것이 많았다. 대개는
오류나 무지를 지적하는 형태로 새로 내는 자기네 판과 대비시키기
위함인 듯했지만 터무니없는 비방은 아니었다.

　그다음은 나도 놀랄 만큼 많은 삼국지 마니아들의 비평과 질정이
었다. 그들은 대개 일생 열 번 이상 여러 판본을 되풀이 읽으면서 나
름의 사유와 의식을 갈고 닦은 이들로서 때로는 긴 편지로 때로는
분개를 참지 못한 격한 전화로 나의 오류 또는 편향을 꾸짖었다. 그
중에서 어떤 분들은 삼국지 연구가를 자처할 만큼 식견을 키운 이들
도 있어 자주 나를 뜨끔하고 민망스럽게 했다.

　그런 이들 가운데 한문을 수천 년 자신들의 글자로 쓰고 현대 백
화를 표준어로 살아온 두 사람의 견해가 특히 기억에 남는다. 한 사
람은 옌볜 교포로서 거기서 나고 자라고 배우고 읽어 삼국지 전문가

가 된 이동혁이란 젊은 동북 저술가였고 또 한 사람은 중국 고전문화를 현대적으로 잘 풀이해 수백만 독자를 누렸다는 이중톈(易中天)이란 샤먼대학 교수였다. 앞 사람은 두툼한 책 한 권으로 내 불학과 무지를 통렬하게 비판하며 비웃어 나를 오래 부끄럽고 비참하게 만들었다. 뒤 사람은 짤막하지만 어리둥절해할 만큼 과분한 평가로 또 오래 나를 부끄럽게 만들었다.

2000년대 초 중국 CCTV에서 삼국지 강의로 몹시 인기를 누린 이중톈 교수는 한국에서의 어떤 대담에서 내 『삼국지』 평역을 '고명(高明)하다'는 두리뭉실한 언급으로 넘어갔는데, 한국어를 배워 읽었을 리 없는 그이고 보면 지나가는 덕담이었음에 분명하다. 결과로 보면 그렇게 자신만만하고 통렬하게 내 천학(淺學)을 짚어준 우리 교포 전문가 쪽이 내게 훨씬 큰 도움이 되었다. 나는 그 뒤 내 『삼국지』를 손볼 기회가 올 때마다 제일 먼저 그의 지적과 질정을 떠올리고 손을 보았다.

이제 그런 개정 신판 교정과 감수도 끝나고 다시 서문을 쓰는 감회가 어찌 지난 세월에만 머물 것인가만 새 판에 거는 부질없는 자부나 후회, 소망과 기원을 길게 늘어놓는 일이 이제 와서 또 무슨 소용이랴. 이쯤에 서문이 더 길어지는 것을 그친다.

2020년 2월 15일 부악 기슭 蒼友坡에서

李文烈

『삼국지』를 평역하면서

　『삼국지연의(三國志演義)』, 흔히 우리가 『삼국지』라고 부르는 책에 대해 여기서 새삼 장황하게 얘기할 필요는 없을 듯하다. 『삼국지』는 적어도 수백 년간 민간의 얘기꾼들, 저잣거리의 재간꾼, 불우한 서생(書生), 할 일 없는 문사(文士) 등 수많은 사람들에 의해 발전되고 정리돼온 역사소설이다. 우리가 흔히 『삼국지연의』의 저자로 알고 있는 나관중(羅貫中)은 그 마지막에 나타나 이전에 있던 모든 것을 수집하고, 취사 선택과 정리를 거쳐 오늘날의 형태로 완성시킨 사람이 아닌가 한다.

　그러나 정사(正史)인 진수(陳壽)의 『삼국지(三國志)』와 용의주도하게 비교, 검토해가며 ― 흔히 일곱 푼[分]의 진실과 세 푼의 허구로 얘기된다 ― 완결된 나관중의 경이로운 작업 뒤에도 『삼국지』는 여러 판본(版本)이 있었던 것으로 보인다. 주로 체제나 평문, 곁들인

시(詩) 따위의 차이로, 오늘날 중요하게 드는 것만도 홍치본(弘治本 또는 嘉靖本), 이립옹본(李笠翁本), 이탁오본(李卓吾本), 모종강본(毛宗崗本) 등이 있다.

내가 이 평역『삼국지』를 시작하기 전에 굳이 대만을 찾은 것은 이미 전해지지 않거나 전해지더라도 우리로서는 입수할 수 없다고 알려진 여러 판본에 대한 호기심 때문이었다. 길지 않은 체류기간 동안 나는 여러분의 도움을 입어 다행히도 이립옹본을 제외한 위의 여러 판본을 모두 입수할 수 있었다. 그러나 검토한 결과 기대와는 달리 각 판본의 우열은 대개 시대순으로 나왔으며, 결국 그 힘든 수집에서 내가 얻은 것은 어째서 오늘날 모본(毛本)만이 살아남게 되었는지를 확인할 수 있었다는 것뿐이었다.

『삼국지』를 평역하면서 모본은 그 앞 이탁오본(원명은 李卓吾先生批評三國志)에서 역사나 인물에 관한 평(評)과 시(詩)를 나름의 안목에서 바꾸고 김성탄(金聖嘆)의 서문을 단 것인데(여기 대해서는 김성탄의 이름만 빌렸을 뿐, 위작이라는 주장이 많다) 오늘날 우리나라『연의 삼국지』의 대부분이 그걸 역본(譯本)으로 쓰고 있다. 참고로 말하면 우리나라의『삼국지』중에서 김구용(金丘庸) 선생의『삼국지』는 거의 대역(對譯)이 가능할 만큼 충실하게 모본(毛本)을 따랐고, 월탄(月灘)『삼국지』는 대강 의역(意譯)한 듯싶다.

따라서 판본을 모종강본으로 결정하자 이내 번역 방식에 문제가 생겼다. 그대로 번역만 한다면 약간 문장이 현대적이 되고 매끄러워질 뿐, 본질적으로는 앞서 말한 두『삼국지』와 다를 바가 없고, 따라서 쓸데없는 노력의 중복이 될 것이기 때문이었다.

그러자 그다음에 참고로 떠오른 것이 일본의 요시가와 에이지[吉川英治]나 진순신(陳舜臣)의 방식이었다. 이 역시 참고로 말하면, 우리나라에서는 고(故) 김광주(金光洲) 선생의 그 도입부에서 독창을 보이신 것 외에 대개는 요시가와의 아류라는 혐의가 가는 것들이었다. 일본식의 중국 이해가 간간 눈에 거슬리는 데다 연대와 사회상이 잘 맞지 않는 곳도 더러 보였다. 진순신의 경우는 아직 씌어진 지 얼마가 안 돼 그 아류는 눈에 띄지 않는데, 무거운 것을 너무 가볍게 만들어버린 것 같아 별로 호감이 가지 않았다.

여러 가지로 생각한 끝에 나는 몇 가지 방식을 절충하기로 했다. 전체의 구도는 모본을 따르되, 시와 평문(評文)은 가감하거나 내 자신의 것으로 대체하고, 필요한 곳은 변형·재구성한다는 것이었다.

여기서 특히 힘주어 밝혀두고 싶은 것은 변형과 재구성의 의도이다. 그것은 구태여 내『삼국지』를 다른 것과 구별시키기 위한 수단이라기보다는『삼국지』에다 현대적 소설 감각을 주기 위함 쪽에 더 큰 목적이 있었다. 흔히『삼국지』가 우리에게 재미있고 유익하면서도 어딘가 허황된 전설이나 신화처럼 느껴지는 것은 그 인물들의 등장 방식 탓인 듯하다. 어디서 무얼 하던 사람인지가 제대로 밝혀지지 않은 채 한번 등장하면 곧 천하의 영웅이요 관인후덕한 군주거나 천지조화를 마음대로 하는 재사(才士) 또는 만부(萬夫)를 홀로 이겨내는 신장(神將)이 된다. 따라서 도입부와 군데군데 필요한 곳에서 나는 변형과 재구성을 통해 중요한 인물들에게 리얼리티를 주려 했다. 그러나 그 변형과 재구성은 철저하게 정사에 의지한 것이라 독자를 한낱 말재주로 현혹시켜 역사를 그릇 알게 하는 잘못은 저지르지 않았다고 믿는다.

　그다음 이『삼국지』의 특색으로 밝혀두고 싶은 것은 내가 곁들인 평문이다. 그 평문을 활용하면 이『삼국지』한 권으로 얘기하지 못할 게 없다. 혁명, 권력의 정통성, 전쟁 같은 것들뿐만 아니라, 역사·철학·과학까지도 모두 거기 끌어들일 수 있다. 처음에 내가 가장 야심을 부린 곳도 이 부분이었는데, 결과는 솔직히 부끄럽다. 모든 것은커녕, 처음에 내가 의도했던 것도 다 얘기한 듯싶지 않다. 그러나 이『삼국지』의 한 특색을 이룰 것임만은 부인하기 어려울 것이란 점에서 감히 밝힌다.

　끝으로 하나 더 말할 것은 뒷부분에서의 변형이다. 원전은 제갈량의 사후가 거의 책 한 권에 가까운 분량이지만 나는 그 3분의 1로 줄여버렸다. 어차피 정사가 아닐 바에야, 박진감과 흥미에서 현저하게 그 앞부분에 떨어지는 얘기들을 장황히 늘어놓을 필요가 없으리라는 판단에서였다. 그러나 무턱댄 삭제가 아니라 주의 깊은 요약이었던 만큼 중요한 사실(史實)은 원전과 다름없이 남아 있다.

　이제 사 년 사 개월에 걸쳤던 곤혹스러웠던 작업은 끝났다. 내가 여기서 곤혹스럽다는 표현을 쓰는 것은 일간지 연재라는 발표 양식 말고도 이 작업이 순수한 문학적 창조와는 다소 거리가 있다는 이유에서였다. 나이는 삼십 대 중반으로 접어들었지만 겨우 등단 사 년 차의 신예 작가에게『삼국지연의』평역이 온당한 창작 활동일 수 있는가, 하는 울적한 자문도 있었다. 그러나 이제 와서 보면 반드시 지난 사 년이 시간과 재능의 낭비였던 것 같지도 않다.

세월이 가면 똑같은 내용이라도 표현하는 방식과 이해하는 태도가 달라진다. 이제 이 땅에서 번역되거나 재구성된 『삼국지』는 대개가 한 세대 가까이 오래된 것이 됐다. 『삼국지』가 이 이상 더 읽혀서는 안 될 책이라면 모르되, 그게 아니라면 이 작업은 이 시대의 누군가가 해야 했다.

거기다가 듣기로 젊어서는 『삼국지』를 읽고, 늙어서는 『삼국지』를 읽지 말라는 말이 있다고 한다(중국 방문 때 들은 말을 허술하게 인용했다. 원래 속담은 '젊어서는 『수호지』를 읽지 말고, 늙어서는 『삼국지』를 읽지 말라'는 중국인들의 속담이라고 한다. 젊은이들이 『수호지』를 읽고 도둑 떼에 들까 봐 걱정한 부분은 빠뜨린 게 민망스러우나, 늙어 『삼국지』를 읽는 해악은 뒤집어보면 읽은 젊은이에게 유익함으로 될 수도 있다고 본다. 어쨌든 부정확한 속담 인용은 여기서 뒤늦게 정정한다.-평역자 주). 바꾸어 말하면, 그만큼 『삼국지』에는 젊은이들의 용기와 포부를 길러주고 지혜와 사려를 깊게 하는 어떤 것들이 담겨 있다는 뜻이다. 이 땅의 젊은이들이 나를 통해 그 풍성한 『삼국지』의 과일을 누릴 수 있게 된다면, 그러잖아도 꾀 많은 늙은이들이 더욱 잔꾀에 밝아질 우려가 있다 하더라도 지난 사 년여의 내 작업이 반드시 뜻없는 일이 되지는 않으리라 믿는다.

1988년 3월

李文烈

서사(序辭)

티끌 자욱한 이 땅 일을 한바탕 긴 봄꿈이라 이를 수 있다면, 그 한바탕 꿈을 꾸미고 보태 길게 이야기함 또한 부질없는 일이 아니겠는가. 사람은 같은 냇물에 두 번 발을 담글 수 없고, 때의 흐름은 다만 나아갈 뿐 되돌아오지 않는 것을, 새삼 지나간 날 스러져간 삶을 돌이켜 길게 적어나감도, 마찬가지로 헛되이 값진 종이를 버려 남의 눈이나 머리만 어지럽히는 일이 되지 않겠는가.

그러하되 꿈속에 있으면서 그게 꿈인 줄 어떻게 알며, 흐름 속에 함께 흐르며 어떻게 그 흐름을 느끼겠는가. 꿈이 꿈인 줄 알려면 그 꿈에서 깨어나야 하고, 흐름이 흐름인 줄 알려면 그 흐름에서 벗어나야 한다. 때로 땅끝에 미치는 큰 앎과 하늘가에 이르는 높은 깨달음이 있어 더러 깨어나고 또 벗어나되, 그 같은 일이 어찌 여느 우리에게까지 한결같을 수가 있으랴. 놀이에 빠져 해가 져야 돌아갈 집을 생각하는 어린아이처럼, 티끌과 먼지 속을 어지러이 헤매다가 때가 와서야 놀람과 슬픔 속에 다시 한줌 흙으로 돌아가는 우리인 것을. 죽어서 오히려 깨어난 삶과 흘러가버려 도리어 멈추어진 때의 흐름[歷史]에 견주어 보아야만 겨우 이 한살이[一生]가 흐르는 꿈임을 가늠할 뿐인 것을.

또 일찍 옛사람[蘇子瞻, 소식]은 말하였다.

'그대는 저 물과 달을 아는가. 흐르는 물은 이와 같아도 아직 흘러 다해 버린 적이 없으며, 차고 이즈러지는 달 저와 같아도 그 참 크기는 줄어 작아짐도 커서 늘어남도 없었다. 무릇 바뀌고 달라지는 쪽으로 보면 하늘과 땅의 모든 것이 짧은 사이도 그대로일 수가 없지만, 그 바뀌고 달라지지 않는 쪽으로 보면 나와 남이 모두 바뀌고 달라짐이 없다.'

그게 글 잘하는 이의 한갓 말장난이 아닐진대, 오직 그 바뀌고 달라짐에 치우쳐 우리 삶의 짧고 덧없음만 내세울 수는 없으리라. 더욱이 수풀 위를 떼지어 나는 하루살이에게는 짧은 한낮도 즈문 해[千年]에 값하고, 수레바퀴 자국 속에 사는 미꾸라지에게는 한 말 물도 네 바다[四海]에 갈음한다. 우리 또한 그와 같아서, 가시덤불과 엉겅퀴로 뒤덮인 이 땅, 끝 모를 하늘에 견주면 수레바퀴 자국이나 다름없고, 그 속을 앉고 서서 보낸 예순 해 또한 다함없는 때의 흐름에 견주면 짧은 한낮에 지나지 않으나, 차마 그 모두를 없음이요 비었음이요 헛됨이라 잘라 말할 수는 없으리라.

이에 이웃나라 솥발[鼎足]처럼 셋으로 나뉘어 서고, 빼어나고 꽃다운 이 구름처럼 일어, 서로 다투고 겨루던 일 다시 한마당 이야기로 펴려니와, 아득히 돌아보면 예와 이제가 다름이 무엇이랴. 살아간 때와 곳이 다르고, 이름과 옳다고 믿는 바가 다르며, 몸을 둠과 뜻을 폄에 크기와 깊이가 달라도, 기뻐하고 슬퍼하고 성내고 즐거워함에서 그들은 우리였고, 어렵게 나서 갖가지 괴로움에 시달리다가 이윽고는 죽은 데서 마찬가지로 우리였다. 듣기에 사람이 거울을 지님은 옷과 갓을 바로 하기 위함이요, 옛일을 돌이켜봄은 이 오늘과 앞일을 미루어 살피고자 함이라 했으니, 그런 그들의 옳고 그름, 이기고 짐, 일어나고 쓰러짐을 다시 한번 돌이켜봄도 또한 뜻 있는 일이 아니겠는가.

그럼에도 굳이 이야기에 앞서 옛부터 있어온 노래 하나를 여기에 옮기는 것은 뜻은 달라도 옛사람을 본뜬 그 멋이 자못 사람의 마음을 움직이는 데가 있기 때문이다.

굽이쳐 동으로 흐르는 긴 강물　　　　　　滾滾長江東逝水

그 물결에 일려가듯 옛 영웅 모두 사라졌네　　浪花淘盡英雄

옳고 그름 이기고 짐 모두 헛되어라　　　　是非成敗轉頭空

푸른 산은 예와 다름없건만　　　　　　　青山依舊在

붉은 해 지기 몇 번이던가.　　　　　　　幾度夕陽紅

강가의 머리 센 고기잡이와 나무꾼 늙은이　　白髮漁樵江渚上

가을달 봄바람이야 새삼스러우랴   慣看秋月春風

한 병 흐린 술로 기쁘게 서로 만나   一壺濁酒喜相逢

예와 이제 크고 작은 일   古今多少事

웃으며 나누는 얘기에 모두 붙여보네.   都付笑談中

창천(蒼天)에 비끼는 노을

　정치로부터 그 원하는 바를 얻지 못하면 민중은 일쑤 종교가 내세우는 축복과 구원을 믿고 기대게 된다. 그러므로 생각이 밝은 치자(治者)는 민중이 지나치게 종교에 빠져드는 것을 기뻐하지 않고 헤아림이 깊은 식자(識者)는 오히려 그걸 근심한다. 어떤 가르침의 참됨과 거룩함은 종종 믿는 무리의 늘어남과 세속적인 가멸음[富]이 쌓임에 반비례하기 때문이며, 그리하여 열에 아홉은 정치로 춥고 허기져 찾아간 민중의 몸과 마음을 더욱 헐벗고 굶주리게 만들 뿐이기 때문이다. 오랜 세월 사람들의 믿음과 우러름을 사온 가르침에서조차도, 그 회당이나 사원이 가장 크고 화려하며, 요란한 말과 몇 푼의 돈으로 구원을 사려는 무리가 가장 많을 때가 바로 그 가르침이 가장 썩고 더럽혀진 때와 일치함을 자주 볼 수 있으니, 하물며 출발부

터가 세상을 속이고 사람의 눈과 귀를 홀리는 사된 가르침에 있어
서랴.

후한(後漢)도 저물어가는 영제(靈帝) 때의 세상이 또한 그러하였
다. 조정이 썩어 모든 관리가 벼슬하는 도둑놈, 즉 관비(官匪)라 불
릴 지경이 되니, 의지할 곳 없는 백성들은 자연 요사스런 가르침에
기울어져가고 있었다. 그런 희평(熹平) 오년 구월 어느 날이었다.

바람소리 쓸쓸하고 역수는 차갑구나.
風蕭蕭兮易水寒
장사 한번 떠남이여, 다시 돌아오지 못하리.
壯士一去兮不復還

이런 옛 전국시대의 협객 형가(荊軻)의 노래로 유명한 역수(易水)
가에 작은 초당이 하나 있었다. 병으로 벼슬길을 물러난 선비가 은
거하며 후학을 가르치던 곳으로 별채의 한 방에서는 다시 조정의 부
름을 받게 된 그 선비가 아끼는 두 제자를 불러놓고 천하 일을 근심
하고 있었다.

"지금 세상은 요사스런 기운으로 뒤덮여가고 있다. 한중(漢中) 지
방에는 장릉(張陵), 장형(張衡) 부자로 이어지는 오두미도(五斗米道)
란 게 널리 퍼지고 있고, 중원에는 도사 우길(于吉)로부터 비롯된 이
른바 태평도(太平道)가 마른 풀밭에 이는 불길처럼 번지고 있다. 특
히 태평도는 몇 년 전 거록(鉅鹿) 땅의 장각(張角)이란 자가 자칭 남
화노선(南華老仙)이란 늙은이로부터 태평경(太平經, 또는 태평요술)을

물려받은 뒤로부터 갑자기 세력이 늘어나 이제는 청주(青州), 유주(幽州), 연주(兗州), 기주(冀州)를 비롯해 멀리 서주(徐州), 양주(揚州), 예주(豫州), 형주(荊州)에까지 미치고 있다 한다. 머지않아 반드시 천하의 큰 근심거리가 될 것이다."

그렇게 말하는 선비의 이름은 노식(盧植), 자(字, 관례 때 받는 이름)는 자간(子幹)으로 탁군(涿郡) 탁현이 고향이었다. 어려서부터 당대의 석학인 마융(馬融)의 문하에 들어 역시 뒷날 큰 학자가 된 정현(鄭玄) 등과 함께 배웠는데, 일찍 고금을 두루 통했다는 평을 들었다. 그의 학풍은 정밀하면서도 장구(章句)에 얽매이는 법이 없었고, 한 섬[石] 술을 마실 만큼 호방하였으나 시사(詩詞)는 그리 즐겨하지 않았다. 성정이 굳세고 절의를 숭상하였으며, 젊을 때부터 뜻이 커서 크고 작은 지방관청[州郡]의 부름에는 응하지 않았다. 영제 건녕(建寧) 연간(서력 168~172년)에 박사(博士)로 처음 벼슬길에 나섰으나 오래잖아 문무를 겸한 재주가 인정되어 구강(九江) 태수를 제수받고 남쪽 오랑캐[九江蠻]의 난을 평정했다.

뒷날 병을 얻어 고향인 탁군으로 돌아온 그는 병이 나은 뒤에도 어지러운 조정으로 돌아가는 대신 역수 가에 초당을 얽고 다시 학문에 정진하여 『상서장구(尙書章句)』, 『삼례해고(三禮解詁)』등의 책을 쓰는 한편 그의 명성을 듣고 원근에서 찾아오는 젊은이들을 위해 문하를 열었다.

그러기를 몇 년. 다시 남쪽 오랑캐가 난을 일으키자 조정은 구강 태수 시절의 선정으로 그들 오랑캐의 신임과 존경을 받고 있는 그를 이번에는 여강(廬江) 태수로 불렀다. 따라서 할 수 없이 문하를 닫게 된 그는 여러 제자 가운데서도 특히 아끼던 그 두 사람을 불러 작별 겸 뒷날을 위하여 당부삼아 천하 일을 말하고 있었다.

"방사(方士)니 술사(術士)니 하는 자들이나 무당과 점쟁이 따위가 간사한 말과 교묘한 속임수로 어리석은 백성들을 홀려 재물을 빼앗고 부녀를 희롱하는 것은 전에도 있어온 일입니다. 때가 오면 스스로 그 어리석음을 깨닫고 흩어져 생업으로 돌아가려니와, 오히려 천하를 위해 근심해야 할 염통과 창자의 병은 조정에 있지나 않을는지요?"

아랫자리에 단정히 앉아 노식의 말을 듣고 있던 두 제자 가운데서 하나가 조심스레 반문했다. 아직 소년티를 벗지 못한 다른 하나보다 대여섯은 더 많아 보이는 쪽이었다. 키가 여덟 자(이때의 자는 지금보다 짧아 한 자가 24센티미터 정도)에 첫눈에 상대방을 압도할 만큼 위엄 있는 풍채였는데, 그에 못지않은 것이 우렁찬 목소리였다. 스승 앞이라 낮춘다고 낮춘 것이지만, 마치 깊은 굴에서 울려나오는 호랑이의 울음이나 먼 데서 들려오는 우레소리처럼 방 안이 온통 그 울림으로 가득했다.

그 제자의 이름은 공손찬(公孫瓚), 자는 백규(伯珪)였는데 요서(遼西) 영지(令支) 사람이었다. 한미한 집에서 태어나 일찍부터 고을의 낮은 벼슬아치[郡吏]가 되었으나, 태수가 그 인물이 범상치 않음을 보고 외딸을 주어 사위로 삼은 뒤, 멀리 노식의 문하로 유학을 보내주었다. 뒷날 동북의 효웅(梟雄)으로 천하의 원소(袁紹)와 자웅을 겨루게 될 그를 진작에 알아본 태수의 안목도 놀랍지만 나이 이미 스물을 넘고 처자까지 있는 몸으로 몇 년씩 집을 떠나 학문에 전념하고 있는 그 또한 분명 예사 인물은 아니었다. 그러나 그가 보이는 정성이나 열의만큼 성취가 따라주지 못해 그것이 갑작스레 떠나야 하는 스승에게는 한 가닥 아쉬움이었다.

따지고 보면 공손찬의 말은 일견 옳았다. 태평도를 믿는 무리가 날로 늘어가는 것은 사실이었지만, 그것은 하층 백성들 사이에 흔히 있을 수 있는 일로 아직 어떤 위험스런 조짐은 보이지 않고 있었다. 그보다는 궁궐 안에서 암우(暗愚)한 천자를 싸고 돌며 갖은 못된 짓을 다 저지르고 있는 열 명의 간특한 환관[十常侍] 쪽이 병이라면 훨씬 무서운 병이었다.

하지만 그 같은 공손찬의 생각은 너무 단순하고 평범했다. 외척과 더불어 후한 사회를 안에서 무너지게 한 환관의 화는 이미 멀리 화제(和帝) 때부터 시작되었다. 환관이 정사에 참여할 수 있는 것은 중상시(中常侍)가 되고 난 뒤인데 원래 넷밖에 두지 못하게 된 그 중상시가 열 명으로 늘어나 황제의 신임을 받게 되면서 외척을 당할 만한 세력으로 자라난 탓이었다. 그러나 외척의 권위는 황제가 바뀌거나 섭정하던 모후(母后)의 죽음으로 흔들리게 되지만, 환관은 비교적 영향이 적어 그 뒤 몇 차례의 권력 다툼에서 환관은 항상 이길 수가 있었다. 화제 때 환관 정중(鄭衆)이 정권을 잡고 있던 외척 두씨(竇氏) 일족을 죽이고 후(侯)에 봉해진 일이나, 순제(順帝) 때 손정(孫程) 등 열아홉 명이 역시 외척 염현(閻顯) 등을 죽이고 열후(列侯)가 된 일, 그리고 환제(桓帝) 때에 선초(單初), 당형(唐衡) 등이 대장군 양기(梁冀)를 자살케 한 것과 영제 때에 조절(曹節) 등이 역시 대장군 두무(竇武)를 자살케 한 것 따위가 그 대표적인 예였다.

거기다가 다시 두 번에 걸친 '당고(黨錮)의 화(환관들이 깨끗한 선비들을 당인(黨人)으로 몰아 내쫓은 일종의 당파 싸움)'를 일으켜 또 하나의 적대 세력인 이른바 청의(淸議)라는 선비들을 조정에서 내몰고 죽이자 세상은 온전히 환관들의 것이 되고 말았다. 황제는 흔히 십상시(十常侍)라고 불리는 열 명의 환관들에게 둘러싸인 허수아비가 되고, 착하고 어진 이들이 모두 떠나버린 조정에는 환관들과 선을 댄 간신배들만 득실거리게 된 까닭이었다.

환관들은 개인적인 탐욕이나 그 위세에 기댄 피붙이[族黨]들의 횡포로도 나라에 큰 해를 끼쳤지만 무엇보다도 큰 잘못은 황제에게 권하여 공공연히 벼슬자리를 판 일이었다. 돈으로 산 벼슬이고 보니 모든 벼슬아치들은 그 밑천 뽑기에 바빠 심지어 어떤 곳에서는 세금이 한 해 수확량의 몇 배에 이르기도 했다. 때로 외상으로 벼슬을 팔기도 했는데, 그때는 벼슬자리의 값이 현금 때의 두 배 이상이었다고 한다. 그러나 일 년만 지나면 그걸 갚고도 남는 것이 있었다 하니, 백성들이 당한 수탈이 얼마나 가혹했는지 짐작할 수 있으리라.

그 같은 일을 이미 한차례 벼슬살이를 한 적이 있는 노식이 모를 리가 없었다. 그런데도 새삼 환관의 폐해를 말하는 제자를 약간 민망스런 눈길로 내려보던 노식이 곧 타이르듯 말했다.

"백규의 말뜻은 알 만하다. 하지만 눈에 보이는 종기나 드러난 병은 다스리기가 쉽다. 네가 이제 말하고자 하는 십상시는 이미 선제(先帝) 때부터 천하가 다 아는 한나라 조정[漢朝]의 종기요, 병이다. 머지않아 누군가에 의해 반드시 다스려질 것이다.

또 나도 지금은 여강 태수로 가지만 오래잖아 조정의 부름이 있을 것이다. 듣기에 채옹(蔡邕), 양표(楊彪), 마일제(馬日磾), 한설(韓說) 등의 뜻을 같이하는 옛 벗들도 비록 동관(東觀, 궁중의 장서각)의 한직이긴 하나 이미 낙양에 돌아와 있다 한다. 모두가 충의로 힘을 합치면 길이 없지는 않으리라 믿는다.

하지만 태평도의 무리는 이 나라의 숨은 종기요, 드러나지 않은 병이다. 아직은 아프지도 않고 괴롭지도 않으나 한번 겉으로 드러나면 온몸의 피가 썩고 오장육부가 짓무르는 괴로움을 이 나라와 백성들이 겪게 될 것이다."

"그렇다면 관병(官兵)을 풀어 잡아들이면 되지 않겠습니까?"

공손찬의 대꾸는 여전히 씩씩했다.

"아직은 아무것도 드러난 것이 없는데 무슨 죄목으로 그들을 잡아들이겠느냐? 더구나 저들은 아직 백성들의 믿음과 사랑을 받고 있는 데 비해 관부(官府)는 오히려 도둑 떼보다 더 큰 미움과 원망을 받고 있다."

그제서야 공손찬도 말문이 막히는 것 같았다. 스승의 뜻을 다시 한번 헤아려보려는 듯이 잠시 입을 다물고 생각에 잠겼다.

그때 한구석에서 조용히 그들 사제 간이 주고받는 말을 듣고 있던 다른 제자 하나가 천천히 입을 열었다.

"스승님께서 특히 저희를 부르신 것은 달리 내리실 말씀이 있어서인 줄 짐작되옵니다만……."

어눌한 것 같으면서도 되도록 말수를 줄이려는 화법이었다. 이제 스승님의 뜻은 대강 짐작할 듯도 하오니 저희가 해야 할 바나 일러주십시오, 란 뜻이 뒤에 숨어 있었지만, 이상하게도 한없이 겸손하고 부드럽게 들렸다.

나이는 겨우 열일곱 살이나 되었을까, 아직 소년티를 벗지 못한 얼굴이었는데 사람의 마음속을 들여다보는 듯한 크고 그윽한 눈이며 우뚝한 코, 볼까지 축 늘어진 두툼한 귓밥이나 미소가 떠도는 듯한 붉은 입술 같은 데서는 곁에 앉은 공손찬과는 전혀 다른 종류의 위엄이 서려 있었다. 공손찬의 위엄이 굳세고 거친 힘에 의지하고 있다면 그의 것은 봄바람처럼 부드럽고 따뜻한 덕에서 우러난 듯한 위엄이었다. 거기다가 일어서면 무릎까지 닿을 것 같은 긴 팔도 이상하게 귀인의 상을 더하는 것 같았다.

그 소년의 성은 한실(漢室)의 종친인 유(劉)요 이름은 비(備)에 자는 현덕(玄德)으로, 스승인 노식과 마찬가지인 탁군 탁현이 고향이었다. 핏줄로 따지면 전한(前漢) 경제(景帝)의 현손이 되는데, 중산정왕(中山靖王) 유승(劉勝)의 아들 유정(劉貞)이 탁록정후(涿鹿亭侯)가 되면서 탁군에 자리 잡고 살게 된 유씨의 한 갈래였다.

그의 조부 유웅(劉雄)은 효렴(孝廉, 효자염리의 준말로 인구 이십 만에 한 명씩 뽑은 일종의 관리 등용 제도)에 뽑히어 동군(東郡)의 현령을 지냈고, 그의 아비 유홍(劉弘)도 대를 이어 지방관리를 지냈으나, 그가 어렸을 적에 죽었다. 그 바람에 홀어머니의 밑에서 자라게 되니 자연 살이가 어려워져 어렸을 때는 신을 삼고 돗자리를 짜 살림을 돕지 않을 수 없었다.

그가 노식의 문하에 들어 배울 수 있었던 데는 어머니의 정성도 있었지만, 그보다는 집안 아저씨 뻘 되는 유원기(劉元起)의 도움 덕분이었다. 유비의 비범함을 보고 일찍부터 알게 모르게 도움을 주어

오던 그는 유비가 열다섯 나던 해 자신의 아들 유덕연(劉德然)과 나란히 노식의 문하로 유학을 보냈다. 제법 나이 차가 남에도 유비와 공손찬이 형제처럼 마음을 터놓고 사귀게 된 것은 아마도 남의 도움을 받아 배움을 얻게 된 서로의 비슷한 처지 때문이었으리라.

유비가 오히려 나이 든 공손찬보다 더 잘 자신의 속마음을 읽고 물어오자 노식은 대답 대신 잠시 미소와 함께 어린 제자를 바라보았다. 뜯어보면 뜯어볼수록 묘한 느낌을 주는 아이였다. 남달리 잘생긴 것도 아닌데, 여러 제자들 사이에 끼어 앉아 있으면 무슨 환한 빛에라도 둘러싸인 듯 한눈에 드러나는 얼굴이었고, 일곱 자 다섯 치의 키도 열 자가 넘는 다른 제자보다 더 우뚝해 보였다.

배움에 있어서도 마찬가지였다. 남다른 재주가 있는 것 같지도 않고, 그렇다고 힘써 서책에 매달리는 것 같지도 않았지만 대강을 이해하는 데는 누구보다 빨랐다. 거기다가 더욱 알 수 없는 것은 사람과의 사귐이었다. 보일 듯 말 듯한 온화한 미소뿐 지나치리만큼 말수가 적고, 움직임에도 애써 남의 비위를 맞추려 들려는 흔적이 보이지 않았지만, 그의 주위에는 언제나 그와 사귀기를 원하는 동문들이 몰려 있었다. 뿐만 아니라 가르침에 엄격하여 제자들 앞에서는 좀체 웃음을 보이지 않는 노식 자신마저도 그 어린 제자만 대하면 까닭 없이 샘솟는 애정과 기대에 절로 미소를 짓게 되고 마는 것이었다.

잘 닦고 다듬으면 천하를 담을 만한 그릇, 어쩌면 내 삶이 뜻대로 이루어지지 못한다 해도 이 아이를 가르친 일 하나만으로 충분할는지 모른다. 그것이 유비를 대할 때마다 느껴지는 노식의 확신에 가까운 예감이었다. 사실 갑작스런 조정의 부름을 받고 출사(出仕)의 결의를 굳힐 때 가장 먼저 떠오른 것이 바로 그 유비였다. 문하에 거두어들인 지 겨우 이태 남짓, 아직은 학문도 제대로 터를 잡지 못한 어린 제자를 두고 떠나야 하는 스승의 아쉬움 때문이었다.

"무릇 권세란 재물과 같아서 위로 높은 묘당(廟堂)의 것이건 아래로 낮은 민초들 사이의 것이건 가지면 가질수록 더 많이 가지고 싶어지는 법이다. 이미 말했듯, 태평도의 무리 역시 지금은 백성들 사이의 사사로운 믿음으로 행세하고 있지만, 이대로 세력이 불어나면 머지않아 생각이 달라질 것이다. 처음에는 따르는 무리만으로 만족할지 모르나, 차츰 힘이 생기면 관부를 얕보게 되고, 마침내는 천하를 넘보게 될 것이 뻔하다. 실로 이 스승이 근심하는 바다……."

노식은 유비의 물음에 대답하는 대신 다시 태평도에 관한 얘기를 시작했다. 그 태도로 보아, 겉으로는 세상일에 무심한 채 학문에만 전념하고 있었던 것 같은 그 몇 년 동안에도, 실은 백성들 사이에서 일어나고 있는 일에 세심한 주의를 기울이고 있었음에 틀림없었다. 유비는 여전히 입을 다문 채 스승의 다음 말을 기다리고 있었다.

"하기야 전에도 이런 무리가 없었던 것은 아니다. 그러나 이번은 경우가 다르니, 그것은 무엇보다도 저들의 가르침이 그럴듯하고 백성을 홀리는 수법이 자못 절묘하기 때문이다. 저들은 노자(老子)의 가르침을 빌려와 그 현묘함을 꾸미고, 병을 치료하되 부적 태운 재를 탄 물[符水]을 마시게 하여, 요행 병이 나으면 자기들의 영험함 덕택이요, 낫지 않으면 믿음이 없거나 죄를 다 씻지 않았다 하여 병자의 탓으로 돌리니, 어리석은 백성들은 그 거짓과 속임수를 알아차릴 수가 없다.

거기다가 또 저들의 검은 속셈을 짐작하게 하는 것은 요즘 들어 항간에 퍼지고 있는 괴이쩍은 노래[讖謠] 때문이다.

푸른 하늘은 이미 죽었으니	蒼天已死
마땅히 누른 하늘이 서리라.	黃天當立
때는 바로 갑자년	歲在甲子
천하가 크게 길하리라.	天下大吉

고, 하는데 이게 무슨 뜻이겠느냐? 푸른 하늘은 지난 건녕 이년 온덕전(溫德殿)에 떨어져 군신을 놀라게 한 푸른 뱀에 빗대어 우리 한조를 말했음에 분명하고, 천하가 뒤집히는 해로 잡고 있는 갑자년은 이제 몇 해 남지 않았다. 그렇다면 그 짧은 동안에 이 한의 천하를 엿볼 만한 세력이 저들 말고 누가 있겠느냐? 거기다가 저들은 또 가르침의 머리에 노자 외에 황제(黃帝)까지 내세워 황로지학(黃老之學)이라 부르거니와, 특별히 누른 빛깔을 숭상하니 그 참요의 누른 하늘은 저들 스스로를 가리키고 있다고 보아 크게 틀리지 않을 것이다."

"그렇다면 저희가 해야 할 바는 무엇이옵니까?"

그제서야 공손찬도 어두운 표정이 되어 다시 그렇게 물었다. 노식은 거기서 다시 한동안 두 제자를 번갈아 살피더니 이윽고 천천히 입을 열었다.

"지금 이 스승의 마음을 무겁게 하는 것은 머지않은 난세의 예감이다. 사람들은 오래전부터 난세를 말해왔으나 내가 보기에 지금까지는 그저 여러 조짐일 뿐이다. 진정한 난세가 오면 그 참상은 말과 글로 그려낼 수 있는 바가 아닐 것이다. 뜻을 강호(江湖)에 둔 지 오래이면서도 내가 이렇게 서둘러 혼탁한 조정으로 돌아가려는 것은 작은 힘이나마 보태 그 참혹한 난세를 막아보고자 함이다.

하지만 말은 쉬워도 우리 몇몇 깨끗한 선비[淸議]만으로 과연 한나라 조정의 오랜 고질인 환관의 횡포를 뿌리 뽑을 수 있을지 의심스럽다. 잘해야 또 다른 당고의 화나 면할까 말까 한데, 무슨 힘이 남아 이름 없는 백성들 사이에서 이루어지고 있는 세력의 모임과 흩어짐까지 관여할 수 있겠느냐? 거기에 바로 다른 제자들을 제쳐놓고 너희 둘만 따로 부른 까닭이 있다.

너희 둘은 책 읽기를 즐겨 경전의 장구(章句)에도 밝지 못하고, 시사(詩詞)에 빠져 문장을 곱게 다듬지도 않았다. 배우는 자로서는 마땅히 그 게으름에 벌을 받아야 하나, 내가 크게 너희를 꾸짖지 않은 것은 그래도 너희가 배움의 큰 가지와 줄기는 항상 잡고 있기 때문이며, 시절 또한 장부가 장구에 매달리고 시사나 읊조리며 보낼 수는 없게 되었기 때문이다.

진정한 난세가 이르면, 필요한 것은 문장과 학식이나 사사로운 수양이 아니라 그것들을 활용하고 실천하는 힘이다. 나는 백규의 씩씩하고 굳건한 기개와 현덕의 부드러우면서도 사람의 마음을 끄는 몸가짐에서 그와 비슷한 힘을 느낀다.

이제 각기 집으로 돌아가거든 비록 초야(草野)에 있더라도 더욱 그 힘을 길러 흔들리는 우리 한나라를 떠받드는 기둥이 되거라.

저들이 요사한 가르침으로 백성을 현혹시키거든 너희는 참된 덕으로 깨우쳐주고, 거짓과 속임으로 불측한 세력을 키워가거든 인의와 협행(俠行)으로 흩어버려라. 이미 한의 천하는 백 사람의 벼슬아치보다 한 사람의 옳은 선비가 더 많은 백성을 보살필 수 있는 세상이 되고 말았다. 이게 너희에게 특히 일러주고 싶던 말이었다. 그 뜻을 알겠느냐?"

노식은 그렇게 말을 맺고 둘을 바라보았다. 믿음보다는 막연한 기대에 찬 눈길이었다.

"네."

다시 공손찬이 시원스레 대답했다. 그러나 유비는 말없이 무언가를 생각하더니 이윽고 겁먹은 듯 더듬거리는 말투로 입을 열었다.

"이 비는 스승님의 문하에 든 날이 짧아 아직은 크신 가르침의 대강조차 깨우치지 못했습니다. 거기다가 나이는 어리며 천성 또한 게으르고 어리석어 홀로 깨우칠 재간도 없으니 다만 아득할 뿐입니다……."

한껏 자신을 낮추면서도 정작 중요한 말은 상대방이 스스로 하도록 만드는 묘한 여운이었다. 그러나 어디에도 억지로 꾸민 티가 없어, 상대방은 그걸 느끼지 못할 뿐만 아니라 자신도 모르게 기꺼운 마음으로 모든 걸 스스로 털어놓게 했다.

스승인 노식도 마찬가지였다. 어쩔 수 없이 문하를 닫고 떠나는 바람에 유비를 세상으로 돌려보내기는 해도 그의 나이 열일곱은 너무 어렸다. 아직은 더 배워야 한다, 더 채우고 더 닦아야 한다, 노식은 그렇게 생각하면서도 임지인 여강(廬江)으로 떠날 채비에 바빠 이미 숙성한 공손찬과 똑같은 당부를 한 것인데, 유비가 다시 그걸 상기시킨 셈이었다. 거기다가 노식은 조정에 들어서면 충신이요 지사였지만, 물러나 책을 잡으면 당대에서 손꼽는 학자였다. 보다 많은 배움을 구하는 어린 제자가 어찌 기특하지 않으랴. 잠시 생각에 잠겼다가 유비의 속을 떠보기라도 하듯 말했다.

"장부에게 따로 배움의 터가 있고, 달리 정한 스승이 있을 수 있겠느냐? 그리고 네 나이 열일곱도 반드시 어리지만은 않다. 더구나 너는 이미 관례까지 치르지 않았느냐?"

"제가 듣기에 백 리 길을 갈 사람은 세 끼 밥만 싸들고 가면 되지만 만 리 길을 갈 사람은 석 달 양식을 지고 떠나야 된다고 들었습니다……."

예사 아닌 포부를 밝히는 동시에 아직도 스승에게 무언가를 구하고 있는 듯한 말투였다. 그제서야 노식도 더 말을 돌리지 않았다.

"실은 여강을 소란스럽게 하는 오랑캐를 토평(討平)할 일과 어지러운 조정으로 돌아갈 일에 마음이 뺏겨 잠시 네 나이를 잊은 듯하다. 스스로 행도(行道)하기에 모자람이 있다고 느낀다면 달리 스승을 구해 그 모자람을 채우는 일도 옳으리라. 내가 알기로 지난날 나와 동문수학한 정강성(康成, 정현의 자)이 아직 수백 문도(門徒)와 함께 향리에 머물고 있다고 한다. 여기서 길이 멀지만 네가 굳이 더 배우기를 원한다면 그에게 너를 추천하는 글을 써주겠다. 조금 전 백규와 너에게 한 당부는 마음에 새겨 잊지만 않으면 된다."

노식은 유비가 입 밖에 내지 않은 청을 스스로 헤아려 들어주었을 뿐만 아니라, 세상이 모두 우러러보는 스승까지 소개해주겠다고 나왔다. 정현은 뒷날 학문만으로 공(公)의 칭호를 얻고, 그 고향 땅은 정공향(鄭公鄕)이란 이름을 얻었으며, 그 덕을 기리기 위해 생전에 이미 통덕문(通德門)이 세워졌을 정도의 대학자였다. 그가 크게 일으킨 훈고학(訓詁學)은 송대 주자학에 이어 명대 양명학, 청대 고증학으로 이어가는 중국 유학의 정맥(正脈)이 된다. 듣고 있던 공손찬도 슬몃 욕심이 일어 유비와 함께 정현에게 천거해줄 것을 청했으나 노식은 그걸 허락하지 않았다.

"백규는 이미 나의 문하에 든 지 여러 해 되었으니 그만 요서로 돌아가보도록 하라. 가솔들과 주군을 떠난 지도 오래거니와 몇 권의 서책을 더 읽느니보다 더 급하고 중한 일이 그곳에 있을 것이다."

그렇게 말하고는 서안을 당겨 정현에게 유비를 추천하는 글을 쓰기 시작했다. 들으니 스승의 말도 옳아 공손찬도 더는 조르지 않았다. 얼마 전에도 영지까지 내려온 오환족(烏丸族)으로 요서 일대가 소란스럽다는 소식을 인편에 들은 적이 있었다.

노식이 다 쓴 편지를 다시 훑어보고 있을 때 문 밖에서 가동(家童)의 조심스런 목소리가 들려왔다.

"아뢰옵니다. 원근의 여러 문인(門人)들이 어르신께서 출관(出關)하신단 말을 듣고 본채 대청에 모여 기다리고 있사옵니다."

조정의 부름을 전하는 이가 다녀간 지 하루도 안 되었는데, 벌써 소문이 원근에 퍼진 듯했다. 노식이 가보니 관자(冠者)만도 백여 명이 모여 있었다. 모두 한때 노식에게 가르침을 받은 부근의 젊은 선비들로, 혹은 존경하는 스승에게 석별의 정을 표하고자 혹은 오랜 칩거 끝에 다시 벼슬길에 나서는 스승의 장도를 축하하고자 각기 술과 떡을 빚고 소와 닭을 잡아온 터라, 초당의 넓지 않은 뜰은 그들이 데려온 가복들로 저잣거리처럼 왁작거렸다.

그렇게 되고 보니 언제나 강도(講道)와 문학(問學)으로 엄숙하던 노식의 초당은 오래잖아 별사(別辭)와 축원이 얽혀 떠들썩한 잔치터로 변했다. 노식도 평소의 엄격함을 버리고 자애로운 사부(師父)로 돌아가 제자들과의 마지막 정을 나누었다. 제자들이 차례로 올리는 잔을 한 잔도 사양하지 않았을 뿐 아니라, 칠현금(七絃琴)과 축(柷)에 맞추어 전에는 입에 담지 않던 시사까지 읊조렸다. 다만 평소와 달라지지 않은 게 있다면, 언제나 힘주어 가르쳐온 충의와 더불어 동문 간의 굳은 결속을 잔치가 파할 때까지 몇 번이고 거듭 당부한 일이었다.

"임금과 스승과 아비가 한가지라면[君師父一體] 너희들은 모두 형제이다. 불의와 불충에 빠지는 형제가 있으면 서로 꾸짖어 말리고, 나라와 백성을 위해 일어나는 형제가 있으면 서로 힘을 모아 도와줄 것을 잊지 말아라."

결국 집안 아저씨 유원기가 유비를 위해 한 일은 겨우 몇 푼의 학자를 대준 게 아니라, 노식의 문하를 중심으로 한 유력한 인맥에 닿게 해준 것이었다. 유비의 앞날을 위해서는 소중한 밑천이 되는 인맥이었다.

이튿날 유비는 임지인 여강으로 떠나는 스승 노식을 동문들과 함께 십 리나 전송한 뒤 공손찬과도 작별을 했다. 공손찬은 요서까지 갈 마필을 구하러 유주성(幽州城)으로 가고, 유비는 정현선생을 찾아 학업을 잇기 전에 어머니와 학자를 대줄 유원기를 찾아보기 위해 탁현 누상촌(樓桑村)으로 가기 때문에 더는 함께 갈 수가 없었다.

"형님, 이렇게 헤어지면 언제 다시 뵙게 될는지요……."

갈림길에 이르러 유비가 주르르 눈물을 흘리며 공손찬의 소매를 잡았다. 원래 모질지 못한 유비의 감상 탓도 있지만, 둘 사이의 정 또한 그에 못지않게 깊었다. 하나는 의지 없는 고아이고 하나는 홀어머니의 외아들로서 다같이 남의 도움으로 학업을 닦게 된 것뿐만 아니라, 말수가 적고 자기보다 약한 자에게는 너그러운 성격에 있어서도 둘은 비슷했다. 그밖에 고리타분한 경학(經學)이나 사장(詞章)에 지나치게 빠져들지 않은 점도 수많은 동문 가운데서 그들 둘이 남달리 가까워진 이유가 되었다. 따라서 나이 차이가 대여섯이나 되는 데다, 하나는 관례조차 앞당기고 집을 나선 소년인 데 비해 하나는 이미 성혼하고 지방관리를 지낸 경험까지 있는 청년이었음에도, 둘은 누구보다도 가까운 사이가 되었다. 나이 든 공손찬이 좀 단순하고 직선적인 데 비해 어린 유비 쪽이 오히려 생각 깊고 우회적인 것이 나이에서 오는 어떤 거리감을 좁혀준 까닭이었다. 거기다가 사이가 가까워질수록 예를 잃지 않고 손위인 공손찬을 깍듯이 형님으로 모시는 유비의 겸손한 몸가짐도 무뚝뚝한 공손찬의 마음을 움직여 그 무렵 둘 사이는 피를 나눈 형제나 다름없었다.

마음이 굳기로 철석같다는 공손찬도 그런 유비의 눈물을 보자 역시 눈시울이 붉그레해지며 유비의 두 손을 마주 잡았다.

"아우, 너무 상심 말게. 만난 자는 반드시 헤어지게 되어 있는 법[會者定離]이라면, 헤어진 자는 또한 반드시 만나게 되어 있지 않겠나?"

"뵙고 싶어도 요서 땅은 이곳에서 수백 리 산과 들이 첩첩이 가로 막혀 있으니……."

"그렇지만 날랜 말로 달리면 하룻길일세. 거기다 그곳에는 오환의 좋은 말들이 많으니 아우가 그리울 때는 한달음에 달려오겠네. 학업이나 빨리 끝내고 돌아와 있게."

"저도 언제든 형님이 뵙고 싶으면 그리로 달려가겠습니다."

"그것도 좋지. 아니, 모든 것이 뜻 같지 못하면 차라리 그리로 옮겨오게. 그곳은 변방이라 선비(鮮卑)며 오환 같은 오랑캐 무리가 수시로 넘나드는 거친 곳이지만 그만큼 장부의 뜻을 펴볼 만한 곳이기도 하네. 거기다가 이 형이 비록 재주 없지만 그곳에 약간의 기반은 있네. 자네까지 힘을 합치면 정말 두려울 게 없을 것이네."

"새겨듣겠습니다."

하지만 뒷날 그들이 맺게 될 깊고 오랜 인연에 견주어보면 그 이별은 기실 잠깐 동안의 나뉨에 지나지 않았다. 공손찬이 천하를 다투는 싸움에서 불행하게 죽는 날까지 둘은 혈육이나 다를 바 없는 정으로 힘을 합쳐 난세를 헤쳐나가게 된다.

공손찬과 눈물로 헤어진 유비는 서둘러 탁현 누상촌으로 향했다. 노식이 초당을 세운 역수는 탁군 안고현(安故縣) 땅이어서 누상촌까지는 빠른 걸음으로도 해 질 녘에나 닿을까 말까 한 거리였다. 스승을 배웅하고 공손찬과 헤어지는 데 너무 많은 시간을 뺏겨 벌써 해가 중천에 솟은 때문이었다.

얼마를 가다 보니 제법 넓은 개울 하나가 앞을 가로막았다. 적어도 쉰 장(丈)은 되는 너비에 두 자 깊이는 되어보였는데, 여름 장마에 씻겨간 뒤 다시 손을 보지 않은 탓인지 아무리 둘러봐도 징검다리 하나 보이지 않았다.

할 수 없이 유비는 신을 벗고 바지를 걷은 채 물을 건너기 시작했다. 늦가을이 되는 구월도 이미 중순을 지난 데다 북쪽이라 물이 몹시 찼다. 거기다가 물 가운데는 보기보다 깊어 내를 건넌 유비의 아랫도리는 물에 함빡 젖어 있었다. 생각 같아서는 불이라도 피워 떨리는 몸을 녹이고 젖은 옷을 말린 뒤에 떠나고 싶었지만 갈 길이 바빠 그럴 틈도 없었다. 그래서 젖은 바지를 입은 채 다시 길을 떠나려 할 때였다. 누군가가 부른 것 같아 뒤를 돌아보니 냇물 저쪽에서 한 늙은이가 유비를 부르고 있었다.

"섰거라. 귀 큰 어린 놈아."

귀담아 들어야 겨우 알아들을 만큼 낮았지만 이상하게 또렷하게 들리는 목소리였다. 허름한 차림에 명아주 지팡이를 짚은 늙은이였는데, 별나게 희고 긴 수염에도 불구하고 기억에는 없는 모습이었다. 그뿐만 아니라, 이미 관례까지 치른 자신을 어린 놈이라고 함부로 불러대는 것도 그리 탐탁지 않았지만, 워낙 나이가 든 노인이라 유비는 할 수 없이 큰소리로 물었다.

"어르신, 무슨 일이십니까?"

"다리도 없고 배도 없으니 이 늙은 것이 어떻게 물을 건너란 말이냐? 네놈이라도 업어 건네다주어야 하지 않겠느냐."

마치 유비가 다리를 부수고 배를 없애버리기라도 한 듯한 말투였다.

그 같은 늙은이의 말투가 다시 귀에 거슬렸으나 유비는 말없이 건너온 냇물로 다시 들어갔다. 상대는 늙은이인 데다 자신은 이미 젖은 몸이었다. 너무도 당당한 그 늙은이의 요구도 예사롭지 않았다. 거기에는 반드시 어떤 까닭이 있을 것 같은 예감이 들었다.

한번 젖은 몸이어서인지 물은 한층 더 차갑게 느껴졌다. 그러나 유비는 낯빛도 변하지 않고 건너가 하인이라도 부리고 있는 듯한 그 늙은이를 들쳐 업었다. 늙은이는 보기보다 무거웠다. 또래에서는 힘깨나 쓰는 유비였지만 개울을 다 건넜을 때는 다리가 후들거릴 지경이었다. 그런데 더 기막힌 것은 그 늙은이를 개울가에 내려놓은 뒤였다.

"이런 내 정신 보게. 보퉁이를 저쪽에 두고 왔구나. 네놈을 부르는 데 급해서 그만……."

거친 숨을 내쉬고 있는 유비에게 고맙다는 인사는커녕 다시 나무라는 투로 늙은이가 말했다. 그제야 유비는 그를 가만히 쳐다보았다. 흔한 유건(儒巾) 하나 쓰지 않은 누더기 차림이었지만 어쩐지 민촌의 무지렁뱅이 늙은이 같지는 않았다.

이따금씩 스승 노식의 초당을 찾곤 하던 이름 모를 은사(隱士)들에게서 느껴지던 분위기 같은 것이 그에게서도 느껴졌다. 그때 노인이 다시 소리쳐 꾸짖었다.

"이런 멍청한 녀석 같으니. 너는 내가 보퉁이를 두고 왔다는 말을 듣지 못했느냐?"

"제가 다녀오겠습니다."

유비가 얼결에 그렇게 대답했다. 그러나 늙은이는 한층 큰소리로 나무랐다.

"네가 어딜 가서 그 보퉁이를 찾는단 말이냐? 잔말 말고 다시 나를 업어라."

그러자 어지간한 유비도 은근히 부아가 일었다. 일부러 사람을 괴롭히려 드는 듯한 느낌마저 드는 탓이었다. 거기다가 더 이상 그곳에서 지체하다가는 저물기 전에 집으로 돌아갈 수 없을 만큼 길도 바빴다. 그러나 유비는 다시 말없이 그 늙은이를 업었다. 그냥 떠나버리면 이미 한 수고까지 소용없어져 버리지만 한 번 더 다녀오면 그 수고는 두 배로 남게 된다, 그런 생각으로 스스로를 달랜 뒤였다.

다행히 그 늙은이는 한 번 더 냇물을 건너갔다 오는 것으로 더는 유비를 괴롭히려 들지 않았다. 그 대신 냇가의 마른 풀 위에 털썩 앉으며 전과 달리 부드러운 목소리로 물었다.

"네 이름이 무엇이냐?"

"유비라고 합니다."

"좋은 상(相)이다."

"무슨 말씀이온지……."

"만 가지 상 가운데서도 마음의 상[心相]이 제일 중하다는 뜻이다."

늙은이는 그렇게 말하더니 갑자기 험한 눈길이 되어 다그쳤다.

"네놈은 혹시 나를 황석선생(黃石先生)쯤으로 넘겨짚은 거 아니냐? 그리하여 장자방(張子房)처럼 천서(天書)라도 얻어걸릴까 하여 내게 이리 인심을 쓴 것이렷다?"

물론 유비도 황석공(黃石公)과 장량(張良)의 옛일은 들어 알고 있었다. 그러나 황석공이 다리 위에서 두 번씩이나 벗어던진 신을 주워주었다는 장량을 흉내 낸 건 결코 아니었다. 유비가 부드럽게 웃으며 받았다.

"옛일은 다만 옛일일 따름입니다. 시대가 다르고 사람이 다른데 어찌 같은 일이 되풀이될 수 있겠습니까?"

"그런데 너는 어째서 두 번째로 나를 업고 건널 생각을 했느냐? 무엇을 바라고 한 번 더 수고로움을 참았더냐?"

늙은이가 다시 살피는 눈길로 돌아가 유비를 쏘아보며 물었다. 그 제서야 유비도 그 늙은이의 두 눈에서 심상치 않은 빛을 알아보고 솔직히 털어놓았다.

"잃어버리는 것과 두 배로 늘어나는 차이 때문입니다. 제가 두 번째로 건너기를 마다하게 되면 첫 번째의 수고로움마저 값을 잃게 됩니다. 그러나 한 번 더 건너면 앞서의 수고로움도 두 배로 셈쳐 받게 되지 않겠습니까?"

그 말에 늙은이의 눈에서 한층 강한 빛이 뿜어나왔다.

"네 나이 올해 몇이냐?"

"열일곱입니다."

"벌써 그걸 알고 있다니 무서운 아이로구나."

"네……?"

"그게 바로 개같은 선비들이 입만 열면 짖어대듯 말하는 인의의 본체다. 그걸로 빚을 주면 빚진 자는 열 배를 갚고도 아직 모자란다고 생각하며, 그걸로 다른 사람을 부리려 들면 그 사람은 목숨을 돌보지 않고 일하게 된다."

"……"

"나도 네게 빚을 졌으니 호된 값을 물어야겠구나."

"그런 뜻이 아니옵고……."

"하나 일러주마. 그걸 쓸 때는 결코 남이 네가 그걸 쓰고 있다는 걸 알게 해서는 안 된다."

그러자 유비가 빙긋이 웃었다.

"저는 저 자신도 그걸 잊고자 합니다."

"거기까지……."

그렇게 말하며 다시 한번 유비를 뚫어지게 쳐다보는 노인의 눈에서는 그대로 불꽃이 일고 있는 것 같았다. 그러다가 거의 뜨거운 차 한 잔을 마실 만한 시간이 지난 뒤에야 목소리를 가다듬어 물었다.

"어디 사는 누구냐?"

"탁현 누상촌에 사는 유비라고 합니다."

"그렇다면 탁록정후의 후예겠구나. 누구에게서 배웠느냐?"

"노식선생님의 문하에 잠깐 있었습니다만……."

"노자간(盧子幹)이? 머릿속에는 귀신들의 말과 고집만 잔뜩 들어 있는 그 되다 만 작자가 널 길렀다고?"

늙은이는 아무래도 못 믿겠다는 듯이 그렇게 되물었다. 나이는 줄 잡아 십여 년 차이가 나 보이지만, 말투로 미루어보면 스승 노식을 잘 알고 있는 것 같았다.

유비는 그 늙은이의 뜻을 거스르지 않기를 잘했다고 생각하면서 공손히 물었다.

"스승님을 잘 아십니까?"

"알지. 더벅머리로 책을 끼고 마융 늙은이의 문하를 드나들 때부터 알고 있다. 실은 오늘도 그 작자를 만나러 갔다가 허탕을 치고 오는 길이다."

"스승님은 아침 일찍 여강으로 떠나셨습니다. 무슨 일이십니까?"

"바로 그걸 말리려고 멀리서 달려왔는데 한 발 늦었다. 너는 태뢰(太牢)의 소를 아느냐?"

"네."

"뿔이 곧고 잡털이 섞이지 않은 소를 골라 콩을 먹이고 비단으로 소를 치장함은 그 소를 위해서가 아니다. 나라의 제사에 그 고기를 쓰고자 함이니, 어리석은 소는 백정의 도끼가 정수리에 떨어질 때에야 비로소 슬퍼한다. 벼슬도 그와 같으니, 내 그걸 말리려고 자간을 찾아가는 길이다."

"사람이 학문을 닦음은 장사치가 귀한 구슬을 구해 살 사람을 기다리는 것과 같다고 들었습니다. 세상을 위해 쓰지 않을 바에야 학문을 닦아 무얼 하겠습니까?"

"으음, 노자간의 머리에 가득 들어 있던 죽은 사람들의 말과 글이 어느새 너에게도 옮았구나."

그러더니 늙은이는 다시 한번 유비의 얼굴을 구석구석 뜯어보았다. 그걸 통해서 그의 지난날과 앞일을 한꺼번에 알아내겠다는 듯이나 세밀한 눈길이었다.

"아깝구나. 하지만 사람은 저마다 정해진 길이 있으니 어쩌겠느냐? 동덕(同德, 도가에서 이상화한 원시적 자급자족 상태)과 천방(天放, 역시 도가에서 이상화한 원시적 무정부 상태)이 멀다면 요순(堯舜)의 가르침도 세상을 위한 한 가닥 길은 되리라."

이윽고 늙은이는 그렇게 탄식했다. 노식 아래서 유가(儒家)의 글

54

밖에 읽은 적이 없는 어린 유비에게는 잘 알아들을 수 없는 말이었다. 그러나 늙은이는 유비가 무엇을 물을 틈을 주지 않고 갑자기 어조를 바꾸어 먼저 유비에게 물었다.

"그래, 이제 네가 하고자 하는 바가 무엇이냐?"

"장부가 품은 뜻 중에 제세안민(濟世安民)보다 더 큰 것이 있겠습니까? 어지러운 천하를 바로잡고 백성을 편안케 하는 것이 제 뜻입니다."

"무엇으로 그 뜻을 이루겠느냐?"

"우선은 새로운 스승을 구해 부족한 배움을 이으면서 천천히 생각해보겠습니다. 다행히 스승님께서 떠나시면서 북해(北海)의 정강성[鄭玄]선생께 저를 천거해주셨습니다."

"그다음은 묘당에 높이 올라 큰 관과 긴 수염을 쓰다듬으며, 위로는 예악을 말하고 아래로는 오형(五刑)으로 다스릴 작정인가?"

"이 비 비록 아는 바는 적으나 어지러운 세상을 구하고 백성을 평안케 하는 길이 어찌 예악과 오형뿐이겠습니까? 하지만 반드시 그 길뿐이라면 마다하지 않겠습니다."

"그렇다면 허리에는 대장인(大將印)을 차고 두 손은 부월(斧鉞)을 받든 채 삼군(三軍)과 오병(五兵)을 몰아, 밖으로는 사방의 오랑캐[四夷]를 토벌하고 안으로는 역적을 주멸할 작정인가?"

"마찬가지로 대장부의 일이 어찌 반드시 그뿐이겠습니까만, 만약 그래서 세상이 평온하고 백성들이 각기 그 삶을 즐거이 누릴 수 있게 된다면 또한 마다하지는 않겠습니다."

"내 짐작이 틀림없다면 너는 한실의 종친이다. 그것은 어떻게 생각하느냐?"

"우리 한나라를 일으키고 키우신 열성(列聖)의 피가 제 몸에도 흐르고 있음이니 잠시라도 가볍게 여길 수 있겠습니까? 비록 몸은 궁벽한 곳에 영락해 있으나 마음은 궁궐 안에 있듯 높게 가지라는 어머님의 말씀을 잊지 않고 있습니다."

그런 유비의 말 어디가 우스운지 갑자기 늙은이가 빙긋 웃었다. 그리고 비로소 자리를 털고 일어나며 말했다.

"이제서야 잠시 네 등을 빌린 값을 하게 되었다. 가자."

그 늙은이가 영문을 몰라 얼떨떨한 유비를 데리고 간 곳은 거기서 멀지 않은 마을 입새의 고목 아래였다.

"너는 이미 말을 많이 하면 마음이 빈다는 걸 알고 있다. 이제 나도 말을 좀 아껴야겠다."

늙은이는 그렇게 말한 뒤 머리 위의 고목을 가리켰다.

"지금 내가 너에게 하려는 말은 이 고목의 몸으로 다하고 있다. 네 마음의 귀로 들어보아라. 그럼 나는 길이 바빠 가봐야겠다."

그 말에 유비는 나무를 한번 올려다볼 겨를도 없이 떠나려는 늙은이에게 물었다.

"어르신의 크신 이름은 어떻게 되옵니까?"

"칡뿌리나 캐고 고사리나 꺾으며 산골에 숨어 사는 늙은이에게 무슨 이름이 있겠느냐? 뒷날 네 스승을 만나거든 그저 상산(常山)의 한 나무꾼 늙은이[樵翁]라고 하면 된다."

말을 마친 늙은이는 그대로 휘적휘적 제 갈 길을 떠나갔다. 아직도 미진한 유비가 무어라고 말하며 뒤따르려 하자, 뒤돌아보지 않은 채 한마디 덧붙였을 뿐이었다.

"이 귀 큰 어린 놈아, 이제 셈은 끝났다."

그제서야 유비도 따라가봐야 소용없다는 걸 느끼고 그 늙은이가 가리킨 나무 쪽으로 돌아섰다. 넉넉히 세 아름은 됨직한 나무로 줄 잡아 몇백 년은 돼 보이는 고목이었지만, 오래된 시골 마을 초입에 서는 흔히 볼 수 있는 그런 종류였다.

유비는 약간 실망이 되었으나 아무래도 그 늙은이가 실없는 소리를 한 것 같지는 않아 찬찬히 그 나무를 살피기 시작했다. 높이 열장쯤 될까, 그러나 너무 늙은 탓인지 높은 곳의 가지들은 이미 말라 죽어 있었고, 단풍진 잎이 붙어 있는 가지는 아래로 채 절반이 안 되었다. 그러나 자세히 보면 그 가지들도 한결같지는 않았다. 어떤 가지는 이미 반쯤이 검게 썩은 잎들로 지저분했고, 어떤 가지는 노랗게 잘 단풍이 든 잎으로 아름다웠다. 고목 줄기에서 뻗은 가지와 뿌리에서 새로 돋은 가지의 차이였다. 하지만 그걸로 그뿐, 아무리 올려다보아도 그 늙은이가 그것들을 통해 무엇을 말하려고 하는지는 얼른 짐작이 가지 않았다.

제법 따끈하긴 해도 역시 늦가을 볕이라 그런지 한자리에서 움직이지 않고 서 있자 유비의 젖은 몸이 차차 떨리기 시작했다. 그러나 유비는 여전히 꼼짝도 않고 서서 그 고목을 응시했다. 마음속으로는 그 늙은이와 나누었던 대화들을 처음부터 차근차근 되새기면서.

그렇게 한 식경이나 지났을 무렵이었다. 얼어붙은 듯 서 있던 유비가 갑자기 엄숙한 표정을 지으며 천천히 고개를 끄덕였다. 그러더니 품안을 더듬어서 서찰 한 통을 꺼내서는 망설임 없이 찢어버렸다. 전날 스승 노식이 그를 위하여 정현선생에게 쓴 추천장이었다.

그 뒤 거의 뛰듯이 집으로 달려가던 유비가 딱 한 번 걸음을 멈춘 것은 고향 집 앞의 큰 뽕나무 앞에서였다. 이미 날은 저물었지만 동편에서 뜨는 열아흐레 달빛으로 거무스레하게 드러나는 그 뽕나무는 마치 임금의 행차 때 쓰는 뚜껑 있는 수레 같은 모양이었다. 어렸을 적 그 가지 위에 올라 소꿉동무들에게,

"나는 다음에 천자가 되어 이런 수레를 탈 테야."

라고 으스대다가 어른들에게 호된 꾸중을 들은 추억이 서린 나무였다. 그러나 또한 그 턱없는 말 때문에 짚신을 삼고 돗자리나 치는 처지에서 벗어나 노식의 문하에 들게 해준 소중한 인연의 나무이기도 했다. 그 일을 전해 듣고 남다르게 여긴 먼 친척 유원기가 발벗고 나서 유비의 뒤를 보아주게 된 까닭이었다. 유비가 거기서 잠시 걸음을 멈춘 것은 그런 추억에서 오는 어떤 감회 때문이었으리라.

막 자리에 들려던 유비의 어머니는 그런 아들의 돌연한 귀가에 놀랐다. 그러나 더욱 놀라운 것은 의젓한 선비가 되어 돌아오리라 기대했던 외아들이 인사가 끝나기 무섭게 돗자리를 짜는 틀을 찾는 일이었다.

"돗틀은 광에 넣어두었다. 그런데 그건 왜 찾느냐?"

"내일부터 다시 돗자리를 짜렵니다."

영문을 몰라 묻는 어머니에게 유비가 담담한 목소리로 대답했다.

"그게 무슨 말이야? 아무리 네 스승이 벼슬살이를 떠났다고 하지만 일껏 시작한 학업을 중도에 그만두고 다시 돗자리를 짜겠다니?"

"일하지 않고 먹는 것은 도둑과 거지뿐입니다. 그런데 제게는 갈

땅이 없으니 거지나 도둑이 되지 않으려면 다시 돗자리를 치는 수밖에 없습니다."

"먹고사는 일이라면 원기 아저씨가 넉넉히 보아주고 있다. 너는 달리 스승을 구해 더욱 힘써 글을 배워야 한다."

"글이란 이름자만 쓸 줄 알면 넉넉하다고 한 이도 있습니다. 더 배워봐야 이미 죽은 사람들의 말이나 글로 공연히 머리만 썩일 뿐입니다."

그러자 비로소 아들의 변화가 심상치 않음을 느낀 어머니가 놀람과 걱정에 휩싸이며 물었다.

"옛 성현의 가르침을 죽은 사람의 말과 글이라고 하다니? 네가 도대체 무슨 생각으로 그러느냐?"

"어머님께서는 그럼 지금 세상이 글이 모자라고 성현의 가르침을 몰라서 이같이 어지럽다고 믿으십니까?"

그렇게 반문한 유비는 이어 그날 낮에 있었던 일을 차근차근 털어놓았다. 그리고 인근에 널리 알려진 효자답게 노인이 가리킨 고목을 보며 느낀 것까지 모두 말함으로써 놀람과 걱정에 빠진 홀어머니를 안심시켰다.

"그 고목은 바로 우리 한조(漢朝)였습니다. 나무가 오래되면 높이 있는 가지부터 마릅니다. 그리고 땅에 가까워올수록 살아 있는 것들이 늘지만 그것도 그 고목의 줄기에서 시작한 가지는 오래잖아 말라들고 말 것입니다. 그러나 뿌리는 의지했으되 땅의 힘을 빌려 새로 돋은 가지는 싱싱했습니다. 세월이 지나면 반드시 또 하나의 거목으로 자라리라 믿어집니다. 저는 바로 그런 가지가 되고 싶습니다. 이미 말라가는 등걸에 의지하는 것이 아니라 땅의 힘을 빌려 새로 돋고 싶습니다. 시들어가는 한실의 권위에 기대지 않고, 백성들 속에서 그들의 믿음과 사랑에 힘입어 스스로 자라보겠습니다. 고조(高祖)께서 한낱 정장(亭長)으로 역도(役徒)들을 이끌고 바닥에서 몸을 일으키시어 천하를 바로잡으셨듯이……."

누운 용 엎드린 범

술잔은 노래로 마주해야 하리.　　對酒當歌
우리 살이 길어야 얼마나 되나.　　人生幾何
견주어 아침 이슬에 다름없건만　　譬如朝露
가버린 날들이 너무 많구나.　　　去日苦多

하염없이 강개에 젖어보지만　　　慨當以慷
마음속의 걱정 잊을 길 없네.　　　憂思難忘
무엇으로 이 걱정 떨쳐버릴까.　　　何以解憂
오직 술이 있을 뿐이로다……　　　唯有杜康
(杜康, 옛적 술을 잘 담그던 사람)

은은한 칠현금 소리에 맞추어 부르는 노랫소리가 낭랑했다. 낙양성 북쪽의 한 저택 후원이었다. 가을바람 서늘한 곳에 술상을 벌여 놓고 두 청년이 마주 앉아 있었다. 그 곁에서 칠현금을 뜯고 있는 것은 불려온 듯한 유녀(遊女)였다.

방금 노래를 부른 청년은 스물두셋쯤 되었을까. 눈에 띄게 잘생기지는 않았지만 몹시 강한 인상을 주는 얼굴이었다. 길고 여윈 얼굴에 가늘게 찢어진 눈에서는 이따금씩 쏘아내듯 빛이 번득였고, 쭉 뻗은 콧날과 엷으나 붉은 입술도 차가우면서도 단단한 느낌을 주었다. 그러나 무엇보다도 특징이 되는 것은 예측할 수 없게 뒤바뀌는 표정이었다. 가만히 있으면 어딘가 냉혹하고 비정한 인상을 주지만 한번 얼굴을 펴고 웃으면 아무리 성난 사람이라도 미소를 짓지 않을 수 없을 만큼 소탈하고 천진해 보였다. 슬픔에 잠기면 얼굴에 어둠이라도 끼듯 보는 사람마저 까닭 없이 어두운 기분에 젖어들게 되었고, 한번 화를 내면 그 얼굴은 그대로 열화 덩어리로 보였다.

그런데 방금 노래를 마친 그의 얼굴은 금세 눈물이라도 흘러내릴 것처럼 어두운 그림자에 덮여 있었다.

그의 이름은 조조(曹操), 자는 맹덕(孟德)으로 패국(沛國) 초현(譙縣) 사람인데 스무 살 남짓에 효렴(孝廉)으로 천거되어 그 무렵은 낙양 북부도위(北部都尉)란 벼슬을 살고 있었다.

"아만(阿瞞, 조조의 어릴 때 이름) 형, 가락이 너무 처량하구려."

조조가 노래를 부를 동안 큰 잔으로 거푸 술을 들이켜던 맞은편 청년이 그렇게 말했다. 조조의 두 배는 됨직한 떡 벌어진 체격에 구레나룻이 거뭇거뭇한 얼굴과 부리부리한 눈 따위, 한눈에 힘꼴깨나 쓰는 장사로 보였다.

어릴 적 이름인 아만으로 조조를 부르는 것으로 보아 피붙이이거나 어릴 때부터 함께 자란 사이 같았다.

"원양(元讓), 너는 이 썩은 세상이 보이지 않느냐? 어버이인 임금이 자식인 신하를 오히려 아버지라고 부르는 이 같은 세상에 어찌 즐거운 노래가 나오겠느냐?"

임금이 신하를 아버지라 부른다 함은 영제(靈帝)가 열 명의 세력 있는 내시 가운데 가장 나이 많은 장양(張讓)을 아부(阿父)라고 부르는 것을 가리키는 말이었다. 아부란 아버지나 숙부를 정답게 부르는 말로서, 환관들의 농간에 넘어간 황제가 그만큼 그들을 믿고 의지한다는 뜻이었다.

그러나 조조가 가리키는 것은 단순히 그 일만이 아니었다. 석 달 전 영창(永昌) 태수 조앵(曹鸞)이 당고의 화를 입은 청의(淸議)들을 위한 상소를 올린 적이 있었다. 그 내용이 너무 곧고 절실해서 기분이 상한 데다 십상시의 충동질이 있자 노한 황제는 조앵을 잡아 감옥으로 보낸 뒤 때려죽이게[撲殺] 했다. 뿐만 아니라, 당고의 화에 관련되었다가 복직된 자는 물론 그 아비와 자식, 형제까지 벼슬을 사는 자는 모조리 내치라는 명을 내려 한 가닥 조정에 남아 있던 맑은 기운마저 쓸어내버렸다.

"그렇다면 까짓 불알 없는 내시들을 확 쓸어버릴 궁리는 않으시고 천하의 아만 형답지 못하게 무슨 궁상맞은 노래시오?"

조조의 마음을 아는지 모르는지 맞은편의 덩치 큰 사내는 술잔으로 상을 탕탕 내리쳐가며 호쾌하게 말했다. 그의 이름은 하후돈(夏侯

惇), 원양이란 자를 쓰며 조조와는 어릴 때부터 함께 자란 고향 친구였다. 열다섯 살 때 스승을 욕하는 자를 그 자리에서 때려죽일 만큼 힘이 세고 성격이 거칠어 초현 사람들은 한결같이 두려워했으나 어찌 된 셈인지 먼 친척 형뻘인 조조에게는 순하기가 양 같았다.

하후돈은 조조가 한때 저잣거리의 협객들과 어울려 다닐 때는 충실한 그의 주먹 노릇을 하다가 조조가 효렴으로 뽑히어 낙양으로 올라오자 그도 따라와 조조의 집에서 기식하고 있었다. 무예가 출중한 그라 원한다면 하급 무관 자리는 언제든 얻을 수 있었지만, 왠지 그는 조조 아래서가 아니면 일하려들지 않았다. 조조도 굳이 그에게 하찮은 벼슬자리를 권하려들지 않는 대신 그에게 병서를 구해주어, 그 무렵은 거기에 몰두하고 있었다.

"원양은 말을 함부로 하는구나. 사람은 출신을 배반해서는 못 쓰는 법이다."

조조가 문득 엄한 얼굴이 되어 하후돈을 나무랐다. 하후돈도 그 말을 듣자 무안한 기색으로 입을 다물었다. 그도 그럴 것이 비록 양자를 든 집[養家]이라 하나 조조의 집안이 바로 자기가 욕한 불알 없는 내시 놈들인 환관 집안이었기 때문이었다. 우선 조조에게 조부가 되는 조등(曹騰)부터 살펴보자.

『후한서(後漢書)』「환자열전(宦者列傳)」은 조등에 관해 이렇게 적고 있다.

'조등의 자는 계흥(季興)이요 패국(沛國) 초현 사람이다. 안제(安帝) 때 황문종관(黃門從官)이 되었는데, 등태후(鄧太后)는 그가 젊으면서도 근후함을 보고 아직 동궁이던 순제(順帝)의 글동무가 되도록 하고 특별히 아꼈다. 순제가 즉위하자 그는 소황문(小黃門)으로 중상시가 되었고 환제(桓帝)가 즉위한 뒤에는 비정후(費亭侯)에까지 올랐다.

등은 벼슬에 오른 지 삼십여 년, 네 황제를 섬기면서도 그릇됨이 없었다. 그가 추천한 사람은 진류(陳留) 땅의 우방(虞放)과 변소(邊韶), 남양(南陽) 땅의 연고(延固)와 장온(張溫), 홍농(弘農) 땅의 장환(張奐), 영천(潁川) 땅의 당계전(堂谿典) 등인데 한결같이 당대의 명사들이었다.

한번은 촉군(蜀郡) 태수가 등에게 계리(計吏)를 통해 뇌물을 바쳤는데, 익주(益州) 자사 추고(秋暠)가 도중에 그 편지를 손에 넣어 태수와 함께 등을 탄핵하는 글을 올렸다. 황제는 말하기를,

"편지는 밖에서 저절로 온 것이니, 등에게는 죄가 없다."

하며 추고의 상주를 받아들이지 않았다. 그러나 등은 추고를 원망하지 않고 오히려 그가 좋은 관리라고 칭찬을 아끼지 않으니 사람들이 모두 그 같은 태도를 아름답게 여겼다. 뒷날 사도(司徒)의 자리에까지 오른 추고도 손님이 오면 말하곤 했다.

"오늘 이 몸이 삼공(三公)의 자리에 오른 것은 오로지 조상시[曹騰, 조등]의 힘이다……."

그러나 이 기록은 『후한서』를 지은 이가 위(魏)를 계승한 진(晉, 東晉) 사람임으로 해서 조조를 위한 곡필의 의심을 받고 있다. 특히 조등이 대장군 양기(梁冀)와 손을 잡고 환제를 세워 그 공으로 후(侯)

에 봉해진 것이나, 그럼에도 그 후 양씨 일족이 죄를 쓰고 몰살될 때는 교묘히 몸을 빼내 살아남아 영달을 누린 걸 보면 그의 비상한 임기응변의 재능과 아울러 음험한 책략이나 술수까지도 짐작게 한다.

조조의 아버지 조숭(曹嵩)은 그런 조등의 양자였다. 한나라 초기에는 환관의 봉작(封爵) 세습이 인정되지 않았지만 순제(順帝) 때 손정(孫程) 등이 반정(反正)에 성공하여 열후(列侯)에 봉해진 뒤 환관도 양자를 얻어 가문을 잇게 할 수 있었다. 원래 조숭은 하후씨(夏侯氏) 출신이며 하후돈, 하후연 등이 조조의 생가 사촌형제들이란 말이 있으나, 조홍(曹洪), 조인(曹仁) 등이 역시 조조의 사촌형제로 기록되어 있는 걸 보면 조숭이 조씨(曹氏)가 된 것은 더 윗대의 일인지도 모른다.

그런 조숭의 벼슬에 대해서는 나중에 일억만 전(錢)을 써서 태위(太尉)에 오른 것 외에 별다른 기록이 남아 있지 않다. 조숭 자신은 환관이 아니고, 태위는 삼공에 드는 높은 벼슬이었으나 조조에게는 일생의 상처와도 같은 황문(黃門, 환관 집안) 출신 또는 탁류라는 낙인을 지워주지는 못했다.

조조가 하후돈에게 상기시킨 것은 바로 그 점이었다. 나라를 근심해도 그 가장 큰 원인인 환관을 드러내놓고 욕하는 것은 도리어 누워서 침 뱉는 격이 되니 거기에 조조의 아픔이 있었다. 잠시 방 안에 어색한 침묵이 흘렀다. 그러나 조조는 이내 얼굴을 풀며 힘 있게 덧붙였다.

"거기다가 내 노래는 아직 끝나지 않았다."

그 말에 하후돈도 무안함을 털어버리듯 입을 열었다.

"그렇다면 그 노래를 마저 들려주십시오."

"아직 다 짓지 못했다. 하지만 이 노래가 결코 나약한 탄식에 젖은 채로 끝나지는 않을 것이다. 우선 한 구절만 더 들려주겠다."

그리고 술 한 잔을 훌쩍 비운 조조는 손바닥으로 상 모서리를 쳐가며 다시 노래하기 시작했다.

푸르른 그대의 옷깃	青青子衿
아득히 그리는 이 마음	悠悠我心
오직 그대로 하여	但爲君故
이리 생각에 잠겨 읊조리네.	沈吟至今

사슴의 무리 슬피 울며	呦呦鹿鳴
들의 쑥을 뜯는구나.	食野之苹
내게 귀한 손님이 오면	我有嘉賓
거문고와 피리로 반기리……	故瑟吹笙

"전보다는 형님다운 기개가 조금 살아났습니다. 왜 마저 짓지 않으십니까?"

듣기를 마친 하후돈이 조르듯 물었다.

"노래는 마음에서 우러나는 것, 아직 내 마음을 정하지 못했기 때문이다."

조조는 그렇게 대답하며 찬 기운이 돌듯 맑은 늦가을의 하늘을 아득히 올려다보았다. 마치 자신이 기다리는 귀한 손이 그 하늘로부터 내려오고 있기나 하듯.

전통적인 또는 기성의 권위가 낡고 부패하여 흔들리기 시작하면 가장 먼저 반응하는 것은 지식인 계층이다. 그들의 섬세한 감각은 일반 민중들이 아직 그 흔들림을 느끼기도 전에 벌써 붕괴의 예감에 떨며 괴로워한다.

이때 그들이 보여주는 반응의 형태는 크게 두 가지로 나뉜다. 하나는 전통의 권위를 옹호하려는 쪽으로, 그들은 자기들이 의지해온 권위가 흔들리기 때문에 오히려 더 열정적으로 그 회복에 몸과 마음을 바친다. 동양에서 각 왕조의 교체가 있을 때마다 나타나는 충신 열사가 그들이며, 서양의 개혁기에도 또한 어김없이 나타나는 극단한 반동주의자가 그들이다.

다른 하나는 전통의 권위로부터 탈주하는 쪽이다. 그들 중에 야심과 능력을 겸비한 자는 스스로 새로운 권위가 되어 기존의 체제에 도전하고, 거기에 이르지 못하는 자는 나름대로 선택한 새로운 권위를 위해 낡은 권위를 타도하는 데 앞장선다. 그들을 지배하는 열정의 근원은, 자기들의 권위가 새로움이며 그 선택이 모험이라는 점으로서, 좋은 뜻으로는 혁명가이고 나쁜 뜻으로는 반역자라 불리는 이들이 그들이다.

그런데 여기서 다시 한번 살펴보고 싶은 것은 그들 탈주한 지식 계급 또는 대항정영(對抗精英, 대항 엘리트)의 유형이다. 혁명을 향한 열정과 재능을 기준으로 분류하면 대략 네 가지가 되는데, 그 첫 번째는 열정도 재능도 없이 혁명에 참가한 자들이다. 이들은 머릿수를 채우는 데는 혁명에 도움을 주지만, 너무도 쉽게 무너진다는 점에서는 없는 것과 크게 다름이 없다. 사소한 이해나 은원(恩怨)에 휩쓸려 혁명에 가담하거나 반체제의 선전에 충동되어 모인 일시적인 다중의 대부분이 이들이다.

두 번째는 혁명 운동에 필요한 재능, 즉 음모와 조직과 선동의 능력은 있으나 열정과 그에 따르는 신념이 없는 부류이다. 이들은 혁명이 성공적으로 진행되고 있는 동안에는 놀랄 만한 일을 한다. 그러나 기성의 권위가 뜻밖으로 완강하게 버티거나 거세게 반격해오면 가장 치명적인 피해를 대항 집단에 입히게 된다. 거사 직전의 밀고, 결정적인 시기의 변절 따위가 이들의 솜씨이며, 때로 이들에게 있어서 반항은 혁명 그 자체에 목적이 있는 것이 아니라, 좋은 조건으로 기성의 권위체제에 수용되기 위한 수단으로 보여지기까지 한다.

세 번째는 앞서와 반대로 혁명에 필요한 재능은 없고 열정만 있는 부류이다. 이들은 모든 혁명 운동에 있어서 힘의 원천이며 마지막 보루다. 그러나 또한 가장 많이 희생하면서도 가장 적게 얻는 것이 이들이다. 어떤 혁명에서도 그 과일은 이들의 것이 되지 못하며, 심지어는 그들에게 돌아가는 유일한 과일인 공허한 말의 성찬조차도 누구에겐가 가로채이고 만다.

마지막이 열정과 재능을 한 몸에 모두 지닌 경우이다. 이들이야말로 모든 대항 집단의 핵심 세력이 되며 미래의 새로운 권위가 될 가능성이 있다. 그러나 자세히 살피면 이들도 두 부류로 나눌 수 있다. 하나는 권위의 틀인 제도를 위주로 한 혁명으로 사회를 밑바닥에서부터 뒤엎는 극단한 양상을 보이는 한편, 다른 하나는 권위의 담당자를 위주로 하는 경우로 담당의 정당성만 확보되면 그전의 제도를 계승, 답습하는 부분적인 혁명이 되고 만다.

이러한 구분은 물론 엄격한 서구식의 혁명 개념에는 맞지 않을는지 모른다. 뒤의 경우, 즉 동양형의 혁명은 결국 자기가 쓰러뜨린 왕조와 비슷한 새 왕조를 여는 것으로 끝나버리고, 그나마도 어리석은 후계자와 그를 둘러싼 권력 장치의 무능 및 부패로 세월이 갈수록 혁명이란 말에는 어울리지 않게 되기 때문이다. 그러나 최소한 자신이 몸을 일으킬 때보다는 나은 세상을 꿈꾸고, 또 실제로도 어느 정도 그 꿈을 실현한 점에 있어서는 그들 역시도 혁명가들이다.

혁명이란 말에는 약방의 감초처럼 따라붙는 민중을 끌어대 봐도 마찬가지다. 도대체 동양의 어떤 태조(太祖)가 민중의 지지 없이 새 왕조를 열 수 있었을 것인가.

하지만 그런 동양적인 혁명가들 가운데 한층 억울한 것은 찬탈자란 이름을 가진 이들이다. 그들은 살아서는 끊임없이 충의를 앞세운 반동 세력의 도전을 받고, 죽어서는 아름답지 못한 이름에 시달린다. 그들이 우리의 감정을 거스르는 것은 양위(讓位)를 받는 순간까지도 충성을 다짐하고 마지막 정적을 없앨 때까지도 자기가 말살시키려는 그 권위에 의지한다는 점일 것이다. 그러나 찬탈자로 태어나는 자가 따로 있지 않을 바에야 어느 시기까지의 충성은 진정한 것으로 봐야 하지 않을까. 그러다가 끝내 그 낡은 권위에 절망한 나머지 찬탈자의 길을 갔다면 반드시 그만을 나무랄 수도 없으리라. 또 자기가 말살할 권위를 끝까지 이용한 것도 그렇다. 그만큼 전통적인 권위가 갖는 상징적인 힘을 잘 알았다는 뜻에서 역시 비범이라고 봐 주어야 하지 않을까.

아직 청년 조조를 사로잡고 있는 열정은 나날이 쇠약해지는 한조를 향한 충성에서 비롯되고 있었다. 까마득한 조상인 상국(相國) 조참(曹參)으로부터 할아버지 조등에 이르기까지 그들 가문에 내려진 한조의 은혜는 우악(優渥)스런 것이었다. 거기다가 사백 년의 세월이 확보하고 있는 한나라 조정에 대한 백성들의 가슴속 깊은 애정도 조조는 잘 알고 있었다.

그런 조조의 태도를 잘 보여주는 것이 임협(任俠) 시절을 청산하고 처음 낙양의 북부도위에 임명되었을 때의 일이었다. 그는 오색으로 칠한 몽둥이를 성문 좌우 십여 장(丈)에 벌려 세우고 수하 관원들에게 말했다.

"도성의 성문은 대궐의 외문(外門)이다. 이곳이 허술하면 마침내 도적은 금문(禁門)도 업신여기게 된다. 앞으로 정한 시각 이외에 이 문을 드나들면 누구든 이 몽둥이로 때려죽일 것이다."

그런데 몇 달 뒤에 영제의 총애를 받는 십상시 가운데 하나인 건석(蹇碩)의 아재비 되는 자가 그걸 어기고 밤중에 그 문을 지나갔다. 나는 새도 떨어뜨린다는 중상시인 조카를 믿고 한 짓이었다. 그러나 조조는 용서하지 않았다.

"국법을 시행하는 데 어찌 사사로움이 있겠는가."

조조는 그렇게 말하며 그 자리에서 때려죽이게 했다. 다음 날 건석이 그걸 알고 눈물로 영제에게 조조를 참소했으나 워낙 잘잘못이 뚜렷한 일이라 황제도 조조를 벌할 수 없었다.

그 일로 인해 조조의 매서운 이름은 낙양에 떠들썩하게 알려졌으나, 한때 할아버지의 동료였던 환관들에게는 공적이 되었다. 한번은 중상시 장양의 방에 사사로이 들어갔다가 장양이 던진 손창[手戟]에 맞을 뻔한 적도 있었다.

그러나 같은 황문 출신이란 점에서 조조는 그들을 드러내놓고 공격할 수는 없었다. 자칫 조상을 욕되게 할 뿐만 아니라 자신의 출신을 세상 사람들에게 일깨워줄 염려가 있었기 때문이다.

그러나 조조에게는 위로도 있었다. 탁류인 환관들에게서는 미움을 받는 대신 청의들에게는 차츰 인정을 받게 된 일이 그랬다. 처음 조조가 효렴에 뽑히어 낙양에 올라왔을 때만 해도 그들은 조조를 돈으로 효렴의 자리를 사온 환관의 자식이라 깔보았다. 그런데 가까이서 대해 보니 그게 아니었다. 강직함과 과단성 못지않게 임기응변에 재능이 번득였고, 학문도 그들보다 높으면 높았지 낮지는 않았다.

거기다가 더욱 조조의 성가를 높여준 것은 이른바 청의의 한 사람인 태위 교현(橋玄)의 인물평이었다. 그는 조조의 상을 유심히 살핀 뒤에 말하였다.

"나는 천하의 명사들을 많이 보았지만, 자네만 한 상(相)은 아직 없었네. 부디 스스로를 중히 여기게. 그리고 나는 이미 늙었으니 뒷날 뜻을 이루거든 내 처자를 잘 돌봐주게."

교현은 도둑이 어린 아들을 인질로 잡고 재물을 요구하자, 재물을 내주는 것은 간특한 도둑을 기르는 일이라 하여, 군사를 풀어 아들을 죽게 하면서까지 도둑을 잡을 만큼 강직하기로 이름난 사람이었다. 매달 초하루[月旦]마다 낙양의 명사들과 모여 앉아 당시의 인물들을 평가하였는데 사람들은 그걸 월단평(月旦評)이라 하여 귀담아 듣고 높이 쳤다. 그 교현이, 더구나 삼공의 한 사람으로서 약관의 조조를 그렇게 평했으니 놀라운 일이 아닐 수 없었다.

청의들로부터 조금씩 호감을 사자 조조는 그들과 손을 잡고 기우는 한실(漢室)을 바로잡을 희망을 품었다. 그런데 이제 조앵(曹鶯)의 상소 사건으로 실낱같이 맥을 이어오던 청의가 다시 비로 쓸리듯 벼슬길에서 쫓겨난 참이었다.

"원양, 우리 모든 일 걷어치우고 다시 초현으로 내려갈까?"

잠시 생각에 잠겨 있던 조조가 다시 하후돈을 바라보며 그렇게 말했다. 그리고 하후돈이 조조의 참뜻을 몰라 얼른 대답을 못하자 덧붙였다.

"날랜 말에 좋은 사냥개나 데리고 산과 들을 누비던 그때가 그리우이."

조조는 진심으로 말하고 있었다. 지난 삼 년 그는 힘을 다해 불의며 불충과 싸웠으나 얻은 것은 아무것도 없었다. 옳은 선비는 모두 떠나가고 간사한 환관들의 참소만 남은 조정에 홀로 남겨졌을 뿐이었다. 십 년은 더 늙어 뵈는 조조의 얼굴이었다.

"형님, 그게 무슨 말씀이십니까?"

그제서야 하후돈도 심각한 얼굴로 말했다.

"거리낌없이 취하고, 흥에 겨우면 시문이나 읊조리고, 작은 힘을 믿고 약한 이를 괴롭히는 자가 있으면 주먹으로 통쾌하게 벌을 주고……."

"그 어떤 것도 군자가 깊이 빠져들어서는 안 된다고 형님 스스로 말씀하시지 않으셨습니까? 그래서 일껏 벼슬길에 오르셔놓고 이제 겨우 삼 년도 안 돼 그만두시겠다니 무슨 아녀자 같이 약한 말씀입니까?"

그러나 술기운 탓인지 조조는 쓸쓸한 감회에서 벗어날 줄 몰랐다.

"아아, 묘재(妙才, 하후연의 자), 인[曹仁], 자원(子遠, 허유의 자), 모두 잘 있는지……."

그렇게 고향 땅에 남아 있는 옛 친구들을 그리다가 문득 유녀에 게 소리쳤다.

"금(琴)을 뜯으라. 오늘은 달이 뜰 때까지 마시리라."

조조의 종제 조홍이 나타난 것은 그로부터 오래지 않아서였다. 역시 조조와 함께 패국 일대를 주먹으로 휩쓸던 무골(武骨)로 하후돈처럼 낙양으로 따라와 식견을 넓히는 한편 조조의 손발로 일하고 있었다. 그날도 당인(黨人, 당고의 화에 연루된 선비)들을 또다시 내친 데 대한 시정의 동정을 살피러 갔다가 좀 늦게 돌아온 것이었다. 그러나 그는 시정의 동정을 전하기에 앞서 놀라운 소식부터 알렸다.

"형님, 얼마 전 거리에서 여남(汝南) 원가(袁家)의 자제들을 만났습니다."

그 말에 울적하게 술잔을 기울이던 조조가 반가운 표정을 지으며 물었다.

"그럼 원본초(本初, 원소의 자)가 이 낙양에 왔단 말이냐?"

"네. 종제 되는 원술(袁術)과 말 머리를 나란히 하고 청쇄문(青瑣門) 쪽으로 가고 있었습니다."

"거기다가 공로(公路, 원술의 자)까지…… 그래, 너를 알아보기나 하더냐?"

"몹시 반겼습니다. 그렇잖아도 형님께 기별을 못해 걱정이었는데 요행 만나게 되었다더군요."

"그러고는?"

"숙부께 문안 올리는 즉시로 이리 달려오겠다고 전하라 했습니다."

"반갑다. 정말 때맞추어 온 귀한 손님이다. 이게 몇 년 만이냐……."

조조는 그렇게 말하며 소리쳐 가복을 불렀다.

"오늘 저녁 귀한 손님이 오게 되었으니 특별히 술상을 보아두어라."

그리고 다시 하후돈, 조홍과 유녀를 향해 조용히 말했다.

"너희들도 각기 돌아가거라. 나는 원본초가 올 때까지 여기서 홀로 있겠다."

그들이 모두 물러가자 조조는 정자 난간에 기대 원소를 생각했다. 금세 그의 준수한 얼굴과 늠름한 자태가 떠올랐다. 사세(四世, 사대)에 오공(五公)을 냈다는 명문의 후예로, 그의 고조부 원안(袁安)은 장제(章帝) 때 사도(司徒)를 지냈고, 증조부 원경(袁京)은 촉군(蜀郡) 태수, 종증조부 원창(袁敞)은 사공(司空)을 지냈다. 조부 원탕(袁湯) 역시 벼슬이 태위에 이르렀는데, 아버지 원봉(袁逢)은 그 셋째 아들로 역시 공(公)에 올랐다. 그러나 원소는 중랑장(中郞將)을 지내고 일찍 죽은 백부 원성(袁成)의 양자가 되어 그 뒤를 잇게 되니, 나기도 전에 아비를 잃은 꼴이 되어 특히 증조부와 조부 이공(二公, 원소의 할아버지와 종조부)의 사랑을 받았다. 스물도 채 안 된 원소를 낭(郞)을 삼아 좌우에 두었다가, 스물을 넘기기 무섭게 복양(濮陽)의 장(長)을 제수받게 해준 것이 그 사랑의 표시였다. 원소 또한 그들의 기대에 어그러지지 않아 약관에 벌써 깨끗한 이름을 널리 얻고 있었다.

조조와 원소가 처음 만난 것은 조조가 한창 분방한 생활을 즐기고 있던 열여덟 살 때였다. 주먹과 분탕질로 몇 년 패국 일대를 휩쓸고 다니다 낙양에서 우연히 만나게 되었는데, 만나자마자 둘은 곧 십년지기처럼 친하게 되었다. 하나는 오랜 명문의 후예요, 하나는 탁류인 환관 가문의 출신이지만 남다른 포부와 씩씩한 기개에 서로 뜻이 잘 맞았던 듯하다.

원소와 함께 어울리던 시절을 떠올리자 문득 조조의 입가에 가벼운 웃음이 어렸다. 원소는 집안에서는 양가의 자제였지만 조조와 어울리면 곧잘 저잣거리의 어떤 무뢰배에 못지않은 장난을 치기도 했다. 언제나 예의범절에 얽매여 지내는 원소에게는 그런 것에 구애받지 않는 조조의 자유분방한 행동이 호기심의 대상이었던 만큼, 조조 또한 근엄한 가문에서 자라난 공자(公子)를 저자 바닥으로 유혹해내는 재미가 있었다.

그러던 어느 날이었다. 어떤 시골 마을을 지나다가 우연히 시집가는 색시의 가마를 보게 된 그들은 그 색시를 훔쳐다 겁탈하자는 데 뜻을 함께하게 되었다. 원하면 거의 안 되는 것이 없는 명문 부호의 아들들이 가져볼 수 있는 호기의 일종으로, 반드시 그들의 방탕이나 악성과 연관지을 수만은 없는 장난이었다.

새색시의 가마를 따라가며 궁리를 거듭하던 그들 둘은 드디어 한 꾀를 생각해냈다. 가마가 들어가는 집까지 확인하고 다시 마을 어귀로 나온 그들은 혼례식이 한창 진행될 때를 기다려 그곳에 있는 짚더미에 불을 지른 뒤, 헝클어진 머리와 풀어진 옷자락으로 헐레벌떡 잔칫집으로 뛰어들어가 외쳤다.

"비적(匪賊)이다. 대량산(大梁山) 도둑 떼가 내려왔다!"

그렇게 근처에서 잔인하기로 이름난 도둑들의 이름을 팔았다. 혼례식장은 순식간에 수라장으로 변하고 놀란 사람들은 허겁지겁 사방으로 흩어졌다. 그도 그럴 것이 마을 입구에서는 연기가 치솟고, 달려온 두 젊은이는 헝클어진 머리에 풀어헤친 옷자락이 영락없이 도둑 떼에게 쫓겨온 듯 보였다. 거기다가 쳐들어온 도둑 떼는 사람의 목숨을 파리 잡듯 끊어놓는다는 그 무서운 대량산 패거리가 아닌가.

그 틈을 타 조조와 원소는 놀라 기절한 신부를 업고 사람들이 간 쪽과 반대쪽으로 뛰기 시작했다. 그런데 마을을 몇 발 벗어나기도 전에 뜻 아니한 일이 벌어졌다. 짐승을 잡기 위해 마을 사람들이 일부러 파놓은 것인지 아니면 저절로 생긴 구덩이인지는 모르나 한 길이 넘는 구덩이에 원소가 빠져버린 게 그랬다. 원소가 다시 나오려고 했지만 사방이 가시덩굴로 둘러막혀 있어 손댈 곳이 없었다.

그사이 속은 것을 알아차린 마을 사람들은 어느새 손에 손에 쇠스랑이며 몽둥이를 들고 몰려오고 있었다. 다급해진 조조는 들쳐 업고 있던 새색시도 팽개치고 원소를 끌어내려 하였으나 역시 가시덩굴 때문에 어찌해볼 수가 없었다. 거기서 다시 조조는 한 꾀를 생각해냈다.

"사람들이 시퍼런 칼을 들고 몰려오고 있네. 잡히면 꼼짝없이 비적으로 몰려 맞아 죽을걸세."

조조는 먼저 원소에게 그렇게 겁을 주어놓은 다음 몰려오는 사람들 쪽을 향해 소리쳤다.

"도둑이 여기 있다! 신부를 겁탈하려고 한다!"

그러자 정말로 다급해진 원소는 아픔도 잊고 가시덩굴을 휘어잡아 구덩이를 빠져나왔다. 나중에 원소의 손을 보니 마치 고슴도치 등처럼 가시가 박혀 있었다.

그 뒤로도 둘은 기회 있을 때마다 어울렸다. 그러다가 깨달은 바 있어 조조가 먼저 가재(家財)를 뿌려 효렴 벼슬을 산 뒤 낙양 북부도위가 되고, 이어 원소가 복양의 장이 되어 떠남으로써 둘의 왕래는 잠시 끊어졌다.

그때 나를 사로잡은 열정은 무엇이었던가. 원소와의 이 일 저 일을 회상하던 조조는 문득 그 자유분방하던 시절의 자신을 떠올렸다. 열두엇부터 스물이 되던 때까지 그는 실로 자신도 알 수 없는 거대한 힘에 휘몰려 보냈다. 어떤 때는 병서에 미치고, 어떤 때는 시사(詩詞)에 미쳤으며, 무예에 미치고, 싸움에 미치고, 속이고 놀리는 일에 미치고, 여자에 미치고, 춤과 노래와 술에 미치고, 사냥에 미쳤다. 잠시라도 무엇엔가 미치지 않고는 몸과 마음이 허전해서 견딜 수가 없었다. 그의 내면을 뜨겁게 휘몰고 있는 그 정체 모를 불꽃을 알 리 없는 사람들에게는 방탕이요, 타락이요, 행악으로밖에 비칠 수 없는 시절이었다.

그 바람에 미움도 많이 사고 의혹도 많이 샀다. 특히 어릴 때부터 한 숙부에게 미움을 받아 자칫하면 부자간의 의마저 상할 뻔한 적도 있었다. 그 숙부가 조조의 행동거지 하나하나를 형인 조숭에게 나쁘게만 일러바친 탓이었다.

조조는 숙부와 아버지를 이간시켜 자신에 대한 험담을 아무런 효과 없이 만든 일을 떠올리고 다시 한번 쓸쓸한 웃음을 지었다. 열너

댓 살 때의 어느 날이었다. 뜰에서 활쏘기를 연습하고 있는데 그 숙부가 못마땅한 얼굴로 들어서는 것이 보였다. 조조는 갑자기 한 꾀를 생각해내고 활을 내던지며 땅바닥에 쓰러졌다. 그리고 언젠가 본적이 있는 간질병 환자의 흉내를 내어 눈을 까뒤집고 거품을 물며 사지를 버둥거렸다. 놀란 숙부가 뛰어들어가 형에게 그 일을 고했음은 말할 것도 없었다.

그러나 아버지 조숭이 놀라 달려왔을 때 조조는 미리 생각해둔 대로 옷에 먼지 하나까지 털어낸 뒤 단정한 차림으로 활쏘기에 열중하고 있었다.

"제가 언제 그런 모진 병을 앓았습니까? 언제나 저를 못마땅히 여기시는 숙부님께서 또 지어낸 말이겠지요."

그것이 의아해 묻는 아버지 조숭에게 한 조조의 대답이었다. 그러자 그 뒤부터 조숭은 아들에 관한 아우의 험담은 전혀 믿으려 들지 않았다.

"나는 다만 스스로를 지키려 했을 뿐인 것을……."

조조는 아직도 서먹한 기색이 있는 아버지와 숙부 사이를 생각하고 새삼 미안한 느낌이 들었지만 이내 다시 중얼거렸다.

"사람은 어떤 경우이든 스스로를 지킬 수 있어야 한다……."

이어 조조는 그 시절의 패거리들을 떠올렸다. 함께 데리고 온 종제 홍(洪)과 하후돈 외에 종제 인(仁), 하후연, 악진(樂進), 이전(李典), 허유(許攸) 등의 얼굴이 차례로 떠올랐다. 말 잘 타고 활 잘 쏘는 조인, 무골이면서도 침착한 하후연, 체격은 작으나 당차고 불 같은 악진, 배움을 좋아하고 책 읽기를 즐기던 이전, 사람은 경박해도 재주는 빼어난 어릴 때부터의 친구 허유, 모두가 형제보다도 더 정답고 그리운 얼굴들이었다.

그러다가 조조는 문득 현실의 자신을 되돌아보았다. 그 사소하고 부질없는 열정들을 모두 합쳐 세월과 사람들의 기억에 남는 어떤 가치 있는 일에 바치고자 나는 그 잔치 같은 나날과 정다운 벗들로부터 떠나왔다. 내가 선택한 것은 충과 의였다. 어렸을 적에는 그 낡은 가르침이 어리석게 보인 적도 있었지만, 이렇게 이루어져버린 세상에서는 오직 그것만이 우리 살이의 덧없음을 이겨나갈 수 있는 보람임을 인정하지 않을 수 없었다. 그런데 지난 삼 년 나는 무엇을 얻었는가……

원소가 종제 원술과 함께 조조를 찾은 것은 해가 저문 뒤였다. 조조는 오후 내내 홀로 생각에 잠겨 있을 때의 울적함을 털어버리고 반갑게 그들 종형제를 맞았다.

언제 봐도 미장부(美丈夫)요 늠름한 원소의 풍채였다. 그에 비하면 나름대로는 어지간한 원술조차도 어딘가 뒤틀리고 비뚤어져 보일 정도였다. 그 원술에게조차 용모에 대해서는 은밀한 열등감을 느끼는 조조로서는 원소의 그같이 빼어난 용자(容姿)가 언제나 사세오공이라는 그 가문 못지않게 쓰라린 열등감의 원인이 되곤 했다. 지난날 조조가 이따금씩 원소를 곤란한 지경에 빠뜨리곤 한 것은 어쩌면 그런 열등감에서 비롯된 공격 심리인지도 모를 일이었다.

하지만 그걸로 두 사람의 우의가 상하는 법은 없었다. 원소는 원소대로 조조의 활달한 기상과 남다른 임기응변의 재능, 박람강기(博覽强記) 등을 높이 사고 있었다. 거기다가 무엇보다도 아직은 두 사람의 이상과 경륜이 크게 다르지 않았다. 근심하는 바가 같았으며, 기뻐하는 바가 같았고, 가고자 하는 길과 이르고자 하는 데가 같았다.

그런 두 사람에 비하면 원술은 아무래도 한걸음 처지는 인상이었다. 그 역시 원소와 비슷한 시기에 알게 되었고 또 그때 이미 그는 협행으로 어느 정도 이름을 얻고 있었으나, 조조는 진작부터 그의 좁은 국량과 얕은 안목을 보고 깊이 마음을 허락하지 않았다. 원술 또한 종형에 미치지 못해 조조가 자기보다 못한 점은 얕보았고 나은 점은 시기했다. 거기다가 원소도 종제보다는 조조를 높이 쳐 자연 원술은 두 사람의 교분에 들러리를 서는 것으로 그쳤다.

"그래 천하에 맑은 이름이 드높은 복양의 장께서 임지를 두고 낙양엔 어인 행차신가?"

조조는 수인사가 끝나고 자리를 정하기 바쁘게 원소에게 그렇게 물었다. 원소도 빙긋 웃으며 조조의 말을 받았다.

"낙양 북부도위의 매서운 이름은 멀리서도 들었네. 그래 십상시의 아재비를 때려죽인 오색 몽둥이는 아직 건재한가?"

"원본초의 성원 덕택에 무사하다네. 복양은 어떤가?"

"나는 장 노릇을 그만두었네."

"그럼 이공(二公)께서 자네를 경직(京職)으로 불러들이신 건가?"

"자모(慈母)께서 자리보전을 하고 계시네. 그동안 못 다한 자식의 도리나 할까 하고……."

"그렇지만 본초, 자네 같은 인재가 탕재나 달이며 집안에 박혀 있어도 좋은 세상 같지는 않은데……."

"고을 수령이 되어 선정을 베푸는 것도 좋은 일이네만, 뿌리의 깊은 병을 두고 잎과 잔가지만 보살펴 어찌 그 나무를 살릴 수 있겠나?"

"뿌리의 깊은 병이라면……?"

조조는 마음속에 짐작 가는 바가 없지 않았으나 그렇게 물었다. 그때 곁에 있던 원술이 결기 서린 목소리로 원소를 대신했다.

"재주 하나로 낙양성을 떠르르 울리게 한 맹덕(孟德)이 어찌 그건 모르시오? 지금 세상이 천자의 것이오? 제후의 것이오? 백성들의 것이오?"

"그야 그 모두의 것이 아니겠소?"

조조는 가까스로 민망스런 기색을 숨기면서 그렇게 반문했다. 그러나 원술은 그런 조조에 아랑곳없이 내뱉었다.

"틀렸소이다. 지금 천하는 수염 없는 내시 놈들의 것이오. 내 십상시의 하나인 후람(侯覽)을 예로 들겠소. 후람 일가가 백성들로부터 빼앗은 큰 저택이 전국에 모두 삼백팔십여, 그중에 대궐이 무색할 정도로 크고 화려한 것이 열여섯이나 되오. 또 땅은 천 경(頃, 약 삼백만 평)에 금은이 오백 근, 비단이 만 필이나 되오. 천자도 부럽잖을 재물인데, 그런 큰 후람이 대궐 안에만도 열 명, 작은 후람은 대궐 바깥에 수십 수백이 되오. 어찌 이 천하를 그들의 것이 아니라 할 수 있겠소?"

그 작은 후람 가운데는 조조의 부친 조숭 같은 이도 들 터였다. 그러나 원술은 제 열에 받쳐 결연히 덧붙였다.

"이제 급한 것은 먼저 그 수염 없는 내시 놈들부터 쓸어버리는 일이오. 본초 형은 숙모님의 병환을 핑계 대고 계시지만 실은 그 일을 위해 복양의 장을 내던지고 낙양성으로 돌아오신 것이오. 이 원술도 부족하나마 힘을 다해 본초 형을 도울 것이오."

조조의 감정 따위는 전혀 안중에 없다는 태도였다. 그때 원소가 훤한 미간에 주름을 지으며 그런 원술을 나무랐다.

"너는 나이 스물을 넘기고도 여전히 말을 제대로 못하는구나. 환관이라고 어찌 하나같이 후람의 무리뿐이겠느냐? 멀리는 태사공(太史公, 사마천), 용정후(龍亭侯, 채윤) 같은 이가 있고 가까이는 비정후(費亭侯) 같은 분이 있지 않느냐?"

비정후는 바로 조조의 할아버지 조등을 가리키는 말이다. 그런 다음 원소는 민망스러움을 감추지 못하고 있는 조조를 향했다.

"아우 공로가 혈기가 지나쳐 말을 함부로 한 것 같소. 맹덕은 너무 괘념치 마시오."

그러자 조조가 얼굴을 활짝 펴며 껄껄 웃었다.

"공의(公義) 앞에서는 사(私)를 죽여야 하는 법이지. 내 이미 천하인(天下人)이고자 하면서 어찌 원공로의 의분을 허물하겠나? 오히려 본초가 그렇게 말해주니 감격할 따름일세."

너무 희비의 엇갈림이 빠른 데다 웃음소리가 높고 가벼워 뒷날 그를 싫어하는 사람들로부터 간사하다는 평까지 들은 조조 특유의 감정 처리였다. 원술도 그제서야 조조 앞에서 지나쳤다는 생각이 들었던지 머뭇머뭇 사과했다.

"바른말 한 죄밖에 없는 영창(永昌) 태수 조앵이 맞아 죽고, 다시 그나마 명맥을 잇고 있던 청의들이 모조리 쫓겨난 걸 보고 그만 내가 너무 격했던 것 같소. 맹덕, 너무 껴듣지 마시오."

그때 마침 술상이 들어와서 자리는 별 어색함 없이 수습되었다. 그러나 조조는 그것으로 벌써 원씨(袁氏) 형제들의 심상찮은 변화를 직감했다.

술자리가 점점 무르익으면서 그 변화는 더욱 확실하게 드러났다. 세상을 걱정하고 백성들의 괴로움을 동정하며 강개에 젖어갈수록 원술은 거침이 없어졌다. 평소에는 금기로 되어 있는 제실(帝室) 자체에 대한 불만도 서슴없이 털어놓았고 때로는 십상시보다도 그들의 농간에 놀아나는 어리석고 무능한 황제를 서슴없이 매도하기까지 했다. 입이 무겁고 속이 깊은 원소도 그날만은 이상했다. 간간 원술의 지나침을 억누르기도 하고 말머리를 다른 데로 돌리려고도 했지만, 내심으로는 원술의 말에 동조하는 기색이 역력했다. 그 한 증거가 어지간히 술이 오른 뒤에 원소가 불쑥 한 말이었다.

"상(商, 은나라)은 성탕(成湯) 같은 성인의 치세를 물려받았으나 목야(牧野) 한 싸움에서 천하를 주(周)에게 물려주었고, 항우는 능히 진(秦)을 멸했으나 마침내는 우리 고조(高祖, 유방)에게 천하를 내주지 않을 수 없었네. 맹덕은 그 까닭이 어디 있다고 믿는가?"

갑작스러운 물음이긴 하지만 대답을 기다리는 원소의 눈길에는 은밀히 조조를 살피는 데가 있었다. 그러나 조조는 모르는 체 대답했다.

"그거야 인의와 덕에 있지 않겠나? 주나라는 이미 천하를 셋 중에 둘이나 손에 넣고서도 오히려 상나라를 섬겨 그 포학무도함이 그치기를 기다렸고, 우리 고조께서도 먼저 입관(入關)한 공이 있으나 항우에게 몸을 낮추어 오히려 천하를 양보하지 않았는가? 그래도 주

(紂, 은나라 마지막 천자)가 포학무도함을 그치지 않으니 하늘은 가죽 띠에 그 뜻을 밝혀[革命] 무왕(武王)으로 하여금 주(紂)를 치게 했고, 항우는 망령되이 자신을 높여 천하를 돌보지 않으니 마침내 우리 대한(大漢)에게 천하가 넘어온 것일세."

"맹덕은 참으로 제왕 되는 이가 그 한 몸에 지닌 덕만으로 천하를 얻었다고 믿는가?"

그렇게 묻는 원소의 눈길은 한층 세밀하게 조조를 살피고 있었다. 조조도 대강 원소의 뜻을 짐작했으나 짐짓 천연스레 대답했다.

"그렇네. 그 덕을 믿고 모여드는 백성들의 힘이 바로 천명(天命) 아니겠는가?"

그러자 원술이 갑자기 둘의 대화에 끼어들었다.

"형명(刑名)과 법술(法術)을 중시하고 병가에 밝기로 이름난 맹덕이 그렇게 말씀하시니 어째 믿기어지지 않는구려. 내 보기에 백성들이 따른 것은 그 덕이 아니라 힘이었던 것 같소만……."

"원공로는 어째서 그렇게 생각하시오?"

"백성들이 상나라를 버리고 주나라를 따른 것은 문왕(文王), 무왕(武王) 두 대에 걸쳐 쌓인 주의 힘을 택한 것이요, 항우를 버리고 우리 고조를 따른 것은 장량(張良), 한신(韓信), 소하(蕭何) 등으로 드러나는 힘을 취한 것이라 볼 수 있을 것이오."

자못 거침없는 말이었다. 그런데 조조를 한층 놀라게 만든 것은 그런 원술의 말을 받는 원소였다.

"아우는 힘을 오병(五兵)과 삼군(三軍)만으로 생각하고 있으나 어찌 백성들이 의지하고자 하는 바가 그뿐이겠는가? 나는 이 몇 해 복양의 장으로 있으면서 백성들이 무엇에 가장 끌리기 쉬운가를 직접 보았네. 따뜻이 입히고 배불리 먹여주는 자, 그가 헐벗고 굶주린 백성들이 가장 우러르며 따르는 자일세. 오병과 삼군을 위주로 하는 자를 따르는 백성은 그래도 지켜야 할 것이 있는 부류인데, 이런 세상에는 그 수가 그리 많지 않네."

실로 원소의 입에서 나온 말로는 믿기 어려운 내용이었다. 사세오공의 명문에 나서 학문과 안목을 길러온 그가 의식(衣食)을 덕(德)에 앞세운 까닭이었다. 약관에 벌써 학덕을 겸비하고 관후한 군자의 풍도가 있다는 평판을 듣고 있는 그가 아닌가.

"그렇다면 성현의 말씀은 어떻게 되는가? 나는 안연(顔淵, 『논어』의 편명)편에서 공자가 다스림의 요체로 지적한 식(食)·병(兵)·신(信) 가운데서, 신은 백성들 쪽에서는 믿음이지만 다스리는 이 쪽에서는 덕이라고 해석했네."

조조는 묘하게 입장이 뒤바뀐 것 같은 느낌이 들면서도 계속하여 물었다. 공자는 자공(子貢)에게 다스림의 요체로 그 세 가지를 말하고 그 가운데서 믿음[信]을 가장 높이 치고 있었으나, 조조는 오히려 그것을 태평성대에나 들어맞을 치세(治世)의 공론(公論) 정도로만 여겨온 터였다. 그러나 원소는 거꾸로 자신이 관찰당하고 있다는 것을 아는지 모르는지 서슴없이 속마음을 털어놓았다.

"그건 너무 고루한 유자(儒者)들의 해석일세. 우리가 이미 백성들을 앞세웠으니 아우 공로가 말한 병(兵)도, 내가 말한 의식(衣食)도 모두가 백성들 쪽에서 본 그 신(信)의 대상을 말하는 것이라고 봐야하네. 그리고 그 경우에 덕(德)은 오직 평온한 치세에나 백성들이 그 믿음의 대상으로 택하리라는 게 내 숨김없는 믿음일세."

그 말을 듣고서야 조조는 확실하게 옛 친구의 변모를 알아낼 수 있었다. 지난 몇 년간 한 지방 관리로서 그가 백성들 사이에서 본 것이 무엇인지는 알 수 없으나, 적어도 몇 년 전 유가의 이상으로만 세상을 바라보던 그 순진무구한 귀공자는 아니었다.

그가 본 백성들의 질곡과 한나라 황실의 부패 및 무능은 그의 혈관에 피가 되어 흐른다고 해도 좋을, 대를 잇는 충성심에 깊은 상처를 준 것임에 틀림없었다.

그런 원소의 변화에 비하면 불경(不敬)이라고 해도 좋을 원술의 다음 말조차 크게 놀랍지 않았다.

"그렇소. 사실 따지고 보면, 백성들의 충성이란 것도 자기가 나라로부터 받은 것에 대한 보답일 뿐이오. 믿음이라고 그 충성과 다를 리 있겠소? 그럴진대 골짜기마다 생업에 뜻을 잃고 떠도는 유민(流民)들이 가득하고 논두렁 밭두렁을 베개 삼아 굶고 병들어 죽은 시체들이 즐비한 이런 세상에 어찌 형체도 없고 들리지도 않는 덕 같은 것으로 백성들의 믿음을 살 수 있겠소?"

"그렇소이까? 민생의 어려움이 그토록 심하단 말씀이오?"

"금문(禁門) 가까이 있다 보니 맹덕의 밝은 눈과 귀까지 가리워진 모양이구려. 비하여 말하면 지금 세상의 어둡고 탁함이 걸(桀), 주(紂)의 시대에 비하여 더하면 더했지 덜하다 할 수는 없을 것이오."

얘기가 거기까지 발전하자 조조도 더는 이어갈 수 없었다. 아무리 자리가 은밀하고 세 사람이 허물없는 사이라고는 하지만 자칫 말이 새어나가면 큰 화를 면치 못할 것이기 때문이었다.

"공로가 강개하는 바를 들으니 실로 이 몸의 가슴도 울분으로 차오. 하지만 그럴수록 젊은 우리가 힘을 합쳐 간사한 역적들을 내치고 쓰러져가는 한조(漢朝)와 도탄에 빠진 창생을 구해내야 하지 않겠소?"

조조가 대강 그렇게 원술을 달래고, 이어 원소도 술기운에 말이 지나쳤음을 깨달았던지 사촌아우의 과격한 말을 가로막았다.

"맞다. 우리가 한 말은 그저 탁상(卓上)의 영웅론(英雄論), 지금의 세상에 그대로 들어맞는 말로는 너무 무엄한 데가 많다. 맹덕의 말이 옳다. 공로는 이제 그만 입을 다물라."

그리고 조조를 향해 술잔을 쳐들며 호탕한 웃음과 함께 말했다.

"맹덕도 이제 시국 얘기는 그만하고 술이나 드세. 몇 년 만의 이 자리를 쓸데없는 강개로만 채울 수야 있겠는가? 더구나 나는 이제 한번 부중(府中)으로 들어가면 가자(家慈)께서 다시 쾌차하실 때까지는 입에 술잔을 댈 수 없는 처지라네."

하지만 술자리가 파하고 그들 원가의 형제가 돌아간 뒤 조조는 한층 더 홀로 남겨진 듯한 기분에 울적해졌다. 술자리에서의 일시적인 감정을 토로한 것일지도 모르지만, 조조가 어떤 육감으로 느끼는 것은 그들 형제가 다시는 한조를 위해 묘당(廟堂)으로 돌아오지는 않으리란 것이었다.

거기서 조조는 새삼 자기가 택한 길을 되돌아보았다. 점점 거나해지는 취기 가운데서도 어쩌면 자신은 처음부터 글러버린 길을 골라 고집스레 가고 있는 것이나 아닌가 하는 불안이 일었다. 그러나 조조는 일생을 남에 대한 의심으로 고통당했지만 자신을 향한 믿음에는 별로 흔들림이 없던 사나이였다. 텅 빈 술상에 혼자 남아 한동안 생각에 잠겨 있던 그는 이내 특유의 차고 조용한 웃음과 함께 중얼 거렸다.

"그래도 나는 사백 년의 세월이 가진 힘을 안다. 나는 그 힘을 거스르기보다는 그 힘에 의지해 내 뜻을 이루리라. 나는 결코 한실을 저버리지 않는다……."

그 때문에 한 달 뒤 고향인 패국 초현에 황룡이 나타났다는 말을 들었을 때에도 조조는 그것을 그저 어지러운 세상에 흔히 떠도는 황당무계한 유언(流言) 정도로 생각하고 달리 듣지 않았다. 아직도 그의 행동과 신념은 오직 한(漢)에 대한 충성심에 바탕하고 있을 뿐이었다.

영웅, 여기도 있다

하비(下邳) 서북 태산 줄기가 남으로 흐르다 문득 맺혀 이룬 어떤 산골짜기였다. 골짜기 바닥 한때는 논밭이 있었던 곳인 듯 수북한 잡초 사이로도 군데군데 논두렁과 밭둑의 흔적이 있는 제법 넓은 벌판으로 한 무리의 인마(人馬)가 들어서고 있었다. 모두 합쳐 백오십이나 될까. 이십여 기의 기마를 앞세운 보졸들이었다. 복색으로 보아서는 관군 같았지만 앞선 대여섯 기를 제하고는 갑주도 병장기도 허술하기 짝이 없었다.

"모두 서라."

갑자기 맨 앞에 선 장수가 말고삐를 당기며 나직이 외쳤다. 아직 스물서넛밖에 되어 보이지 않는 청년 장수였다. 곰의 어깨에 범의 허리라는 말이 그대로 들어맞는 날렵하면서도 굳세어 보이는 체격에 위엄 가득한 얼굴이 한눈에 비범함을 알아볼 수 있을 만했다.

"한당(韓當), 여기쯤이 어떤가?"

군사를 멈추고 다시 한번 주위의 지세를 살피던 그 청년 장수가 문득 곁에 선 마궁수 차림의 군관에게 물었다. 역시 스물두엇 정도의 청년인데 한눈에 타고난 무골(武骨)로 보였다. 그도 대장을 따라 다시 한번 주위를 둘러보더니 천천히 대답했다.

"역시 적을 유인해볼 만한 곳입니다."

그러자 청년 장수는 다시 군사들을 돌아보고 나직이 소리쳤다.

"너희들은 지금부터 여기서 쉬도록 하라. 각자 병장기를 놓고 말 탄 자는 말에서 내려라. 눕고 싶으면 눕고 앉고 싶으면 앉되, 눕더라도 잠들어서는 안 되며, 앉더라도 각자의 말과 병장기로부터 떨어져서는 안 된다. 또 술을 마시고 노래를 불러도 좋으나 취해 이곳이 싸움터임을 잊어서는 안 된다."

이미 사전에 일러둔 것을 한 번 더 군사들에게 깨우쳐주는 말투였다. 그리고 자신도 말에서 내려 마른 풀숲에 털썩 앉으며 투구를 벗었다. 멀리서 보아서는 문란하기 짝이 없는 장졸들의 휴식이었다. 그러나 그의 번득이는 눈은 끊임없이 앞 골짜기의 변화를 살피고 있었다.

그 청년 장수의 이름은 손견(孫堅), 전국시대의 저 유명한 병법가(兵法家) 손무자(孫武子)의 후예였다. 오군(吳郡) 부춘(富春) 사람으로, 그는 출생부터가 여러 가지 신이(神異)한 설화에 싸여 있었다. 그의 조상들은 대대로 오국(吳國, 군이 되기 전에는 분봉국이었다)에서 벼슬하며 부춘에 살았는데, 죽어서는 그 성 동쪽을 장지(葬地)로 삼았다. 어느 날 그 무덤에 괴이한 광채가 솟아 구름을 오색으로 물들이며 하늘까지 뻗고, 주위 수십 리에 가득했다. 그걸 본 마을의 나이든 이들이 말하기를,

"이것은 결코 예사 기운이 아니다. 반드시 손씨(孫氏)가 흥할 것이다."

했다. 그 무렵 그의 어머니가 그를 뱄는데, 창자가 쏟아져 오창문(吳昌門)에 감기는 꿈을 꾸고 두려워하며 이웃 아낙에게 물었더니 그 아낙은 이렇게 위로했다.

"반드시 그 꿈이 좋지 않은 징조인 줄은 어떻게 알겠소?"

그러다가 아이를 낳아보니 용모가 비범하고 성정이 활발해서 안심했다고 하는 게 그 설화의 대강이었다.

손견의 영명함이 처음으로 인근에 널리 알려진 것은 열일곱 살때였다. 아버지를 따라 배를 타고 전당(錢塘)에 이르러보니 해적들이 지나가는 배를 털어 방금 물가에서 재물을 나누는 중이었는데 배들이 감히 앞으로 나아가지 못하고 있었다. 이에 손견이 부친에게 말했다.

"이 도적들은 가히 물리칠 수 있습니다. 바라건대 소자가 치도록 허락해주십시오."

"네가 도모할 수 있는 바가 아니다."

부친은 그렇게 말렸으나 손견은 듣지 않고 배에서 내려 한 손으로는 칼을 빼들고 한 손으로는 여러 병사를 지휘하는 듯한 시늉을 하며 외쳤다.

"저놈들을 모조리 사로잡아라! 한 놈도 놓치지 마라!"

이를 본 도적들은 관병들이 자기들을 잡으러 온 줄 알고 빼앗은 재물을 버려둔 채 뿔뿔이 흩어져 도망쳐버렸다. 손견은 그들을 추격하여 괴수의 목 하나를 잘라 돌아오니 그 부친이 크게 놀랐다. 또 소문을 들은 태수는 겨우 열일곱 살인 그를 불러 현위에 가임(假任)했을 만큼 손견은 그 일로 널리 이름을 떨쳤다.

그다음은 회계(會稽)의 요사스러운 도적 허창(許昌)을 친 일이었다. 허창은 구장(句章)에서 군사를 일으켜 스스로 양명황제(陽明皇帝)라 칭하면서 그 아들 허소(許韶)로 하여금 여러 현을 선동케 하니 한때 무리가 만(萬)을 넘었다. 이때 손견은 군(郡) 사마로서 정병 천여 명을 모아 다른 주군(州郡)들과 함께 그들을 깨뜨리는 데 크게 용명을 떨쳤다. 희평 원년(元年)의 일로 그때부터 손견은 조정에까지 알려진 주군의 관리가 되었다. 자사 장민(臧旻)이 손견의 공을 상주하니 천자는 그에게 먼저 염독(鹽瀆)의 승(丞)을 제수하고, 다시 몇 해 뒤에는 우이(盱眙)의 승으로 옮겼다. 방금 손견이 이끌고 온 군사는 바로 그 우이의 현군(縣軍)이었다.

원래 그 산은 도둑 떼가 산채를 열 만한 곳은 못 되었다. 태산의 줄기이고 산세가 다소 험하다고는 해도 평야 깊숙이 내려온 야산에 가까워서 지키기에도 도망치기에도 그리 이롭지 못한 곳이기 때문이었다. 따라서 기껏해야 열 명 안쪽의 도둑들이 바위틈에 숨어 살며 지나가는 길손의 봇짐이나 터는 정도였는데, 몇 달 전 장독목(張獨目)이란 도적 괴수가 졸개 백여 명을 이끌고 그곳에 자리 잡은 이래 차츰 세력이 불어가기 시작했다. 때마침 부근을 휩쓴 기근으로 늘어난 유민들이 가세한 탓이었다.

하지만 문제는 그때부터 일어났다. 먹여야 할 입이 불어나자 산기슭에 숨어 있다가 지나가는 길손의 봇짐을 털어서는 감당할 수 없게 된 도적들이 산을 내려와 인근의 부호들과 마을을 약탈하기 시작했다. 산세 험한 골짜기마다 약간은 붙어 있게 마련인 산적들이라면 못 본 체할 수도 있었지만, 마구잡이로 마을을 털어 세금을 거둬들일 재원을 고갈시키거나 경사(京師)에 유력한 족당을 가진 토호들을 건드려 조정의 문책을 당할 지경이 되고 보니 주군에서도 더는 모른 체할 수가 없었다.

이에 하비 태수는 천 명이 넘는 토벌군을 보냈으나 장독목이란 자는 예사내기가 아니었다. 지세를 이용한 매복계로 한 싸움에 토벌군을 깨뜨려버렸다. 그렇게 되고 보니 난처해진 것은 하비 태수였다. 조정이 힘이 있다 해도 불과 몇백의 도둑 떼 때문에 관군을 요청할 수 없는 일인 데다, 자칫 잘못 보고했다가는 홍도문(弘道門, 주로 관직을 사려는 사람이 드나들던 궁성의 문)에 내놓을 관직만 늘려주기 십상이었다. 그렇다고 수천, 수만의 대군을 풀 힘도 하비 태수에게는 없었다. 징병제가 제대로 실시될 수 있을 때 같으면 농민군 몇만은 어떻게 긁어모을 수도 있겠지만, 토지가 몇몇 부호들에 몰려버린 상태에서는 군역을 담당한 양민의 수가 그리 많지 못했다. 방법은 모병뿐인데 그렇게 하기에는 또 재정이 넉넉지 못했다.

그때 태수가 생각해낸 것이 우이의 승인 손견이었다. 아직 나이는 약관이지만 그 용맹은 이미 조정까지 알려져 있었다. 거기다가, 비록 조그만 현의 승이긴 해도 휘하에는 회계 요적 허창을 토벌할 때의 용사들이 고스란히 남아 있었다.

손견은 도적을 깨뜨린 뒤에도 그 곁을 떠나려 하지 않는 용사들을 자기가 승이 된 현의 향관(鄕官)이나 현군으로 편입시켜 몇 년째 고락을 함께해왔다. 글을 읽은 자는 현령에게 청해 서좌(書佐)나 색부(嗇夫, 소송과 징세를 담당)에 가임(假任)하고, 그렇지 못한 자는 갑졸과 유요(游徼, 치안을 담당)에 편입시키는 식이었는데 그 수가 백여 명에 이르렀다. 얼핏 보아 그 백여 명은 대단한 숫자가 아닌 것처럼 보이지만, 그들 모두가 일당백의 용사일 뿐만 아니라 작은 군사를 스스로 부릴 만한 재주도 있어, 일이 벌어지면 아무렇게나 모병을 해도 금세 정비된 군세를 이룰 수 있다는 점에서도 수천을 거느린 것과 다름없었다.

태수의 명을 받은 손견은 기꺼이 거기에 따랐다. 그날로 자신의 오랜 부하들과 향리의 장정 가운데서 고르고 고른 군사를 합쳐 삼백을 이끌고 북쪽으로 올라간 그는 먼저 하비성에 들러 지난번 토벌전에서 살아남은 장졸을 찾아 도적들의 형세와 그곳의 지리에 관해 물었다. 패전으로 잔뜩 겁을 먹고 있는 그들이라 기억에 과장도 있고 혼란도 있었으나 도적들에 관해 대강은 짐작이 갔다. 손견은 다시 날랜 부하들을 나무꾼이나 농부로 가장시켜 그 산 주위를 한 번 더 살핀 뒤에야 계책을 정하고 토벌에 나섰다. 태수가 얼마간의 병졸을 더 붙여주겠다는 것도 마다하고 자신이 이끌고 온 삼백 명만 거느린 채였다.

손견이 이제 펼치려 하는 것은 일종의 유인계였다. 험한 산골짜기에 숨어서 대항하는 도적들을 잡는 데는 그 열 배의 군세가 필요했지만, 그들을 평지로 끌어낼 수가 있다면 반으로도 자신이 있었다.

지금 그가 일부러 군사들에게 문란한 휴식을 취하게 한 것도 그런 유인의 수단이었다.

도적들은 뜻밖으로 신중했다. 진작부터 손견의 군사들이 접근하는 줄 알았을 것이련만, 한 식경이 지나도 움직일 줄 몰랐다. 뒤따라오는 큰 군사가 있나 없나를 살펴보는 것 같았다. 그러다가 이윽고 산적들이 움직이기 시작한 것은 손견이 군사들을 흩어놓은 지 거의 한 시각이나 지난 뒤였다.

"이제 도적들이 움직이기 시작하는 모양입니다. 왼편의 칡덩굴 우거진 비탈에 살기가 있습니다."

한당이 문득 활과 화살통을 끌어당기며 손견에게 말했다. 그러나 손견은 누운 자세를 고치지 않으며 대답했다.

"알고 있다. 오른편 골짜기에도 한 떼가 내려오고 있는 것 같다. 엷게 먼지가 피어오르고 있지 않느냐?"

"그렇다면 빨리 군사를 정돈하십시오."

"좀더 기다려라."

"만약 도적들이 급히 짓쳐오면 어떻게 하시렵니까?"

"걱정 마라. 아직 오륙백 보의 거리가 있다. 날랜 말로 달려와도 병장기를 잡고 말에 오를 시간은 있을 것이다. 거기다가 정공(程公)과 황공(黃公)에게도 시간을 벌어주어야 하지 않겠느냐?"

손견이 그렇게 말하자 한당도 더는 서두르지 않았다. 지난 몇 년 손견을 따라다니면서 저절로 몸에 밴 믿음 때문이었다.

한당의 자는 의공(義公), 멀리 요서 영지가 고향이었다. 일찍 관내로 들어와 이리저리 흘러다니다가 열여덟 살에 손견을 만났다. 당시 손견은 회계 요적 허창을 치기 위해 의군을 모집하고 있었는데, 마침 오군(吳郡)을 떠돌던 한당이 그의 막하를 찾아들어 서로 만나게 되었다. 글은 별로 배우지 못했지만 말타기와 활쏘기에는 능하고 완력도 남다른 데다 대도(大刀)를 잘 써서 한당은 금세 용사들 가운데서 눈에 띄지 않을 수 없었다. 거기다가 나이가 비슷한데도 상하를 흐트리는 법이 없고, 명을 받으면 자기 몸을 돌보지 않으니, 자연 손견의 아낌을 받아, 그 뒤 오 년째나 손견의 좌우에서 손발이 되어 일했다.

한당은 허창이 죽은 뒤에도 손견 곁에 머물고 있는 용사들 가운데서, 향관조차 사양하고 순수하게 손견의 사람으로만 남아 있는 유일한 사람이었다. 무엇 때문인지는 모르지만 그는 대단찮은 향직(鄕職)에 얽매이는 것보다는 손견만을 위해 일하는 쪽이 더 보람 있게 여겨졌다. 이 사람이라면 내 삶을 한번 의탁해볼 만하다, 그것이 손견을 볼 때마다 느끼는 한당의 기분이었다.

"한당, 이제 말에 올라 병졸들을 정돈하라."

갑자기 손견이 그렇게 소리치며 자신도 훌쩍 말등 위로 뛰어올랐다. 그러자 한당이 무어라고 전할 필요도 없이 어지럽게 흩어져 쉬고 있던 병졸들이 제각기 병장기를 꼬나쥐고 대오를 갖추기 시작했다. 썩을 대로 썩고 무기력할 대로 무기력한 관군으로는 믿기 어려울 만큼 민첩한 대응이었다. 그러고 보면 그들의 차림도 겉으로는 허름한 베옷이었지만 안으로는 대개 갑옷을 받쳐 입은 채였고, 무기도 질질 끌고 다니거나 팽개쳐두었을 때는 허술해 보였지만 힘 있게 잡고 선 걸 보니 각기 특색 있는 매서운 것들이었다.

하지만 맞은편 골짜기 쪽에는 별달리 변화가 일어나지 않았다. 왼편 칡덩굴 우거진 비탈도, 오른편의 굽은 골짜기도 여전히 무거운 살기만 감돌 뿐 조금 전과 마찬가지였다.

"주공, 무슨 일이십니까?"

한당이 의아로운 듯 물었다. 그러자 손견은 말없이 손을 들어 맞은편 산등성이를 가리켰다. 반 길도 안 되는 떡갈나무 등걸로 덮여 있어 많은 군사를 숨기기에는 알맞지 않은 곳이었다. 그 바람에 소홀히 보아 넘겼던 것인데 손견이 손가락질하는 걸 보니 확실히 어딘가 이상했다. 그러나 정확히 달라진 것이 무엇인지 몰라 살피고 있는데 손견이 비로소 입을 열었다.

"저 떡갈숲이 점점 아래로 내려오고 있다. 떡갈 가지와 잎새로 몸을 가린 적은 아마도 세 갈래 방향에서 일시에 쳐내려오거나 우리를 좀더 깊이 유인해 에워쌀 계책인 것 같다."

"장독목이라는 자, 오랫동안 녹림(綠林)에서 지낸 자임에 틀림없습니다. 과연 주공의 계책에 말려들지 걱정입니다."

"만약 며칠 전 크게 관군을 물리친 적이 없었다면 그자는 결코 걸려들지 않을 것이다. 하지만 지금은 다르다. 그들은 아직 큰 승리에 취해 있다. 이만큼이나 자중한 것만도 대단한 일이다."

손견은 그렇게 말하고는 군사들을 향해 외쳤다.

"자, 이제 그만 돌아가자. 이만하면 태수님께 할 말은 있다. 도적떼는 우리가 무서워서 깊이 숨어버렸다고 하면 된다. 알겠느냐?"

온 골짜기가 쩌렁쩌렁 울릴 만큼 큰 목소리였다. 군사들도 정말로 싸움 한번 않고 돌아가는 것이 기쁜 것처럼 일제히 함성을 치며 기삐했다. 거기에 맞추어 손견은 한 번 더 도적들을 격동케 했다.

"장독목과 그의 천여 졸개들은 우리 백여 명 의군이 두려워 다람쥐처럼 바위틈에 숨어버렸다고 하자. 태수님께서는 틀림없이 너희들에게 큰 상을 내리실 것이다."

계곡에 숨어 있는 도적들뿐만 아니라 멀리 산꼭대기에서 망을 보고 있는 도적에게까지 또렷이 들릴 만큼 크고 높은 목소리였다.

그러자 예상대로 여기저기서 함성이 일며 도적 떼가 뛰쳐나왔다. 잠깐 사이에 손견이 거느린 군사의 세 배가 넘는 인마가 골짜기와 비탈에서 뭉개져 내리듯 쏟아지는 것이었다. 그런 도적들을 흘끗 살핀 손견은 이내 목소리를 낮추어 자기 군사들에게 명했다.

"겁먹은 듯한 형색으로 도망쳐라, 적을 골짜기 입새까지 바짝 끌어내야 한다."

이미 사전에 들은 바가 있는 터라 손견의 군사들은 명령대로 움직였다. 겁먹은 듯 우르르 계곡 바깥으로 달아나기 시작했다. 산적들은 거기에 더욱 기세를 올려 추격을 했다. 아직도 남아 있는 황홀한 승리의 기억에 취해 마지막까지 그들을 보호하고 있던 조심성을 완전히 팽개쳐버린 추격이었다.

손견은 한당과 나란히 군사들의 꽁무니에 붙어 말을 달리면서도 쉴새없이 반격할 곳을 가늠했다. 그런데 약간 뜻밖인 것은 적에게 오십여 기의 기마대가 있다는 점이었다. 그들이 용기백배하여 뒤쫓으니 적의 보졸들이 완전히 평지로 들어서기 전에 적의 선두 기마와 손견의 후위가 만날 지경이 되었다.

"할 수 없다. 돌아서라. 먼저 말 탄 자들부터 떨어뜨려라."

손견은 계책보다 앞당겨 군사를 돌렸다. 도적들을 충분히 평지로 끌어내지는 못했지만 달려오는 기세에다 상대를 얕잡아보고 있는 만큼 쉽게 돌아서지는 않으리란 계산에서였다. 그러자 손견 쪽에 이십여 기가 먼저 말 머리를 돌려 적의 기마대를 맞고, 이어 보졸들도 분분히 돌아서서 달려오는 도적 떼를 맞을 채비를 했다.

"오늘 이 적도를 뿌리 뽑고 뽑지 못하고는 오직 정공과 황공에게 달렸구나."

손견은 한당에게 그렇게 말하더니, 이어 아끼는 보검인 고정도(古錠刀)를 비껴들고 달려 나가며 외쳤다.

"네놈들은 오군의 손견을 듣지 못했느냐? 누가 나의 이 칼을 받아보겠느냐?"

그리고 닥치는 대로 베기 시작했다. 몇 번 칼빛이 번득이기도 전에 앞서 달려오던 두 명의 적도가 차례로 두 동강이 나 말 아래로 떨어졌다. 한당도 자랑하는 활솜씨로 두 명의 도적을 말에서 떨어뜨린 후 대도를 휘두르며 적의 기마대 사이로 뛰어들었다. 나머지 이십여 기도 각기 손에 익은 무기를 휘두르며 배가 넘는 적을 마주 쳐 나갔다.

그렇게 되자 뜨거운 차 한 잔 마실 시각이 되기도 전에 이미 말 위에 남아 있는 적도는 절반으로 줄어들었다. 남아 있는 적도들도 연신 비명과 함께 말 아래로 떨어지는 동료들 때문에 반나마 혼이 나간 상태였다. 그러나 너무도 급작스레 닥친 사태라 아직도 자기 편이 우세하다는 착각에서 깨어나지 못한 데다 달려온 기세가 있어 쉽게 말 머리를 돌릴 수 없었다.

"장독목은 어디 있느냐? 어서 나와 내 칼을 받아라."

다섯 번째의 적도를 베어 떨어뜨린 손견이 다시 산을 울릴 듯이 고함쳤다. 빨리 괴수를 베어 적의 기세를 꺾어놓자는 속셈이었다. 그때 싸우던 적의 기마대 가운데서 한 기가 손견 쪽으로 내달으며 소리쳤다.

"독목룡(獨目龍) 그분은 너 같은 애송이와 창칼을 맞댈 분이 아니시다. 이 철극(鐵戟)이나 받아보아라."

아마도 애꾸인 저희 두령을 외눈박이 용으로 높여 불러가며 싸움에 앞장선 그 적도는 지난번 싸움에서 관군에게 빼앗아 입은 듯 제법 전포까지 걸치고 있었다. 역시 관군에게서 빼앗은 듯한 양갈래난 철극을 내뻗는데 그 기세가 자못 날카로웠다. 그러나 손견은 코웃음과 함께 호랑이같이 미끈한 허리를 틀어 철극을 피하더니 왼손으로 그자의 허리춤을 낚아채 땅바닥에 팽개쳤다. 그걸 보고 손견의 보졸들이 우르르 몰려들어 그자를 멧돼지 얽듯 얽고 말았다.

그러자 드디어 말 탄 도적들은 겁을 먹고 저마다 말 머리를 돌리기 시작했다. 너무 늦은 퇴각이었다. 어느새 달려온 도적 떼의 보졸들이 거기까지 몰려와버린 탓이었다. 그들이 물러나는 길은 밀물처럼 밀려드는 동료들을 짓밟고 달아나는 것뿐이었다. 그때 말을 탄 채 뒤따라오는 도적 떼를 지휘하던 도적 하나가 쫓겨오는 저희 기마대 앞으로 말을 내달리며 소리쳤다.

"도망치지 마라. 우리가 왔다. 관군은 몇 놈 되지 않는다."

그리고 자기의 외침에도 불구하고 다급한 김에 돌아서서 달아나려는 도적 하나를 창으로 찔러 떨어뜨리며 더 크게 외쳤다.

"누구든 물러서는 자는 베겠다. 돌아서서 싸우라."

손견이 고개를 들어 살피니 험상궂은 외눈의 장한(壯漢)이었다. 짐작대로라면 그자가 독목룡이라고 불리는 장독목임에 틀림없었다. 검은 준마에 의젓이 앉은 품이 제법 한 무리의 우두머리다운 위엄이 있었다.

"장독목. 게 섰거라. 너는 오군에 손견이 있다는 말을 듣지 못했느냐?"

손견은 한 소리 외침과 함께 똑바로 그를 향해 말을 몰아갔다. 장독목도 지지 않았다.

"하룻강아지 범 무서운 줄 모른다더니 정말로 겁없는 애송이로구나. 이 독목룡이 어찌 오군의 잔나비 새끼를 알겠느냐?"

하는 호통과 함께 역시 긴 창을 내지르며 마주 말을 달려 나왔다. 그러나 미처 손견에게 다가오기도 전에 한 마궁수 차림의 장수가 대도를 춤추듯 휘두르며 길을 막았다.

"이놈 닭 잡는 데 어찌 소 잡는 칼을 쓰겠느냐? 네놈의 목은 내가 맡겠다."

바로 한당이었다. 천에 하나라도 손견의 실수가 있을까 하여 스스로 싸움을 가로막고 나선 것이었다.

두 사람의 맞붙는 기세가 얼마나 흉흉한지 잠깐 동안에 싸움터 가운데는 두 사람만을 위한 공터가 생겼다. 장독목은 싸움 솜씨에 있어서도 괴수로서 부족함이 없었다. 손견의 휘하에서는 가장 뛰어난 검수(劍手)인 한당을 맞아 싸우는데도 조금도 밀리는 기색을 보이지 않았다.

그러자 그의 졸개들도 다시 힘을 얻어 골짜기 사이의 좁은 평지에서는 한바탕 혼전이 벌어졌다. 손견은 그런 그들의 기세를 꺾기 위해 한당과 협격(挾擊)할까 생각했으나 마음을 돌려 나머지 기마대를 휩쓸기 시작했다. 다시 손견의 칼이 번득이는 곳에 대여섯 개의 임자 잃은 목이 우수수 굴러떨어졌다. 그러나 워낙 수가 많은 도적 떼라 시간이 흐를수록 손견 쪽이 불리해져갔다.

　그때였다. 갑자기 서편 산기슭으로 한 떼의 군사들이 고함을 치며 쏟아져 내려왔다. 처음 도적들은 자기들 뒤에서 나는 함성이라 자기 편인 줄 알았으나 그 방향을 보자 이내 동요하기 시작했다. 그쪽 산허리 쪽으로는 기수(沂水)가 감돌고 있어 평소에 지키는 패거리가 없는 곳이었다. 반면 손견군은 그 함성을 듣자 갑자기 힘이 두 배로 불어난 듯 도적 떼를 밀어붙이기 시작했다.

　"오오, 정보(程普)와 황개(黃蓋)가 때맞추어 와주었구나."

　손견도 그렇게 안도의 한숨을 내쉬며 한당 쪽을 바라보았다. 장독목도 그걸 알아차린 모양이었다. 갑자기 한차례 미친 듯 창을 휘둘러 한당을 물러나게 한 뒤에 말 머리를 돌려 달아나며 졸개들에게 외쳤다.

　"산채로 돌아가자. 북쪽 계곡으로 물러나라."

　그리고 말굽에 졸개들이 상하는 것도 아랑곳없이 급히 북쪽으로 말을 내몰았다. 우두머리가 그 꼴이니 졸개들인들 성할 리 없었다. 일시에 창칼을 내던지고 역시 북쪽 계곡으로 내닫기 시작했다.

　"한당, 빨리 적 괴수를 쫓으라. 만약 정공과 황공이 앞을 막지 못하면 이 도적들을 뿌리 뽑지 못한다."

손견은 그렇게 외치며 스스로 앞장서서 장독목을 추격했다. 하지만 쓸데없는 걱정이었다. 서쪽 능선을 타고 내려온 관군은 마치 손견의 그런 속마음을 알고 있다는 듯 싸움터로 달려오는 대신 먼저 북쪽으로 달려가 좁은 계곡 입구를 틀어막아버렸다.

앞으로 나갈 수도, 물러설 수도 없는 도적들은 거기서 완전히 무너져내렸다. 아직도 자기들이 머릿수로는 훨씬 우세한데도 아무도 그런 걸 기억해내는 자는 없었다. 간혹 지은 죄가 많은 자는 발악적으로 돌아서서 관군에 대항하기도 하고 혹은 칡덩굴에 매달려 가파른 산등성이로 달아나기도 했지만, 대부분은 그대로 땅바닥에 엎드려 목숨을 빌 뿐이었다.

그러나 장독목을 비롯한 몇몇 우두머리급은 달랐다. 항복해보았자 목이 남아날 리 없고, 그렇다고 말 타고 전포까지 걸친 몸으로 졸개들처럼 칡덩굴에 매달려 가파른 비탈을 기어오를 수도 없는 그들은 한층 흉흉한 기세로 길을 열려 들었다. 하지만 길을 막고 있는 관군도 완강했다. 비록 기수를 건너느라 마필은 없었지만 앞선 두 장수가 각기 쇠채찍[鐵鞭]과 긴 창으로 막으니 뚫고 나갈 수가 없었다.

장독목과 몇몇 우두머리는 거기서 다시 한차례 선불 맞은 멧돼지처럼 날뛰었으나 결국은 뒤따라온 손견의 협격을 받자 차례로 목 없는 시체가 되고 말았다.

"황공복(黃公覆) 때맞추어 잘 와주셨오. 하마터면 도적의 괴수를 놓쳐 뒷날의 우환거리를 남길 뻔했소."

손견은 적도들의 수급을 거두게 한 후, 서쪽 능선을 타고 온 두 장수들 가운데 좀 나이가 젊은 쪽을 향해 그렇게 치하했다. 그의 이름은 황개로 공복은 그의 자였다. 영릉군(零陵郡) 천릉(泉陵) 사람이었는데 그는 어려서 부모를 잃고 어렵게 자랐다. 그러나 가난하고 비천한 중에서도 큰 뜻을 품어 범용한 이와는 벗하지 않고, 장작을 내다 팔아 살면서도 항상 서책을 가까이하고 병법을 열심히 익혔다. 나이가 차 군리(郡吏)가 되어 손견이 염독의 승(丞)이 되었을 때는 그 역시 염독의 위(尉)로 있었다. 그러나 한번 손견을 본 뒤 그의 인품에 반하여 손견이 우이의 승으로 옮겨 앉게 되자 그도 태수에게 청을 넣어 함께 우이로 따라갔다. 참을성이 많고 생각이 깊은 데다 한 자루 쇠채찍을 잘 써, 손견도 그를 형제처럼 여기고 일생의 고락을 함께하기로 한 사이가 되었다.

이번에 손견이 특히 오군에서부터 자신을 따른 용사들을 주어 적의 뒤를 돌게 한 것도 그런 그에 대한 믿음 때문이었다. 차가운 기수를 건너고, 험한 절벽을 기어올라 도적들이 지키지 않는 서쪽 능선을 타고 내리는 계책을 성공시키는 데는 오군 자제들의 익숙한 물질 외에 그의 참을성과 신중함 또한 꼭 필요한 요건이었다.

"강동(江東)의 자제들이 몸을 아끼지 않아 무사히 시각에 맞게 댈 수 있었습니다."

"강물이 차지 않았소?"

"도적을 없애 백성을 편안케 하는 일에 어찌 살가죽이 찬 물에 잠기는 걸 꺼리겠습니까? 더구나 이 개(蓋)는 아직 물질이 서툴러 뗏목을 엮고서야 기수를 건넜습니다."

손견의 치하에 어디까지나 겸손한 황개의 답변이었다. 이에 손견은 다시 황개 곁에 긴 창을 짚고 서 있는 다른 장수를 향했다.

"공에게 먼 길을 돌게 해놓고 곧 후회했소. 차라리 사람이 많아 도적들에게 들킬 염려가 있더라도 황공과 함께 기수를 건너게 하는 편이 옳았을 것이오. 그래 도중에 어려움을 겪지 않으셨소?"

"별다른 어려움은 없었습니다만 황공을 반각(半刻)이나 지체케 한 죄가 있습니다. 만일 장군께서 시간을 벌어주지 않으셨다면 크게 일을 그르칠 뻔했습니다."

그렇게 대답하는 이의 이름은 정보, 우북평(右北平) 토은(土垠) 사람이었다. 역시 일찍 주군에서 벼슬살이를 시작하여 그 무렵은 황개와 마찬가지로 우이의 갑졸을 관장하는 현위로 있었다.

손견과는 우이에서 처음 만났지만, 그 몇 년 함께 일하는 사이에 한당보다 더 충실하게 손견을 따르게 되었는데, 인물이 잘생기고 몸가짐이 바를 뿐만 아니라 지략도 있고 무예도 능했다. 특히 한 자루 철척사모(鐵脊蛇矛)를 잘 써 황개의 쇠채찍과는 좋은 짝을 이루었다. 이번에는 황개와 달리 약간의 장정을 이끌고 험한 산길을 돌아 적의 뒤를 찌르는 일을 맡았다.

"정공은 너무 겸양이 과하시오. 어쨌든 때맞추어 모진 도적의 뒤를 끊었으니 공의 이름을 황공복과 나란히 군공의 으뜸에 얹어 모자람이 없을 것이오."

"저희가 무슨 공이 있겠습니까? 모두가 우이 승께서 미리 헤아리신 바를 크게 넘지 않았을 뿐입니다."

정보는 끝내 그렇게 겸양을 보였다. 사실 그의 말도 전혀 근거 없는 것은 아니었다. 만약 손견이 힘만 믿고 정면으로 도적들을 쳤다면 적지 않은 희생도 희생이려니와 이처럼 뿌리 뽑기는 어려웠을 것이다. 숨어 있다가 치고 형세가 불리하면 산속으로 달아나버리는 것이 지리에 밝은 도적들이 즐겨 쓰는 계략이었기 때문이다.

손무자의 피가 그에게도 흐르는 탓인지는 몰라도 손견은 용맹과 무예에 못지않게 병법에도 밝았다. 따라서 먼젓번 관군이 실패한 까닭을 세밀히 살핀 끝에 손견이 정한 계책은 바로 방금 도적들을 뿌리 뽑은 그 계책이었다. 먼저 허술한 군비와 소규모의 병력으로 적을 방심시켜 골짜기 북쪽까지 끌어낸 뒤, 역시 적이 방심하여 망보기를 두지 않은 두 갈래 길로 소수의 정병(精兵)을 투입하여 물러날 길을 막고 앞뒤로 들이쳐 섬멸한다는 게 그 내용이었다. 보통의 현군이라면 어림도 없었지만, 허창을 토벌할 때부터 그를 따르는 장정들을 뼈대로 한 정병을 거느린 손견이었기에 그 계책은 이뤄질 수 있었다.

먼저 날랜 말을 보내어 태수에게 첩보를 전하게 한 손견은 사로잡은 도적들과 죽은 도적들의 목을 거둔 뒤 하비성으로 개선했다.

은근히 골머리를 앓던 도적 떼를 한 싸움에 쳐부수고 괴수의 목까지 바치는 청년 장수에게 태수는 놀라움과 아울러 기쁨을 감추지 못했다. 놀라움은 천여 명의 관병으로도 오히려 패했던 도적 떼를 불과 삼백의 장정으로 깨끗이 뿌리 뽑은 때문이었고, 기쁨은 세금의 근원을 마르게 하는 우환거리를 없앰과 함께 조정의 문책도 면하게 된 데서 온 것이었다.

태수는 크게 잔치를 열어 손견의 삼백 장졸들을 위로하고 적지 않은 비단과 전곡(錢穀)을 상으로 내렸다. 그리고 덧붙여 이르기를,

"그대 같은 인재를 우이 같은 작은 고을에서 썩게 할 수는 없다.

마땅히 그대의 공을 조정에 알리려니와, 위에서 허락이 있으면 그대를 이 하비의 승으로 부르리라."

했다. 뒷날 손견에게 고향인 오군 못지않게 귀중한 근거가 되는 하비와의 인연은 그렇게 시작되었다.

손견은 받은 비단과 전곡에 손도 대지 않고 그 싸움에서 고생한 부하들에게 고스란히 나누어준 뒤, 다음 날로 임지인 우이로 돌아갔다. 그에게 반한 태수가 며칠 더 쉬어가기를 권해도 현의 공무를 핑계로 마다한 것은 겸손하고 성실한 군리로서의 몸가짐이기도 했으나, 그토록 서둘러 돌아가는 데는 또 다른 이유가 있었다. 이제 갓 돌이 지난 아들 책(策)과 함께 자신을 기다리는 슬기롭고 아름다운 아내 때문이었다. 손견은 한번 야성에 불이 붙으면 범 같은 용맹으로 싸움터를 누비는 장수였지만, 한편으로는 이제 겨우 스물셋인, 신혼과 다름없는 시절의 젊은 남편이기도 했다.

손견이 아내 오씨(吳氏)를 만난 것은 열아홉 나던 해였다. 무슨 일인가로 전당에 들렀던 그는 오경(吳璟)이라는 청년을 알게 되었다. 이태 전 그곳에서 꾀와 배짱으로 수적(水賊)들을 쫓고 빼앗긴 재물을 찾은 일로 널리 이름을 얻은 손견과 친하고자 찾아온 협사(俠士)였다. 손견도 그 인물됨이 그리 천박하지 않음을 알고 그와 사귀기를 구태여 마다하지 않았다.

오경은 원래 손견과 마찬가지로 오군 사람이었으나 그 부친 대에 전당으로 옮겨 살게 되었다. 아직 어릴 때 부모가 나란히 세상을 떠나 손위 누이 둘과 외롭게 지내고 있었는데 그 누이가 바로 손견의 아내인 오씨였다.

오씨 역시 그때 이미 그 아름다움과 슬기로움으로 이웃에 널리 알려진 규수였는데 어느 날 오경을 찾아갔다가 우연히 그녀를 보게 된 손견은 한눈에 반하고 말았다. 그리하여 생전 처음 겪는 기묘한 열병에 들떠버린 손견은 그날부터 그 동생인 오경을 통해 한번 만나 줄 것을 간청했지만 오씨의 반응은 냉담하기만 했다.

"여자란 출가하기 전에는 오직 부모님의 말씀에 따를 뿐입니다. 저희 남매가 비록 일찍 부모를 여의었다 하나, 저희에게는 부모 못 지않게 돌봐주는 숙부님이 따로 계십니다. 그분의 허락이 없이는 그 어떤 분이라도 만나드릴 수 없습니다."

그것이 아우를 통한 오씨의 대답이었다. 이에 손견은 할 수 없이 부친을 졸라 그들 남매를 돌봐주는 오항(吳亢)이라는 이에게 정식으로 혼담을 넣어보았다. 손견의 부친은 아들의 갑작스런 요구에 놀랐지만, 알아보니 며느리로 삼아 모자랄 것 없는 규수였으므로 아들의 말을 들어주었다. 그러나 오항의 태도 역시 냉담했다.

"그자의 이름은 나도 익히 들었다. 하지만 온당한 이름이 못 된다. 세상 사람들은 그가 혼자서 도적 떼 사이로 뛰어든 걸 용기로 보지만 나는 오히려 그걸 달리 부르고 싶다. 만약 도적 떼가 어리석지 않아 일제히 칼을 빼들고 대항했으면 어찌 됐겠느냐? 변변찮은 그 이름은 물론 목숨조차 보전하지 못했을 것이다. 일시의 혈기를 이기지 못해 부모에게 받은 귀한 몸을 함부로 위태로움 속에 내던지니 이는 가벼움이라 불러 마땅하다. 또 세상 사람들은 그가 도적 떼를 속인 것을 지혜로 보나 지혜와 속임은 전혀 다르다. 속임은 요행을 바라 행하는 거짓이요, 지혜는 어떤 경우에도 어그러지는 법이 없는 일의 바른 꾸밈이다. 그는 요행 거짓으로 도적 떼를 물리쳤을 뿐, 도적들이 대항해도 이길 수 있도록 일을 꾸몄던 것은 아니다. 간사한 꾀에 지나지 않는다. 거기다가 더욱 이 혼인을 허락할 수 없는 것은 그가 그 두 가지로 뜻한 바를 이루었다는 점이다. 앞으로도 더욱 자주 그 두 가지(가벼움과 간사한 꾀)에 의지할 것이니, 그런 자에게 어떻게 네 누이를 맡기겠느냐?"

오항이 오경을 통해 밝힌 거절의 이유는 그러했다. 한편으로 지나치게 고루한 유자의 관점이지만 다른 한편으로는 어느 정도 이치에 닿는 말이기도 했다.

그 말에 크게 노한 손견은 그 자리에서 장검을 뽑아 들고 맹세했다.

"내 반드시 이 칼로 그 늙은이의 목을 베어 오늘의 이 부끄러움과 한을 씻으리라."

한번 화가 나면 물불을 가리지 않는 손견이고 보면 반드시 헛맹세로 돌릴 수도 없는 일이었다. 거기다가 속으로 은근히 손견을 매부로 삼고 싶던 오경은 곧바로 그 일을 숙부와 누이에게 전했다. 그러자 오씨는 조용히 숙부를 찾아가 말했다.

"저를 손씨가(孫氏家)에 출가하도록 허락해주십시오."

"그게 무슨 소리냐?"

"어찌하여 이 못난 질녀 때문에 화를 취하십니까? 이렇게 된 것도 다 하늘의 뜻인 듯하오니 그만 허혼(許婚)하십시오."

"까짓 어린 것이 홧김에 하는 말을 두려워할 게 무엇이냐? 그 일 때문이라면 너무 걱정할 거 없다."

"소녀에게도 눈과 귀는 있습니다. 숙부님의 염려하심은 마땅하나 또한 세상은 헛된 이름을 전하는 법도 없습니다. 소녀는 그 이름에 한 몸을 맡겨보고자 하는 것입니다."

그러자 한동안 생각에 잠기던 오항은 마침내 질녀의 원하는 바를 허락했다.

"네 뜻이 그러하다면 막지는 않겠다. 그러나 살아가는 도중에 어떤 불행을 당하더라도 이 아재비를 원망하지는 마라."

실로 어렵게 이루어진 혼인이었다. 하지만 그렇기 때문에 부부의 금실은 한층 좋았다. 어떻게 보면 성격이 거칠고 격한 손견에게 슬기롭고 부드러운 오씨는 하늘이 정한 배필인지도 모를 일이었다. 손견의 번득이는 재주와 오씨의 꼼꼼한 살림도 마찬가지였다. 그리하여 그 둘의 결합에서 뒷날의 손책(孫策), 손권(孫權) 같은 영걸들이 태어나게 된다.

우이로 돌아와 군사들을 흩어보낸 손견은 따로 소를 잡고 술을 빚어 작은 잔치를 벌였다. 이번 싸움에 몸을 아끼지 않고 자기를 위해 싸운 심복들을 위로하는 사사로운 잔치였다. 그 자리에는 오군부터 그를 따라온 백여 명의 장사들과 한당, 황개, 정보 외에 처남 오경과 또 한 사람의 장재(將材) 조무(祖茂)가 불려왔다. 조무는 역시 허창의 난을 진압할 때부터 손견을 따른 장수로 한 벌 쌍도(雙刀)를 잘 쓰는 사람이었다. 손견이 뽑아가버린 나머지 군사로 손견의 처남 오경과 함께 우이를 지키느라 싸움에는 참가하지 못했지만, 그 때문에 걱정 없이 우이를 비울 수 있었던 점에서는 그들 또한 공이 없지 않았다.

잔치를 벌인 날, 손견은 하루 종일 사졸들과 함께 어울려 아래위

없이 즐기고 놀았다. 허창을 토벌할 때도 손견이 적은 군사로 큰 공을 세울 수 있었던 것은 바로 그런 혈육 같은 정으로 아래위가 합심하여 싸운 덕택이었다. 그러다가 손견을 중심으로 한당, 조무, 황개, 정보, 오경 여섯 사람만이 오붓한 술자리를 가지게 된 것은 제법 밤이 이슥할 무렵이었다.

"싸움에 이기신 것을 경하드립니다. 듣기에 매부께서 직접 적의 괴수를 베셨다고요?"

오경이 한 잔 가득 술을 따라 바치면서 그렇게 치하했다.

"싸움이랄 것도 없었네. 거기다가 정공과 황공복이 이미 독 안으로 몰아둔 쥐를 내가 잡은 셈이 되니 무어 그리 대단할 게 있겠나?"

이미 거나한 손견이 흥겨운 얼굴로 그렇게 겸양했다.

"거기다가 머지않아 하비의 승으로 가게 되신다고요?"

조무가 곁에서 거들었다. 그러나 그 말에 흥겹던 손견의 얼굴이 일시에 흐려졌다. 대답 없이 다시 큰 잔을 손수 채워 벌컥벌컥 들이켰다. 조무가 근심스레 물었다.

"주공께서는 무슨 근심이 있으십니까?"

"흥, 우이의 승으로 썩기 아까우니 하비의 승으로 부르마고? 그럼 이 손견이 겨우 하비의 승으로나 맞다는 말이냐?"

"장군, 그건 그렇지 않습니다. 하비는 유서가 깊은 군국(郡國)이요, 물산이 풍부하고 백성들이 많이 모이는 서주(徐州)의 심장 같은 곳입니다. 장군이 만족할 만큼 큰물은 아니라 해도 이 궁벽한 우이와는 델 바가 아닙니다."

정보가 손견의 말에 조심스레 대꾸했다. 그러나 손견은 술 탓인지 한번 토한 불만을 거두어들이려 하지 않았다.

"그래, 어떤 자는 백만 전으로 태수도 사고, 어떤 자는 내시 놈의 아재비라고 상(相)을 넘보기도 하는데, 이 손견은 어찌하여 스스로 천자를 칭한 요사스런 역적 놈을 목 베고도 작은 고을의 승이란 말이오? 거기다가 다시 도적 떼를 쓸고 그 소혈을 불사르고 왔는데 올려 세운다는 게 겨우 하비의 승이란 말이오? 한 해에 쌀 육백 석으로 무능하고 썩은 태수의 뒤치다꺼리나 하며 지내란 말이오?"

그러자 한당과 조무도 주인을 따라 분개했다. 벌써 다섯 해 손견을 따라 목숨을 바쳐 싸웠건만 겨우 마궁수니 유요(游徼, 포졸 정도)니 하는 낮은 자리에 머물고 있는 자신들을 새삼 돌아보게 된 탓이었다.

"그렇습니다. 한실(漢室)은 이미 틀렸습니다."

"차라리 골 깊은 곳에 산채나 열고 의적 노릇이나 하는 편이 낫겠습니다."

둘 다 이미 마신 술이 있는 터라 거리낌없이 울적한 심정을 드러냈다. 비교적 글줄이나 하는 황개가 그런 그들을 위로했다.

"옛적에 회음후(淮陰侯) 한신(韓信)은 항우를 깨뜨릴 대재(大才)를 지녔으면서도 때를 만나지 못하니, 겨우 연오(連敖, 군의 의장대 정도)라는 하찮은 자리에 머물러 있었고 하마터면 대수롭지 않은 죄에 연루되어 우리 고조(高祖)께서 그를 알아보시기도 전에 이름 없는 귀신이 될 뻔하였소. 두 분의 처지는 내 모르는 바 아니나 너무 상심하지 마시고 부디 자중하시오."

정보도 황개의 말을 거들었다.

"비록 두 분께서는 지금 하찮은 현리(縣吏)에 머물러 있으되, 그래도 훌륭한 주공을 두시지 않았소? 때가 이르면 반드시 이 오늘을 돌이켜 웃으실 날이 있을 것이오."

그러나 한당과 조무는 거칠게 반문했다.

"지금 주공께서도 저리 울적해 계시는데 그때가 언제 온단 말이오? 조정은 갈수록 썩어가고 도적은 사방에서 벌 떼처럼 이는데 언제 밝은 세상이 와 우리도 그 빛을 볼 수 있단 말이오?"

그때였다. 문득 손견이 어두운 낯을 펴며 입을 열었다.

"내가 공연히 가볍게 입을 열어 그대들의 심사만 어둡게 한 것 같소. 잠시의 어려움을 참지 못해 못난 꼴을 보였으니 실로 부끄럽소."

과연 주공이라 불릴 만한 자기 감정의 절제였다. 조금 전의 앞뒤 없는 울분은 어느새 사라지고 태산 같은 침착과 자신이 깃들인 목소리였다.

"잠시 동안의 어려움이라니? 그렇다면 머지않아 그때가 오리라는 뜻입니까?"

오경이 매형의 그 같은 갑작스런 변화에 의아로운 눈길로 물었다.

"그렇네. 조금 전 의공은 조정이 썩고 도적이 사방에서 이는 것을 아직 때가 먼 것으로 말했지만 내 생각은 다르네. 용이 하늘로 오르려면 큰비와 미친 바람이 일고 영웅이 몸을 일으키려면 천하의 어지러움이 필요한 것일세. 내 보기에 이제 한의 천하는 오래지 못할 것 같네. 비록 진승, 오광(陳勝, 吳廣, 진나라의 멸망을 앞당긴 최초의 반란 세력)은 아직 나타나지 않았으나 지금 천하의 어지러움은 이세(二世, 진나라 2세 황제) 치하의 진(秦)보다 더하면 더했지 덜할 건 없네."

114

"그러나 진은 시황제(始皇帝) 십삼 년 통치의 폭정과 수탈뿐이었지만 한은 사백 년의 문물과 은의가 있습니다. 진에 비할 바 못 됩니다."

"그래도 영웅이 몸을 일으키기에는 충분한 어지러움일세. 만일 한에 희망이 있으면 한을 도와 도적을 무찌르고, 도적이 강해 한이 먼저 쓰러지면 주인 없는 천하를 다투어보는 것일세. 민란(民亂)은 일고 도적 떼는 날뛸수록 우리가 기다리는 때는 가까워진다고 볼 수 있네."

그 대담한 말에 나머지 사람들은 잠시 선뜩하여 입을 다물었다. 그러나 손견은 이미 내친김이어서인지 한층 서슴없이 속마음을 털어놓았다.

"거기다가 더욱 때를 앞당겨주는 것은 명분의 혼란일세. 세상이 평온할 때는 지킬 대의는 언제나 외길일세. 그러나 세상이 어지러워지면 대의도 따라서 어지러워지네. 지금도 당연히 부끄러워해야 할 도적들은 오히려 의를 내걸고, 당당해야 할 관리들은 거꾸로 도둑으로 몰리고 있네. 이렇게 나가다 보면 백성들은 점점 어느 쪽에 옳은 명분이 있는지를 구분할 수 없게 되고 마침내는 힘이 곧 대의가 되는 시대가 오고 말 것이네. 바로 영웅들이 묶여 있던 명분의 사슬에서 풀려나 저마다 새로운 명분으로 몸을 일으킬 수 있는 시대 말일세."

그리고 갑자기 엄숙해진 좌중을 둘러보더니, 잔마다 손수 가득 술을 따른 후 자기 잔을 높이 들며 소리쳤다.

"자 이제 그런 뜻에서 함께 잔을 비웁시다. 내 지금껏 드러내놓고 말한 적은 없지만, 그대들의 뜻도 나와 크게 다르지는 않을 것이오. 나는 항상 나에게로 향하는 그대들의 믿음과 기대를 그렇게 해석해 왔소. 지금이라도 나와 뜻이 다른 분은 잔을 놓고 이 자리를 떠나시오. 나는 이미 그대들을 믿었으니, 설령 그가 이 방을 나가는 길로 관가에 달려가 이 손(孫)아무개의 두 마음을 고변해도 원망하지 않겠소."

그 같은 말이 너무 갑작스러운 탓에 잠시 놀랐던 사람들도 손견이 그 말과 함께 훌쩍 자기 잔을 비우자 작은 망설임도 없이 입을 모아 말했다.

"못난 저희들이나마 이미 장군을 마음속의 주인으로 정했습니다. 믿어주시는 것만도 황공한 터에 감히 딴마음이 있겠습니까?"

평소에는 주종 관계를 드러내지 않던 황개와 정보까지도 드디어 그걸 제 입으로 밝혔다. 그때껏 한 사사로운 정분과 의리의 모임이었던 손견과 그를 따르는 무리가 비로소 반드시 한의 전통적 권위에만 의지하지 않는 군벌로의 첫발을 내디딘 셈이었다.

하지만 불길한 앞날이 어떤 예감으로 닿아온 것일까. 한동안 흥겹게 술을 마시던 손견이 문득 사람을 보내 이제 겨우 두 살인 아들 책을 불러오게 했다. 오씨 부인이 달을 품는 꿈을 꾸고 낳았다는 첫 아들로 남달리 숙성해 벌써 걸음을 걷고 몇 마디 말도 웅얼거릴 줄 알았다. 손견이 그 아들을 들어 여럿에게 보이며 말했다.

"이제 우리가 이렇게 시작하나 앞길이 반드시 순탄하지는 못할 것이오. 만일 무슨 일이 있으면 이 아이를 부탁하오."

이제 겨우 스물셋인 청년 장수의 말로는 너무도 뜻밖이었다.

"주공, 이 흥겨운 자리에서 그 무슨 말씀입니까?"

조무가 참지 못해 그렇게 물었으나 황개가 나서서 자칫 어두워질 뻔한 자리를 수습했다.

"만일을 위한 대비가 되어 있는 것은 항상 없는 것보다 낫소. 주공의 말을 달리 듣지 말고 우리 작은 주인이나 뵈옵시다."

그리고 먼저 엎드려 씩씩한 목소리로 말했다.

"어리석은 황개 작은 주인을 뵙습니다."

그러자 다른 장수들도 분분히 자리에서 일어나 어린 손책을 향해 무릎을 꿇었다.

고목의 새싹은 흙을 빌어 자라고

세월이 흘러갔다. 어수선한 희평(한나라 헌제 때의 연호, 172~178년) 연간도 지나가고 새로이 광화(光和)란 연호를 쓴 지도 여섯 해나 되었다. 그러나 뜻있는 선비들의 탄식과 울분 속에서도 후한의 조락(凋落)은 깊어만 갔다.

한 예로 광화 원년을 살펴보면, 그해에만 합포(合浦), 교지(交趾), 오호(烏滸)의 세 오랑캐가 반란을 일으켰고, 선비(鮮卑)가 주천(酒泉)을 침략했으며, 구진(九眞)과 일남(日南)에는 민란의 기록까지 보인다. 큰 지진과 일식이 두 차례에 걸쳐 있었고, 암탉이 수탉으로 변하는 일이 생기는가 하면, 흰옷을 입은 요괴가 덕양전(德陽殿)으로 사라졌으며 푸른 무지개가 옥당(玉堂)에 서고, 검은 기운이 온덕전(溫德殿)을 뒤덮었다. 황제는 환관들의 참소에 넘어가 황후 송씨(宋氏)

를 폐한 뒤 그 족당을 모두 죽였고, 황궁 모퉁이 서저(西邸)를 열어 공공연히 공경(公卿) 이하의 관직을 내다 팔았다.

그런데 그 같은 일이 그 한 해에 그치지 않고 여섯 해를 거듭하니 인심은 한층 흉흉하였다. 거기다가 광화 육년에 접어들어서는 봄부터 가뭄이 극심해 천하에 대기근의 조짐까지 보였다.

탁군(涿郡)의 사정도 크게 다르지 않아 한창 농사일에 바쁠 삼월인데도 백성들은 마른 먼지만 풀썩풀썩 이는 밭둑에 앉아 쨍쨍한 하늘만 원망스레 바라보고 있었다.

"큰일이로군."

한 청년이 그런 들길을 지나며 혼자 입속으로 중얼거렸다. 무릎에 닿는 손, 자기 귀를 볼 수 있을 정도로 큰 귀와 길게 째진 봉의 눈, 어느새 스물넷의 훤칠한 청년으로 자라난 유비였다. 흰 비단옷이나 손잡이에 구슬 장식을 한 보검을 비스듬히 차고 있는 것으로 보아 이제는 돗자리를 메고 시골의 저자 바닥을 헤매는 미천한 소년 같지는 않았다.

사실이 그러했다. 칠 년 전 노식의 문하를 떠나 누상촌으로 돌아온 그는 다시 돗자리 짜는 일을 생업으로 삼아 저자 바닥에서 출발했지만, 세상은 언제까지고 그를 버려두지 않았다. 짧으나마 노식의 문하에서 닦은 학문과 인품, 부호인 집안 아재비 유원기의 변함없는 후원, 인근의 유력한 집안 자제들이거나 군리(郡吏)로 있는 동문들과의 유대, 촌수로 따지면 멀지만 그래도 한실의 종친이란 신분 같은 것들은 그가 몸 둔 곳이 낮고 천했기에 더욱 빛이 났다. 그가 저잣거리에 나오고 서너 해 뒤 탁군 현령이 되어 온 공손찬도 유비에게 남다른 관록과 위엄을 더해주었다. 공손찬의 비호가 그로 하여금 관부(官府)까지도 마음대로 주무를 수 있는 듯 행세할 수 있게 해준 덕분이었다. 주먹 하나만 믿고 뒷골목에서 거들먹대는 여느 건달들로서는 엄두도 못 낼 일이었다. 거기다가 타고난 관후함과 침착은 곧 그를 탁현 저자 바닥을 중심으로 한 유협(遊俠) 패거리의 우두머리로 만들었다.

만약 유비가 그때 스승 노식의 추천대로 정현(鄭玄)의 문하를 찾아 학문에 정진했더라면 효렴을 거쳐 조정의 미관말직이나 작은 주군의 승(丞)쯤은 될 수도 있었으리라. 그러나 지금처럼 그의 말이라면 하늘처럼 믿고 따르는 호걸과 협사(俠士)들이나, 그의 그런 숨은 힘의 보호를 구하는 호상(豪商) 부호(富豪)들은 얻지 못했을 것이다.

이따금씩 유비도 자신이 걸어온 길을 불안스레 돌이켜볼 때가 있었다. 특히 탁현을 떠난 뒤로도 눈부신 성공을 거듭하고 있는 공손찬이나 동문으로는 남달리 빠른 벼슬길을 걷고 있는 유덕연(劉德然)의 소문을 들을 때는 자신도 모르게 우울해지기도 했다. 공손찬은 그 무렵 요동(遼東) 속국의 장사(長史)로서 선비족들 사이에서 용명을 떨치고 있었으며 유덕연은 의랑(議郎)이 되어 말석이나마 벌써 조정에 들었기 때문이었다.

그러나 유비는 그때마다 스스로를 '상산의 나무꾼 늙은이[常山樵翁]'라 칭한 그 이름 모를 늙은이를 떠올리고 신념을 키워갔다.

"고목은 높은 가지부터 마른다."

아직 자신이 무엇을 어떻게 하겠다는 뚜렷한 계획은 서 있지 않았지만, 적어도 밑바닥에서 흙에 뿌리를 박고 출발하고 있는 것만은 옳은 일로 믿고 싶었다.

"유비 형님, 유비 형님!"

갑자기 누군가가 맞은편에서 달려오며 크게 소리쳐 불렀다. 유비가 미간을 들어보니 소삼(小三)이라고 하는 장돌뱅이였다. 유비가 성내로 들어가면 유비의 좌우에 붙어서 잔심부름을 도맡아 하는 자였는데, 발이 빠르고 귀가 밝아 요긴하게 부리고 있었다.

"무슨 일이냐? 소삼."

숨이 턱에 차도록 달려온 녀석에게 유비가 조용히 물었다. 눈앞에서 하늘이 무너지고 땅이 꺼져도 낯빛이 변하는 법이 없는 유비의 중후함이었다.

"큰일났습니다. 장비(張飛) 형이, 장비 형이……."

"장비가 어찌 됐단 말이냐?"

"방금 사모(蛇矛)를 들고……."

"사모를?"

유비도 약간 놀라는 듯한 기색이었다.

"네. 사모를 들고 싸우러 갔습니다."

장비가 사모를 들고 나섰다면 어쨌든 일은 크게 벌어졌다고 보는 편이 옳았다. 이미 여러 해를 알고 지냈지만 그가 싸움에 사모를 들고 나간 것은 단 한 번 재작년 비적 떼가 탁현으로 몰려들었을 때뿐이었다.

"상대는 누구라더냐?"

"소쌍(蘇雙)의 패거리랍니다."

"소쌍의 패거리라니?"

"소쌍이 웬 수염 긴 놈을 하나 딸려 보냈는데 예사내기가 아닌 것 같았습니다."

소쌍은 근래에 탁군의 저자를 넘보는 중산국(中山國, 國은 郡과 비슷하다)의 큰 장사꾼이었다. 주로 말을 사고 파는데 천금을 풀어 수백 필씩 끌고 멀리 요서에서 유주(幽州, 탁군이 포함된 북부의 주) 탁군 일대를 돌아다녔다. 그러나 탁현만은 오래전부터 장세평(張世平)이란 또 다른 큰손이 먼 일가뻘인 장비의 비호 아래 마판[馬市場]을 오로지하고 있었다. 소쌍은 몇 번 힘깨나 쓰는 작자들을 앞세워 탁현으로 들어와봤으나 번번이 장비의 주먹에 쫓겨 물러나곤 했는데 이제 기어이 일을 벌인 듯했다.

"장비가 어찌해 사모까지 들고 나서게 되었느냐?"

유비가 다시 소삼에게 물었다.

"그자가 청했습니다. 여럿이 부딪치면 죽고 상하는 자가 많이 날 터이니 장비 형과 단둘이 겨루어 길을 앗겠다는 것입니다."

"그렇다고 그자가 장비에게 창을 들고 나오라고 청했단 말이냐?"

"아닙니다. 그자는 권장도검(拳掌刀劍) 무엇이든 좋다고 했는데, 한동안 눈싸움을 벌이던 장비 형이 대뜸 사모를 들고 나가겠다고 했습니다."

"그러니까 그자는 무어라고 하더냐?"

"빙긋 웃으면서 '너는 힘을 뽐내기를 좋아하는구나, 네가 구태여 길고 무거운 창을 쓰겠다면 나는 청룡도로 받아주마'라고 했습니다."

"그래 지금 그들은 어디 있느냐?"

"성 밖 토묘(土廟) 뒤의 숲으로 간다고 했습니다."

"알았다. 그러잖아도 내 성안으로 들어갈 참이었다."

유비는 그렇게 대답하며 천천히 누상촌으로 걸음을 옮겨놓았다. 소삼의 얘기로 미루어 확실히 장비의 상대는 예사내기가 아닌 것 같았다. 말보다 주먹이 먼저 나가는 난폭하고 조급한 장비가 고분고분 그의 청에 응했을 뿐만 아니라, 대뜸 자신의 으뜸 무기인 사모를 들고 나선 것으로도 얼마나 상대로부터 위압감을 느끼고 있는지 짐작이 갔다.

"유비 형님, 모두 끌어모을까요?"

돌아서는 유비의 등 뒤에서 소삼이 그렇게 물었다. 그 역시 어지간히 질려 있는 모양이었다.

"그럴 필요 없다."

유비를 따르는 패거리 중에서 가장 힘세고 날랜 것이 장비였다. 그가 싸움에 진다면 다른 자들을 불러 모은다고 해도 승산이 설 것 같지 않았다. 하지만 집으로 돌아와 급히 말에 안장을 매면서도 유비는 크게 불안해하지 않았다. 그는 그만큼 장비의 무예를 믿고 있었다.

유비가 장비를 만난 것은 다시 돗자리를 지고 저잣거리에 나간 뒤 세 해쨌가 네 해째의 일이었다. 그때 장비는 유비보다 한 살 아래인 열아홉이었으나 벌써 그 유별난 힘과 난폭함으로 탁현의 저잣거리를 휩쓸고 있었다.

현(縣)의 관리들도 그의 힘이 두려워 웬만한 횡포는 눈감아주었는데, 어느 날 드디어 장비는 술에 취해 현위(縣尉)를 초죽음시키는 데 이르렀다. 바로 공손찬이 현령으로 있을 때였다.

공손찬은 갑졸을 풀어 장비를 잡아들이려 했으나 갑졸들은 워낙 장비의 용력이 뛰어나 어쩌지 못하다가 술에 떨어져 잠든 뒤에야 짐승 옭듯 하고서야 감옥에 가둘 수 있었다. 공손찬은 깨어나는 대로 관리를 상하게 한 죄를 물어 저잣거리에서 목을 벨 작정이었다.

그때 유비가 나서 장비를 구해주었다. 진작부터 장비의 용맹과 무예를 높이 보던 유비는 먼저 공손찬을 찾아가 간청을 하고 한편으로는 족숙 유원기의 재물을 빌려 병신이 돼 누운 현위의 가족들을 달랬다. 유비가 없었더라면 장비는 틀림없이 죽은 목숨이었다.

장비는 술에 취하면 천하의 개망나니였지만 깨어나면 은혜도 알고 의리도 아는 사나이였다. 자기를 구해준 것이 유비인 것을 알자 그는 그 길로 달려와 유비와 사귀기를 청했다. 한낱 돗자리 장수에 지나지 않지만 평소에도 온화한 미소 뒤에 숨은 이상한 위엄 때문에 행패를 부린 적이 없었다는 점도 두 사람이 쉽게 친할 수 있었던 이유가 되었다.

장비는 원래 연(燕) 땅에 자리 잡고 살아온 명문의 후예였으나 다섯 살 때 집안이 당고(黨錮)의 화에 연루돼 풍비박산이 나고, 어린 그는 집안에서 부리던 늙은 가복(家僕)의 구함을 받아 탁현의 저잣거리에 숨어 살게 되었다. 충직한 가복은 돼지를 잡고 술을 팔기도 해 장비를 길렀는데 장비가 열다섯도 되기 전에 죽어, 그때부터 장비는 저잣거리의 불량배로 자랐다.

그러나 그의 몸을 흐르는 명문의 피 탓인지 성미가 호탕하여 호걸 사귀기를 좋아하고, 선대(先代)로부터 물려받은 한 자루 사모(蛇矛)를 열심히 익혀 여느 저잣거리의 불량배들과는 달랐다. 유비가 그를 구하기 위해 힘을 아끼지 않은 것도 어쩌면 일찍부터 장비의 그런 됨됨이를 알아본 때문이었으리라.

한편 장비는 장비대로 유비와 사귈수록 깊이 그의 인품에 빠져들었다. 아마도 자기에게는 없는 모든 것을 그에게서 보는 감탄이었을 것이다. 그리하여 불과 한 살 차이밖에 되지 않는데도 차츰 유비를 어려운 형처럼 대하게 되었다.

유비와 장비의 그 같은 만남은 여러 가지로 의미 깊은 일이었다. 한 유협 집단이 어떤 지역 사회에서 실제적인 영향력을 행사하자면 나름의 지도자와 조직을 갖추어야 한다. 하기야 유비가 두각을 나타내기 전에도 탁군의 유협 세계는 장비처럼 주먹으로 저자 바닥을 휩쓰는 우두머리와 그를 따르는 얼마간의 건달은 있었다. 그러나 그 관계가 철저하게 힘에 의존하고 있고 이합집산(離合集散)도 아무런 원칙 없이 이루어졌다는 점에서 장비는 진정한 의미의 지도자가 아니었고 그들의 모임도 조직일 수는 없었다.

유비도 처음부터 지도자의 자격을 모두 갖추고 나선 것은 못 되었다. 정당한 권력 조직에서 지도자의 자질은 보통 상황 변화에 민감하게 반응할 수 있는 관찰 및 예견력, 인격적 접촉 능력, 정책이나 이념 등의 창안 능력, 용기와 의지력 등을 들 수 있다. 그러나 유협 세계에서는 그 모든 것 외에 또 하나 바탕이 되는 자질로서 상대를 물리적으로 위압할 수 있는 거친 힘이 필요한데 유비는 바로 그 점이 모자랐다.

물론 유비도 당대의 모든 식자층(識者層)에게 필수 교양이었던 병법과 무예에 어느 정도의 소양은 가지고 있었다. 그러나 병법은 시골 유협 집단의 주도권 싸움에 응용할 만큼 밝고 세밀하지 못했으며, 무예 또한 그저 겨우 어지럽게 뒤엉킨 싸움터에서 몸을 가릴 정도를 넘지 못했다.

그런데 이제 장비를 얻음으로써 유비의 그 같은 단점은 보완되었다. 장비를 자신의 두 팔이나 다름없게 쓸 수 있게 되자 탁군의 유협 세계에서는 거친 힘에 있어서도, 지혜와 배경에 있어서도 유비를 능가할 사람이 없어졌다.

그리하여 유비가 장비의 지원 아래 탁군의 유협 집단을 완전히 장악한 것은 대략 스무 살 때의 일이었다. 어떤 사회에서 유협 집단의 존재는 평화로운 시기에는 종종 범법과 동일시되거나 반역의 의심을 받는다. 사마천(司馬遷)이 『사기(史記)』의 「유협열전(遊俠列傳)」 앞머리에다,

"유자(儒者)는 글로써 법을 문란케 했고 협자(俠者)는 무(武)로써 법이 금지하는 일을 범했다."

라고 쓰고 있는 것이나 한무제가 관동의 대협(大俠) 곽해(郭解)를 잡아 죽인 것 등이 바로 그런 평화로운 시대의 견해를 단적으로 보여주는 예가 된다.

그러나 세상이 어지러워지면 그런 유협 집단은 바로 변혁의 원동력으로 바뀐다. 민중들도 썩고 무능한 관리나 이미 지켜지지 않는 법보다는 그들 편에 서 있는 유협 집단과 그들의 힘에 의지하려 든다. 그리하여 그런 그들의 집단적 반항은 일반적으로 도둑 떼의 노략질과 달리 기의(起義)라고 불리어지며, 중국 역대 왕조를 여는 태조(太祖)들 가운데서도 유협 출신을 적지 않이 볼 수 있다.

어쨌든 유비도 한번 탁군의 유협 집단에서 지도권을 확보하자 그 세력은 급속히 불어갔다. 크고 작은 저잣거리의 이권들이 모두 유비의 손안에서 조정되었으며, 썩은 관군을 믿지 못하는 인근의 토호들은 유비에게서 비적들로부터의 보호까지 구하려 들었다. 뿐만 아니라 탁군에 살지 않아도 탁군에 이권을 가진 자는 재물을 써서라도 유비의 환심을 사려고 했는데 장세평 같은 이가 그 한 예였다.

장세평은 탁군 일대에서 말 장사로 생긴 이익의 태반을 유비와 그가 거느린 협객들에게 바쳐 탁군 일대의 말시장 독점과 아울러 장삿길의 안전을 구해왔다. 장비와 성이 같다는 점을 이용해 상인들의 이익 다툼에까지 끼어들지 않으려는 유비를 설득한 것이어서 유비 쪽으로서는 처음부터 달갑지 않던 일이었다.

그런데 몇 달 전 역시 중산국의 호상인 소쌍이란 자가 탁군의 말시장을 노리게 됨으로써 유비가 우려하던 일은 벌어지고 말았다. 소쌍의 패거리와 장비가 노상에서 난투극을 벌이는 사태에 이르자 유비를 둘러싼 유협 집단의 인상이 나빠질까 걱정됐기 때문이었다. 유비는 여러 번 그런 장비를 말렸으나 어찌 된 셈인지 장비가 그 일만은 말을 제대로 듣지 않아 걱정하고 있었는데 마침내 일은 터져버린 듯했다.

장비가 싸우는 곳은 부근에만 가도 금세 알 만했다. 탁현성 밖 허물어진 후직(后稷)의 사당 뒤에 작은 숲이 있고, 그 숲 사이에 사방 열 장 가량의 공터가 있었는데 벌써 두어 마장 전부터 그곳에서 들리는 기합 소리와 무기 부딪는 소리가 요란했다. 가까이 갈수록 마치 천군만마가 부딪고 있는 듯했다.

유비가 급히 말을 달려 그곳에 이르니 싸움은 벌써 무르익을 대로 무르익어 있었다. 딴에는 장비를 돕겠다는 생각으로 각기 병장기를 꼬나들고 주변에 둘러선 몇 명의 건달들도 그런 두 사람의 싸움에 완전히 넋을 잃은 채였다. 실로 눈부시리만큼 화려한 일장(一場)의 비무(比武)였다.

장비가 한 마리 성난 호랑이를 연상시킨다면 상대는 구름 속에 반쯤 감춘 신룡(神龍)을 떠올리게 했다. 여덟 자나 되는 키에 근골로 뭉쳐진 어깨, 범의 머리에 고리눈을 부릅뜨고 수염과 머리는 올올이 곤두선 채 우레 같은 기합과 함께 내지르는 장비의 창을 한 자루 긴 청룡도로 받아치는 상대는 아홉 자 키에 얼굴은 무르익은 대춧빛이요, 검은 수염은 가슴까지 드리운 장한(壯漢)이었다.

이건 무언가 잘못되어 있다―유비는 그런 상대를 보자마자 그런 느낌이 들었다. 한낱 장사치를 위해 무예를 파는 칼잡이로는 도저히 믿을 수 없는 늠름한 풍채와 전력을 다해 덤비는 장비의 창을 태연히 받아 넘기는 칼 솜씨 때문이었다. 거기다가 또 상대는 어디선가 한번 만난 기억이 있는 얼굴이었다.

하지만 유비도 이내 둘의 귀신 같은 솜씨에 넋을 잃고 말았다. 장비의 창 솜씨가 예사가 아니라는 것은 알고 있었지만, 막상 전력을 다해 싸우는 걸 보니 마치 하늘에서 내려온 신장(神將)이라도 보는 것 같았다. 뱀의 몸통처럼 길고 구불구불한 창날은 살아서 꿈틀거리듯 상대의 급소를 찌르고 후볐다. 그러나 상대의 청룡도 또한 칼끝에 눈이라도 달렸는지 그때마다 장비의 창끝을 밀어내며 후리고 베었다.

128

한참이나 싸움 구경에 취해 있던 유비가 퍼뜩 정신을 차린 것은 장비가 지른 천지가 떠나갈 듯한 고함 소리 때문이었다.

"좋다, 이 촌놈아. 나와 함께 천 합(千合)을 싸워보자."

한차례 무섭게 다가들어 상대를 서너 발자국 물러서게 한 뒤 틈을 얻어 내지른 소리였는데 그 호기에 비해 몸은 어느새 땀투성이였다. 그렇지만 다시 휙 청룡도를 그어오는 상대는 무거운 무기를 쓰는 사람답지 않게 숨결이 평온했다. 당장이야 견디겠지만 오래가면 아무래도 장비 쪽이 불리할 것 같은 예감이었다.

그걸 보고 어떻게든 싸움을 말려야겠다고 생각한 유비는 기억을 다해 상대를 만난 것이 언제 어디였던가를 되살려보았다. 그러자 무슨 영감처럼 스승 노식의 초당이 떠올랐다. 칠팔 년 전 어느 날 유자 차림으로 노식선생에게 『좌씨춘추(左氏春秋)』를 물으러 왔던 그 장한임에 틀림없었다. 어린 유비의 눈에도 그 풍모가 하도 늠름해 관씨(關氏)라는 그 성을 기억해둔 적이 있었다.

거기서 유비는 돌연 보검을 빼들고 소리쳤다.

"장비, 창을 거두어라."

그러나 장비는 여전히 땀을 뻘뻘 흘리며 창을 내질렀다.

"형님, 먼저 이놈부터 때려눕혀 놓고 봅시다."

말은 호기로워도 실은 그 혼자서만 창을 뺄 수가 없는 처지였다. 섣불리 창을 빼다가는 그 틈을 탄 상대의 청룡도에 목 없는 귀신이 될 염려가 있었기 때문이었다. 어느 정도는 무예를 아는 유비도 장비의 그 같은 처지를 알아차리고 이번에는 상대를 향해 정중히 청했다.

"관공(關公)께서도 잠시만 노여움을 거두시오. 무예를 겨루는 일은 시비를 가린 뒤에라도 늦지 않소이다."

그러자 상대가 움찔 놀란 기색을 짓더니 한차례 위맹한 공격으로 장비를 물리친 후 청룡도를 거두었다.

"귀하는 누구시길래 이 몸의 성을 아시오?"

맑고도 우렁찬 목소리였다. 유비가 목청을 가다듬어 대답했다.

"공은 어찌 동문도 알아보지 못하시오?"

"그렇다면 사람을 잘못 보신 것 같소이다. 나는 일신이 기구하여 스승을 정해 배운 적이 없소."

"한마디를 배워도 스승은 스승, 공은 벌써 노식선생의 초당에서 『좌전(左傳)』을 깨우침 받은 일을 잊으셨소?"

그제서야 상대도 엄숙한 얼굴이 되어 대답했다.

"그럴 리야 있겠소? 그렇다면 귀하는 노식선생의 문하시겠구려."

그러더니 다시 저쪽 편에서 씩씩거리는 장비를 흘겨보며 물었다.

"노식선생처럼 고명하신 분의 문하에서 배운 귀하가 어인 일로 시정잡배들의 싸움에 끼어드시오? 도대체 저 입이 험한 망나니와 어떤 관계시오?"

"뭐라고? 이 촌놈이!"

장비가 다시 사모를 꼬나들고 덮칠 기세였다.

"장비, 가만있지 못하겠느냐?"

유비가 엄하게 장비를 단속한 뒤 다시 손을 모았다.

"비록 성은 다르나 저 아이는 내 아우외다. 그런데 공께서는 무슨 일로 저 아이와 중한 병장기를 맞대게 되었소?"

"장사치가 물건을 사고 파는 장소와 때는 나라도 간섭을 않는 법이오. 그런데 저자가 어느 간사한 장사치에게 팔려 탁군을 그에게만 독점시키고 있다기에 그 이치를 타일러주려 했으나, 말을 들을 귀가 뚫려 있지 않아 부득불 이 청룡도로 훈계를 하려 한 것뿐이오."

"그 일이라면 이 유(劉)아무개에게 맡기시오. 반드시 창칼을 맞대지 않아도 좋은 해결이 있을 것이오."

유비가 그렇게 말하자 장비가 펄쩍 뛰며 소리쳤다.

"형님, 그게 무슨 말씀이시오? 장대인(張大人)의 그 같은 후의를 입고도 소가(蘇哥) 놈에게 장바닥을 빌려주려는 거요?"

"시끄럽다. 내 진작 너에게 이르지 않았느냐? 저잣거리의 장사치들 일에 너무 깊이 관여하면 호걸의 이름을 더럽힌다고. 내게 다 생각이 있으니 딴소리 말아라."

"그래도 싫소. 저놈이 거드럭대는 꼴이 보기 싫어서라도 오늘 이 사모의 맛을 톡톡히 보여줘야겠소."

"장비, 너 다시 이 형을 보지 않으려고 이러느냐? 네가 정히 창솜씨를 뽐내고 싶거든 먼저 이 형의 칼부터 꺾고 싸우든지 말든지 해라."

금세라도 창을 내지르며 상대에게 달려들 것 같은 장비를 보검까지 쳐들어 보이며 억누른 뒤에야 유비는 다시 관씨 성을 쓰는 사내에게 향했다.

"실은 내가 공에게도 묻고 싶은 게 있소."

"무엇이오."

"내가 듣기로는 『좌전』이 힘주어 말하는 것은 대의와 명분이라 했소. 그런데 오늘의 시비는 공이 그때 그토록 깨우치고자 하던 『좌전』의 가르침과 반드시 맞지는 않는구려."

"그게 무슨 말씀이시오?"

"공은 내 아우의 허물만 나무라고 계시나 따지고 보면 공 또한 소쌍이란 장사치의 이익을 위해 칼을 빼는 셈이 되니, 그게 어찌 대의명분을 아는 호걸의 처사일 수 있겠소?"

그러자 상대의 얼굴에 언뜻 무연한 기색이 떠돌더니 목소리가 흐려졌다.

"이놈이 나선 것은 소쌍의 이익을 위해서가 아니라 장(張)아무개란 장사치의 행패가 미워서였소."

"군자는 궁하다고 해서 함부로 말을 돌리지 않는 법이라 들었소. 그렇다면 공은 소쌍이란 장사치와는 전혀 무관하시단 말씀이오?"

"그렇지는 않소. 나는 지난날 그에게 약간의 후의를 입은 적이 있소이다."

사내가 솔직히 그렇게 대답했다. 유비도 그런 그의 태도에 봄바람처럼 부드러운 미소로 대답했다.

"그것 보시오. 그렇다면 장세평의 후의를 입은 적이 있는 내 아우의 허물만 어찌 탓할 수 있겠소? 하지만 그렇다고 굳이 공의 허물을 들추자는 뜻은 아니오. 다만 내 아우의 입장도 공께서 헤아려달라는 뜻일 뿐이오. 공이 원하시는 바는 꼭 이루도록 해드리겠소."

유비는 그렇게 말하면서 들고 있던 칼을 칼집에 꽂고 새삼 두 손을 모으며 말했다.

"저는 유비라 하며 대대로 이 탁군에서 살았소. 다행히 인연이 닿아 공의 존성(尊姓)은 들은 기회가 있었으나 아직 대명(大名)은 모르고 있소이다. 어리석고 미천한 이 비의 귀에 우레 같은 대명을 담을 영광을 주실 수는 없으실는지요."

그러자 관우도 청룡도를 땅에 꽂고 엄숙하게 두 손을 모으며 대답했다.

"소생의 보잘것없는 이름은 관우(關羽)라 하오. 자는 본시 장생(長生)이었으나 요즈음은 고쳐 운장(雲長)으로 쓰고 있소이다. 하동(河東) 해량현(解良縣)이 고향인데, 어떤 일로 그곳을 떠나 여기저기 떠다니다 이곳 탁군에 와 숨어 산 지 몇 해 되오이다."

"영웅을 곁에 두고 여태 알아보지 못했으니 모두가 이 유비의 눈 어두운 잘못이외다. 늦게나마 이렇게 뵙게 되니 실로 세상이 새로운 감이 있소이다."

유비는 그렇게 말한 뒤 아직도 씩씩거리고 서 있는 장비를 돌아보았다.

"저기 내 아우는 이름을 장비라 하고 자를 익덕(翼德)으로 쓰고 있소. 본시 옛 연나라 명문의 피를 받았으나 난세를 만나 간신배의 참소로 일족을 잃고 어릴 때부터 이곳 저잣거리에서 자랐소이다. 성품이 과한 데가 있으나, 불의를 보면 사갈(蛇蝎)처럼 미워하는 의기 남아로 벗하여 허물 되는 일은 없을 것이오."

그러나 방금 힘을 다해 싸우던 상대라 얼른 말이 나오지 않는지 관우는 어색하게 입을 다물고 있고 장비도 여전히 씩씩거리며 관우를 노려보기만 했다. 그걸 보고 유비가 다시 한번 장비를 책망했다.

"형이 이미 성과 이름을 통했으니 관공은 형의 벗이나 다름없다.

얼른 관공을 나를 대하는 예로 뵙지 못하겠느냐?"

그러자 장비도 할 수 없다는 듯 사모를 땅에 박으며 억지로 두 손을 모았다.

"장비가 관공을 뵙습니다."

목소리는 아직도 질그릇이 깨지듯 거칠었다. 관우도 공손히 손을 모아 답례했다.

"장공을 만나 이 관우도 기쁘오이다."

얼른 보아서는 어색하기 짝이 없는 통성명이었다.

"그렇다면 우리 이제 주루(酒樓)로 자리를 옮겨 함께 얘기를 나누는 것이 어떻겠소?"

장비와 관우 두 사람이 마지못해 화해를 한 걸 보고 유비가 다시 그렇게 제의했다. 그리고 관우가 무어라고 대답하기도 전에 마침 어물어물 다가오는 소삼에게 명했다.

"너는 지금 즉시 내 말을 타고 성안으로 달려가 깨끗한 주루 하나를 비우고 향기로운 술과 좋은 안주를 준비케 하라."

그 말에 장비는 금세 안색까지 환해졌다. 술이라면 사족을 못 쓰는 그이기도 했지만, 그보다는 평소에 그토록 술을 금하던 유비가 스스로 술자리를 마련하게 하니 아니 기쁠 수 없었던 것이다. 그러나 관우는 아무래도 선뜻 마음이 내키질 않는 모양이었다. 공손히 두 손을 모으며 사양을 한다.

"뜻은 고마우나 하회를 기다리는 이가 있어서……."

"그게 누구시오?"

"소쌍이 그 수하들과 함께 나를 기다리고 있소이다."

"그 일이라면 염려 마시오. 사람을 보내 소쌍에게 부리는 사람과 마필을 이끌고 성안으로 들라고 하시오. 나와 아우가 공과 함께 있는 한 아무도 그 앞을 가로막는 자는 없을 것이오."

그러더니 다시 장비를 향했다.

"장비 너는 지금 사람을 장대인에게 보내 우리가 있는 주루로 모시고 오도록 하라."

유비가 그렇게 말하자 관우도 어느 정도 그 뜻을 짐작했는지 자기를 따라온 장정들을 불러 청룡도를 건네주며 말했다.

"그럼 너희들은 먼저 돌아가거라. 그리고 소쌍에게 방금 들은 대로 이르고 거처를 정하는 대로 우리가 있는 주루를 찾게 하라."

그러자 장비도 사모와 함께 졸개들을 돌려보내고, 셋은 곧 어깨를 나란히 하고 성안으로 돌아갔다.

그렇게 세 사람이 원만한 결말을 짓게 된 경위를 자세히 살펴보면 유비에 대한 장비의 고분고분함은 물론, 관우의 순순한 응종(應從)도 얼른 이해하기 어려운 데가 있다. 유비가 한 번 그의 목숨을 구해준 적이 있다지만, 그 한 번의 은의로는 아무리 의리를 중시하는 유협 세계의 일이라고 해도 장비의 복종은 지나친 감이 있었다. 마찬가지로 관우 역시 노식에게 몇 번 『좌전』을 깨우침 받은 적이 있다 해도 정식으로 노식의 문하에 든 것은 아닌 만큼 유비의 한마디에 한창 불붙은 싸움에서 칼을 거둘 정도의 인연은 못 되었다.

하지만 그런 의혹에 대한 대답이야말로 유비의 가장 무서운 힘인 동시에 다른 사람에게서는 쉽게 볼 수 없는 중요한 재산이었다. 성숙할수록 한층 환한 빛이라도 떠돌듯 온화하면서도 보는 이에게 까닭 모를 경외심을 불러일으키는 기이한 체모(體貌), 한없이 부드럽고 따뜻하면서도 그 밑바닥에는 저항하기 어려운 위엄이 깔린 음성, 태산처럼 우뚝하면서도 종내 그 넓이와 깊이를 알 수 없는 몸가짐, 그러한 것들이 어울려 내는 묘한 힘과 부딪고 보면 누구도 쉽게 그를 거역할 수 없었다. 유비를 힘으로 이기고 말재간으로 속이고 학식으로 억누른 뒤에도 항상 그 상대로 하여금 정말로 지고 속고 밀린 것은 자기 자신이라는 느낌에 젖게 하는 어떤 것이 유비의 크고 환한 정신에서 은연중에 우러나고 있었다.

세 사람이 천천히 성안으로 들어가니 먼저 간 소삼의 전갈을 받은 건달 몇이 벌써 저자에서 제일 술맛이 좋다는 주루 하나를 비워놓고 기다리는 중이었다.

"어서 오십시오. 급작스러워 안주는 변변치 못하나 술만은 잘 익은 천일취(千日醉)가 독째 있습니다. 천천히 드시면 되는 대로 안주도 갖추어보겠습니다."

주인도 문 앞까지 나와 유비 일행을 그렇게 맞았다. 천일취란 인근에 이름 높은 그 주루의 술로 주인이 그걸 독째 내놓겠다는 것은 예사 아닌 경의의 표시였다. 유비 또한 조금도 거드럭대는 기색 없이 주인의 인사를 받았다.

"주인어른께서 몸소 나와 마음을 써주시니 어떻게 해야 바른 셈이 될지 모르겠습니다. 안주는 가리지 않으려니와 잔은 큰 것으로 바꾸어주십시오. 오늘 숨은 호걸 한 분을 만났으니 이 비도 한번 흠뻑 취해보렵니다."

그리고 관우를 인도해 상좌에 앉기를 청했다. 그제서야 관우도 두 손을 내저으며 사양했다.

"내 듣기에 남의 손[客] 된 자는 주인의 자리를 뺏지 않는다[客不奪主人席] 했소. 오늘 이 자리는 형장(兄長)이 마땅히 주인이니 어찌 이 관아무개가 높은 자리에 앉겠소?"

"그렇지 않소이다. 오늘 이 자리는 관공을 위해 마련했으니 마땅히 관공이 이 자리의 주인이오. 사양하지 마시오."

유비는 다시 그렇게 권했으나 관우가 재차 사양하자 할 수 없이 상좌(上座)를 없이하고 셋이 평배(平配)로 술상에 둘러앉았다.

"내 이미 말했지만 관공께서는 신룡 같은 품자(品姿)를 지니시고 어찌하여 우리 탁군 같은 궁벽한 곳에 몸을 숨기게 되시었소?"

한 순배 술이 돈 뒤에 유비가 진작부터 궁금하던 것을 물었다. 그 말에 관우의 짙은 눈썹이 꿈틀하며 미간에 한 줄기 수심이 어렸다. 그러나 조용히 긴 수염만 쓰다듬으며 얼른 입을 열지 않는 것으로 보아 분명 무슨 감추어진 까닭이 있으나 섣불리 털어놓기를 망설이는 눈치였다. 유비가 그걸 알고 얼른 말을 바꾸었다.

"내가 공연한 말을 한 것 같소. 영락한 한나라 황실의 끄트머리 핏줄로 저자 바닥을 헤매는 나나, 역시 멸망당한 가문의 겨우 살아남은 후예로 돼지고기나 썰어 파는 장비의 안목으로 감히 공의 깊은 바다 같은 가슴속을 들여다보려 한 허물을 용서하시오."

뜻은 은근히 관우를 격동시키는 데가 있었지만, 말투만은 겸손하고 성실하기 이를 데 없었다. 그러자 관우도 슬몃 마음이 움직이는지 천천히 입을 열기 시작했다.

"당찮은 말씀이오, 내가 잠시 망설인 것은 이 한 몸의 내력이 무어 대단한 게 있어서가 아니라 쫓기는 데가 바로 관부이기 때문이었소. 군이 알고 싶다면 말씀드리지 못할 것도 없소."

"저희 못난 형제를 믿어주시니 더욱 몸둘 바를 모르겠습니다. 그런데 관부에는 무슨 일로 쫓기는 바 되셨소이까?"

"귀공들도 아시겠지만 우리 하동 해(解) 땅은 예부터 소금으로 유명한 곳이외다. 그런데 오륙 년 전 못된 토호(土豪) 한 놈이 한편으로는 관부에 줄을 대고 다른 한편으로는 힘깨나 쓰는 건달들을 사그 소금밭을 오로지하고 소금장수들의 고혈을 빨기 시작했소. 특히 십상시의 우두머리 장양(張讓)의 조카인 현령 놈과 배가 맞아 형아아우야 하며 지내니 그 폐해가 이만저만이 아니었소이다. 그래서 어느 날 두 놈의 술자리에 뛰어들어 모두 베어 죽여버렸는데 그게 관부의 쫓김을 받게 된 내력이오."

"소쌍과는 어떤 사이시오?"

"옛적 해 땅에서 소금장수들의 뒤를 보아주고 있을 때 알게 되었소. 비록 장사치라도 도량이 넓고 헤아림이 밝아 깊이 마음을 허락하고 지냈는데, 내가 관부의 쫓김을 받게 되자 그가 자기의 이익을 돌보지 않고 숨겨주었소이다. 지금 내가 몸을 숨기고 있는 곳도 실은 그가 주선해준 곳이오."

"원래 그런 은의가 얽혀 있었구려. 나도 관공을 몇 푼 돈에 팔린 칼잡이로 보지는 않았소만……. 그런데 그간 거처하신 곳이 어디였소? 한 고을에 살면서도 통 뵈온 적이 없으니 이 몸의 눈 멀고 귀 어두움이 부끄러워 묻는 말이오."

실은 묻고 있는 유비에겐 그 일이 이상했다. 그만 정도의 인물이라면 남의 눈에 띄지 않을 리 없고 남의 눈에 띄었다면 유비의 귀에 들어오지 않을 수 없었다. 적어도 탁군 안의 마을이라면 유비의 눈과 귀가 닿지 않는 곳이 없었기 때문이었다. 다행히도 관우는 그런 유비의 뜻을 달리 의심하지 않고 순순히 털어놓았다.

"양향(良鄕) 이가촌(李哥村)에 소쌍의 처족(妻族)이 있어 그곳에 몸을 숨겼소이다. 이름을 바꾸고 몸을 움츠려 마을의 소동(小童)들이나 가르치고 있었으니 어찌 형장의 고명한 눈에 들 수 있었겠소?"

"역시 그러셨구려. 근래 그곳 젊은이들의 행실이 단정하고 학식이 늘더니 그게 모두 공의 감화를 받은 덕분인 것 같소."

"과분한 말씀이오. 실은 내가 서책을 가까이한 것이 그때 형장의 영사(令師) 되시는 노식선생의 초당을 찾을 무렵이 처음이오. 그러나 재주가 모자라는 데다 쫓기는 신세가 되다 보니 지금 더듬거리면서라도 읽을 수 있는 것은 『춘추경(春秋經)』 하나뿐이오. 그런 내게서 무슨 배울 게 있겠소?"

"맹자께서 이르기를 춘추가 만들어지니 난신적자가 모두 두려워했다[春秋作而亂臣賊子懼] 하였소. 천하의 대의명분을 밝히는 필법의 엄정함이 추상 같으니 이 같은 난세에 그보다 더 적절한 가르침이 어디 있겠소?"

그때 묵묵히 술잔만 비우고 있던 장비가 불쑥 관우에게 물었다.

"그런데 형의 그 도법(刀法)은 어디서 익히셨소?"

아직도 목소리는 퉁명스러웠지만 마음은 완연히 풀어진 것 같았다. 거푸 들이켠 술로 기분이 좋아진 데다, 관우 역시 자기와 마찬가지로 밝은 세상에서는 얻을 게 별로 없는 처지라는 걸 듣자 조금 전까지 느끼던 맹렬한 적개심이 스러진 탓이었다. 거기다가 거칠게 살아온 그였지만 관우의 비범함을 알아볼 안목은 있었다.

"이곳저곳 떠돌아다니다가 한 숨어 사는 달인을 만나 몇 가지 도법을 흉내 내게 되었소. 그런데 그건 왜 물으시오?"

영웅이 영웅을 알아본다고 관우 또한 장비를 믿게만 보고 있는 말투는 아니었다.

"내 이마에 땀이 솟게 하였으니 필경 비범한 스승을 두었으리라 싶어 물어본 거요."

그런 장비의 말투에는 관우의 청룡도 솜씨에 대한 은근한 감탄이 배어 있었다.

관우도 비슷한 느낌인 듯 희미한 미소로 장비의 말을 받았다.

"그건 서로 마찬가지오. 지난 오 년 동안 관병의 추격도 받고 녹림의 무리들과도 자주 맞닥뜨렸지만 아직 내 청룡도를 백 합이나 받아낸 사람은 장형뿐이었소. 장형이야말로 그 무서운 창법(槍法), 어디서 배우셨소?"

"나야 뭐…… 그저 가학(家學)이오. 나를 길러준 노복이 사모(師母)와 함께 가만히 전해준 몇 수를 홀로 연마한 것뿐이외다. 뒷날 기회가 있으면 관형과 한 번 더 겨루어보고 싶소만……."

장비는 아직도 호승심(好勝心)을 버리지 못한 듯했다. 사모란 창법을 가르쳐준 늙은 종(아마도 신분을 감추고 장비를 키운 선대의 호위무사)의 아낙을 가리키는 말 같았다. 유비가 그런 장비를 가볍게 나무랐다.

"병장기란 흉한 물건이니라. 이제 우리가 서로 마음을 터놓고 사귀려는 터에 무엇 때문에 창칼을 다시 맞대려드느냐?"

"내가 어디 피를 흘리며 싸우자고 했소? 형님은 공연히 사람을 몰아대지 마시오. 길고 짧은 걸 한번 대보자는 뜻일 뿐이란 말이오."

"그러면 네가 이길 것 같으냐? 내가 보기에 너는 관공의 신기(神技)에 비하면 아직 멀었다."

그 말에 힘쓰는 일이라면 누구에게도 지기 싫어하는 장비가 벌겋게 성을 냈다.

"형님은 이 장비를 무얼로 보시오? 그렇다면 내 사모를 가져올 테니 관형도 다시 청룡도를 내오시오."

장비는 금세라도 자리를 박차고 나설 태세였다. 관우가 미미하게 웃으며 그런 두 사람을 말렸다.

"무예란 맞수가 겨루는 것 이상 훌륭한 연마가 없을 것이오. 유형은 너무 영제(令弟)를 허물하지 마시오. 내 그러지 않아도 틈만 나면 영제와 어울려 시원찮은 도법을 더욱 가다듬을 참이었소."

거기다가 때마침 소쌍이 찾아들어 장비도 어물어물 주저앉고 말았다. 유비도 말로만 듣던 소쌍을 대하자 처음에는 뜻밖이라는 느낌이 들었다.

그저 막연히 돈푼깨나 긁어모은 늙은 장사치로 생각했는데, 막상 대하고 보니 서른을 크게 넘기지 않은 듯한 영준한 젊은이였다. 거기다가 말투까지도 장바닥에서 잔뼈가 굵은 장사치와는 달랐다.

"유, 장 두 분 대협(大俠)의 높으신 이름은 우레처럼 들어오고 있었습니다. 이렇게 뵙게 되니 실로 이 소(蘇)아무개의 광영이올시다."

결코 입에 발린 아첨 같지 않은 말이었다. 몇 번이나 그의 일꾼들을 때려눕힌 장비까지도 정중하게 그의 예에 답할 정도였다.

"관대협께도 실로 송구하기 짝이 없습니다. 술자리에서 내가 가볍게 내뱉은 말에 대협께서 이토록 몸소 나서실 줄은 몰랐습니다."

유비와 장비에게 차릴 격식을 다 차린 소쌍은 다시 관우에게 그렇게 치사를 했다. 그 말투 어디에도 자신이 불우한 망명객을 뒤봐주고 있다는 거드름은 찾아볼 수 없었다. 관우도 의젓하기 그지없었다.

"장세평이란 장사치가 너무하는 것 같아 내가 잠시 분격했던 것 같소. 다행히 여기 이 두 분 형께서 일을 원만하게 주선해주겠다 하시니 이 몸이 헛된 일을 한 것 같지는 않소이다."

한편으로 유비에게 은근히 약속을 상기시키는 말투였다. 그러나 유비가 무어라고 대답하기도 전에 다시 술집의 문이 거칠게 열리며 한 중년 사내가 들이닥쳤다. 번들번들한 비단옷으로 피둥피둥한 몸을 감싸고 나타난 그는 대뜸 장비에게 반 호통으로 나왔다.

"장비, 도대체 어떻게 된 거냐? 무슨 일로 나를 불렀느냐?"

바로 그때껏 탁군 일대의 말시장을 독점하고 있던 장세평이었다. 어떻게 끌어대다 보니 장비의 아재비뻘이 된 그는 재물의 힘을 믿는지 자못 위세당당했다. 유비의 뜻을 짐작하는 터라 면목 없이 된 장비는 이미 술로 벌게진 얼굴을 더욱 붉히며 유비만 쳐다보았다.

난폭하고 거친 것에 못지않게 순진한 구석이 있는 장비는 오랜 약정을 지키지 못하게 된 게 무안한 모양이었다.

"장대인도 거기 앉으시오."

유비가 자리에서 일어나지도 않은 채 눈길로만 빈 의자를 가리키며 말했다.

목소리는 낮았지만 조금 전과는 달리 이상한 위엄이 서려 있었다. 전에도 몇 번 유비를 보았지만 그런 심상찮은 태도는 처음 보는지 장세평도 움찔하며 유비를 살피다가 이내 수그러든 기세로 유비가 가리킨 자리에 앉았다.

"혹 아실는지 모르지만 이분은 장대인과 같이 호상이신 중산국의 소쌍이란 분이오. 먼저 인사라도 나누도록 하시오."

장세평이 앉는 것을 보고 유비가 다시 고요한 목소리로 말했다.

"저 애송이는 이미 알고 있소. 그보다는 유형, 아니 유대협, 무슨 일이시오? 저 애송이는 무엇 때문에 이 자리에 끌어들이셨소?"

장세평이 다시 목소리를 높였다. 유비의 위엄에 눌리어 진정하려고 애썼지만 소쌍을 대하자 참을 수 없는 기분인 듯했다. 그러나 유비의 목소리는 잔잔한 호수처럼 변화가 없었다.

"저분도 장대인과 마찬가지로 이번에 우리 탁군으로 말을 몰고 왔소. 함께 사고팔 분이니 알고 지내시는 게 좋을 듯싶소."

"그럼 기어이…… 그런데 제가 무엇을 잘못했습니까? 여러 호걸님들께 제가 섭섭하게 한 것이 무엇입니까?"

"잘못 같은 건 없소이다."

"그럼 왜 마판[馬市場]을 저 애송이와 나누어 가지라는 겁니까?"

"원래부터 저잣거리는 어느 한 장사꾼을 위한 게 아니오."

"하지만 그래도 지금까지……."

"그게 잘못된 일이었소."

그러자 장세평은 완전히 낙담한 표정이었다.

탁군의 마판을 독점하여 적지 않이 재미를 보아왔는데, 갑자기 젊고 재치 있는 경쟁자가 나타났기 때문이었다. 그는 다시 장비를 어떻게 다그쳐볼까도 생각했으나 자신을 외면한 채 묵묵히 술잔만 기울이는 모습을 보자 유비에게 한 번 더 매달려보기로 했다.

"유대협, 다시 한번 헤아려주십시오. 앞으로는 더욱……."

그때 곁에서 보고 있던 소쌍이 유비를 대신해 나섰다.

"대인(大人), 고정하십시오. 저는 결코 대인의 이문(利文)을 해치러 온 게 아닙니다."

그 말에 장세평이 마침 잘 만났다는 듯 소쌍에게 분통을 터뜨렸다.

"네놈의 혀가 길고 미끄럽다는 말을 이미 익히 들었다. 뭐 이문을 해치지 않는다고? 아니 어째서 혼자 거두던 것을 둘이서 나누는데 이문이 줄지 않는단 말이냐?"

"의심스러우시면 저와 동업을 하시는 게 어떻겠습니까? 대인께서 지금 이 탁군에서 얻는 이문을 제게 일러주시면 한 행비 장사가 끝날 때마다 먼저 대인의 몫을 채워드리고 나머지만 제 몫으로 하겠습니다."

"여우같이 간사한 네놈을 믿고 어떻게 같이 장사를 한단 말이냐?"

"그건 여기 유대협께서 보증해주실 겁니다."

소쌍은 그 말과 함께 유비를 돌아보았다.

"제 말씀대로 해주시겠습니까?"

유비는 갑작스런 요청을 받고도 이내 고개를 끄덕였다.

"내가 보장하겠소. 거기다가 앞으로 탁군뿐만 아니라 전 유주 경내(境內)에서는 아무도 대인을 건들지 못할 것이오."

말하자면 독점을 과점으로 바꾸는 대신 보호 지역을 넓힌 것이었다. 아직은 소쌍도 유비도 믿을 수 없었지만 그렇게 되면 장세평도 어쩔 도리가 없었다. 유비의 결정을 따르고, 그 결과가 좋기만을 기다릴 뿐이었다.

장세평이 못마땅한 대로 좌중이 권하는 술을 몇 잔 마시고 일찍 자리를 뜬 뒤였다. 유비가 문득 소쌍을 보며 물었다.

"보아하니 소형(蘇兄)은 글을 읽으신 분 같은데 어찌하여 이토록 일찍 재리에 눈뜨시게 되었습니까?"

"작게는 천금을 모아 한 몸의 의식을 풍족하게 하는 것이고, 크게는 저 문신후(文信侯)처럼 기화(奇貨)를 사서 부귀영화를 누리기 위해서입니다."

소쌍이 별로 망설이지 않고 대답했다. 문신후란 옛 진나라의 큰 장사꾼 여불위(呂不韋)의 봉호(封號)로 그는 천금을 던져 진시황의 아버지인 자초(子楚)를 한낱 볼모로 가 있던 진왕의 서자에서 천하통일의 기틀을 다진 장양왕(莊襄王)에까지 오르게 한 사람이다. 마지막은 스스로 짐독(鴆毒, 짐새에게서 뽑은 독)을 마셔 끝냈으나 그가 일신에 누린 영화는 제왕에 버금갔다 할 만했다.

"기화라면?"

"당장은 물건도 아니고 금전도 아니지만, 사서 두면 재물도 되고 명예도 되고 벼슬도 되는 재화입니다."

"무엇이 그런 게 되겠소?"

유비가 속으로는 짐작이 가면서도 짐짓 물었다. 그러나 소쌍은 다만 조용히 웃을 뿐 더는 대답하지 않았다. 그러다가 술자리가 파할 무렵에야 유비에게만 들릴 만한 소리로 말했다.

"어쩌면 제가 오늘 그 기화를 사게 된 것이나 아닌지 모르겠습니다."

하지만 그날의 일에서 유비가 얻은 가장 큰 소득은 역시 관우를 알게 된 일이었다. 그 뒤로도 셋은 틈만 나면 어울렸고, 나중에 관우는 거처를 아예 유비의 울타리 속으로 옮겼다. 비 온 뒤에 더욱 땅이 굳어지듯 장비와 관우 사이도 언제 목숨을 걸고 싸운 적이 있느냐는 듯 친숙해졌다. 주로 무예 단련의 상대로 점점 가까워진 그들은 오래지 않아 호형호제하는 사이로까지 발전했다. 나이가 장비보다 여섯 살이나 위인 관우가 형이 된 것은 말할 나위도 없었다.

황건의 회오리 드디어 일다

후한 중평(中平) 연호를 쓰던 첫해, 생각 깊은 선비들이 전부터 걱정해오던 대로 태평도(太平道)의 무리가 한꺼번에 들고일어났다.

원래 도가는 황로지학(黃老之學)이라 하여 학술의 한 갈래, 특히 노자(老子)의 정치론을 그 가르침의 내용으로 하고 있었다. 그러나 한대에 이르면 도류(道流)들은 그런 가르침을 도외시한 채 실제로 신선을 구하고 영단(靈丹)을 만드는 방사(方士)들로 변해 노자는 대개 자신을 높이고 신비화시키는 데만 이용했다. 그러다가 후한 말에 이르러 세상이 어지러워지자 잡다한 민간 신앙과 결합되어 도교(道教)로 발전하게 되는데 그 계통은 크게 두 갈래였다.

그 하나는 후한 순제(順帝) 때에 창시된 장릉(張陵)의 오두미도(五斗米道)였다. 장릉은 촉(蜀)에 머물면서 곡명산(鵠鳴山)에서 도를 깨쳤다고 하는데, 스스로 부서(符書)를 지어 사람의 병을 고치고 못된 귀신을 쫓는다고 백성들을 홀리니 많은 백성들이 따랐다. 오두미도란 그가 입도자(入道者)에게는 반드시 쌀 닷 말을 바치게 한 데서 비롯된 이름으로, 적대적인 사람들은 그들을 미적(米賊)이라고 부르기도 했다. 장릉은 아들 장형(張衡)에게 자신의 도를 전하고 장형은 다시 아들 장로(張魯)에게 전하여 한중(漢中) 지방에서 세력을 떨쳤다.

다른 한 갈래는 바로 태평도였다. 장릉과 같은 시대에 낭야(瑯琊) 사람으로 우길(于吉)이란 도사가 있었다. 그는 스스로 신서(神書) 백여 권을 하늘로부터 얻었다 하여 태평청령도(太平靑領道) 또는 태평경이란 이름으로 가르침을 전하기 시작했는데 그 내용은 주로 음양과 재이(災異)에 관한 것들이었다. 그러나 뿌리를 같이하는 그런 가르침들이 처음부터 태평도란 이름으로 세상에 나타난 것은 거록(鉅鹿) 사람 장각(張角)에 의해서였다.

장각은 원래 학업을 닦아 벼슬길에 오르고자 하였으나 관리에 뽑히지 못하자 산으로 들어가 약초를 캐는 걸 생업으로 삼았다. 어느 날 우연히 산속에서 한 늙은이를 만났는데 눈은 푸른빛이 돌듯 맑고 얼굴은 어린아이처럼 홍조를 띠고 있었다. 손에 든 명아주 지팡이[靑藜杖]와 더불어 한눈에 여느 늙은이가 아니라는 생각이 들게 하는 생김이요 차림이었다.

장각이 저도 모르게 걸음을 멈추고 바라보자 노인이 문득 청아한 목소리로 그를 불렀다. 장각이 공손히 그 부름에 따르니 노인은 장각을 어떤 동굴로 데려가 책 세 권을 내주며 일렀다.

"이 책의 이름은『태평요술(太平要術)』이라 한다. 네가 이 책을 얻게 된 것은 하늘의 뜻이려니와 너는 마땅히 이 책을 익혀 널리 고통받는 백성들을 구하라. 만약 딴 뜻을 품으면 반드시 화를 면치 못하리라."

이에 장각이 공손히 절을 올린 뒤 성명을 물었으나 노인은 다만 스스로를 남화노선(南華老仙)이라고만 밝히고는 한 줄기 맑은 바람이 되어 사라져버렸다. 그때 장각이 얻은 천서(天書)가 바로『태평경(太平經)』이었다. 그 책을 주고받는 동안의 신비한 얘기는 아마도 장각이 산속을 헤매다 만난 어떤 방사(方士)로부터『태평경』을 얻게 된 경위를 그럴듯하게 꾸민 것이리라.

그 뒤 장각은 그『태평경』을 밤낮으로 읽어 부적으로 사람의 병을 고치는 법과 여러 가지 천재지변을 막는 법 등을 익히니, 사람들은 그를 비를 부르고 바람을 일으킬 수 있는 도인으로 우러르게 되었다. 이에 힘을 얻은 장각은 스스로를 태평도인(太平道人)으로 일컫고 그 가르침을 태평도라 하여 널리 세상에 퍼뜨리기 시작했다.

그러다가 관리와 도적들에게 시달리고 잦은 천재지변과 질병에 고통당하는 백성들이 무리지어 그를 따르자 스스로를 대현량사(大賢良師)로 높이고 오백 제자를 골라 더욱 널리 자기의 가르침을 전하게 했다. 그 오백 제자는 모두『태평경』의 가르침을 익힌 자들로, 능히 부적 태운 물[符水]로 사람을 치료할 줄 알았다.

대개의 종교적인 치료가 그렇듯이 부적을 태운 물로 사람의 병을 고친다는 것도 일종의 심리 요법이었다. 의지할 곳 없는 백성들의 가슴에 여러 가지 사술(詐術)로 믿음의 환상을 심어 거기에 의지해

질병을 극복할 정신력을 끌어냈다. 거기다가 설령 병이 낫지 않아도 그들을 의심할 수 없게 한 것은 그들이 미리 꾸며놓은 말의 농간이었다. 부적을 태운 물을 마시기 전에 믿는 마음이 없는 자는 그걸 마셔도 낫지 않는다는 방패막이를 해두고, 또 함께 자기의 지은 죄를 회개하게 하며 그 회개에 대해서도 같은 말을 해둠으로써, 병이 낫지 않아도 원망받지 않고 빠져나갈 길을 미리 터두었다.

그렇게 되니 자연 백성들은 태평도만 믿으면 병이 낫는다고 여겨 그들을 따르는 무리는 날로 늘어갔다. 남이 믿으니까 나도 믿는다는 식에서, 남이 열심이니까 나는 더욱 열심히 하는 식으로, 사이비 종교 집단에서 흔히 보는 믿음과 열기의 상승 효과도 그런 그들의 세력이 한층 빠르고 널리 퍼져나가는 걸 도왔다. 그리하여 광화 육년의 대기근과 중평 원년의 대역질(大疫疾)을 겪는 동안 태평도의 무리는 수십만에 이르게 되었다.

장각은 이에 다시 전국에 서른여섯 방(方)을 두고 각기 거수(渠帥)라는 우두머리를 세웠는데 방은 큰 것이 만여 교도를 거느렸고 작은 것도 육칠천은 되었다.

푸른 하늘은 이미 죽었으니	蒼天已死
마땅히 누른 하늘이 서리라.	黃天當立
때는 바로 갑자년	歲在甲子
천하가 크게 길하리라.	天下大吉

라는 자기들끼리 몰래 부르던 노래가 거리의 어린아이들에게까지

공공연히 불려지게 된 것도 그 무렵이었다. 거기다가 또 장각은 교도들에게 집집마다 대문에 갑자(甲子)라는 두 자를 백토(白土)로 쓰게 하니 청주(靑州), 예주(豫州), 유주(幽州), 서주(徐州), 기주(冀州), 형주(荊州), 양주(揚州), 연주(兗州) 여덟 주(州)는 집마다 갑자 두 자가 대문에 씌어지다시피 했다. 『태평경』을 전해준 노인의 경고에도 불구하고 장각은 진작부터 품고 있던 딴마음을 드디어 겉으로 드러낸 것이었다.

"무릇 얻기 힘든 것이 민심이다. 그런데 이제 민심이 이미 우리를 따르니, 만약 이 기세를 타고 천하를 얻지 못한다면 어찌 애석한 일이 아니겠는가."

장각은 아우 장보(張寶)와 장량(張梁)에게 그렇게 속을 털어놓은 뒤 먼저 자신이 신임하는 마원의(馬元義)란 자에게 금과 비단을 듬뿍 싣고 도성으로 떠나도록 했다. 그 금과 비단으로 십상시(十常侍) 가운데 하나인 봉서(封諝)와 그 무리를 매수하여 일이 벌어지면 궁궐 안에서 호응케 할 작정이었다.

처음 한동안 일은 순조롭게 풀려나가는 것 같았다. 업성(鄴城)에 자리를 잡은 마원의는 금과 비단을 풀어 탐욕스런 환관들의 환심을 사기에 성공했다. 이에 힘을 얻은 장각은 한편으로는 수많은 누른 깃발을 만들게 하고 한편으로는 아끼는 제자 당주(唐州)를 보내 봉서 등에게 직접 밀서를 내렸다. 난이 성공한 뒤의 보답에 대한 약속과 아울러 거사할 날을 잡아 알린 편지였다.

그런데 그 마지막 고비에서 일은 어그러지고 말았다. 제자 당주가 마음이 변해 밀서와 함께 태평도 무리들의 변란 계획을 낱낱이 일러바친 일이 그랬다.

이에 놀란 황제는 하(何)황후의 오라비인 대장군 하진(何進)을 불러들여 변란을 막게 했다. 대장군 하진은 그날로 군사들을 풀어 마원의를 사로잡아 목 베고, 이어 봉서 등 그 일에 연루된 환관과 일당 천여 명을 잡아 가두었다.

일이 이미 드러나버렸다는 소문을 들은 장각은 그날로 군사를 일으켰다. 제자의 배반으로 원래 계획보다 한 달이나 앞당겨 반란에 들어간 셈이었다. 중평 원년 이월이었다.

"바야흐로 한(漢)의 운수는 다해가고 있다. 이제 큰 성인이 나셨으니 그대들은 모두 하늘의 뜻을 따라 태평성대를 누리도록 하라."

장각은 스스로를 천공장군(天公將軍)으로 높이고, 아우 장보는 지공장군(地公將軍), 장량은 인공장군(人公將軍)이라 일컬으며, 그렇게 백성들을 충동했다.

그렇지 않아도 고단하고 서러움 받던 백성들이었다. 무거운 세금도 부족해 살 껍질을 벗겨가듯 혹독한 수탈을 일삼는 벼슬하는 도둑들[官匪]과, 그들에 대항해 싸운다는 그럴듯한 명분 아래 똑같은 수탈을 되풀이하는 산속의 도둑들[綠林]에게 아울러 시달리고, 겹치는 기근으로 고통당해온 백성들의 고단함과 서러움은 장각의 도당들이 보여주는 종교적 환상과 어우러지자 금세 광기와 분노로 변했다. 따라서 그것이 옳고 그름에 상관없이, 단지 새로운 세상이 오리라는 기대만으로도 백성들은 쉽게 누른 수건[黃巾]을 머리에 두르고 따라나서니 그 수는 무려 사오십만이나 되었다. 누른 수건은 누른 하늘이 새로이 열린다는 그들의 믿음을 나타내는 것으로서, 그 때문에 보통 그 난리는 황건란이라 불리고, 그들 도당도 황건적이라 불리게 되었다.

　조정의 무능과 부패로 사기가 떨어질 대로 떨어지고 기강도 형편 없이 문란한 지방의 관군들이 그런 황건적을 당해낼 리가 없었다. 싸움마다 패하느니 관군이요, 올라오느니 급한 구조 요청이었다. 그대로 가다가는 한의 천하를 통째로 삼켜버릴 듯한 황건적의 기세였다.

　이에 대장군 하진은 황제에게 상주하여, 각처의 방비를 엄히 하고 도적을 쳐 공을 세우라는 조명(詔命)을 급히 내리게 하는 한편 정병을 보내 도적을 치게 했다. 각처의 방비를 엄하게 한다 함은 황건적이 몰려오는 주군의 성을 수리하고 무기를 정비하는 것 외에 함곡(函谷), 대욕(大谷), 광성(廣城), 이궐(伊闕), 환원(轘轅), 선문(旋門), 맹진(孟津), 소평진(小平津) 등 여러 관(關)에 도위(都尉)를 설치하여 황건적의 침입을 막게 한 것을 가리킨다.

　또 정병을 보내 치게 했다 함은 경사(京師)를 지키던 날랜 군사에 역시 문무를 겸한 세 사람을 중랑장(中郎將)으로 뽑아 토벌을 맡긴 일이었다. 그 세 장수는 다름 아닌 유비의 스승 노식(盧植)과 전 북지(北地) 태수 황보숭(皇甫嵩), 그리고 역시 전 교지(交趾) 태수 주준(朱雋)이었다. 구강(九江) 및 여강(廬江) 태수로서 남쪽 오랑캐의 모반을 진압한 노식은 물론 황보숭과 주준 또한 당대의 손꼽는 장재(將材)들이었다.

　황보숭은 안정군(安定郡) 조나(朝那) 땅 사람으로 시서(詩書)를 즐기면서도 말타기와 활쏘기를 게을리하지 않아 일찍부터 문무를 두루 갖춘 큰 그릇으로 기대를 모았다. 효렴에 천거되어 의랑(議郎)에까지 올랐으나 당고의 화에 연루되어 북지 태수로 밀려났다가 황건란이 일기 몇 달 전에야 다시 도성에 불려 들어와 있었다.

황보숭은 좌중랑장이 되어 도적을 치라는 대명을 받자 황제에게 아뢰었다.

"재주 없고 용렬한 신이 하해 같은 성은을 입어 대임을 맡게 되니 실로 몸둘 바를 모르겠사옵니다. 마땅히 늙은 목을 걸어 입은 성은의 만에 하나라도 갚고자 하나, 사졸은 정강(精强)하지 못하고 마필이며 무구(武具)도 부족하여 마침내 폐하의 성려(聖慮)를 덜어드리지 못할까 두렵사옵니다. 바라옵건대 폐하께서는 당금(黨禁, 당고의 화에 연루된 자에게 벼슬을 금한 일)을 푸시어 널리 인재를 거두어들이시고 중장전(中藏錢, 제실의 돈)과 서원(西園, 후한 말 환관들이 키운 황실 경비병)의 말을 내어 허술한 병기와 부족한 마필을 채울 수 있도록 하옵소서."

환관들에게 농락되어 앞뒤를 가리지 못하던 황제도 일이 그 지경에 이르니 그런 황보숭의 진언을 따르지 않을 수 없었다. 이때 우중 랑장 주준이 다시 아뢰었다.

"신 또한 하해 같은 성총을 입어 삼군을 통솔하는 장렬(將列)에 오르게 되었으나, 몸은 늙고 힘은 줄어 스스로 선봉이 되어 말을 닫게 하고 창칼을 휘두르기에는 적합하지 못합니다. 바라옵건대 폐하께서는 신 스스로 젊고 재주 있는 장수를 골라 선봉을 삼음을 윤허하여 주시옵소서."

그런 주준의 자는 공위(公偉)로 회계군(會稽郡) 상우(上虞) 땅 사람이었다. 일찍 시골 벼슬아치[郡吏]로 출발했으나 교지 태수가 되어 그 땅을 휩쓸던 큰 도적 양룡(梁龍)의 무리를 소탕하면서 널리 용명을 떨쳤다. 싸움에서는 셋 중에서 가장 경험이 많은 그의 청이고 보니 황제는 또한 기꺼이 윤허했다.

"선봉을 정하는 것은 장수 된 자가 마땅히 지녀야 할 대권이다. 새삼 논의할 필요조차 없으나, 특히 그대가 청하는 바를 보니 의중의 인물이 따로 있는 듯하다. 그가 누구인가를 말하라."

"신이 선봉으로 삼고자 하는 장수는 오군(吳郡)의 손견(孫堅)이란 자입니다. 무예와 용맹이 빼어난 데다 약간의 지략까지 갖추고 있어 가히 왕사(王師)의 앞머리에 세울 만한 장재입니다."

"손견이라면 짐도 들은 적이 있는 이름이다. 회계의 요적(妖賊) 허창(許昌)을 목 벤 그 청년 장수가 아닌가?"

"그렇사옵니다. 지금 하비(下邳)의 승(丞)이 되어 그 성안에 머물러 있는 바, 폐하께서 윤허하여 주신다면 그를 좌군사마(佐軍司馬)로 쓰고 싶사옵니다."

"그가 하비성에 있다면 무슨 수로 기일을 넘기지 않고 불러 선봉에 세울 수 있겠느냐?"

"한번 폐하의 부르심을 받는다면 그는 밤낮을 가리지 않고 달려오는 인물이니 결코 왕사를 지체케 하지는 않을 것입니다."

그러자 황보숭도 아뢰었다.

"신에게도 한 사람을 데려가게 해주옵소서."

"당인마저도 사졸로 뽑아 씀을 허락한 터에 황보중랑(中郎)이 새삼 청하는 것을 보니 또한 예사 인물은 아닌 듯하다. 누구를 쓰고자 하는가?"

"패국(沛國) 조조입니다. 지금 의랑(議郞)으로 광록훈(光祿勳, 궁중의 자문을 맡는 문신)에 속해 있으나 가히 일군을 이끌 만한 장재입니다. 특히 그를 좌우에 두어 신의 재주 없고 늙음을 가리고자 하오니 윤허하여 주시옵소서."

"전날 그의 매서운 상소문은 여러 번 읽은 적이 있으나 그토록 빼어난 장재인 줄은 몰랐도다. 조조에게 기도위(騎都尉, 도성을 지키는 五校 가운데 기마대를 지휘하는 장수. 五校는 지금의 수도경비사령부 정도)를 제수하여 황보중랑의 막하에 속하게 하라."

황제는 그렇게 윤허한 뒤 묵묵히 있는 노식을 향했다.

"노(盧)중랑은 달리 뽑아 좌우에 두고 싶은 인재가 없는가?"

그 말에 송구스런 얼굴로 입을 다물고 있던 북중랑장 노식이 천천히 입을 열었다.

"일찍 성총을 입어 묘당에 든 지 여러 해, 시중(侍中), 상서(尙書)를 거치면서도 도적의 화가 이 지경에 이르도록 버려두고 달리 무슨 청이 있을 수 있겠사옵니까? 말없이 나아가 시체를 말가죽에 싸서 돌아오는 일이 마땅하나, 하문이 계시오니 아뢰겠사옵니다. 신에게는 원래 공손찬이라는 제자가 있어 선봉에 세울 만하였습니다. 하오나 그는 지금 요동 속국 장사(長史)로 나가 있어 변방을 비울 처지가 못 되오니, 하남(河南) 원소로 대신하겠사옵니다."

원소는 이미 조정에 널리 알려진 터라 새삼 설명을 늘어놓지 않아도 되었다. 황제도 두말 없이 그 청을 윤허하니 원소는 중군교위(中軍校尉)로 노식 밑에 들게 되었다.

그 무렵 조조는 한나라를 향한 마지막 충성을 불태우고 있었다. 하지만 그의 벼슬길은 그리 순탄하지 못했다. 처음 낙양의 부도위(部都尉)로 출발하면서 중상시(中常侍)인 건석(蹇碩)의 아재비를 때려죽인 일에서부터 그가 보여준 강직함과 과단성은 오래잖아 그를 환관 모두의 적으로 만들고 말았다. 사 년도 못 돼 돈구(頓丘)라는 작은 고을의 현령으로 쫓겨나는가 하면 이듬해에는 황후 송씨(宋氏)의 폐위 사건에 연루돼 아예 삭탈관직을 당했다. 황후의 일족으로 주살된 송기(宋奇)란 이가 조조의 종매부인 것이 벼슬길에서 쫓겨나게 된 표면상의 이유였지만, 그 뒤에는 조조를 미워하는 환관들의 참소가 있었다. 기회 있을 때마다 황제에게 조조를 나쁘게 말해오던 그들이라 그같이 좋은 기회를 놓칠 리 없었다.

그러나 조조는 아무런 불평 없이 초(譙) 땅으로 낙향해 갔다. 그리고 한 야인으로 돌아가 옛날의 패거리와 어울리며 유유자적한 생활을 즐겼다.

뒷날 무선황후(武宣皇后)로 높임을 받은 변씨(卞氏)를 첩으로 받아들인 것도 그 무렵이었다. 변씨는 낭야군(瑯琊郡) 개양(開陽) 사람으로 가세가 빈한하여 일찍 창기가 되었다가 자색이 뛰어나고 천성이 총명하여 조조의 사랑을 받게 되었다. 낙향한 지 오래잖아서 그녀에게 빠져든 조조는 마침내 천금으로 그녀를 사 첩으로 삼았다. 나중에 조조의 뒤를 잇게 되는 조비(曹丕)는 바로 그 변씨가 낳은 아들이었다.

어떻게 보면 그 낙향 시절은 활동적인 조조의 일생을 통해서 가장 평온했던 세월이었다. 그러나 조금만 유심히 살피면 겉으로는 철저한 무위의 세월로 보이는 그 시기야말로 조조에게는 뒷날의 웅비를 위한 중요한 준비기였다. 그의 기반이 되는 패국 일대의 인맥과 다시 한번 결속을 다질 계기가 되었기 때문이다.

그전 몇 년의 벼슬살이 동안 조조와 패국 일대의 인걸들 사이는 하후돈과 조홍을 빼고는 저절로 소원해지지 않을 수 없었다. 하후연을 비롯한 생가 쪽의 호걸들과 조인을 비롯한 양가 쪽의 호걸들, 그리고 허유, 이전, 악진 등 임협(任俠) 시절의 패거리들은 조조가 험한 벼슬살이에 골몰해 있는 동안 차차 멀어져갔는데, 그 낙향으로 다시 옛날처럼 가까워질 수 있었다.

그러다가 삼 년 만에 조조는 다시 의랑으로 뽑히어 낙양으로 돌아갔다. 비록 광록훈 아래의 문관에 지나지 않았지만 황제에게 직간(直諫)을 할 수 있다는 점에서 조조가 전부터 얻고자 하던 자리였다. 날카로운 송곳은 주머니에 넣어도 끝이 비어져 나오고, 사향은 싸고 싸도 향내가 새듯 아무리 환관들이 가로막아도 한나라는 조조란 인재가 필요했다.

한번 좌절을 맛본 벼슬살이였지만 다시 불려나온 조조의 기백과 충성은 삼 년 전과 조금도 다르지 않았다. 그 한 예가 다시 묘당에 든 즉시 조조가 올린 상소문이었다.

'……진번(陳蕃), 두무(竇武) 등 전조(前朝) 때부터의 훌륭한 신하들이 당인으로 몰리어 화를 입은 것은 실로 부당하기 짝이 없는 일이옵니다. '당고의 화' 이래 조정은 간사한 자들만 가득하고 충성스런 말을 하는 신하들은 사라져, 이제는 나뭇잎이 오히려 가라앉고 돌멩이가 물에 뜨는 지경에 이르렀습니다.

엎드려 바라옵건대 폐하께서는 어지러운 조정의 기틀을 바로잡으시고, 고조께서 이 나라를 세우신 뜻을 잊지 마옵소서……'

영창(永昌) 태수 조앵이 당인을 변호하다가 황제의 노여움을 사 맞아 죽은 지 몇 해 되지 않은 때라 조조의 그 같은 상소는 목숨을 내건 것이나 다름없었다. 다행히 황제는 전처럼 노하지는 않았으나 그같이 충성스러운 상소를 귀담아들을 만큼은 못 되었다. 옳은 말이라 여기면서도 연일 술과 여자에 빠져 헤어나지 못하고 있었다. 그러자 조조는 이듬해 다시 상소문을 올렸다.

'……지금 나라의 기둥이라 할 삼공(三公)이 한결같이 힘 있는 자의 위세에 눌려 정사를 바로 펴지 못하고, 나라는 갈수록 어지러워지고 있사옵니다. 폐하께서는 귀한 국록을 먹으면서도 자기 할 바를 다하지 못하는 그들에게 죄를 물으시고, 백성들의 소리를 귀담아 들으소서……'

전보다 한층 매서운 상소였다. 황제도 그제서야 마지못해 조조의 상소를 듣는 체했다. 탐관오리를 다스리라는 명과 함께 백성들의 신망이 두터운 이들을 벼슬길로 불러들이는 등 몇 가지 형식적인 개혁을 꾀한 게 그랬다. 하지만 한나라는 이미 그 정도의 성의 없는 치료로 소생될 수 없을 만큼 깊고 무거운 병에 걸려 있었다. 황제의 명을 따라 일시 엄숙한 기풍이 조정에 이는 듯했으나, 곧 전보다 더 큰 부정과 부패가 뒤따랐다. 탐관오리를 내쫓는다는 것은 새로운 탐관오리에게 팔 벼슬자리를 만들기 위한 구실에 지나지 않게 되고 만 셈이었다.

두 번에 걸친 자신의 상소가 무위로 돌아가자 조조도 드디어 입을 다물었다. 이미 말과 글로는 허물어져 내리는 한 제국을 바로잡을 길이 없다는 판단 아래 새로운 길을 찾기 시작한 게 아닌가 싶다. 하지만 그때부터 조조의 가슴속에는 또 다른 생각이 자라기 시작했음도 부인할 길은 없다. 그걸 보여주는 것이 허자장(許子將)을 찾아간 일이었다.

허자장은 당대에서 제일 간다는 소리를 들을 만큼 상(相)을 잘 보는 사람이었다. 언젠가 월단평(月旦評)에서 조조를 높게 보아준 교현(橋玄)도 그를 찾아가보라고 권한 적이 있고, 뜻대로 되지 않는 세상이 답답하기도 해서 조조는 어느 날 허자장을 찾아갔다. 허자장은 조조의 상을 이모저모 뜯어보기만 할 뿐 종내 입을 열지 않다가 조조가 여러 번 재촉한 뒤에야 응했다.

"당신은 치세에는 능신(能臣)이 될 것이고, 난세에는 간웅(奸雄)이 될 것이오."

그런데 이상한 것은 그 말에 대한 조조의 반응이었다. 난세의 간웅이란 꺼림칙한 단서가 붙어 있음에도 그는 껄껄 웃으며 크게 흡족해했다. 다시 말하자면, 경우에 따라서는 한나라에 대한 충성을 철회할 수도 있다는 뜻을 솔직히 드러냈다고도 볼 수 있었다.

하지만 속마음이 그러하기에 그의 충성은 한층 뜨거운 것이 되었다. 오랫동안 전통적인 유가의 가르침에 젖어온 그에게는 난세의 간웅보다는 치세의 능신 쪽이 훨씬 마음에 드는 역할이었다. 그리하여 그 때문에 조조는 더욱 그 난세를 막는 일에 힘을 기울이게 되었다고 해도 크게 틀린 말은 아닐 것이다.

기도위로 황보숭을 따라 출전하라는 명을 받았을 때도 조조의 마음은 그에 다르지 않았다. 자신이 끌어낼 수 있는 힘은 모조리 끌어내 황건란을 평정하는 데 쏟으리라는 결심뿐이었다. 그는 먼저 자기가 이끌게 될 군사들을 점고(點考)하고 기치와 복색을 모두 붉은색으로만 쓰게 했다. 자신도 한 벌 붉은 전포(戰袍)와 붉은 수술 달린 투구에다 불꽃 같은 털을 가진 말 한 필을 구하였다. 빼어나지 못한 용모를 돋보이게 하려는 뜻도 있었지만, 그보다는 붉은색의 강렬함으로 적과 우군(友軍)의 안목을 한꺼번에 압도하려는 뜻이 더 많이 담긴 차림이었다.

그런 다음 조조는 이번에도 그를 따라온 하후돈과 조홍을 불렀다.

"너희들은 당장 초현으로 내려가거라. 그곳에서 급히 할 일이 있다."

역시 조조를 따라 출전하려고 마음먹고 있던 조홍과 하후돈이 조조의 그 같은 말에 뜻밖이라는 눈길로 쳐다보았다.

"물론 너희들의 뜻은 내가 잘 안다. 나도 너희들이 좌우에 있으면 든든할 것이다. 그러나 나를 호위하는 것보다 더 크고 무거운 일이 있다."

"그게 무엇입니까?"

조홍이 물었다.

"의군을 일으키는 일이다. 가서 하후연, 조인, 악진, 이전, 허유 등에게 내 뜻을 전하고 의군을 일으켜라. 군자금은 아버님께서 대어주실 것이다."

"도적을 치는 일이라면 나라의 관군이 있지 않습니까? 그런데 구태여 사재를 털어가며 의군을 일으키라니요?"

"도적의 형세를 보니 이미 관군만으로 진압하기는 글렀다. 초야에 묻혀 있는 의기 남아들이 함께 일어나지 않아서는 기세가 오를 대로 올라 있는 도적을 깨칠 수가 없다."

"그럼 의군을 모아 형님께 데려올까요?"

"아니, 반드시 나를 찾아올 필요는 없다. 가서 고향 땅만 지키면 된다."

"만약 도적이 오지 않으면 어떻게 합니까?"

"그렇더라도 초현을 떠나지 마라."

하지만 조홍은 물론 하후돈도 조조의 뜻이 통 짐작이 가지 않은 듯했다. 말없이 둘의 얘기를 듣고 있던 하후돈이 궁금한 듯 끼어들었다.

"그것 참 이상하군요. 일껏 의군을 일으켜놓고 도적을 찾아나서지는 말라니, 그렇다면 무엇 때문에 천리 길을 달려가 의군을 일으킨단 말입니까?"

그러자 한동안 무언가를 망설이던 조조가 천천히 입을 열었다.

"너희들이 한결같이 내 뜻을 짐작하지 못하니 말하겠다. 지금 천하는 황건란으로 들끓고 있으나 이는 시작에 지나지 않는다. 단언할 수는 없지만 더 험한 난세가 올지도 모른다. 그리고 그때가 되면 무엇보다 힘이 필요해진다. 하지만 국법은 사사로이 군사를 기르는 것을 금지하고 있다. 우리가 사사로이 군사를 기를 수 있는 것은 오직 황건란을 평계로 한 의군뿐이다. 나는 그 기회를 놓치고 싶지 않다. 어디다 어떻게 쓰게 될지 모르는 일이지만 내게는 그 사사로운 힘이 머지않아 필요할 것 같은 예감이다. 관군은 내 힘이 못 된다. 이 뜻을 알겠느냐?"

조조가 그렇게 말하자 둘도 대강은 그 뜻이 짐작되는 모양이었다.

"알겠습니다. 곧 길을 떠날 채비를 하겠습니다."

둘은 목소리를 모아 그렇게 대답한 뒤 귀향을 서둘렀다.

조조와 같은 시기에 원소도 출전의 명을 받았다. 그 무렵 원소는 대장군 하진의 청을 이기지 못해 북군(北軍, 도성 수비와 치안 유지를 맡은 군대)의 교위로 있었지만, 그 벼슬보다는 낙양의 명사로서 더 알려져 있었다.

조조의 예상대로 노모의 병을 평계로 복양(濮陽)의 장(長) 노릇을 그만두고 돌아온 원소는 그 뒤 더는 벼슬길로 나가려 들지 않았다. 오래잖아 모친이 죽자 복(服)을 평계로 삼 년을 선비(先妣, 돌아가신 어머니)의 묘 곁에서 보낸 그는 이어 모친의 복을 벗기 바쁘게 입양 전에 죽은 양부의 복을 거슬러 입어 다시 삼 년을 보냈다.

그리고 모든 구실이 다 없어진 뒤에도 여전히 낙양의 자택에 눌러앉아 벼슬 대신 사람 사귀는 데만 마음을 쏟았다. 마치 일생을 무위무관(無位無官)으로 마칠 작정인 것 같았다.

워낙 사세오공(四世五公)의 명가인 데다 성격이 밝고 사람을 끄는 힘이 있어 널리 이름이 알려진 이가 아니면 만나주지 않아도 원소의 집 앞에는 수레가 끊어질 날이 없었다. 수레란 것이 이미 높고 귀한 지체를 나타내는 물건이고 보면 원소가 당대의 사람들로부터 받은 신망이 어느 정도였는지 짐작이 간다. 위로는 조정의 공경들로부터 아래로는 유협(遊俠)들에 이르기까지 세상에 조금이라도 이름을 얻고 있는 이 치고 원소의 집을 드나들지 않는 자는 없다시피 했다. 그리고 개중에는 장맹탁(張孟卓), 하백구(何伯求), 오자경(吳子卿) 같은 장안의 호걸들은 말할 것도 없거니와 더하여는 조조의 패거리인 허유도 들어 있었다.

하지만 세상은 언제까지고 원소의 그 같은 처신을 허락하지 않았다. 벼슬은 마다하면서도 끊임없이 자신의 무리를 늘려가는 그에게 차차 의심을 품기 시작했는데, 특히 그런 일에 민감한 것은 환관들이었다. 명문의 후예로서 황문(黃門)을 경멸하고 천시하는 것이 몸에 밴 원소라 더욱 그랬을 수도 있다.

중상시인 조충(趙忠) 같은 자는 여러 동료들에게 드러내놓고 자신의 의심을 말했다.

"원본초(袁本初)는 아비 할비를 등에 업고 앉아서 큰 이름을 얻고 있으면서도 조정의 부름을 듣지 않고 있다. 거기다가 널리 천하의 인재를 모으고 자기를 위해 죽어줄 선비를 기르니 그가 무얼 꾀하고 있는지 실로 모를 일이다."

대궐 깊이 들어앉은 내시들의 귀에까지 원소의 동태가 알려질 지경이니 항간에 떠도는 소문 또한 원소에게 유리할 리 없었다. 이를 듣다 못한 숙부 원외(袁隗)가 여러 차례 원소를 불러 꾸짖었다.

"너는 내리는 벼슬도 받지 않고 별 실속도 없이 패거리를 모아 세상 사람들의 의심만 사고 있다. 도대체 무슨 짓이냐? 장차 우리 원가(袁家)를 망하게 하려고 그러느냐?"

썩고 무능한 조정에 깊이 실망하고 분개해 있으면서도 그 벼슬만은 내직(內職) 외직(外職)을 가리지 않고 받고 있는 종제 원술도 충고했다.

"형님의 뜻은 저도 잘 알고 있습니다. 형님께서는 불의의 무리에 가담해 몸과 이름을 더럽히지 않고 홀로 깨끗한 힘을 길러 기울어져 가는 한조를 바로잡고자 하시지만, 뜻대로 되기 어려울 것입니다. 우선 힘을 기른다 해도 사사로이는 한계가 있습니다. 형님께서 천명의 호걸을 모으고 만 명의 의사(義士)를 기른다 한들 남북군(南北軍)과 서원팔교위(西園八校尉)에나 미치겠습니까? 대의에서도 마찬가집니다. 형님께서도 아시다시피 간신배들일수록 천자를 끼고 도는 법입니다. 형님께서 내세우는 대의가 아무리 크다 한들 지엄한 천자의 명을 거스를 수 있겠습니까? 범을 잡으려면 범굴로 들어가야 하고, 간신배들을 쫓으려면 그들이 소굴로 삼고 있는 묘당에서부터 시작해야 합니다. 중상시 건석을 보십시오. 서원팔교위 수천을 거느려도 아무런 의심을 받지 않고 갖은 탐욕을 다 부려도 누구도 거역하지 못하는데 형님은 실속 없는 교유만으로도 세상의 온갖 의심을 다 받고 있지 않습니까?"

혈기가 지나치고 안목이 짧아 평소 경계하던 종제였지만 그 말에는 일리가 있었다. 거기다가 때맞추어 하진의 부름이 있었을 때 한 원술의 충고는 한층 설득력이 있었다.

"하진의 출신이 비록 미천하나 황후의 오라버니이니 이제 환관의 발호를 억누를 수 있는 외척으로는 가장 힘이 있다 할 수 있습니다. 교위라도 주거든 받으십시오. 우선 세상 사람들의 의심을 면할 뿐만 아니라 잘 조련된 육백의 사졸(士卒)을 거느리게 되는 자립니다. 거기다가 저도 있지 않습니까? 지금은 할 일 없는 낭중(郎中)에 지나지 않지만 머지않아 저도 그리로 들 것입니다."

그러면서 원술은 의미심장한 미소와 함께 자신의 칼자루를 툭툭 쳐 보였다. 몇 해 어지러운 조정에서 벼슬살이를 하는 동안에 순진한 협기(俠氣) 대신으로 터득한 요령임에 분명했다. 원소도 그런 그의 뜻을 짐작하자 슬며시 마음이 움직였다. 거기다가 세상의 의심에도 어지간히 시달려온 터라 마지못해 월기교위(越騎校尉)로 하진의 막하에 들었다.

원래 낙양을 지키는 군대로는 남북 양군(兩軍)이 있었다. 남군(南軍)은 위위(衛尉)가 통솔하며 궁궐을 지키는 것이 주된 임무였다. 위위 밑에는 위랑(衛郎)이 있어 각 전(殿)을 지켰는데, 황제가 가장 신임하는 친위대로서 위사(衛士)는 대개 봉미(奉米) 이천 석 이상의 대관이나 군공이 높은 양가의 자제, 또는 효렴에 뽑힌 이나 부호의 아들들이었다. 그중에서도 특히 황제의 어가를 호위하는 부대는 우림군(羽林軍)이라 불리며 남군의 꽃이라 할 수 있었다.

북군(北軍)은 도성을 수비하고 치안을 유지하는 것을 임무로 삼았다. 한나라 초기에는 집금오(執金吾) 밑에 여덟 교위[八校尉]를 두어 통솔했으나, 후한에 들어서는 다섯 교위와 성문교위(城門校尉)로 나누어 통솔했다. 다섯 교위는 둔기(屯騎), 월기(越騎), 보병(步兵), 장수(長水), 사성(射聲) 등이었고 각기 칠백이 넘는 사졸을 거느렸다.

그런데 후한 말에 이르러 환관들의 세력이 커지면서 환관들은 차차 자기들을 지켜줄 무력이 필요해졌다. 남북군은 모두 외정(外廷)

의 대신들 아래 있어 천자를 끼고 있는 것만으로는 자신들의 신변이 안전할 수 없었던 까닭이었다. 이에 궁성 수비의 명목으로 새로이 만든 것이 서원팔교위(西園八校尉)였다. 상군(上軍)교위, 중군(中軍)교위, 하군(下軍)교위, 전군(典軍)교위, 좌군교위, 우군교위 등 여덟으로 그 당시에는 중상시 건석이 그들을 통솔했다. 득세를 하고 있는 환관들의 친위대격이니만큼, 전에 있던 남북군과는 비할 수도 없을 만큼 세력이 커져 나중에 이들을 진압하기 위해서는 지방의 군벌들을 불러들이지 않으면 안 될 정도까지 되었다.

원소가 황건적 토벌을 위한 출진 명령을 받은 것은 바로 그 북군의 월기교위로 다시 벼슬길에 나간 지 얼마 되지 않아서였다. 그러나 자신이 당연히 선봉으로 천거되지 못하고 남을 대신해 들게 되었다는 소식을 듣자 원소는 크게 자존심이 상했다. 비록 환관 집안 출신이라지만 조조는 전부터 그 재능을 아는 친구 사이니 또 그렇다쳐도, 손견이나 공손찬 따위보다 뒤로 밀렸다는 것은 견딜 수가 없었다.

물론 원소도 손견이나 공손찬을 전혀 모르는 것은 아니었다. 손견에 대해서는 회계(會稽) 허창의 난리 때부터 그 이름을 들어왔고, 공손찬 또한 근년에 들어와서는 낯선 이름이 아니었다.

공손찬이 처음 조정에 알려진 것은 요동 속국의 장사(長史)가 된 뒤의 일이었다. 노식의 문하를 떠나 요서로 돌아간 공손찬은 이듬해 효렴에 천거되어 낭관(郎官)이 되었다가 곧 요동 속국의 장사(長史)를 제수받았다.

당시 요동은 장성(長城) 밖의 변방으로 오환과 선비, 그리고 고구려 사이에 끼인 외로운 섬과도 같은 땅이었다. 웬만한 사람이면 겁부터 먼저 먹을 위험한 자리로 불과 수십 기만을 거느리고 장성을 나가 오랑캐가 출몰하는 땅 이백 리를 지나야 하는 부임길부터가 목숨을 건 험로였다.

그러나 공손찬은 조금도 두려운 기색 없이 떠났다. 과연 새(塞, 국경 요새)를 나간 지 백 리도 안 되어 수백 기의 선비족 기마대가 공격을 해왔다. 공손찬은 일단 부근의 빈 정자로 종자들을 물린 뒤 분연히 말했다.

"이제 우리가 달려 나가 적을 치지 않고, 여기서 기다린다면 다만 죽음이 있을 뿐이다."

그리고 스스로 큰 창[槊, 자루 길이가 당시 자로 일장 팔 척인 창]을 잡고 말을 달려 나가 선비족 수십 명을 찔러 죽이니, 그 종자들도 함께 따라 죽기로 싸웠다. 이에 놀라 달아난 선비족은 그 뒤로는 공손찬을 두려워하여 다시는 변방을 노략하지 않았다. 그 뒤 공손찬은 잠시 탁현(涿縣)의 현령이 되어 유비의 뒤를 봐준 적이 있으나, 양주(涼州)에 도적이 일자 도독(都督)이 되어 유주(幽州)의 기마대 삼천을 이끌고 그를 진압하러 떠났다.

이때 도적들은 요서 오환을 부추겨 계(薊)를 빼앗고 우북평(右北平) 및 요서의 속국들과 여러 현을 소란케 하고 있었다. 공손찬은 그들을 토벌하는 데 공이 커서 다시 기도위로 올랐으나 아직 도적들이 완전히 진정되지 않아 변방에 머무르고 있었다. 강남에서 손견이 거둔 성과를 훨씬 뛰어넘는 그의 전공(戰功)이었다. 뒷날 그를 북방의 강자로 군림할 수 있게 하는 기반을 그때 이미 다져가고 있었던 셈이다.

그러나 원소에게는 손견도, 공손찬도 출신이 미천하고 무식한 촌뜨기에 지나지 않았다. 열 번 양보해서 생각해도 사람들 입에 떠들썩하게 오르내리는 그들의 성공조차 뚝심에 곁들인 행운으로만 보였다. 그런 그들에게 뒤진 것이 명문의 귀공자에게 어찌 쓰라림이 아니겠는가.

그제서야 원소는 허황된 꿈에 매달려 실속 없는 교유로 헛되이 보낸 세월을 후회했다. 그 팔 년 동안에 이름도 성도 없던 촌뜨기들이 자기를 앞질러 가버렸다……. 거기서 원소는 비장한 결의로 싸움에 나섰다. 그에게는 황건란이야말로 자신이 낭비해버린 세월을 한꺼번에 만회시켜줄 기회였다.

좌군사마(佐軍司馬)로서 중랑장 주준을 따라 황건적을 토벌하라는 명이 하비의 손견에게 이른 것은 낙양의 조신(朝臣) 회의가 있고 이레가 지난 뒤였다. 일찍이 오군 일대에서는 이미 영명(英名)을 드날린 손견이었지만, 조정의 대신들과 천자의 입에까지 오르내려져 특히 부름을 받게 된 데는 사실 주준과의 오랜 인연도 한몫을 했다.

주준은 오군에 가까운 회계 사람으로 이미 허창 부자의 모반 때부터 손견과 인연을 맺게 되었다. 자신이 모시던 태수(太守) 윤단(尹端)이 허소(許韶)에게 패해 죄를 입은 데 비해 의군을 모아 종군한 청년 장수 손견은 싸움마다 승리를 거두었기 때문이었다. 그러다가 교지의 자사(刺史)가 되어 도적 양룡을 토벌할 때 다시 손견을 불러써서 그의 재략과 용력을 잘 아는 터였다.

사자(使者)가 이르렀을 때 손견은 마침 뒤뜰에서 이제 열 살 난 맏아들 손책의 격검(擊劍)을 보아주고 있었다. 우이의 승(丞)에서 하비의 승으로 옮긴 지도 벌써 육 년, 손견은 어느새 두 아들을 둔 서른 살의 어엿한 아비였다. 둘째 아들은 하비로 옮겨와 낳은 권(權)이었다.

손권은 오 부인이 꿈에 해를 보고 낳았다는 아이로 턱이 네모나고 입이 크며 눈동자에 푸른 기운이 섞여 있었다. 손견은 그런 둘째 아들의 상이 귀하다는 생각이 들면서도 어쩐지 정은 큰아들 책(策)에게만 쏠렸다. 손책 또한 그런 아비의 사랑을 받기에는 모자람이 없는 아이였다. 얼굴은 어머니를 닮아 수려했으나 근골은 손견의 아들답게 남달리 크고 굳세었다. 말하자면 매력과 위엄을 동시에 갖춘 용모로서, 그를 보는 사람들은 정신을 못 차릴 만큼 까닭 모를 애정을 느끼면서도 함부로 팔을 뻗어 안을 수 없을 만큼 이상한 두려움을 함께 느꼈고, 개나 고양이까지 어린 그의 눈길 한번에 꼬리를 사리고 숨을 정도였다.

하지만 손견이 무엇보다 더 아들 책을 사랑하게 된 것은 그의 총명이나 위엄보다 타고난 무재(武才)였다. 겨우 걸음마를 옮기면서부터 병장기를 놀이개로 삼은 손책은 대여섯이 되면서부터 황개(黃蓋)나 정보(程普)를 졸라 얻은 작은 창검과 활로 무예를 익히기 시작했다. 하지만 황개의 쇠채찍이나 정보의 철사모(鐵蛇矛)는 물론 한당(韓當)의 대도와 조무(祖茂)의 쌍칼이 한가지로 어린아이가 익히기에는 너무 무거운 무기들이어서, 일곱 살 때부터 손견이 직접 자신의 도법(刀法)을 가르치고 있었다.

가르칠수록 놀라운 재주였다. 일 년도 안 돼 막대기 하나만 들면 다 큰 가동(家童)들도 손책을 당해내지 못했고, 열 살이 된 그 무렵에는 제법 창칼깨나 만진다고 알려진 부중(府中)의 갑졸들조차도 손책을 상대로 진땀을 뺄 정도였다.

그런데 그날은 좀 이상했다. 내지르는 칼끝에도 힘이 들어 있지 않았고, 베는 칼날에서도 바람 가르는 소리가 들려오지 않았다. 어딘가 딴 곳에 마음이 쏠린 듯 평소에는 한치를 벗어나지 않던 찌르기도 번번이 빗나갔다. 한동안 그런 아들을 바라보던 손견이 엄한 얼굴로 말했다.

"칼을 거두어라."

그리고 이어 까닭 없이 당황하여, 특히 어린 그를 위해 만든 작고 가벼운 보도를 멈춘 아들에게 조용히 물었다.

"무슨 일이냐? 어째서 정신을 딴 데 팔고 있느냐?"

아버지의 갑작스런 물음에 무언가를 잠시 망설이던 손책이 이윽고 또렷한 목소리로 대답했다.

"실은 이제 필부의 칼은 그만 배웠으면 좋겠습니다."

"필부의 칼?"

"필부의 칼은 높은 이 앞에서 재주를 겨루는 칼이니 위로는 사람의 목을 베고 아래로는 간이나 폐부를 뚫습니다. 그러나 그 칼은 싸움닭의 발톱 같아서 한번 숨이 끊어진 뒤에는 아무짝에도 쓸모가 없게 됩니다."

"한번 숨이 끊어진 뒤에도 쓸모 있는 칼이 어디 있겠느냐?"

"제가 듣기에 왕자의 칼은 그걸 쓰던 이가 죽어도 그 빛이 사방에

빛나며 오래 세상을 평안케 한다 하였습니다."

"어떤 칼이 그렇단 말이냐?"

손견은 아들의 뜻이 어렴풋이 짐작이 가면서도 속을 떠보듯 계속해 물었다. 손책은 더욱 낭랑한 목소리로 대답했다.

"지혜와 용기 있는 사람으로 칼끝을 삼고 청렴한 이로 칼날을 삼으며 어진 이로 칼등을 삼고 충직한 이로 칼몸을 삼고 호걸스런 이로 칼자루를 삼은 칼이 바로 그러하다 했습니다."

손견이 비록 무(武)에 치우친 인물이라 하지만 어린 아들의 그 같은 총명이 기쁘지 않을 수 없었다. 그러나 난세에서 급한 것은 우선 자기 몸부터 가릴 수 있는 칼이라 생각하고 짐짓 엄하게,

"제 한 몸도 지키지 못한다면 그런 제왕의 칼이 무슨 소용이겠느냐? 힘줄과 뼈의 수고로움을 피하려는 간드러진 헛소리다."

라며 꾸짖는데 황개가 급하게 뒤뜰로 들어섰다.

"주공(主公), 태수께서 부르십니다."

"아침나절에 부중을 들렀을 때도 말이 없었는데 무슨 일이시오?"

손견이 의아로운 얼굴로 물었다. 다행히 황건적이 하비 부근에는 나타나지 않아 군사를 점고하고 병장기를 닦게 하는 것으로 그날 일을 마치고 일찍 퇴청한 때문이었다.

"도성의 부르심이 있다고 하셨습니다."

황개는 평소와 변함없는 목소리로 대답했다.

"도성의 부르심이라니?"

"좌군사마로 황건적 토벌의 선봉이 되시라는 제명(帝命)이라고 합니다."

"어디 인물이 없어 멀리 하비의 손견을 불러들인단 말이오? 더구나 폐하께서 어떻게 이 손견 있음을 아시고……."

"중랑장 주준 장군이 표(表)를 받으시고 폐하께서 윤허하셨다는 소문입니다."

"오오, 도정후(都亭侯)께서……."

그제서야 손견도 일의 경위를 알 것 같았다. 도정후는 주준이 교지(交趾) 양룡의 난을 진압한 공으로 받은 작위였다.

"도성의 형편은 어떠한지 들은 게 있소?"

"지금 대장군 하진이 대임을 맡아 세 중랑장으로 하여금 우선 삼로(三路)의 군사를 이끌고 적의 소굴을 치게 하리라고 합니다."

"하지만 도적을 치는 데 장수 못지않게 필요한 게 군사들이오. 그래 도대체 토벌군은 얼마나 일으켰다고 합디까?"

"자세한 것은 알 수 없으나 도성의 금군(禁軍)들과 따로 모집한 정병(精兵)을 합쳐 오만은 된다고 합니다."

"오십만을 치는 데 오만이라…… 아무리 황건적이 보잘것없는 난군(亂軍)이라 해도 오만으로는 너무 부족하오."

손견은 그렇게 말하고 잠시 생각에 잠겼다가 곧 황개에게 명했다.

"지금 급히 정보, 한당, 조무를 찾아 함께 이리로 모이시오. 내 곧 태수를 만나고 오겠소."

그리고 급히 태수의 부중으로 달려갔다.

손견의 명을 받은 황개는 곧 사방에 사람을 놓아 이제는 완연히 손견의 사람이 된 그들 셋을 찾게 했다. 다행히 셋은 모두 멀리 있지 않아 한 식경도 안 돼 황개는 그들과 함께 손견의 저택에서 손견을 기다릴 수 있었다.

손견은 저물 무렵에야 태수의 부중에서 돌아왔다.

"지금 황공복(黃公覆)은 즉시 의군을 모을 격문을 초하여 네 성문과 사람의 왕래가 빈번한 곳에 걸도록 하시오. 그리고 나머지 셋은 허창을 토벌할 때 이후로 나를 따라 지금 이 하비성에까지 와 있는 용사들을 불러 모으시오."

손견은 방안에 들어서기 바쁘게 그런 명을 내렸다. 다시 의군을 일으킬 심산이라는 건 알 수 있었지만 얼른 그 까닭이 이해되지 않는 황개가 물었다.

"조정에서 군사를 이끌고 오라는 분부였습니까?"

"그것은 아니오. 하지만 군사를 이끌고 가면 크게 요긴하게 쓰일 것이오."

"그렇다면 왜 태수에게 군사를 빌리지 않습니까? 의군을 일으키는 것은 번거로울 뿐만 아니라 자칫하면 기일에 대지 못해 대명을 어기게 될까 두렵습니다."

이번에는 정보가 조심스럽게 말했다.

"내가 이 하비의 관병을 빌려가면 성중이 텅 비게 되니 만약 도적이 그 틈을 노리면 어떻게 하겠소? 그래서 태수께는 약간의 병장기와 군량만 빌리기로 했소이다. 또 의군을 일으키는 일은 번거롭고 지체하기 쉬운 일이나, 역시 서두르면 관병을 이끌고 가는 것에 비해 크게 늦어지지는 않을 것이오."

"그렇지만 갑작스레 모아 조련도 안 된 군사들로 어떻게 기세가 오를 대로 오른 도적을 당하시겠습니까?"

174

"조련이 안 되기는 도적들도 마찬가지요. 오히려 우리에게는 대의와 명분이 있고 또 저 회계 이래로 수없는 싸움을 겪은 역전의 용사들이 삼백 명이나 앞장서서 길을 틀 것인즉 무엇이 두렵겠소?"

"이번 황건의 무리는 지난번 허창, 허소 부자나 양룡, 공지(孔芝, 양룡을 도와 모반한 전 남해 태수)의 무리와는 다르다고 들었습니다."

"천자께서 직접 조신 회의에 납시어 삼로의 대군을 보내신 것도 이번이 처음이오. 정덕모(程德謨)는 너무 심려치 마시오. 다만 용사들을 재촉하고 밤을 낮 삼아 대오를 짜 한 시각이라도 빨리 군사를 경사(京師)로 진발시키도록 힘써주면 되겠소이다."

손견은 그렇게 말하며 거듭 네 사람을 재촉했다. 이에 네 사람이 따르니 이튿날 날이 새기 바쁘게 네 성벽과 저잣거리에 의군을 모으는 격문이 나붙고, 손견을 따르는 삼백 오군 자제들은 지원자가 나서는 대로 대(隊)와 오(伍)를 짜 진발을 서둘렀다.

손견의 영명이 워낙 높은 데다 제명에 기댄 모병이라, 하비 성안에 있는 장정들은 거의 한 사람도 남김없이 모여들다시피 했고 다시 전란으로 장삿길이 막힌 떠돌이 등짐장수며 유민들까지 더해 하루 사이 모인 군사만도 천 명에 가까웠다. 거기다가 소문을 듣고 보내온 사수·회수 일대의 정병 오백여 명이 이르니 손견은 명을 받은 지 사흘 만에 의군 천여 명을 이끌고 주준을 찾아 떠날 수가 있었다. 급작스레 모은 군사라 하나 이미 손견을 따라 여러 번 전장을 누빈 오군(吳郡) 자제들로 골격을 이룬 데다, 사수·회수의 정병과 태수가 대준 병장기와 군량이 더해 그 어떤 관군에도 뒤지지 않을 만큼 정예한 의군이었다.

복사꽃 핀 동산에서 형제가 되고

이월 초순에 일기 시작한 황건란의 회오리는 한 달도 못 돼 유비가 사는 유주(幽州)로까지 휩쓸어 왔다. 장각(張角)의 군사 한 갈래가 유주성을 공격한 게 그 시작이었다.

유주 목사 유언(劉焉)은 역시 한의 종실(宗室)로 군사를 부리는 일에 그리 밝지 못했다. 황건적이 경내의 군리(郡吏)와 현령들을 죽이고 몰려온다는 말을 듣자 놀라 교위 추정(鄒靖)을 불러들여 물었다.

"황건적이 이리로 몰려온다니 어쩌면 좋겠는가?"

추정은 사람됨이 침착하고 약간의 무재(武才)도 갖춘 이였다. 걱정을 하면서도 한 가지 방책을 내놓았다.

"지금 도적 떼는 무리가 많고 우리 군사는 적습니다. 명공(明公)께서는 마땅히 의군을 모으시어 적을 맞이하십시오. 아직도 백성들 간에는 충의지사와 의기남아가 많이 숨어 있으니 반드시 큰 힘이 될 것입니다."

듣고 보니 그 길밖에 없었다. 조정이 있다 하나 도적 떼가 사방에서 벌 떼처럼 일고 있는 마당에 언제 원군(援軍)을 보내올지 기약할 수가 없었다. 이에 유언은 경내 곳곳에 방을 붙이고 널리 군사를 모았다.

유언의 방문은 탁군 탁현에도 이르렀다. 그날도 어수선한 세상 소식이나 들으려고 일찍 성안으로 나온 유비는 한군데 사람들이 모여서 웅성거리는 담벽 앞에 걸음을 멈추었다. 걸린 방문을 보니 바로 태수 유언이 새로이 주군(州軍)을 모은다는 내용이었다.

일찍이 스승 노식이 떠나면서 한 당부가 아니더라도 황건적은 이미 유비에게는 반드시 무찔러야 할 마음속의 적이 되어 있었다. 그동안 그는 민란의 소문도 여러 번 들었고 갖가지 도둑 떼도 겪었지만, 황건적처럼 천하를 송두리째 삼키려들 만큼 큰 규모와 넓은 지지를 바탕으로 한 난리는 처음이었다. 물론 그 자신도 한(漢) 제국의 부패와 무능에 대해서 오래전부터 분개와 혐오를 품어왔다. 그러나 황건적의 궐기가 그 치료일 수는 없으며, 오히려 악을 더 큰 악으로 바꾸려는 거칠고 잔인한 반역 음모에 지나지 않아 보였다. 그가 충성의 대상으로 받들어온 한 제국의 사백 년 권위를 위해서는 반드시 제거해야 할 가장 크고 급한 위협이었다.

하지만 유비에게는 당장 활용할 수 있는 힘이 없었다. 그를 따르는 무리가 약간 있다 해도 그것은 오직 뒷골목 세계의 어둠 속에서였고, 그렇다고 이제 와서 주군의 하급 관리로 출발할 처지나 나이도 못 되었다. 생각이 거기에 미치자 유비는 문득 자기가 걷고 있는 알 수 없는 길이 다시 불안해지며 절로 긴 한숨이 나왔다.

그때 갑자기 유비의 등 뒤에서 질그릇 깨지는 듯한 소리가 났다.

"대장부가 나라를 도와 힘쓸 생각은 않고 어찌 탄식만 하슈?"

유비가 돌아보니 언제 왔는지 장비가 정색을 하고 서 있었다. 정색한 장비를 보니, 여덟 자 키와 표범의 머리에 고리눈이 호랑이 수염과 어울려 평소에 볼 수 없던 종류의 당당함을 자아내고 있었다.

"네가 웬일이냐?"

유비가 약간 뜻밖인 표정으로 물었다. 그 말에 장비가 한층 엄숙하게 대답했다.

"형님은 언제나 나를 술주정뱅이에 망나니로만 여기시지만 나도 크고 작은 일은 구별할 줄 안단 말이오."

"나도 네가 나라와 도적을 구별하지 못하는 숙맥으로는 보지 않았다. 그렇지만 우리가 당장 무엇을 할 수 있단 말이냐? 이제 와서 군현의 갑졸로라도 출발할 작정이냐?"

"못할 건 뭐 있소? 하지만 뭐 정히 남의 졸개 노릇을 하기 싫으면 우리가 의군을 끌어모아 대장 노릇을 하면 될 거 아니오?"

"나도 그 생각을 해보지 않은 것은 아니다. 그러나 따로 군사를 모은다는 것이 말로만 되는 일이냐?"

"군자로 쓸 재물이라면 내게 약간은 있소."

그 말에 유비가 더욱 놀라 물었다.

"네게 무슨 재물이 있느냐?"

"지난날 양부가 어린 나를 난리 중에서 구해 연나라를 빠져나온 때 함께 감추어 온 보화를 불린 것과 자신이 이 저잣거리에서 술을 팔고 돼지를 잡아 모은 돈을 고스란히 물려준 게 있소. 또 형님은 내가 부근의 부자 놈들과 장사치들에게서 거둔 돈으로 밤낮없이 술이나 퍼마시고 다니는 줄로만 알고 있지만, 그 돈도 일부는 오늘 같은 날을 위해 모아두었소."

듣느니 새롭고 놀라운 소리뿐이었다. 언제나 장비를 덩치 큰 어린아이로만 여겨온 유비로서는 얼른 믿기 어려웠다. 그러나 벌써 여러 해 사귀어오는 동안 거짓말이라고는 털끝만큼도 한 적이 없는 장비라 또한 그 말을 무턱대고 의심할 수만도 없었다. 그런 유비를 다시 장비가 불쾌하다는 듯한 목소리로 재촉했다.

"어떻소? 형님. 이 장비와 함께 탁현의 용사들을 모아 한번 큰일을 해보지 않겠소?"

그러자 유비의 얼굴에도 차츰 장비를 믿는다는 표정이 드는가 싶더니 곧 감개 어린 표정으로 변했다.

"장하다. 그렇다면 우리 저 주루(酒樓)에 들어가 의논해보자."

이윽고 유비는 그렇게 대답하며 장비를 가까운 술집으로 끌었다.

두 사람이 큰소리로 술과 고기를 청하고 막 자리에 마주 앉았을 무렵이었다. 갑자기 주루 앞에 수레 멎는 소리가 나며 한 결기 있는 목소리가 먼저 발을 건너 들려왔다.

"주인장 술 한 동이 빨리 내놓으시오. 얼른 마시고 성안에 들어가 초모(招募)에 응할 작정이오."

맑고 우렁찬 소리만 들어도 금세 누구인지 알 만했다. 아홉 자 키와 익은 대춧빛 얼굴에 두 자 넘는 수염을 늘어뜨린 관우, 바로 그 사람이었다.

"아니, 장비 이 사람, 그리고 유공(劉公)이 대낮부터 이곳에서 만나 무엇 하시오?"

이윽고 둘을 알아본 관우도 반가운 표정이었다. 그사이 장비와는 형아 아우야 하는 사이가 되었고, 유비와는 십년지기처럼 된 관우였다. 장비와는 자칫 게을러지기 쉬운 무예 수련을 통해 친하게 되었고, 유비에게는 그의 연줄에 힘입어 적어도 탁군 안에서는 관부(官府)에 쫓기지 않게 된 빚을 진 것 외에 살이에서도 적지 않은 보살핌을 받아온 까닭이었다.

"아이고, 관우 형님. 잘 왔소. 그러잖아도 마침 형님 얘기를 꺼내려던 참이었소."

장비가 그렇게 요란을 떨었고, 유비도 반갑게 소매를 끌어 관우를 자리에 앉혔다.

"그래, 듣자 하니 현군(縣軍)에라도 드실 작정이신 모양인데, 누구의 부름이라도 받으셨소?"

관우가 자리를 정하기 바쁘게 유비가 묻는 말이었다. 관우가 태연히 대답했다.

"그렇지 않소이다. 그저 나라에서 크게 사면령을 내려 내가 쫓기는 신세를 면하게 해주었으니 나도 이제 나라를 위해 싸워볼까 하는 참이오."

죄 지은 자에게 사면령을 내려 벌을 면하게 해주는 대신 병역을 과하는 것은 무제(武帝) 이래로 큰 원정이나 변란이 있을 때마다 한

나라가 취해온 정책 가운데 하나였다. 그때에는 쫓기는 자들도 자수하여 군적에만 들면 지난날의 죄를 묻지 않게 되는데 방금 영제(靈帝)도 황건적의 난리를 다스리기 위해 사면령을 내려놓고 있었다.

하지만 유비에게는 그런 관우의 대답이 좀 놀라웠던 듯했다. 자신도 모르게 목소리를 약간 높이며 물었다.

"아니, 그럼 관공처럼 신무(神武)하신 분이 졸오(卒伍)에 서서 싸우시겠단 말씀이오?"

"나라의 은혜에 보답하는 데 졸오와 장렬(將列)이 무슨 구분이 있겠소이까? 다만 가진 힘과 익힌 재주를 다하여 싸울 뿐이외다."

관우의 대답은 초연하기만 했다. 그러자 장비가 참지 못하고 털어놓았다.

"그러지 말고 관우 형도 우리와 함께 의군을 일으켜봅시다. 어디서 싸우든 나라를 위해 싸우기만 하면 될 거 아니오?"

"의군이라고? 아니, 자네가?"

"왜 나라고 항상 탁현 저자에서 술이나 퍼마시고 주먹질이나 하며 보내란 법이 있소? 나도 이 기회에 공을 세워 떳떳하게 머리 들고 살고 싶소."

"그렇지만 무슨 재주로 의군을 일으키고 지탱하겠는가?"

"장비의 말을 듣고 보니 안 될 것도 없을 것 같소."

이번에는 유비가 장비를 대신해 물음에 답한 뒤 천천히 조금 전 장비와 주고받은 말들을 관우에게 요약해 들려주었다.

"그렇다면 한번 해봅시다. 이왕 싸울 바에야 졸오에 서기보다는 적더라도 일군을 거느리는 편이 이 관아무개에게도 나을 것 같소."

듣기를 마치자 관우도 흔쾌히 승낙했다.

그러자 장비가 웬일로 마침 날라온 술을 물리치며 다시 정색을 하고 말했다.

"아무래도 이런 큰일을 시작하기에는 이 자리가 마땅하지 못한 것 같소. 이러지 말고 우리 달리 장소를 택해 예를 갖추는 게 어떻겠소? 마침 내 집 뒤에는 복숭아밭[桃園]이 있는 작은 동산이 있는데 꽃이 한창 만발하였소. 내일 그 복숭아밭에서 하늘과 땅에 제사를 지내 세 사람이 사생을 같이할 의(義)를 맺은 뒤 큰일을 시작하는 게 어떻겠소?"

이에 세 사람은 다음 날 모여 형제의 의를 맺기를 약속하고 헤어졌다. 나이로 보면 관우가 가장 위이고 다음이 유비이며 끝이 장비였지만, 관우의 주장으로 유비가 맏이가 되고 다음이 관우가 되었으며 장비는 막내가 되기로 했다.

"일에는 근본이 있고 무리에는 우두머리가 있게 마련이오. 무릇 한 무리의 우두머리를 뽑는 일은 어짊과 슬기로움을 위주로 해야 하니 어찌 이 관아무개에게 가당이나 하겠소. 여기 이 유형은 한나라 제실(帝室)의 종친으로 어짊과 슬기로움을 두루 갖추신 분이니 응당 우리 의군으로는 주장(主將)이고 형제로서는 맏형이 되어야 하오."

그게 관우의 주장이었다.

이튿날 유비, 관우, 장비 세 사람은 전날 약속한 복숭아밭에 모여 검은 소와 흰 말을 제물로 삼고 하늘과 땅에 형제가 되었음을 알리는 제사를 지냈다. 먼저 검은 소와 흰 말의 피를 섞어 서로 나누어 마신 뒤, 나란히 향을 사르며 미리 마련해 간 맹세의 글[誓文]을 읽는 순서였다.

'고하건대 여기 선 유비, 관우, 장비 세 사람은 비록 성은 다르나 큰 의와 두터운 정으로 맺어 이제 형제가 되었습니다. 마음을 함께 하고 힘을 합치어 어려울 때는 서로 구하고 위태로울 때는 도우며 위로 나라의 은덕에 보답하고 아래로 창생을 평안케 하고자 합니다. 비록 같은 해 같은 달 같은 날에 태어나지는 못했으되 죽기만은 같은 해 같은 달 같은 날이기를 바라오니, 황천후토(皇天后土)여 이 뜻을 굽어살피소서. 만일 우리 가운데 의를 저버리고 형제의 정을 잊는 자가 있거든 하늘과 사람에게 함께 베임을 당하게 해주시옵소서.'

그런 다음 형제의 예로 먼저 관우와 장비가 나란히 유비에게 절을 올리고, 이어 다시 장비가 관우에게 형을 대하는 예로 절을 올렸다.

제사를 끝낸 그들 세 사람은 그날로 소를 잡고 술을 걸러 널리 향리의 용사들을 불러들였다. 평소부터 유비와 장비를 따르던 탁현 저잣거리의 건달들을 비롯하여 스승 노식 아래서 함께 배운 동문들이며 인근의 유협(遊俠)들, 그리고 관우의 가르침을 받던 양향(良鄕) 이가촌(李哥村)의 장정들만으로도 삼백이 넘었다.

술자리가 무르익기를 기다려 유비는 그들에게 황건적 토벌의 대의를 설파하고 함께 싸워줄 것을 청했다. 비록 저잣거리에 몸을 낮추고 있어도 유, 관, 장 삼형제가 예사로운 인물들이 아니란 것을 잘 알고 있는 그들이었다. 거기다가 황건적의 노략질과 살상도 더는 강건너 불일 수만은 없고 보니 하나같이 의군이 되어 싸우기를 자원

했다.

이에 힘을 얻은 유비 삼형제는 한나절 의기를 돋우며 크게 마신 뒤에 이튿날부터 그곳에다 차일을 치고 발군(發軍)할 준비에 들어갔다. 먼저 장비의 재물을 풀어 용사들이 쓸 칼과 활과 화살을 사들이는 한편 관우를 시켜 간단한 조련을 시키고 몇 가지 군율을 익히게 했다.

하지만 장비의 재력에는 한도가 있었다. 지원자는 줄을 잇는데 겨우 삼백을 위한 병장기와 얼마간의 군량을 마련하는 것으로 장비가 맨몸이 되다시피 하며 내놓은 재물은 바닥이 나고 말았다. 유비도 가진 것을 모두 털고 그동안의 알음을 통해 거둬들이기도 해보았으나 큰 보탬은 되지 못했다. 오래잖아 용사들이 싸우기를 원하며 찾아와도 돌려보내야 할 지경에 이르렀다.

거기다가 더욱 답답한 것은 그들에게 말이 없는 일이었다. 혹 말을 타고 온 이에다 유비와 관우의 말을 합쳐도 삼백 명 군사에 열 필이 넘지 못했다.

"이거 아무래도 안 되겠소. 부자 놈들을 얼러 재물을 좀더 뺏어내든지 말 도둑질이라도 나서야겠소."

임시로 연 군막에서 유비와 관우가 그 일을 근심하고 있을 때 장비가 불쑥 말했다. 일이 제대로 풀리지 않자 심통이 난 얼굴이었다. 유비가 점잖게 타일렀다.

"우리가 대의를 앞세우고 이제 큰일을 시작하려는데 어찌 도둑 떼의 흉내를 내겠느냐? 좀더 기다려보자. 나도 원기(元起) 아저씨에게 글을 내 도움을 청해보겠다."

"나도 소쌍(蘇雙)에게 글을 내보겠습니다. 마침 그가 말도 사고 파니 몇십 필쯤이야 어떻게 될 것도 같습니다."

관우도 곁에서 그렇게 말했다. 그러나 장비는 수그러들지 않았다.

"지금 하루가 급한데 언제 글질이나 하며 놈들의 선심을 기다리고만 있을 수가 있소? 내게 장정 백 명만 주시오. 까짓것 부근을 확 쓸어 마필과 군자를 넉넉히 구해 오겠소."

금방이라도 사모를 짚고 나설 기세였다. 그런데 마침 망을 보고 있던 장정 하나가 군막으로 달려 들어오며 외쳤다.

"말입니다. 백여 필은 좋이 되어 보이는 말 떼가 저자에서 이쪽으로 오고 있습니다."

그 말에 세 사람이 한꺼번에 군막을 나가 내려다보니 정말로 말 한 떼가 부옇게 먼지를 날리며 몰려오고 있었다.

"마침 잘됐군. 어떤 놈의 말인지 모르지만 저걸 뺏어 씁시다. 황건적을 물리친 뒤에 돌려주면 될 거 아뇨?"

장비는 말을 보자 더는 참지 못하겠다는 듯 그렇게 말하며 손짓을 해 장정들을 불렀다. 그러나 한동안 말떼가 몰려오는 것을 살피던 유비가 조용히 손을 저어 장비를 말렸다.

"장비, 기다려라. 보아하니 이리로 몰려오는 것 같다. 차라리 그 주인에게 좋은 말로 도움을 청해보자. 힘으로 덮치는 것은 그때 가서도 늦지 않다."

그때 다시 관우가 거들었다.

"형님 말이 맞네. 아우, 잠깐 기다려보세. 더군다나 말 떼를 모는 사람들이며 앞선 주인의 모습이 어딘가 낯익은 듯하네."

과연 그랬다. 도원으로 드는 걸 보니 앞선 사람은 소쌍과 장세평이었고 말 떼를 모는 것은 그들의 종자들이었다.

　　'하늘이 우리를 도와주시는구나.'

　　유비는 속으로 가만히 외쳤다. 그들이라면 어떻게 말을 변통해볼 수 있을 것 같았기 때문이었다. 그러나 얼굴에는 터럭만큼도 그런 기색을 드러내지 않고 그들 둘을 맞았다.

　　"장대인(張大人)과 소형(蘇兄)이 이 누추한 진중을 어이 알고 찾으셨소?"

　　"세 분 대협께서 의군을 일으키셨다는 소문은 이 탁군 전체에 파다합니다. 이 소아무개의 귀가 촛농으로 틀어막혀 있지 않은 다음에야 어찌 그걸 듣지 못했겠습니까? 해서 도울 일이 없을까 하고 달려와보았습니다."

　　소쌍이 얼굴 가득 웃음을 띤 채 그렇게 대답했다. 장세평도 평소와는 딴사람 같은 얼굴로 소쌍의 말을 거들었다.

　　"아무래도 의군을 일으키시자면 마필과 군자가 필요할 것 같아 여기 말 백여 필과 금은 오백 냥, 좋은 쇠 천 근을 가지고 왔소. 거두어서 요긴하게 써주시면 그보다 더 다행이 없겠소."

　　"하지만 아직 아무런 공도 이루지 못한 터에 어찌 이렇게 많은 재물을 거둬들일 수 있겠습니까? 찾아주신 두 분의 후의만으로도 이 유아무개는 그저 감격할 따름입니다."

　　속으로는 기쁨으로 뛸 듯하면서 유비는 짐짓 사양하는 체했다. 장비가 내달으며 무어라고 떠들어대려다가 유비의 엄한 눈길을 받고 마지못해 입을 다물었다. 소쌍이 다시 그런 유비의 말을 받았다.

"유대협께서 저희가 너무 생색을 낸다 여기실까 바른대로 말하겠습니다. 원래 이 말들은 팔기 위해 북방으로 끌고 가던 것이었으나 도중에 황건적이 있어 부득이 되돌아오지 않을 수 없었습니다. 오다가 가만히 생각하니, 중산(中山)으로 끌고 가보았자 말이 필요한 관부의 성화를 배겨낼 것 같지 않고, 더욱이 도중에 도적 떼나 만나면 공짜로 빼앗기기 십상이라 장대인과 의논하여 이리로 온 것입니다. 금은과 쇠는 마필에 붙인 작은 정성에 지나지 않습니다."

"그렇지만 상인은 이(利)를 무섭게 여기는데 어찌 아무런 대가도 주지 못하면서 이 많은 것들을 받을 수 있겠습니까? 그런데도 오히려 그렇게 겸손히 말하시니 더욱 손이 오그라드는 것 같소이다."

"장사치라고 해서 어찌 나라가 없고 임금이 없겠습니까? 비록 몸을 던져 싸우지는 못하나 재물이라도 내어 작은 보탬이 되고자 하니 대협께서는 거두어주십시오."

소쌍의 청은 자못 간곡했다. 그러자 옆에 섰던 관우가 천천히 입을 열어 소쌍을 거들었다.

"형님, 소형의 뜻이 이토록 간곡하니 거두어들이시지요. 뒷날 도적을 물리친 후에 되돌려줄 수도 있지 않겠습니까?"

"맞소. 우리가 뭐 이 말을 차지한다고 해서 사사로운 욕심이나 채우자는 것은 아니잖소? 위로 나라를 구하고 아래로 백성을 평안케 하자는 노릇이니 이만 거두어들입시다."

장비도 더 참지 못하고 나서서 그렇게 관우를 거들었다. 유비는 그래도 한동안을 더 사양하다가 장세평까지 나서서 거듭 간곡히 청하자 겨우 마필과 금은을 받아들였다.

"두 분의 의기(義氣)를 뼈에 새겨 길이 기억하겠습니다."

그리고 두 사람을 위해 술자리를 마련하고 그들을 칭송해 마지않았다.

소쌍과 장세평이 중산으로 돌아간 뒤 유비는 곧 솜씨 좋은 대장장이를 불러 새로 얻은 쇠로 세 사람의 무기와 갑주를 만들고 용사들을 위해서도 투구와 갑옷을 만들게 했다.

원래 유비에게는 선대로부터 내려온 보검이 있었다. 중산정왕(中山靖王)이 차던 칼로 보석과 구슬로 장식된 값진 것이었으나 실제 싸움에 쓰기에는 너무 짧고 가벼웠다. 이에 유비는 새로이 다섯 자 길이의 쌍고검(雙股劍)을 하나 벼리어 무기로 삼았다. 관우에게도 전에 쓰던 청룡도가 있었으나 역시 무게 여든두 근에 칼자루만도 열 자나 되는 청룡언월도(靑龍偃月刀)를 새로이 벼리었고 장비도 선대의 철사모(鐵蛇矛)를 버리고 새로이 길이가 한 길 여덟 자나 된다는 뱀 모양의 창[丈八蛇矛]으로 바꾸었다.

군자가 넉넉해짐에 따라 용사들도 더 받아들였다. 이에 의군의 수는 삼백 명에서 오백 명으로 늘어났다. 거기다가 말이 백 필이 넘고 용사마다 날카로운 무기에 갑주까지 대강 갖추게 되니 여느 의군과는 비교도 할 수 없는 정병이었다.

무기며 갑주, 말, 깃발 등이 갖추어지고 용사들도 어느 정도 대(隊)와 오(伍)를 갖출 수 있게 되자 세 사람은 시각을 지체하지 않고 유주성으로 군사를 몰아갔다.

"돗자리 장수가 대장이 되었군."

"이가촌의 식객도 장수가 되었네."

"아니, 저건 술 팔고 돼지 잡던 개망나니 장비가 아닌가?"

"한다 하는 탁군의 건달들은 싹 쓸어가는군."

그들 의군이 탁현을 떠날 때 구경꾼들 가운데는 그렇게 빈정거리는 자들도 있었지만 유, 관, 장 세 사람의 의기는 하늘을 찌를 듯했다.

유주의 태수 유언은 장수 세 사람이 의군 오백 명을 이끌고 당도했다는 말을 듣자 크게 기뻤다. 교위 추정을 재촉해 세 사람을 불러들이고 각기 이름을 물었다. 그리고 현덕(玄德, 유비의 자. 앞으로는 당시의 관례대로 유비를 자주 현덕이라 호칭하게 될 것임)이 같은 한실 종친인 것을 알고 더욱 기뻐하며 가만히 따져보니 조카뻘이었다.

"조카가 이렇게 와주니 천군만마가 구원을 온 것보다 더욱 든든하네. 아무쪼록 잘 싸워 큰 공을 이루게."

유언은 현덕의 두 손을 어루만지며 그렇게 당부하고, 술과 고기를 내어 따라온 오백 용사를 위로했다.

유현덕의 첫 출전은 그로부터 사흘도 되지 않아 있었다. 황건적의 한 장수인 정원지(程遠志)가 군사 오만을 이끌고 드디어 탁군으로 밀려들자 유언이 교위 추정을 불러 명했다.

"그대는 즉시 유현덕 등 세 사람을 선봉으로 삼아 도적을 막으라."

이에 현덕은 기꺼이 오백 의군을 이끌고 선봉이 되어 황건적이 몰려오고 있는 곳으로 달려갔다. 탁군 대흥산(大興山) 아래 이르니 황건적은 벌써 그곳까지 밀려와 있었다. 모두 산발한 머리에 누런 띠만 질끈 동인 적의 오만 대군은 들판을 메뚜기 떼처럼 뒤덮고 있었다. 비록 이끌고 온 군사의 백 배가 넘는 적세였지만 현덕은 조금도 두려워하지 않았다. 양군이 대치하여 멈추어 서자 말을 달려 앞서 나오며 소리쳤다.

"나라에 반역한 도둑놈들아! 어서 빨리 항복하지 못하겠느냐?"

그런 그의 오른쪽에는 관운장이 두 자가 넘는 검은 수염을 휘날리며 여든두 근 청룡도를 들고 서 있고, 왼쪽에는 장익덕이 고리눈에 역시 한 길 여덟 자나 된다는 사모를 들고 호위하고 있었다.

황건적의 대장 정원지는 크게 성이 났다. 잘 조련되었다는 관군도 누런 깃발만 보면 벌벌 떨며 달아나는데, 대오도 제대로 못 갖춘 잡병 오백을 거느리고 유현덕이 그토록 큰소리를 친 까닭이었다.

"가서 저 애송이 촌놈의 목을 베어 오너라."

정원지는 부장(副將) 등무(鄧武)를 보고 그렇게 명했다. 거기까지는 승승장구해온 터라 등무는 기세 좋게 말을 달려 나갔다. 그걸 보고 현덕 곁에 섰던 장비가 장팔사모를 꼬나들고 마주 달려 나왔다. 하지만 가엾게도 등무는 장비의 적수가 되지 못했다. 장비의 손이 들리며 창이 한번 번뜩하는가 싶더니 등무는 한마디 비명과 함께 몸을 뒤집으며 말 등에서 떨어졌다.

등무가 단 일합(一合)에 꺾이는 것을 보고 자기편의 사기가 떨어질 걸 염려한 정원지는 누구에게 명할 것도 없이 스스로 칼을 뽑아 춤추며 말을 몰았다.

"제가 저자의 목을 얻어 오겠습니다."

이번에는 관운장이 청룡도를 비껴들고 마주쳐 나갔다.

정원지의 운명 또한 등무와 크게 다르지 않았다. 관운장의 달려 나오는 기세에 놀란 정원지는 손 한번 제대로 써보지 못하고 청룡도에 두 동강이 나서 말 아래로 떨어져버렸다.

그때껏 하늘 아래 자기들의 대장밖에 없는 줄 알고 있던 황건의 무리들은 그 끔찍한 광경에 완전히 혼이 빠지고 말았다. 한번 싸워 볼 생각도 하지 않고 무기를 내던지며 뿔뿔이 달아나기 시작했다. 현덕이 그때를 놓치지 않고 오백 용사를 휘몰아 덮치니 항복하는 자 그 수를 헤아릴 수 없을 정도였다.

완전한 승리였다. 그리고 유, 관, 장 세 사람에게는 서로에 대한 새로운 감격이었다. 관우와 장비에게는 항시 너그러운 미소와 부드러운 목소리로만 이해되는 유비에게 그처럼 지용을 겸한 장수의 재질이 숨어 있었다는 게 놀라움이 아닐 수 없었다. 유비는 유비대로 두 아우의 용맹과 무예가 뛰어난 줄은 알았지만 그토록 대단할 줄은 몰랐다. 아무리 하찮은 도적 떼라지만 적어도 한 무리의 대장 둘을 각기 한 창 한칼에 떨어뜨리니 어찌 놀랍지 않겠는가.

뒤이어 달려온 교위 추정도 놀랐다. 선봉으로 가 적의 기세나 꺾어 주면 다행이라 여긴 유비의 군사들이 그 백 배나 되는 적을 여지없이 깨뜨려버린 때문이었다. 턱없이 우쭐거리며 몰려온 시골 장정들에 지나지 않으리란 짐작으로 은근히 유비가 이끌고 온 군사들을 깔보고 있던 추정은 그때부터 유비와 그의 용사들을 다시 보게 되었다. 일당백이란 말이 있다더니 그들이 바로 그런 일당백의 용사들이었다.

첫 싸움에서 크게 이기고 돌아오니 유주목(幽州牧) 유언은 친히 성문 밖까지 나와 유비의 군사들을 맞았다. 그리고 전곡(錢穀)과 피륙을 풀어 그 공을 기리고 크게 잔치를 벌여 노고를 위로했다. 군사들도 갑주 끈을 풀고 마음껏 먹고 마시며 즐겼다. 하지만 오래 쉴 팔

자는 못 되었다.

다음 날 청주(靑州) 태수 공경(龔景)에게서 급한 파발이 왔다. 황건적 수만이 성을 에워싸 곧 함락될 지경에 이르렀으니 급히 원군을 보내 구해달라는 내용이었다. 그 급보를 받은 유언은 곧 현덕을 불러들여 물었다.

"청주가 위태롭다니 어찌했으면 좋겠는가? 우리도 군사가 넉넉지 못한데 실로 난감하구나."

그러자 현덕이 선뜻 대답했다.

"이 비(備)가 구하러 가겠습니다."

"길이 멀고 도적 떼가 여기저기 날뛰는데 겨우 오백 명으로 무얼 하겠나?"

유언은 그렇게 반문한 뒤 한동안 생각에 잠기더니 이윽고 결단을 내린 듯 교위 추정을 돌아보며 말했다.

"그대는 유주의 병마 오천을 거느리고 여기 이 유현덕의 뒤를 받쳐 청주를 에움에서 구하고 오라."

유언으로서는 큰 용단이었다. 나중에 문책을 면하기 위해서라고는 하지만 오천씩이나 빼낸다면 유주가 위태로워질 수도 있었다. 그런데도 유주 경내의 황건적은 이미 깨뜨린 뒤여서인지, 유언은 별로 걱정하지 않았다.

명을 받은 현덕은 관, 장 두 아우와 오백 용사를 거느리고 그날로 먼저 청주를 구원하러 떠났다. 첫 싸움의 피로가 아직 씻기지 않은 채였지만 사기만은 하늘을 찌를 듯 높았다.

청주성을 에워싸고 있던 황건적들은 구원병이 이른 걸 알자 군사를 나누어 어지러운 싸움을 일으켰다. 성을 에워싼 자는 계속하여 성을 공격하게 하고 나머지는 길을 나누어 여기저기서 오는 구원병을 막는 식으로, 우세한 머릿수에만 의지한 계책이었다.

현덕과 그 아래의 오백 용사는 거기서도 용감히 싸웠으나, 워낙 적의 수는 많고 이쪽은 적은 데다 또 여러 갈래에서 대항해 오니 이길 수가 없었다. 마침내 삼십 리나 군사를 물려 진채를 내리고 관우, 장비 두 아우를 불러 말했다.

"도적들은 머릿수가 많고 우리는 적으니 반드시 기계(奇計)를 써서 군사를 움직이지 않으면 이길 수 없을 것 같네."

그리고 추정의 본군이 이르기를 기다려 한바탕 매복계를 펼쳤다. 관우로 하여금 가까운 산 오른편에 일천 군마를 이끌고 숨어 있게 하고, 장비는 산 왼쪽에 역시 일천 군마를 거느리고 숨게 한 뒤 징소리를 신호 삼아 일제히 내달아 싸우도록 일렀다. 적의 대군을 그리로 유인하는 것은 현덕 자신과 추정이 남은 삼천여의 인마로 직접 해볼 작정이었다.

관우와 장비가 어둠을 틈타 각기 일천 군마를 거느리고 지정된 곳에 숨자 현덕과 추정은 날이 밝기를 기다려 남은 군사를 이끌고 다시 청주성으로 향했다. 기치와 창검을 정연히 하고 북까지 울리며 당당히 쳐들어갔다.

그걸 본 황건적들은 다시 그 몇 배의 대군으로 마주쳐 왔다. 전날의 승리로 자만심이 생겨 혼전을 버리고 정공으로 맞서 온 것이었다. 양군이 부딪자 현덕은 한바탕 싸우는 체하다가 짐짓 패한 양 군사를 돌려 달아나기 시작했다.

현덕의 매복계를 알 리 없는 황건적들은 자기들이 다시 이긴 것이라 믿고 승세를 타 쫓아오기 시작했다. 그런데 십 리도 못 가 한 산허리에 이르렀을 무렵이었다. 현덕의 군중에서 일제히 징소리가 나자 산 좌우에 관우와 장비의 복병이 함성을 지르며 달려 나오고 현덕도 말 머리를 돌려 역습해왔다.

황건적들은 아직도 머릿수에 있어서는 현덕군에 비교도 되지 않을 만큼 우세하였으나 갑작스레 당한 일이라 당황하고 말았다. 관우, 장비의 복병이 수십만으로 보일 뿐만 아니라 그때껏 얕보며 따라왔던 현덕의 군사들마저 갑자기 몇만으로 불어난 듯한 느낌이었다. 싸울 용기가 날 리 없어 눈사태 뭉그러지듯 저희 패거리가 에워싸고 있는 청주성을 바라고 달아나기 시작했다.

구원을 기다리고 있는 청주 태수 공경이 그 좋은 기회를 놓칠 리 없었다. 쫓긴 적이 성 아래로 몰려드는 걸 보자 성병(城兵)과 더불어 성문을 열고 나와 싸움을 도왔다. 그렇게 되고 보니 다시 앞뒤로 적을 맞게 된 황건적은 당해낼 재간이 없었다. 베이고 밟히고 하면서 극히 적은 수만 목을 붙여 달아났다. 그로써 함락 직전에 있던 청주성은 에움에서 풀려났다.

공경은 적이 완전히 물러난 걸 알자 현덕 등을 불러 크게 공을 치하하고 소와 돼지를 잡아 군사들을 대접했다. 이때 교위 추정은 유주성이 불안하여 급히 돌아가기를 청했다. 그러나 현덕의 생각은 달랐다.

"이제 교위께서는 그만 유주성으로 돌아가십시오. 이 비는 원래 데려온 인마와 함께 달리 가봐야 될 곳이 있습니다."

194

유비의 그 같은 말에 추정이 적이 놀라운 표정으로 물었다.

"태수께서는 도적들로부터 유주를 지키는 일에 장군을 기둥이나 들보처럼 여기시는데 어인 말씀이오? 우리 유주를 버리고 어디로 가시려오?"

"근자에 들으니 노식 중랑장께서는 광종(廣宗) 땅에서 황건의 우두머리 장각(張角)과 싸우고 계시다고 합니다. 비가 일찍이 스승으로 모신 바 있어 이번에는 그쪽으로 도우러 갈 작정입니다. 유주의 도적은 이미 예봉에 꺾였으니 앞으로 큰 우환은 없을 것입니다."

그러자 추정도 고개를 끄덕이며 유비의 말을 받아들였다.

"장군의 뜻이 그러하시다니 이 정(靖)도 말릴 수 없구려. 의기가 장하시오. 부디 큰 공을 이루기 바라오."

그리고 데리고 온 오천 인마를 이끌고 유주로 돌아갔다.

유비는 자신이 본시 이끌고 온 오백 의군만을 이끌고 그날로 광종을 바라 떠났다. 광종에 이르자 인마를 영(營) 밖에 세워둔 채 노식의 진중을 찾아간 유비는 먼저 이름을 들여보내 옛 스승께 뵙기를 청했다.

노식도 옛 제자를 잊지 않고 있었다. 손수 장막을 걷어 젖히고 유비를 맞아들였다.

"내가 탁군을 떠날 때는 아직 홍안의 소년이더니 그사이 헌헌장부가 다 되었구나. 그래 어인 일로 이 험한 곳까지 와 나를 찾았느냐?"

유비가 스승을 뵙는 예를 마치자 노식이 부드럽게 물었다.

"두 아우와 오백 장정을 모아 스승님을 도우러 왔습니다."

"두 아우라…… 너는 홀어머니의 외아들이 아니냐? 그리고 오백 장정이라니?"

"두 아우는 이번에 결의한 관우와 장비란 자이옵고, 오백 장정은 오직 진충보국(盡忠報國)의 일념으로 의군에 응한 탁군의 용사들입니다."

이어 유비는 의군을 일으키게 된 경위와 유주 및 청주에서의 싸움 등을 자세히 말해주었다. 듣고 난 노식의 얼굴이 더욱 밝아졌다.

"나는 네가 정강성(鄭康成, 정현)의 문하에 들어 학업을 잇지 않고 탁군의 저잣거리를 헤맨단 말을 듣고 근심했다. 그런데 이제 보니 오히려 내 뜻을 저버리지 않았구나."

"심려를 끼쳐 죄송스럽습니다."

"공손찬과는 아직 자주 내왕이 있느냐?"

"몇 년 전 탁현 현령으로 있을 때 얼마간 가까이서 대한 뒤로는 한번도 만나지 못했습니다."

"그럴 것이다. 아직 양주(凉州)에서 오랑캐를 막느라 몸을 뺄 겨를이 없다. 실은 이번에도 그를 불러 곁에 두고 쓰고자 했으나 여의치 못해 달리 사람을 구해 왔다."

그러더니 노식은 장막 밖에 있는 사졸 하나를 불러 명했다.

"원교위를 들라 하라."

"원교위라면 누구를 말하는 것입니까?"

"원소(袁紹)라고 사세오공(四世五公)의 명문인 하남 원씨가의 후예니라. 이번에 특히 천자께 청하여 함께 데려 온 인재니만치 알아두어 나쁠 건 없다."

원소라면 들어본 이름이었다. 그러나 탁현에만 처박혀 있어 만날 기회가 없었는데 뜻밖에도 그곳에서 만나게 되니 유비로서는 자못 감격스러웠다. 벌써 천하에 이름이 알려진 낙양의 인재를 만나게 되는 이름 없는 시골 청년의 호기심과 환상 때문이었다.

원소는 오래잖아 나타났다. 처음 원소를 대하는 유비는 그 빼어난 용자(容姿)에 넋을 잃다시피 했다. 원래도 준수한 모습인 데다 금동 투구와 금빛 수술, 비단 깃을 단 번쩍이는 전포(戰袍)에 보석과 구슬로 칼자루를 장식한 보검을 차고 나니 더욱 준수하고 영걸스럽게 보였다.

'저것이 바로 영웅의 모습이다.'

유비는 언뜻 그런 생각까지 들었다.

그러나 원소는 유비 따위는 안중에도 없다는 듯 똑바로 노식에게 다가가 군례를 올리며 단정히 물을 뿐이었다.

"저를 찾으셨습니까?"

"그러네. 내 특히 원본초(袁本初)에게 알고 지내게 하고 싶은 사람이 있어 불렀다네."

그리고 유비의 손을 끌며 소개했다.

"여기 이 아이는 탁군에 사는 유비로 자는 현덕이며 한실 종친일세. 지난번 내가 신병을 핑계로 은거했을 때 얻은 제자인데 이번에 향리의 용사 오백을 모아 특히 이 옛 스승을 돕고자 찾아왔네."

"우레 같은 이름만 듣다가 이렇게 뵙게 되니 실로 이 비에게는 광영입니다. 앞으로 많은 가르치심을 빌겠습니다."

유비는 공손히 손을 모아 예를 했다. 그러자 비로소 원소도 유비를 살펴보았다. 좀 특이한 용모이기는 하나 그리 대단찮다고 느껴지는 듯했다.

"원소라 합니다. 오히려 가르침을 빌겠습니다."

몸에 밴 예절로 공손히 두 주먹을 모으기는 해도 어딘가 마지못해 하는 것 같은 데가 있었다.

사실 낙양에서 당대의 명사들만을 사귀어온 원소에게는 유비가 특별한 인물로 보일 리가 없었다. 기껏해야 탁군 같은 궁벽한 곳에서 우물 안 개구리처럼 우쭐거리다가, 숭어가 뛰니 망둥이도 뛴다는 식으로 나라가 어지럽자 섣부른 공명심에 잡병 약간을 모아 나선 시골뜨기로밖에는 보여지지 않았다. 유비의 기이한 체모는 사사로이 지은 허름한 전포에 가리워 드러나지 않았고, 크고 환한 정신도 아직은 접할 겨를이 없었기 때문이었다. 아마도 노식 같은 인물이 소개하지 않았더라면 원소의 자만으로는 이름조차 통하기를 꺼렸을 것이다.

무엇보다도 사람을 응대하는 데 밝은 유비가 그런 원소의 기분을 느끼지 못할 리 없었다. 일시 부끄러움과 분함에 빠졌으나 이내 슬며시 위로가 느껴졌다. '이 사람의 정신은 빼어난 그 용모를 따르지 못하는구나, 덕도 겉뿐인 예절을 따르지 못하고……' 하는 생각이 얼른 들었기 때문이었다.

그리고 보니 눈부시던 원소의 용모도 새롭게 비쳤다. 이목구비 무엇 하나 나무랄 데 없었지만 어딘가 풀어지고 흩어져 결단성과 의지를 보여주고 있지 못했다. 처음 그가 나타났을 때 어떤 무형의 힘처럼 유비를 억누르던 눈부신 빛 같은 것도 명문이란 배경과 오랜 배움과 몸에 배인 예절이 어우러져 내는 무력한 후광일 뿐이었다. 분명 한 거목이기는 하지만 모든 것이 갖추어진 시대에서만 천하를 위한 재목이 될 수 있는 거목이었다.

인사를 나눈 두 사람이 한동안 말없이 살피고만 있자 노식이 이상한 듯 유비에게 물었다.

"천하의 원소를 만나보니 어떠냐?"

"안목이 새롭게 열리는 듯합니다. 스승님의 은혜로 이 미천한 비가 일생의 광영을 입었습니다."

어느새 유비의 얼굴 가득 봄바람처럼 부드럽고 따스한 기운이 떠올라 있었다. 목소리도 어찌나 정성이 우러나는지 두 번씩이나 상찬을 듣게 된 원소도 절로 마음이 누그러져 사양을 했다.

"과찬의 말씀이오. 내가 보니 유공(劉公)이야말로 숨은 영걸이시오."

그렇게 자리가 풀려나가자 노식은 다시 화제를 바꾸어 원소에게 물었다.

"지금 적도의 형세는 어떠한가?"

"아직 저희 근거지에 숨어 움직이지 않고 있습니다."

"에움을 풀지 말고 엄하게 감시를 계속하라. 머지않아 군량이 다하면 적도들이 스스로 싸움을 걸어올 것이다."

그런 다음 노식은 유비를 돌아보았다.

"지금 이곳에는 내가 적의 괴수 장각을 포위해놓고 있으니 너는 영천(潁川)으로 가거라. 그곳에는 황보숭, 주준 두 장군이 장각의 아우 장보, 장량과 대치하고 있는 바, 이곳보다 훨씬 형세가 불리하다. 네가 데리고 온 오백 의군 외에 따로이 일천 군마를 줄 터이니 그곳으로 가서 두 분 장군과 함께 적도를 소탕하도록 해라."

유비는 이왕이면 스승의 막하에서 싸우고 싶었으나 명이 그러하니 어쩔 도리가 없었다. 군사들을 하룻밤 편히 쉬게 하지도 못하고 새로이 받은 관군 천 명을 더하여 영천으로 떠났다.

그런데 영천에 이르기 얼마 전이었다. 한군데 들판에서 지친 장졸을 쉬게 하고 있는데 한 떼의 인마가 부옇게 먼지를 날리며 달려오고 있었다. 황건적이 미리 알고 덮쳐오는 것이 아닌가 싶어 싸울 태세를 갖추고 기다렸지만 가까이 오는 걸 보니 반갑게도 관군이었다. 마보군(馬步軍)을 합쳐 대략 오천쯤 되었는데 기치와 복색이 붉은 것이 몹시 강렬한 인상을 주었다.

유비가 군사를 물려 길을 내주려 하는데 역시 붉은 말을 탄 젊은 장수 하나가 말고삐를 당겨 멈추어 서며 물었다.

"그대들은 어디에 속한 군사들인가?"

"중랑장 노식 휘하의 일천 관군과 탁현에서 출발한 의군 오백으로 이제 영천 황보숭, 주준 두 장군의 휘하로 가는 길입니다."

언제나 그러했듯 관우와 장비의 호위를 받으며 앞으로 나선 유비가 공손하게 대답했다. 그러자 상대도 약간 부드러워진 목소리가 되어 다시 물었다.

"귀공(貴公)은 누구시오?"

"나는 탁군 탁현에 사는 유비로 의군을 이끌고 노(盧)중랑장을 도우러 왔다가 이제 그분의 명을 받아 영천으로 가게 된 백신(白身, 벼슬 없는 사람)입니다."

그러면서도 상대를 살피던 유비는 문득 선뜩한 기분을 느꼈다. 가늘고 길게 찢어진 두 눈에서 쏟아지는 날카로운 빛 때문이었다. 엷은 입술, 짙으나 숱이 많지 않은 수염, 특별히 빼어날 건 없는 얼굴에 일곱 자에 채 못 미치는 키, 붉은 전포와 호화로운 장식에도 불구하고 그다지 돋보이지 않는 용자였지만 그 몸 전체에서는 이상한 힘이 뿜어져 나오고 있는 것 같았다. 전날 원소를 처음 보았을 때와는 또 다른 충격이었다.

결코 예사로운 인물이 아니다, 유비는 그런 생각이 들자 목소리를 가다듬어 물었다.

"장군의 크신 이름을 물어봐도 허물이 되지 않을는지요?"

그러자 무엇 때문인가 유비를 유심히 살피고 있던 상대가 정중하게 물음을 받았다.

"나는 패국(沛國) 초현(譙縣)에 사는 조조로 이번에 기도위(騎都尉)가 되어 오천 마보군으로 황보숭 장군의 후진이 되어 적도를 치러 가는 길이오."

"역시 세상은 허명을 전하지 않은 모양입니다. 여느 분은 아니시리라 짐작했습니다만……."

"그렇다면 귀공께서는 이 몸의 보잘것없는 이름을 들은 적이 있으시오?"

"낙양 북부도위(北部都尉)의 매서운 이름을 누가 모르겠습니까? 이렇게 직접 뵙게 되니 실로 감격스럽습니다."

그러나 조조야말로 이 낯선 이름의 청년을 만난 것이 감격이었다. 처음 그를 보았을 때는 조조도 유비를 순진한 의기로 의군에 나선 시골뜨기 정도로 생각했다. 사사로이 벼린 것임에 틀림없는 조잡한 투구를 쓴 온화한 얼굴에 어린 환한 빛도 그런 순진무구함에서 우러난 것이라 여겼다.

그러나 몇 마디 이야기를 하는 동안에 그것들은 그의 공손한 말투와 겸손한 몸가짐에 어우러져 알 수 없는 힘으로 자신의 목소리에서 힘과 자만을 빼내고 몸가짐을 낮추게 했다. 뚜렷이 설명할 수는 없지만 그것은 분명 자신이 한번도 경험해본 적이 없는 새로운 종류의 힘이었다.

'탁군의 유비라, 어쩌면 나는 이 이름을 기억해야 할지 모르겠다.' 조조는 자신도 모르게 그런 생각이 들었다. 하지만 그곳은 시각을 다투는 전장이었다. 뜻밖에도 모병이 더디고 조련에 시간이 걸려 후진이 되고 말았지만 원래 조조는 황보숭이 선봉으로 쓰기 위해 발탁한 인물이었다. 조조 자신도 그 좋은 성공의 기회를 신기하기는 해도 낯선 이 인물로 지체하고 싶지는 않았다.

"만나서 반갑소이다. 모처럼 유공 같은 영웅을 만났지만 군령이 엄하니 더 지체할 수 없구려. 먼저 가겠소이다."

조조는 그렇게 말한 뒤 뒷날을 기약하고 바람처럼 군사를 몰아갔다.

"아아, 정말 세상에는 빼어난 인물도 많구나. 어쩌면 내가 헛되게 산 것이나 아닌지 모르겠다."

조조가 떠나는 뒷모습을 보며 유비가 그렇게 탄식했다. 하지만 장비에게는 그렇지도 않은 모양이었다. 무엇 때문에 틀어졌는지 퉁명스럽게 유비의 말을 받았다.

"형님은 무엇 때문에 그리 한숨을 쉬고 야단이오? 빼어난 인물이라니, 방금 저자를 두고 한 말이오?"

"그렇다. 내 눈이 크게 어둡지 않다면 반드시 세상을 놀라게 할 기재(奇才)다."

"도무지 무슨 소리를 하는지 모르겠네. 목소리는 불난 집 계집 같고 눈은 수작 부리는 논다니 같은 게 무슨 인물은."

"아니다. 목소리가 높고 날카로우니 멀리 미칠 것이요, 눈이 가늘고 기니 제 마음은 읽히지 않고도 남의 마음은 밝게 들여다볼 수 있다."

"형님은 무슨 방사(方士)나 상자(相者) 같은 소리요? 그 반들반들한 쥐수염에 한 주먹이면 날려버릴 보잘것없는 체수로 제까짓 놈이 하면 무얼 한단 말이오?"

장비가 바윗덩이 같은 주먹까지 휘둘러 보이며 유비에게 대꾸를 계속했다. 그때 조용히 둘이 주고받는 말을 듣고만 있던 관우가 장비를 나무랐다.

"사람을 그렇게 외모로만 저울질하는 법이 아니다. 어디 우리 고조께서 수염이 길고 풍성해 혼일사해(混一四海)를 이루셨겠느냐? 회음후(淮陰侯) 한신(韓信)이 몸집이 크고 힘이 세서 항우(項羽)를 깨뜨렸겠느냐?"

"그럼 운장 형도 그자가 대단한 인물이라고 보시오?"

장비가 못마땅한 듯 씨근대며 관우에게 대들었다.

그러자 관우가 약간 웃음기 머금은 채 대답했다.

"여기 이 형님만큼 대단하게 보이지는 않지만 역시 예사 인물은 아닐 것이다. 세상은 헛된 이름을 전하는 법이 없다. 나는 서원팔교위를 거느린 건석(蹇碩)의 아재비를 때려죽인 그의 매서운 의기만은 높이 산다."

그러고는 유비를 돌아보며 물었다.

"노중랑의 군막에서 본 그 원소란 자는 어땠습니까?"

"세상에 떠도는 이름을 따르지는 못하는 것 같았네. 그도 한 거목이라 할 수 있으되, 비와 거름과 햇볕이 모두 갖추어져야만 겨우 제대로 자랄 거목 같아 보였네."

"그럼 이런 난세에는 맞지 않는 인물이란 말입니까?"

"조조를 만나고 보니 더욱 그런 느낌이 드네."

그때 장비가 다시 퉁을 놓았다.

"형님 차라리 상자로 나 앉으시구려. 한 번 보고 어찌 그리 잘 아시오?"

그 말에 유비도 빙긋 웃었다.

"네 말이 옳다. 무얼 보아서가 아니라 그저 느낌이 그렇다는 뜻이었다. 자, 그럼 이제 서둘러 군사를 움직이자. 기한을 정한 건 아니지만 너무 지체하다가 좋은 때를 놓치면 또한 한스럽지 않겠느냐?"

도적을 베어 공을 이루다

영천(潁川)에서 장보(張寶), 장량(張梁)의 대군을 맞아 싸우는 황
보숭과 주준은 노식의 짐작대로 처음 얼마간은 어려운 싸움을 치러
야 했다. 황건적의 머릿수가 워낙 많은 데다 아직은 군사를 일으킨
초기의 승세를 타고 있어 사기가 드높았기 때문이었다.

하지만 날이 지남에 따라 황건적의 세력이 차차 잦아들기 시작했
다. 아무리 난세라 해도 관군의 주력 일부가 낙양의 금군(禁軍)이고
보면 병장기와 조련에서 황건적으로서는 따라가지 못할 만큼 정병
인 데다, 황보숭, 주준 같은 역전의 명장들이 이끌고 있어 머릿수만
으로는 이겨낼 수 없었던 까닭이다.

"아무래도 안 되겠다. 들판에서 머릿수만 믿고 싸우다가는 잘 조
련된 관군에게 조금씩 조금씩 우리 무리를 잃어 마침내는 지고 만

다. 달리 좋은 수가 없겠느냐?"

싸울 때마다 번번이 크건 작건 피해를 입고 물러나게 되자 은근히 걱정이 된 장보가 아우 장량에게 물었다. 장량이 대답했다.

"이곳에서 물러나 장사(長社)로 들어가면 숲이 짙고 골이 험한 산골이 있습니다. 지키기는 쉽고 치기는 어려운 곳이니 마땅히 의지할 만합니다. 더구나 우리 편의 태반은 그곳 지리에 밝은 인근의 백성들이니 지리에 어두운 관군을 괴롭히기에 아주 알맞을 뿐만 아니라, 잘만 유인하면 단번에 관군을 깨뜨려버릴 수도 있습니다."

"그것 참 좋은 생각이다. 그럼 오늘밤으로 영(營)을 그리로 옮기자."

장보는 아우의 말에 크게 기뻐하며 그날 밤으로 무리를 장사 산골로 물리었다. 그러나 관군의 추격을 받지 않기 위해 군막을 거두지 못하고 오히려 화톳불을 피워 거짓으로 기세를 올린 게 탈이었다. 심하게 몰리지 않고 뜻한 곳에 이를 수는 있었지만 장사에 이르자 의지할 군막이 없었다. 삼월이라 하나 아직 노숙을 하기에는 찬 날씨였다. 이에 무리에게 명해 마른 풀을 베어 기거할 초막을 얽게 했다.

그런 소식은 이튿날에야 적도가 물러난 것을 알고 추격해 온 관군에게도 들어갔다. 섣불리 험한 산골로 군사들을 몰아넣을 수 없어 진군을 멈추고 있던 황보숭은 그 소식에 한 꾀를 생각해냈다.

"적이 숲속에 진영을 세우고 마른 풀로 초막을 얽었다니 불로 공격해보는 것이 어떻겠소?"

"나도 진작에 화공법을 생각했소이다. 오늘 밤 바람이 계곡 쪽으로 일 때를 기다려 모조리 태워 죽입시다."

주준도 손뼉을 치며 그 계책에 찬동했다. 두 장수의 의견이 일치하자 곧 군령이 떨어졌다. 모두 한 다발의 마른 풀을 준비하고 어둠 속에 매복해 있게 한 것이다.

하늘이 돕는 것인지 그날 밤따라 바람이 거세었다. 이경이 지났을 무렵 황보숭과 주준은 산골 어귀에 매복해 있던 장졸들에게 명을 내렸다.

"모두 마른 풀에 불을 붙여 계곡으로 던져라."

장졸들은 시키는 대로 했다. 불은 아직 푸른 잎보다는 마른 잎이 많은 계곡을 타올라 거센 기세로 황건적의 진영을 덮쳤다. 때마침 불어오는 거센 바람에 풀로 엮은 황건적의 진채는 금세 불바다로 변했다. 마음 놓고 깊은 잠에 빠져 있던 도적들은 어찌할 바를 몰랐다. 말을 타려 해도 안장을 찾을 길이 없었고 갑옷을 입으려 해도 그럴 틈이 없었다.

황보숭과 주준은 그때를 놓치지 않고 군사를 몰아 허둥거리는 도적들을 베게 했다. 말과 갑옷은커녕 무기조차 제대로 찾아 쥐지 못한 황건적의 무리라 그 공격을 막아낼 길이 없었다. 태반은 아직 잠결인 채 놀란 혼이 되고 나머지는 저마다 살 길을 찾아 달아나기 바빴다.

도적의 우두머리 장보와 장량도 그에 크게 다르지 않았다. 갑옷도 꿰지 못하고 놀란 말을 집어 탄 채 산길을 달리다가 날이 훤히 샐 무렵에야 정신을 수습하고 무리를 모아보았다. 불에 그을고 화살에 상한 무리는 절반도 못 되는데, 뒤쫓는 관군의 함성만 요란했다.

"안 되겠다. 광종(廣宗)의 형님한테 가 합세하자."

장보, 장량은 그렇게 의논을 마치고 길을 잘 아는 자를 앞세워 광종으로 향했다. 하지만 그나마도 여의치 못했다. 미처 이십 리도 가기 전에 한 떼의 군마가 앞길을 막았다.

"천조(天朝)를 거스른 도적들아, 어디를 달아나려 하느냐?"

한 소리 호통과 함께 길을 막는 장수를 보니 붉은 전포에 불꽃 같은 털을 가진 말을 타고 있는데, 그렇잖아도 반나마 얼이 빠져 있는 황건적들에게는 마치 하늘에서 떨어진 신장(神將) 같았다. 붉은 기치와 붉은 복색을 한 군사들도 마찬가지로 신장을 옹위하고 선 귀졸(鬼卒)만 같아 대항할 마음은커녕 가슴부터 먼저 떨려왔다.

그렇게 되니 싸움다운 싸움이 될 리 없었다. 저마다 칼자루를 거꾸로 잡고 달아나는 도적들을 관병들이 따라가며 짚단처럼 베어 넘겼다.

장보, 장량의 패잔병을 덮친 것은 다름 아닌 조조의 오천 마보군이었다. 밤을 도와 영천으로 달려가던 조조는 이경쯤에 갑자기 장사 골짜기 하늘에서 불빛이 하늘로 치솟는 걸 보고 군사를 멈추게 했다.

"저것은 필시 황보, 주 두 장군께서 도적들에게 화공(火攻)을 베푸신 것임에 틀림없다."

황보숭과 주준의 장략(將略)을 믿고 있는 조조는 속으로 가만히 그렇게 헤아렸다. 화공이란 들판의 싸움에서 쓸 수 있는 것이 아니니 어느 쪽인가 산골에 의지한 쪽을 다른 편이 불로 공격했다는 뜻인데, 험악한 산골에 의지했다면 그것은 분명 지세에 밝고 어지러운 싸움에 능한 도적들일 것이라 짐작이 간 까닭이었다.

그렇다면 똑바로 관군의 진영을 찾아가는 것은 아무런 의미가 없었다. 이에 조조는 부근의 지세에 밝은 사졸 하나를 찾아 그곳에서 광종으로 향하는 길목을 지키기로 했다. 도적들이 패하면 반드시 광종에 있는 저희 우두머리 장각과 합류하려 들 것이기 때문이었다.

조조의 예상은 멋지게 들어맞았다. 광종으로 가는 길목을 지킨 지 일각도 안 돼 장보, 장량의 무리가 밀려온 것이었다.

"한 놈도 남기지 마라."

조조는 몸소 칼을 뽑아 우왕좌왕하는 도적들 가운데로 뛰어들며 소리쳤다. 대장의 그 같은 모습에 관군들도 사기 백배하여 황건적을 쳐부수었다. 장보, 장량 형제는 간신히 몸을 빼쳐 달아났지만 조조의 전과는 실로 대단했다. 베어 거둔 적의 머리가 만을 넘었고, 빼앗은 기치와 북이며 마필이 또한 적지 않았다.

한바탕 싸움에서 크게 적을 깨뜨린 뒤 조조는 비로소 황보숭의 본진을 찾았다. 도적을 태반이나 놓쳐버려 분해하던 황보숭과 주준은 뜻 아니한 조조의 승전보에 몹시 기뻐했다. 비록 장보와 장량의 목은 얻지 못했지만 그들의 세력을 완전히 꺾어버린 것이나 다름없었다.

"그렇지만 아직 이 부근에 미처 저희 우두머리를 따라가지 못한 도적들이 바위 틈과 숲 사이에 많이 숨어 있을 것이네. 다시 한번 군사를 풀어 그것들을 쓸어버리세."

한차례 조조의 공을 치하한 뒤 주준과 의논을 마친 황보숭은 다시 조조에게 그렇게 명했다. 이에 관군은 한 번 더 그 부근 숲속을 훑다시피 하여 숨은 도적들을 죽이거나 사로잡았다.

유현덕이 관우, 장비와 수하 천오백을 거느리고 그곳에 도착한 것은 관군의 잔적 소탕도 거의 끝나갈 무렵이었다. 마군보다 보졸이 많은 터라 하늘을 찌르는 불길을 보고 말을 달려와도 한 걸음 늦게 되고 말았다.

"그대들은 어디서 온 군사인가?"

처음 현덕의 군사들이 나타나자 황건적의 한 갈래가 저희 패거리를 도우러 온 줄 알고 긴장했던 관군이었으나 현덕이 대장 뵙기를 청하자 황보숭이 나타나 물었다. 현덕이 말 위에서 공손히 군례를 올린 뒤에 노식의 뜻을 전했다. 황보숭이 빙긋이 웃으며 대답했다.

"노중랑의 뜻은 고마우나 보다시피 장량과 장보는 기세가 다하고 힘이 부치어 이미 달아나버렸네. 틀림없이 제 형이 있는 광종으로 몸을 의탁해 갔을걸세. 그렇게 되면 오히려 위태로운 것은 그쪽에 계신 노중랑일세. 우리도 일대의 잔적들을 뿌리 뽑으면 뒤따라가려니와 그대들은 즉시 돌아가 노중랑장을 도와주게."

실로 맥빠지는 말이었으나 듣고 보니 따르지 않을 도리가 없었다. 이에 유현덕은 황보숭, 주준의 군사와 작별하고 다시 오던 길을 되짚어 광종으로 향했다. 지친 군사들을 대신해 장비가 한동안 투덜거렸지만 그도 곧 유비의 꾸짖음에 입을 다물었다.

유현덕의 군사들이 영천에서 광종까지의 길을 중간쯤 되돌아갔을 때였다. 한 떼의 인마가 죄수를 실은 수레 한 채를 호위하여 마주 오고 있었다. 아마도 나라에 중한 죄를 지은 죄인을 호송해 가는 듯했다.

유비는 군사를 물려 길을 내주게 한 뒤 무심코 수레 안을 들여다보았다. 놀랍게도 안에 타고 있는 죄수는 바로 스승 노식이었다.

"스승님 이게 어인 일이십니까? 무슨 죄로 이렇게 엄한 호송을 받으십니까?"

놀란 유비가 말에서 뛰어내리며 물었다. 크고 맑은 눈에 금세 눈물이 어렸다. 노식이 그런 제자를 그윽이 바라보다가 긴 한숨과 함께 대답했다.

"나는 장각의 본거를 에워싸고 있으면서 몇 번인가 장각을 공격했지만 그자가 요사한 술법을 쓰는 바람에 이기지 못했네. 그러나 에움을 풀어주지 않는 한 끝내 도적들이 항복할 것으로 보고 기다리는데 조정에서 좌풍(左豊)이란 내시 하나를 보내왔더군. 싸움이 시일을 끄는 이유를 알아보라는 명을 받고 온 것일세. 그런데 그자는 내 해명은 들으려고도 않고 은근히 뇌물만 요구해왔네. 군량도 부족한 판에 어찌 그자에게 뇌물로 바칠 전곡(錢穀)이 내게 있겠는가? 이에 거절했더니 조정에 돌아가 모함을 한 모양일세."

"그자가 어떻게 모함했기에 일이 이 지경에 이르렀습니까? 도대체 스승님께 덮어씌운 죄목이 무엇입니까?"

유비는 어이가 없어 물었다. 노식이 다시 한번 탄식과 함께 대답했다.

"이 노식이 흙담과 목책만 높이 하고 싸움은 않아 군심은 태만하고 사기가 떨어져 이기지 못한다고 한 모양일세. 성상께서 진노하시어 중랑장 동탁(董卓)으로 하여금 나를 대신케 하고, 나는 경사(京師)로 잡아들여 죄를 물으시려는 걸세."

들을수록 기막히는 말이었다. 싸움터에 나온 장수를 격려는 못할망정 간신의 참소만 믿고 큰 죄인 다루듯 하니 온화한 유비도 피가 거꾸로 돌 듯 노기가 솟았다. 성미가 급하고 난폭하기로 이름난 장비가 어찌 그 소리를 듣고 참을 수 있겠는가. 금세 벌겋게 달아오른 얼굴로 칼을 빼어 호송하는 군사들을 베고 노식을 구하려 했다. 비록 자신도 노기가 솟았지만 일이 일인지라 유비가 급히 그런 장비를 말렸다.

"조정에도 공론이 있을 터인즉 감히 무슨 짓을 하려 드느냐? 얼른 칼을 거두지 못하겠느냐?"

함거 안의 노식도 엄한 목소리로 장비를 꾸짖었다.

"이 나도 순순히 따르거늘 네가 감히 제명(帝命)에 거역하려는 것이냐?"

그제서야 장비도 할 수 없이 칼을 거두었다. 이에 호송하는 군인들은 범 피하듯 장비를 피하여 말과 수레를 몰아 갈 길을 재촉했다. 자칫하다가는 애매한 귀신이라도 될까 겁을 먹은 탓이었다.

침착한 관우였으나 그 일에는 어지간히 분기가 치솟는 듯했다. 평소와는 달리 장비를 말리려고 들지는 않고, 노식을 실은 수레가 지나가기 바쁘게 유비에게 말했다.

"형님, 이제 우리는 탁군으로 돌아가시지요."

그런 관우의 어조에는 썩어빠진 조정에 대한 실망이 짙게 배여 있었다. 유비도 그런 관우의 뜻을 짐작하지 못하는 것은 아니었으나 짐짓 모르는 체 물었다.

"아니 그게 무슨 말인가?"

"이미 노중랑께서 잡혀가신 마당에 광종으로 가본들 무슨 소용이겠습니까? 차라리 탁군으로 돌아가 도적들로부터 고향 땅이나 지키는 편이 낫겠습니다."

가만히 헤아려보니 그도 옳은 말이었다. 낯선 장수 밑에서 의붓자
식 대접을 받으며 싸우기보다는 고향으로 돌아가는 편이 나을 것 같
았다.

"네 말이 옳다. 길을 북쪽으로 잡아라."

이윽고 유비는 관우의 말을 좇아 노식에게서 받은 천 명만 광종
으로 돌려보내고 자신의 의군 오백은 탁군을 향하게 했다.

유, 관, 장 삼형제와 오백 의군이 북쪽으로 길을 잡은 지 이틀이
되었을 때였다. 한군데 산모퉁이에서 지친 용사들을 쉬게 하고 있는
데 홀연 산 뒤편에서 크게 함성이 일었다.

놀란 현덕이 급히 군사들을 정돈시킨 뒤 높은 곳으로 말을 달려
소리나는 곳을 바라보니 한군(漢軍)이 대패하여 쫓겨오고 있었다.
뒤를 쫓는 것은 저마다 머리에 누런 수건을 동인 황건적이었는데 그
수가 산과 들을 가득 메우고 있는 듯했다. 앞선 자가 들고 있는 깃발
에는 '천공장군(天公將軍)'이란 넉 자가 크게 씌어 있었다. 그걸 본
현덕이 놀란 목소리로 관우와 장비에게 소리쳤다.

"바로 황건적의 괴수 장각의 군사다. 급히 싸울 태세를 갖추라."

그리고 스스로 말을 달려 적도를 맞으러 달려 나갔다. 관, 장 두 사
람도 급히 군사들을 수습해 그런 유비를 호위하듯 따라나섰다.

한참 승세를 타고 관군을 추격해 오던 황건적들에게는 마른날의
날벼락 같은 일격이었다. 그들 삼형제만도 무서운데 그 뒤에 오백
용사가 받치며 부딪쳐오니 방심해 있던 황건적들이 당해낼 수가 없
었다. 먼저 선봉이 뭉그러지고 이어 뒤따르던 본군마저 어처구니없

이 흩어지기 시작했다.

그때쯤 간신히 숨을 돌린 관군도 돌아서서 그들 삼형제와 오백 용사의 뒤를 밀어주었다. 그러자 장각의 군사들은 완전히 싸울 뜻을 잃고 달아나기 시작했다.

현덕과 관우, 장비는 그런 황건적을 오십여 리나 쫓아버린 뒤에 관군의 대장을 만났다. 대장은 바로 노식을 대신해 광종의 관군들을 거느리게 된 중랑장 동탁이었다.

동탁은 노식의 군사들을 인수받기 바쁘게 장각의 본거지를 공격해 들어갔다. 적의 수효도, 그들이 근거하고 있는 지세도 모르면서 조급한 공명심으로 군사를 내몬 것이니만큼 결과가 좋을 리 없었다. 한 싸움에 크게 져서 백여 리나 쫓기다가 요행 유비의 군사를 만나 구함을 받게 되었다.

동탁의 자는 중영(仲穎)으로 농서군(隴西郡) 임조(臨洮) 땅 사람이었다. 젊어 호걸 사귀기를 좋아하였는데 매양 강인(羌人)들의 땅을 드나들며 그 추장이나 거수(渠帥, 부족의 우두머리)들과 사귀었다. 뒷날 마음을 잡고 고향에 돌아와 농사를 짓고 살았으나 강인들과의 교유는 계속되어 자주 내왕하고 지냈다.

한번은 이런 일이 있었다. 동탁이 소로 밭을 갈고 있는데 강인 추장과 거수 몇이 그를 보러 왔다. 그러자 동탁은 그 자리에서 밭 갈던 소를 잡아 그들을 대접해 보냈다. 이에 감격한 강인 추장들은 염소, 양 등의 잡축(雜畜)으로 보답을 했는데 그 수가 천여 마리나 되었다. 환제 말년에 양가의 자제로 우림군(羽林軍, 황제를 경호하는 군대)을 뽑 았는데 무예가 뛰어난 동탁은 군사마(軍司馬)로 천거되었다.

그 뒤 중랑장 장환(張奐)을 따라 병주(幷州)의 민란을 토벌하는 데 공을 세워 낭중(郎中)이 되었다. 그때 동탁은 따로 비단 구천 필을 상으로 받았는데, 자신은 한 자투리도 가지지 않고 모조리 수하 장졸들에게 나누어주었다. 그때까지만 해도 뒷날의 욕된 이름과는 무관한 뛰어난 무장이었다.

낭중에서 오래잖아 광무(廣武)의 영(令)으로 천거되고, 이어 촉군(蜀郡) 북부교위, 서역(西域) 술기교위(戌己校尉) 등을 거쳐 병주 자사에 이르렀다가 하동(河東) 태수를 배수받게 되었다. 농서 땅의 농사꾼 자식으로서는 놀라운 성공이었다. 주로 그의 벼슬을 높여준 전공은 강(羌), 호(胡) 등 오랑캐와의 싸움에서 얻어진 것으로 그는 그들과 대소 백여 회의 싸움을 치러 진 적이 별로 없었다고 한다. 젊은 날 오랑캐 땅을 넘나들고 그 추장들과 사귀면서 그들의 습성과 생태를 관찰할 수 있었던 덕분이었다.

하지만 사람의 그릇이 크고 작음은 그 지위가 높고 귀해질 때에 가장 잘 드러나는 법이다. 그런 면에서 동탁의 그릇도 대단한 것은 못 되어 하동 태수가 되면서부터는 사람이 달라지기 시작했다. 젊을 때의 호기와 배포는 탐욕으로 바뀌고, 관대함과 순후함은 오만과 남모를 야심으로 변했다.

불행히 유비 삼형제가 만난 동탁도 이미 사람이 변한 뒤의 동탁이었다.

"장군들은 어느 군에 속해 있으며 직위는 무엇이오?"

간신히 구함을 받아 한숨을 돌린 동탁은 세 사람을 불러 그렇게 물었다. 목숨을 구해준 감사가 아직 남아 있어 제법 은근한 목소리였다.

"저희들은 탁군에서 온 의군들입니다. 아직 관직을 받은 게 없습니다."

유비가 그렇게 대답하자 갑자기 동탁의 얼굴이 싹 변했다.

"뭐? 아직 백신(白身)이라고?"

마치 그런 하잘것없는 자들에게 구함을 받은 것이 욕스럽다는 태도였다. 그러나 더욱 심한 것은 그다음 말이었다.

"알았네. 그럼 이만 물러가보게. 내가 어쩌다 도적들의 꾀에 속아 약간 몰리기는 했지만 이제는 별일 없을 것이네."

그러고는 고맙다는 말 한마디 없이 급히 세운 군막 안으로 들어가버렸다. 성미 급한 장비가 그 꼴을 가만히 보아 넘길 리 없었다. 원래 험한 얼굴이 한층 험악해지며 칼을 빼들고 소리쳤다.

"우리는 목숨을 걸고 저를 구해줬는데 저놈이 어찌 이리 무례할 수 있소? 내 저 배은망덕한 놈을 단칼에 요절내버려야겠소."

당장이라도 장막을 찢고 달려들어가 동탁을 벨 듯한 장비의 기세였다. 유비가 놀라 그런 장비의 소매를 잡고 말렸다.

"저자가 비록 무례하나 명색 조정이 보낸 관리니 어찌 함부로 죽일 수 있는가?"

관우도 장비가 노식을 구하려들 때와는 달리 간곡하게 말렸다.

"아우, 참게. 저런 하찮은 인간을 죽이고 나라의 죄인이 되어서야 쓰겠는가?"

하지만 장비는 더욱 노해 떠들었다.

"저런 배은망덕한 놈을 죽이지 않고 오히려 저놈의 밑에 들어 그

216

명령이나 받을 작정이시오? 나는 죽어도 그 짓은 못하겠소. 두 분 형님께서나 여기 계시려면 계시오. 나는 다른 데로 가보겠소.”

이번에는 금세 소매를 떨치고 홀로 떠나가려는 듯한 기세였다. 이에 현덕도 마음을 돌리고 뒤따르며 달랬다.

“우리 셋은 한날 태어나지는 못했어도 한날 죽기로 맹세한 몸이다. 헤어진다니 당키나 한 말이냐? 함께 있지 못하면 같이 떠날 뿐이다.”

현덕이 그렇게 나오자 장비도 조금 마음이 풀리는 모양이었다.

“좋소. 그렇게 말씀하시니 분이 좀 풀리는 것 같소. 그럼 형님들 함께 떠납시다. 이 더러운 놈의 막하에는 잠시라도 더 머뭇거리고 싶지 않소.”

이에 세 사람은 서둘러 수하 용사들을 점고한 뒤 동탁의 진채를 떠났다. 그래도 인사나마 갖추려고 유비가 한 번 더 만나기를 청했으나 끝내 동탁은 군막에서 얼굴조차 내밀지 않았다.

유, 관, 장 세 사람은 다시 탁군으로 돌아갈까 했으나 곧 마음을 돌려먹고 주준 장군의 막하로 갔다. 큰 뜻을 품고 고향을 떠났다가 아무것도 이룬 바 없이 돌아갈 수는 없다는 생각에서였다. 그들을 따르는 오백 용사들의 생각도 그들과 크게 다르지 않았다.

이때 주준은 장사에서 패해 흩어진 황건적의 두 괴수 가운데 장보를 쫓고 있었다. 아우 장량은 황보숭의 선봉인 조조와 곡양(曲陽) 땅에서 큰 싸움을 벌이고 있는 중이었다.

현덕의 의군이 찾아들자 황보숭과 나누어지는 바람에 군사가 모자라 고심하던 주준은 반갑게 그들을 맞아들였다. 그리고 군량과 병장기를 아끼지 않고 그들도 관군과 똑같이 대해주었으며, 현덕 등 삼형제를 대하는 것도 그 어느곳에서보다 따뜻하고 은근했다.

"현덕은 두 분 아우와 함께 이끌고 온 오백으로 선봉을 맡아주시오. 사졸이 모자라신다면 따로이 관군 천 명을 더 붙여드리겠소."

이렇게 현덕을 선봉으로 삼은 다음 다음 날로 장보를 찾아 나섰다.

장보는 그동안 수습한 무리 팔구만을 이끌고 어느 험한 산기슭에 의지해 진을 치고 있다가 현덕이 이끄는 관군의 선봉이 싸움을 돋우자 쉽게 응했다. 황보숭의 군사들이 떨어져나가 주준의 군사들이 몇만 안 된다는 걸 알자 다시 용기가 솟은 까닭이었다. 거기다가 곡양 땅에서 싸우는 아우 장량의 전세가 별로 이롭지 못하다는 풍문까지 들은 터라 빨리 주준의 군사들을 깨뜨리고 아우를 돕고 싶기도 했다.

유현덕의 선봉을 맞아 싸우러 나온 황건적의 장수는 장보의 부장(副將) 고승(高昇)이었다. 그는 장보의 명을 받자 긴 창을 휘둘러 용맹을 뽐내며 달려 나왔다.

"네가 저자의 목을 가져오너라."

유비는 장비를 시켜 고승을 맞게 했다. 그러지 않아도 몸이 근질거려 못 견뎌하던 장비가 명을 받기 무섭게 사모를 치켜들고 말을 달려 나갔다. 그러나 고승은 원래 장비의 적수가 못 되었다. 불과 몇 번 부딪기도 전에 고승은 비명조차 제대로 못 지르고 장비의 창에 꿰어 말 아래로 떨어졌다.

"이때다, 모두 나아가 도적을 뿌리 뽑아라."

현덕이 그 광경을 보고 수하 장졸들에게 소리쳤다. 아직 사졸들의 무기와 갑주가 제대로 갖추어지지 못했던 시절이었다. 그런 사졸들 사이로 두꺼운 갑주에 몸을 싼 장수가 말 위에서 길고 무거운 무기를 휘두르며 뛰어들 때에는 그와 똑같은 장수가 아니면 사졸들로서는 막을 길이 없었다. 그것이 당시의 싸움이 일쑤 장수들 사이의 기병전만으로 결판짓게 만드는 중요한 원인 가운데 하나였다. 뒷날 잘 조련된 갑졸들에 의한 대(對)기병전술이 발달하기까지 몇백 년이고 그런 형태의 싸움은 반복되었다.

그 싸움에서도 그랬다. 한 창에 고승을 떨어뜨린 장비가 고리눈에 호랑이 수염을 곤두세우고 장팔사모를 휘둘러 적진으로 뛰어들자 대장을 잃은 졸개들은 사태 무너지듯 밀리기 시작했다. 그걸 다시 현덕의 인마가 뒤쫓으니 황건적들은 산골짜기의 저희 본진으로 도망치기 바빴다. 승세를 탄 현덕의 군사들은 더욱 급하게 도적들을 쫓았다.

그렇게 오 리쯤이나 뒤따랐을까. 홀연 산골짜기에 바람과 함께 한 줄기 검은 기운이 일었다. 기이한 느낌이 든 현덕이 군사를 멈추고 주위를 살폈다. 그러자 멀지 않은 작은 봉우리에 한 술사(術士)가 검은 옷에 긴 머리칼을 날리며 칼을 짚고 서 있는 것이 보였다. 입으로는 무언가 주문을 외고 있는 것이 요사스런 법술을 펼치고 있음에 분명했다. 바로 적의 괴수 장보로서 형 장각에게서 배운 술법을 베풀고 있는 모양이었다.

평소에는 별로 방술이니 요술이니 하는 것을 믿지 않는 현덕이었지만 그 같은 광경을 보니 어쩐지 가슴이 선뜩했다. 그래서 일단 군사를 물리려는데 갑자기 바람이 더욱 거세지고 날이 컴컴해지며 때 아닌 뇌성까지 울렸다. 그리고 수많은 인마가 하늘로부터 현덕군의 머리 위로 쏟아지는 듯했다.

현덕은 크게 놀라 급히 군사를 물리라는 영을 내렸다. 하지만 그 괴이한 사태에 잔뜩 겁을 먹은 군사들에게 그런 군령이 제대로 지켜질 리 없었다. 대오고 뭐고 없이 저마다 칼자루를 거꾸로 잡고 산 아래로 내닫기에 바빴다.

황건적들이 그 기회를 놓칠 리 없었다. 일제히 등을 돌려 어지러운 현덕의 군사들을 덮쳐오니 이번에는 반대로 현덕의 군사들이 눈사태 무너지듯 무너져 내렸다. 참담한 패배였다. 간신히 주준의 진중에 이르러 군사를 점고해보니 태반이 꺾이고 상해 있었다.

실로 어이없는 일이었다. 괴이한 술법에 관해 들은 적은 많았으나 막상 겪고 보니 더욱 믿을 수가 없었다. 할 수 없어 대장 주준과 그 일을 의논해보았다.

주준도 처음에는 그 일을 믿지 않으려 했다. 그러다가 장비와 관우까지 나서자 고개를 기웃거리며 중얼거렸다.

"실로 믿을 수 없는 일이다. 그러나 세상에 요사한 술법이 있으면 그걸 깨치는 방법도 있으리라."

그리고 널리 장졸들에게 물은 바, 돼지와 양과 개의 피가 요술을 깨치는 힘이 있다는 말을 듣고 명했다.

"우리가 이미 요사한 술법이 있음을 믿게 됐으니 그 깨치는 비법 또한 믿지 않을 수가 없다. 지금부터 군사를 풀어 되도록 많은 돼지와 양과 개의 피를 거두어들이도록 하라."

그리고 현덕으로 하여금 이튿날 한 번 더 장보를 시험하게 했다.

이튿날 현덕은 관우와 장비에게 각기 천 명의 군사를 주어 전날 구해 온 돼지와 양과 개의 피가 든 동이를 가지고 약정된 산기슭에 매복하게 했다. 그리고 자신은 남은 군사와 더불어 장보가 싸움을 걸어오기를 기다렸다.

전날의 승리로 한껏 기세가 되살아난 장보는 이튿날도 한낮이 되자 졸개들을 시켜 기치를 드날리며 현덕의 진문 앞에 나타나 싸움을 걸어왔다. 이미 준비해둔 게 있는 터라 현덕 또한 싸움을 마다하지 않았다. 곧 군사를 모아 일진을 부딪쳐갔다. 장보의 졸개들은 짐짓 힘들여 싸우는 체하다 다시 전날의 그 골짜기로 현덕의 군사들을 유인해들였다. 현덕은 좀 꺼림칙했으나 모르는 체 그런 도적들을 뒤쫓았다.

장보는 전날의 그 봉우리에 역시 전날과 같은 복색으로 나타났다. 그가 주문을 외자 곧 큰 바람이 일어 모래가 날며 돌이 구르고 날이 캄캄해지기 시작했다.

"물러서라. 조금만 물러가면 관, 장 두 장군이 저 요사스런 술법을 깨쳐줄 것이다."

현덕은 미리 세워둔 계획대로 그렇게 영을 내렸다. 군사들도 이미 들은 게 있는 터라 하늘에서 쏟아지는 인마의 그림자에도 현혹됨이 없이 대오를 갖추어 골짜기를 빠져나가기 시작했다.

때를 놓칠세라 황건적들이 다시 현덕의 군사들을 쫓아 나왔다. 그러나 이번에야말로 그들이 전날의 빚을 갚아야 할 차례였다. 한군데 산모퉁이를 돌아서는데 미리 숨어 있던 관우와 장비가 산 중턱에 나타나 개와 돼지와 양의 피를 쏟았다.

그러자 하늘로부터 어지러이 쏟아진 인마는 종이에 그린 사람과 풀잎으로 엮은 말이 되어 땅바닥에 떨어지고 바람과 검은 기운도 차차 걷히기 시작했다.

이번에는 황건적들이 크게 놀랐다. 믿고 있던 자기들 괴수의 술법이 어이없이 깨어졌을 뿐만 아니라 좌우 양편에서 관우와 장비의 일천 군사가 쏟아져 내려왔기 때문이었다. 거기다가 도망치던 현덕도 군사를 돌려 마주쳐 오고 뒤를 기다리고 있던 주준의 중군이 받치니 견딜 재간이 없었다.

그렇게 되자 싸움이라기보다는 한바탕 일방적인 살육전이 전개되었다. 승세를 탄 관군은 닥치는 대로 황건적을 베고 찔렀다. 그제서야 무기를 놓고 목숨을 애걸하는 자들이 있었지만 그들도 무고한 인명을 살상하지 말라는 현덕의 엄명이 군사들에게 닿기 전에는 무사하지 못했다.

현덕은 난전 가운데서도 적의 괴수 장보를 찾았다. 저만치 장보가 있음을 알리는 '지공장군(地公將軍)'의 큰 깃발이 눈에 들어왔다. 현덕은 그걸 보자 싸우던 적도를 제치고 똑바로 그를 향해 말을 몰았다. 그 뒤를 어느새 왔는지 관우와 장비가 호위하며 따랐다.

난군 가운데서 갈팡질팡하던 장보도 범 같은 세 장수가 그를 향해 덮쳐오는 것을 보았다. 자신은 도저히 그 상대가 되지 못함을 깨닫고 한 가닥 살길을 뚫어 달아나기 시작했다. 현덕이 그를 놓아 보낼 리 없었다.

탁군의 유협 시절에 사냥으로 익힌 활솜씨를 내어 한 살[矢]에 장보의 왼쪽 팔죽지를 보기 좋게 꿰뚫어놓았다. 그러나 장보는 화살조차 뽑을 틈이 없이 저희 무리가 점거하고 있는 양성(陽城)으로 달아나 굳게 성문을 닫아 걸고 지키기만 하였다.

나중에 그곳 주민들의 말을 듣고서야 알게 된 것이지만 현덕이 장보에게 당한 것은 무슨 신통한 술법이 아니었다. 그들이 일시 몸을 피한 그 산골짜기의 지세와 기후가 묘해 오후가 되면 한때 큰 바람이 일고 안개 구름이 짙게 드리우는 곳이었다. 그런 사실을 우연히 그 지방 출신의 졸개에게서 들은 장보는 그런 지세와 기후를 이용해 신통한 술법을 부리는 척했다. 곧, 바람이 일고 안개가 끼는 시각에 관군을 유인해 겁을 먹게 한 뒤 종이에 그린 사람과 풀잎으로 엮은 말을 날려 신병(神兵)이라도 내려오는 양 꾸몄다.

그걸 알 리 없는 관군은 첫날 겁먹고 혼란되어 속지 않을 수 없었으나 다음 날은 달랐다. 돼지와 개의 피가 요술을 푼다고 믿자 그 기후와 지세에 가려진 진상이 보였기 때문이었다. 백성들 사이에 무슨 신화처럼 퍼져 있는 장각 형제의 신통력이란 게 대개 그러했다.

장보의 무리가 양성에 틀어박혀 굳게 지키기만 하니 싸움은 자연 길어질 수밖에 없었다. 주준은 일면 군사를 풀어 성을 공격하는 한편 탐마(探馬)를 곡양에 보내 황보숭의 소식을 알아 오게 했다. 며칠이 안 돼 나는 듯이 돌아온 탐마가 곡양의 소식을 전했다.

"황보숭 장군은 싸움에 크게 이기고 동탁은 싸울 때마다 지니 조정은 황보숭 장군으로 하여금 동탁을 대신케 하여 그 장졸들까지 함께 거느리게 했습니다. 황보숭 장군이 동탁의 군을 아울러 적의 본거지에 이르렀을 때는 적의 괴수 장각이 이미 병들어 죽은 뒤라 그 아우 장량이 무리를 이끌고 있었습니다. 황보숭 장군은 조조를 선봉으로 삼아 일곱 번을 이기고 마침내 곡양에서 장량의 목을 베었습니다. 그리고 이미 죽은 장각은 그 무덤을 파헤쳐 몸은 육시(戮屍)에 처하고 목은 잘라 경사로 보내 효수케 했습니다. 이에 우두머리를 잃은 도적들이 모두 항복하기에 이르러 조정은 황보숭에게 거기장군(車騎將軍)을 더하고 기주목(冀州牧)을 삼았으며, 조조 또한 황건적 토벌에 공이 크다 하여 제남(濟南)의 상(相)으로 가게 되었다 합니다. 또 중랑장 노식도 황보숭이 표를 올려 공은 있을지언정 죄는 없다며 극력 변호한 결과 다시 중랑장으로 복관(復官)되었다 합니다."

그 말을 들으니 주준도 조바심이 일었다. 함께 제명을 받아 나란히 싸움터로 나왔건만 황보숭이 이미 적의 본거지를 평정한 그 마당에도 자신은 그 한 갈래조차 깨뜨리질 못하고 시일을 끌고 있었기 때문이었다.

이에 주준은 그날부터 더욱 장졸을 독려하여 양성 공격에 나섰다. 그러나 성벽이 워낙 높고 두꺼운 데다 도적들은 악착같이 항거를 하니 쉽게 떨어지지 않았다.

"손문대(孫文臺)는 어찌하여 아직 오지 않는가. 그만 있어도 하루면 족히 이 성을 깨칠 수가 있을 것이건만……."

세 번째 양성 공격에서 또다시 실패하자 주준은 유비와 황건적 깨칠 일을 의논하다 말고 그렇게 탄식했다.

"손문대가 누구오니까?"

주준의 말이 하도 간곡해 슬몃 부러움이 인 유비가 물어보았다.

"강동의 범 같은 장수외다. 나이 열여덟에 이미 의군을 이끌고 회계의 요적 허창 부자를 토벌하여 이름을 떨쳤는데 현덕께서는 아직도 모르고 계시오?"

"그렇다면 오군(吳郡)의 손견(孫堅) 말씀입니까?"

"그렇소. 문대는 그의 자요. 출정 때에 그를 좌군사마(佐軍司馬)로 불러 잠시 썼으나 다급한 성이 많아 구원을 내보냈는데 어찌 된 셈인지 아직도 돌아오지 않고 있소. 그가 선봉을 서준다면 이까짓 성 하나 우려빼기야 어린아이 팔목 비틀기보다도 훨씬 수월할 것이오."

그러자 유비는 은근히 호승심(好勝心)이 일었다. 손견의 영명은 익히 들어온 터이지만 자기라고 반드시 그만 못하랴 싶었던 것이다. 마침 마음속에 생각해둔 계책도 있고 해서 호기롭게 말했다.

"장군께서 양성을 우려빼는 일은 너무 근심하지 마십시오. 이 유 아무개에게도 한 가지 계책이 있습니다."

"계책이 있다니 그게 무엇이오?"

주준이 호기로운 유비의 말에 반신반의하며 물었다. 유비는 곧이곧대로 일러주는 대신 한층 호탕하게 웃으며 대답했다.

"대단찮은 것이오니 하루만 말미를 주십시오. 그럼 장군께서는 내일 해가 지기 전에 장보의 잘린 목을 보실 수 있을 것입니다."

그리고 주준의 군막을 물러나온 뒤 관우와 장비를 가만히 불렀다.

"자네들은 우리 의군 가운데서 글 잘하는 이와 팔 힘이 세어 멀리 화살을 날릴 수 있는 궁수 여남은 명만 골라오게."

"갑자기 무엇에 쓰시려고 그러십니까?"

관우가 얼른 뜻을 알아들을 수 없는지 그렇게 물었다.

"가만 앉아서 장보의 목을 얻어볼까 해서 그러네. 어쨌든 시키는 대로 사람이나 모아 오게."

그러자 관우도 더 캐묻지 않고 밖으로 나가 유비가 구하는 사람들을 모아 왔다. 유비는 먼저 글 잘하는 이들에게 말했다.

"적이 이토록 굳게 버티는 것은 아직 믿는 데가 있기 때문이다. 그러나 장각, 장량이 이미 죽고 나머지 무리도 모두 항복했다는 걸 알면 마음이 달라질 것이다. 성안의 적이 믿게끔 그 소식을 전하고 항복을 권하는 글을 짓되, 특히 장보의 목을 베어오는 자는 그 지은 죄를 묻지 않고 크게 상을 내린다고 일러주어라."

그리고 각기 시킨 대로 글을 닦아 올리자 이번에는 궁수들에게 그 글발을 나눠주며 말했다.

"너희들은 성의 네 대문으로 흩어져 이 편지들을 화살에 달아매 쏘아 넣어라."

그제서야 관우와 장비도 유비의 뜻을 알겠는지 가만히 고개를 끄덕였다.

그날 밤 유비는 초조한 마음으로 성안의 움직임에 귀를 기울였다. 주준에게 큰소리는 쳤지만 과연 황건적이 스스로 항복해 올지는 아직 의문이었다.

이때 양성 안에는 엄정(嚴政)이란 자가 장보를 도와 관군에 대항하고 있었다. 그는 처음 군사를 일으킬 때부터 장각 삼형제의 손발로 싸워온 터라 누구보다도 처음의 그 대단했던 기세를 잘 보아온 자였다. 따라서 얼마간 버티고만 있으면 마침내 장각의 본대가 자기들을 구해주리라 믿었다. 관군에게 포위당해 바깥소식을 전해 듣지 못한 때문이었다.

그런데 유비가 쏘아 보낸 글발을 보자 크게 놀랐다. 장각, 장량이 이미 죽고 그 무리마저 항복해버렸다면 일은 끝난 거나 다름없었다. 거기다가 성안에는 이미 식량이 다해 군마까지 잡아먹는 형편이었고, 민심도 날이 갈수록 흔들리고 있었다.

하기야 관군이 계교로 거짓 소문을 퍼뜨리는 것이라는 의심이 들지 않는 것은 아니었다. 그러나 항복을 권하는 문면(文面)은 간곡하기 그지없었고, 멀찌감치서 에워싸고 있는 관군의 진영도 구원병에 대한 근심은 전혀 없어 보였다.

이에 엄정은 투항을 결심하고 그날 밤 자정이 넘기를 기다려 장보의 침실로 들어갔다. 시위하던 자들이 있었으나 장보가 가장 신임하는 엄정이라 별로 의심하지 않고 길을 내주었다.

엄정은 장보의 침상 곁에 이르기 무섭게 칼을 빼어 깊은 잠에 빠진 장보의 목을 쳐버렸다. 원래가 대단한 무골은 못 되는 데다 밤낮을 가리지 않는 관군의 공격에 지쳐 잠에 취해 있던 장보는 비명 한마디 없이 목 없는 귀신이 되고 말았다. 엄정은 피가 뚝뚝 돋는 장보의 목을 높이 쳐들고 그제서야 놀란 얼굴로 모여든 시위들에게 외쳤다.

"듣거라. 장량은 관군에 베임을 당하고 이미 병들어 죽은 장각도 관이 뼈개지고 시신이 흩어지는 부관참시(剖棺斬屍)를 당했다. 장보가 홀로 버티고 있었으나 더 올 원군도 없고 성안에는 이미 쌀 한 톨 남지 않았다. 그런데도 구태여 항거하다가 뒷날 성이 깨어지면 옥과 돌이 함께 타듯[玉石俱焚]이 성안에는 아무도 살아남지 못하게 되리라. 장보야 천조를 거스른 죄인이니 죽어 마땅하려니와 그들 형제의 달콤한 꾀임에 넘어가 멋모르고 따라나선 너희들이야 무슨 죄가 있겠느냐? 이에 성문을 열고 장보의 목을 바쳐 너희들의 억울한 죽음이라도 면하게 해줄 양으로 이 목을 잘랐다. 누가 감히 막아서려느냐?"

시위들도 저녁 나절에 날아든 관군의 편지에 대해 들은 적이 있었다. 거기다가 엄정 또한 무예가 절륜하여 한꺼번에 달려들어봤자 이길 것 같지 못하니 평소 장보에게서 두터운 은혜를 입은 자들 몇몇을 빼고는 일제히 무기를 내리고 엎드리며 말했다.

"저희들도 장군의 뜻을 따르겠습니다."

이에 힘을 얻은 엄정은 그들을 이끌고 똑바로 성문을 나가 주준의 막하에 투항해버렸다.

뜻하지 않게 성을 빼앗고 장보의 목을 얻게 된 주준의 기쁨은 컸다.

"우리 군사들이 굳게 에워싸고 있어 바깥의 소식이 성안으로 들어가지 못한 것을 미처 몰랐구려. 그러나 화살 한 개 쓰지 않고 적의 거성을 우려뺏으니 이는 손자가 이른바 싸우지 않고 이기는 계책이 아니겠소?"

그렇게 유비를 치하했다.

은근히 마음 죄며 기다렸던 유비도 그제서야 활짝 웃으며 겸양을 했다.

"모두가 장군의 복덕이올시다. 이 비는 잠시 호랑이의 위세를 빌려 으스대는 여우[狐假虎威]를 본떴을 뿐입니다."

그러나 유비는 알고 있었다. 모든 종교 집단에서처럼 황건적도 출발은 베풂의 원리에 바탕하였다. 처음 한동안은 주린 자에게 먹을 것을, 앓는 자에게 치유를, 절망하는 자에게 희망을 약속했고, 그 단

계에서는 작은 베풂만으로 민중을 감동시킬 수 있었다. 하지만 일단 권력 추구의 집단으로 변질하면서 그 원리도 베풂에서 다스림으로 바뀌자 사정은 변했다. 다스림이란 말에 포함된 요구에 비례해 그들을 따라가는 민중의 요구도 커지기 때문이다.

그렇게 되면 이제 민중을 자기편으로 잡아두는 길은 결국 물욕과 권력을 이용해 달래거나 공포로 묶어두는 따위 세속적인 길밖에 남지 않는다. 이른바 신정국가(神政國家)가 보편적으로 걷게 되는 길로, 몰락의 징후이기도 하다. 왜냐하면 내부의 달램이나 위협에 익숙해지는 만큼 외부로부터 오는 유혹에 익숙해지기 때문이다. 이렇게 명료한 의식으로 본 것은 아니지만, 어쨌든 유비는 급속히 정치 집단으로 변질된 황건적에게도 그런 약점이 있음을 알아차렸음에 틀림이 없다. 그리하여 장보의 무리가 이제는 더 이상 항복보다는 죽음을 택하는 광신적인 종교 집단이 아니라 궁지에 몰린 군사 집단에 불과하다는 판단에서, 이익으로 달래고 죽음으로 위협한 것이 보기 좋게 들어맞아준 셈이었다.

주준은 장보의 목을 얻고 양성을 우려뺀 여세를 몰아 인근 여러 고을의 황건적을 소탕한 뒤 황제에게는 표(表)를 올려 승리를 알렸다.

하지만 장각 삼형제가 죽었다고 해서 황건의 난이 그대로 끝난 것은 아니었다. 그중에서도 장각의 막하에 있다가 요행 관군의 토벌을 면한 조홍(趙弘), 한충(韓忠), 손중(孫仲) 세 사람이 특히 세력이 강했는데, 그들은 무리 수만을 모아 오히려 죽은 장각의 원수를 갚겠다고 떠들어대며 완성(宛城) 일대를 어지럽히고 있었다.

조정은 주준의 승전에 치하를 내릴 겨를도 없이 그들 황건 잔당의 소탕을 명했다. 이에 주준은 그 명을 받들어 다시 군사를 그들이 근거하고 있는 완성으로 돌렸다.

"좋다. 먼저 지공장군의 원수부터 갚자."

조홍, 한충, 손중 세 우두머리는 장보를 죽인 주준의 군대가 진격해 온다는 소리를 듣자 그렇게 의논을 맞추고 한충을 보내 대적하게 했다.

먼저 완성의 서남쪽으로 짓쳐온 것은 유현덕과 관, 장 두 아우가 이끄는 선봉군이었다. 이를 본 한충이 무리 가운데서 가장 날래고 젊은 자들만 뽑아 이끌고 마주 나왔다. 그러나 미처 싸움이 어우러지기도 전에 동북쪽에서 함성이 일며 또 한 떼의 관군이 완성을 취하려 들었다. 주준 스스로가 이끄는 이천의 철기(鐵騎)였다.

그걸 본 한충은 크게 놀랐다. 힘이 될 만한 군사들은 자신이 다 끌고 나오다시피 하였을 뿐만 아니라 완성의 동북쪽이 제일 허술했기 때문이었다. 자칫하다가는 의지할 성마저 잃게 될 판이었다.

다급해진 한충은 눈앞에 있는 유현덕의 군사를 제쳐놓고 성의 동북쪽을 구하려고 말 머리를 돌렸다. 유현덕이 그런 한충을 곱게 돌려보낼 리가 없었다. 군사를 몰아 그 뒤를 따르며 엄살(掩殺)하니 적은 동북쪽에 이르지도 못하고 대패하여 성안으로 쫓겨 들어갔다.

뒤따라온 주준은 군사를 나누어 성을 사면에서 에워싸게 하고 성안으로 일체의 양곡을 들이지 못하게 했다. 완성은 황건 잔당이 얻은 지 얼마 되지 않은 곳이라 군량이 비축되어 있을 리 없었다. 거기다가 뒤따라와 구해줄 줄 알았던 조홍과 손중마저 소식이 없자 한충은 사람을 보내 항복을 애걸해왔다.

그러나 주준은 도적들의 항복을 받아들이려 하지 않았다. 보다 못해 유현덕이 주준에게 물었다.

　"옛날 우리 고조(高祖)께서 천하를 얻으신 것은 적이라도 항복하는 자는 모두 거두어 쓰신 까닭이라 생각됩니다. 그런데 어찌 장군께서는 한충의 항복을 받아들이지 않으십니까?"

　"그때는 그때고 지금은 지금이오. 진(秦)에서 항우에 이르는 때는 천하에 큰 난리가 일어 백성들에겐 정한 주인이 없었소이다. 이에 항복을 받아들이고 오는 것을 권하여 내 백성으로 삼고 힘을 길렀던 것이오. 그러나 지금은 해내(海內)가 하나로 황은(皇恩)에 의지하고 있는데 오직 황건적들만이 모반을 일으켰소. 만약 그 항복을 용납한다면 어떻게 옳고 착한 일을 권장할 수 있겠소? 저희가 유리하면 마음대로 겁탈과 노략질을 일삼다가도 언제든 형세가 불리해지면 항복하여 목숨을 보존하려 들지 않겠소? 이 항복을 받아들여주는 것은 도적들의 나쁜 마음을 길러줄 뿐이니 결코 양책(良策)이 못 되오."

　주준은 냉엄하게 대답했다. 유현덕이 좋은 낯으로 다시 한번 권했다.

　"사방에서 철통같이 에워싸고 있으면서 적의 항복을 용납하지 않으시면 적은 자연 죽기로 싸울 것입니다. 만 명만 한마음이 되어 싸워도 당하기 어려운데 성안에서 가만히 있다가는 죽게 될 수만의 목숨들이 마음을 합쳐 대항해 오면 어떻게 당하시겠습니까? 굳이 항복을 용납하실 수 없다면 성의 동남을 비우고 서북만을 공격하는 것이 좋겠습니다. 그렇게 되면 적은 반드시 성을 버리고 달아날 뿐만 아니라 구태여 싸우려 들지도 않을 것이니 오히려 사로잡기 쉬울 것입니다."

그러자 주준도 그 말을 옳게 여겨 현덕의 계책을 따랐다. 동쪽 남쪽 두 곳의 군마를 빼낸 뒤 서쪽과 북쪽에서만 치열한 공격을 퍼붓게 한 것이었다.

오래잖아 과연 한충은 졸개들과 함께 성을 버리고 빈 동남쪽으로 달아나기 시작했다. 주준과 유현덕은 군사를 몰아 그들을 쫓았다.

미리 예측된 도주라 베이고 사로잡히는 자가 태반이었다. 한충도 끝내 무사하지 못했다. 이리 뛰고 저리 뛰는 졸개들을 짓밟으며 황망히 길을 앗아 달아나는데 어디선가 날아간 화살이 등줄기에 박혔다. 한충은 한마디 구슬픈 비명과 함께 말 위에서 떨어지고 대장이 죽는 걸 본 적은 한충 더 어찌할 바를 모르며 사방으로 흩어졌다. 관군은 더욱 기세를 올려 비질하듯 그런 적도를 쓸어갔다. 그런데 그로부터 오래잖아서였다. 갑자기 요란한 함성과 함께 두 갈래의 대군이 관군을 밀어왔다.

이미 죽은 한충의 패거리인 조홍과 손중이 뒤늦게야 구원을 나온 길이었다. 예측하지 못했던 적도들의 역습인 데다 그 수 또한 적지 않아서 관군의 기세는 자연 꺾이지 않을 수 없었다. 이에 승세를 탄 조홍과 손중은 그대로 관군을 밀어붙이고 다시 완성을 탈환해 자기들의 근거로 삼았다.

주준과 유현덕은 십 리나 군사를 물린 뒤에야 간신히 난군(亂軍)을 수습할 수 있었다. 그리하여 그곳에 진채를 내리고 다시 완성을 빼앗을 계책을 의논하고 있는데 홀연 동쪽에서 한 떼의 인마가 달려왔다.

혹시 황건의 잔당들이 추격해 온 것이 아닌가 싶어 바라보니 한 청년 장수가 앞장서 말을 달려오는데, 얼굴이 넓고 희며 호랑이 허리에 곰의 어깨였다. 그 뒤로는 다시 네 부장이 쇠채찍과 철척사모(鐵脊蛇矛)와 대도(大刀)와 쌍도(雙刀) 등 각기 자랑하는 무기를 들고 따르고 있었다. 바로 강동의 손견과 그의 네 장수 황개, 한당, 정보, 조무였다. 하비(下邳)에서 의군 천오백을 일으켜 잠시 주준의 막하(幕下)에 속했으나, 위급을 호소하는 성이 많아 이곳저곳을 떠돌며 싸우다가 다시 몇 달 만에 본진에 합류하는 길이었다.

"이제 손문대가 돌아왔으니 두려워할 게 무엇이랴."

주준은 몸소 군막을 나가 손견을 맞으며 기뻐 어쩔 줄 몰랐다. 그리고 간단한 군례가 끝나기 무섭게 유비에게 손견을 소개했다.

"자, 서로 이름이나 통하도록 하게. 전일에 내가 말한 적이 있는 오군의 손견일세."

"탁군 유비라 하옵니다."

유비는 공손히 손을 모으며 다시 한번 손견을 뜯어보았다. 한눈에 비범함이 드러나는 용모였다. 짙은 눈썹 아래 부리부리한 눈에서는 정기가 쏟아지는 것 같고 우람하면서도 다부져 보이는 체격에서도 야생말과 같은 힘이 용솟음치는 듯했다. 조조처럼 날카롭고 세련된 것도 아니고, 원소처럼 품위와 교양의 후광을 입고 있지도 않았지만, 분명 그것은 영웅이라 불릴 수 있는 자들의 특징을 이루는 어떤 힘이었다.

'아아, 세상에는 정말 인물도 많구나……'

유비는 다시 한번 속으로 찬탄하지 않을 수 없었다.

기이한 감탄에 젖기는 손견도 마찬가지였다. 처음에는 한 시골뜨기 의군 대장으로 여기며 가볍게 답례를 했지만 시간이 흐를수록 자신을 위압해오는 정체 모를 힘을 느끼며 홀로 중얼거리지 않을 수 없었다.

'예사롭지 않은 녀석이다……'

유비가 손견에게서 느꼈던 그 맹렬하고 야성적인 힘은 다음 날 완성 공격이 시작되자 유감없이 드러났다. 주준이 서문을 공격하고 유비는 북문을 맡았으나 가장 볼만한 싸움을 벌인 것은 남문을 맡은 손견이었다.

손견이 스스로 앞장서 성벽 위에 기어올라 적병 스무남은 명을 베어 죽이니 피를 뒤집어쓰고 칼춤을 추는 그 모습이 도적들에게는 그대로 악귀야차(惡鬼夜叉)와 같았다. 아무도 막을 엄두를 내지 못하고 그를 피해 달아나기 바빴다. 그러자 그 빈 곳으로 정보, 황개, 한당, 조무 등이 이끄는 천오백 용사들이 뛰어들어 완성의 남문은 순식간에 함락되고 말았다.

성벽 아래서 그걸 본 적장 조홍이 말을 달려오며 손견에게 창을 내질렀다. 성벽 위에 있던 손견은 몸을 날려 조홍의 창을 빼앗은 뒤 거꾸로 그를 찔러 말 위에서 떨어뜨렸다. 이에 놀란 조홍의 말이 좌우로 날뛰며 제 편을 짓밟으니 황건적들은 더욱 낭패했다.

이미 성을 지키기는 틀렸다는 걸 알아차린 적장 손중은 남은 졸개들을 이끌고 북문으로 달아나기 시작했다. 유현덕이 관, 장 두 아우와 길을 막았으나 싸울 마음은커녕 길을 앗기에만 바빴다. 현덕이 그를 곱게 살려 보낼 리 없었다. 가만히 활을 내려 시위에 화살을 먹인다.

"이놈, 어딜 가려느냐?"

현덕의 나지막한 호통과 함께 날아간 화살은 그대로 손중의 목줄기를 꿰뚫고, 손중은 한마디 비명과 함께 몸을 뒤집으며 말에서 떨어졌다.

이때 주준의 대군이 가세하여 뭉그러져 달아나는 적의 뒤를 치니 적의 잘린 목만도 만이 넘었고 항복한 자의 수는 다시 그 몇 배가 되었다. 주준은 그 기세를 늦추지 않고 남양(南陽) 일대까지 내려가 적의 잔당들을 뿌리 뽑았다. 그때에 평정된 군만도 십여 개를 헤아렸다. 황건의 난을 마무리짓다시피 한 큰 전공이었다.

주준은 더 이상 날뛰는 황건의 무리가 없자 군사를 돌려 낙양으로 개선했다. 유, 관, 장 삼형제도 오백 의군들과 함께 주준의 개선군을 따라 낙양으로 갔다. 세상에 태어나 처음으로 나라를 위해 공을 세운 그들이라 감개 못지않게 기대도 컸다.

걷히지 않는 어둠

황건의 난은 부패한 한나라 제실(帝室)에 대한 하늘의 경고였다. 그러나 그 끔찍한 경고를 받고도 영제는 여전히 암우(暗愚)와 혼탁에서 깨어나지 못했다. 그 한 예가 황건의 난에 공을 세운 이를 가리고 그에 따라 상을 베푸는 일에서 보여준 공정치 못한 처사였다. 다시 환관들에게 기울어져 그들의 말을 따른 탓이었다.

주준은 워낙 드러난 장수라 거기장군(車騎將軍)에 하남윤(河南尹)이 되었고 손견도 이미 조정에 알려진 터라 별군사마(別軍司馬, 독립여단이나 전투단의 지휘관격)가 되었다. 그러나 주준이 표를 올려 누누이 그 군공을 아뢰었건만 유비에게는 관작은커녕 비단 한 자투리 상으로 내려오지 않았다. 그를 위해 힘써줄 만한 이도 조정에 없었거니와 환관들에게 뇌물을 바칠 만한 주변도 재물도 유비에겐 없었던 탓이었다.

날이 오래되어도 조정에서 아무런 기별이 없자 유비와 관우, 장비 삼형제의 마음은 점점 어둡고 무거워져갔다. 무엇보다도 큰일은 함께 이끌고 온 오백 용사들을 먹이고 입히는 일이었다. 싸움터에서야 관군의 군량을 빌기도 하고 노획한 적의 곡식과 돈으로도 어떻게 변통이 되었다 하지만 평온한 도성에서는 나라에서 내리지 않는 한 그들을 먹이고 입힐 길이 없었다. 황보숭과 주준 등 싸움터에서 낯을 익힌 장수들에게 간청하기도 하고, 다시 중랑장으로 돌아와 있는 옛 스승 노식에게 빌기도 해서 그럭저럭 달포는 끌어왔어도 앞일이 막막했다.

그렇다고 그대로 고향으로 돌아갈 수도 없는 노릇이었다. 일껏 공을 이루고도 다시 탁현 저잣거리의 건달로 되돌아갈 수 없을 뿐만 아니라, 목숨을 돌보지 않고 싸운 오백 용사들 또한 빈손으로 돌려보낼 수는 없었다.

"까짓거 다 때려치우고 돌아갑시다. 이렇게 썩어빠진 놈의 조정에 벼슬해본들 무슨 소용이겠소?"

장비가 몇 번이나 그렇게 분통을 터뜨렸으나, 그때마다 유비가 대답이 궁한 대로 장비의 노기를 구슬러 가라앉히는 것도 그 때문이었다.

그러던 어느 날이었다. 그날도 즐겁지 아니한 마음으로 낙양 거리를 거닐고 있던 유비는 우연히 수레에서 내리는 낭중 장균(張鈞)을 만났다. 유비보다는 손위였지만 같이 노식의 문하에서 공부했던 적이 있어 둘은 서로 반갑게 인사를 나누었다.

"그런데 현덕이 낙양에 웬일인가?"

한동안 이런저런 얘기를 나누던 끝에 장균이 초라한 현덕의 행색을 살피며 그렇게 물었다.

"작은 공으로 나라의 보답을 구하는 것은 군자의 도리가 아닌 줄 알지만, 딸린 수하들의 간절한 바람을 외면치 못해 이렇듯 기다리고 있습니다."

유비는 그렇게 대답하며 그간에 있었던 일을 더하지도 빼지도 않고 장균에게 상세히 일러주었다. 듣고 난 장균은 몹시 놀라는 눈치였다.

"현덕은 말을 함부로 하지 않는 사람이니, 그렇다면 자네들의 공이야말로 군공의 으뜸에 들지 않겠는가? 그런데도 낭중인 나조차 자네의 이름을 듣지 못했으니 참으로 기막힌 노릇일세. 또 십상시(十常侍) 놈들이 장난을 친 것임에 틀림이 없네. 자네의 공을 부러 숨기고 누군가 뇌물을 바친 작자에게 자네에게 내릴 벼슬과 상급을 빼돌려버린 것일세."

그러더니 결연한 목소리로 덧붙였다.

"염려 말고 돌아가 있게. 내 불원간 폐하께 직접 아뢰어 뒤틀린 것은 바로잡아보도록 하겠네."

유비에게는 천금의 도움보다 더 큰 위로였다. 유비는 그 길로 돌아가 그 기쁜 소식을 두 아우에게 전하고 다시 조정에서 기별이 오기를 지긋이 기다렸다.

한편 장균은 유비와 헤어지자마자 똑바로 수레를 몰고 궁궐로 달려갔다. 그리고 황제에게 뵙기를 청한 뒤 간곡한 목소리로 아뢰었다.

"지난날 황건의 무리가 난리를 일으킨 것은 모두 십상시가 뇌물을 받고 벼슬을 팔아 높은 자리를 도둑질한 데서 비롯됐습니다. 자기들과 친하지 않으면 쓰지 않고, 원수를 맺지 않는 한 죄를 지어도 죽이지 않으니, 그 부당함이 마침내 천하의 큰 난리를 불러일으켰던 것입니다. 그런데도 저 십상시의 무리는 조금도 회개함이 없이 다시 사람의 장막으로 폐하를 둘러싸 성총을 가로막고 있사옵니다. 공이 있는 자라도 뇌물이 없이는 그 공을 폐하께 알릴 길이 없고, 오히려 하찮은 공을 세운 자가 뇌물을 바쳐 큰 벼슬을 얻으니, 실로 사직을 위해 근심이 아닐 수 없습니다. 이제 폐하께서는 마땅히 저 간악한 십상시의 목을 베시어 남교(南郊)에 높이 매다시고, 천하에 두루 포고를 내시어 공이 있는 이를 무겁게 상 주신다면 사해(四海)가 절로 맑고 조용해질 것입니다."

그러나 장균의 그같이 곧고 바른 말은 영제를 감동시키기에 앞서 십상시의 귀에 먼저 들어갔다. 일제히 달려 나와 오히려 장균을 참소했다.

"낭중 장균이야말로 간사한 말로 그 주인을 속이는 자이옵니다. 폐하, 부디 헤아려 들으시어 거짓을 참으로 여기지 마소서."

원래가 바른 말은 귀에 거슬리는 법이다. 거기다가 흠뻑 정을 쏟고 있는 십상시가 일제히 내달아 그렇게 말하니 영제는 대뜸 영을 내려 무사들로 하여금 장균을 끌어내게 하였다.

간신히 장균을 끌어내어 당장의 화는 면했지만, 각기 한 짓이 있는 터라 십상시들도 마음이 편치 못했다. 저희들끼리 가만히 모여 의논을 맞추었다.

"이번 일이 생긴 것은 반드시 황건의 난리에 공을 세우고도 벼슬을 얻지 못한 자들이 있어 그 원망에서 비롯되었을 것이다. 그대로 두면 또 다른 장균이 나타나게 될 터이니 지금부터 그런 자를 찾아 늦기 전에 적당한 벼슬들을 주어 보내세."

그리고 새삼 논공행상(論功行賞)을 추가해 불평이 있음직한 이들에게 작은 벼슬을 내리게 했다. 덕분에 유비에게도 중산부(中山府) 안희현(安喜縣)의 현위(縣尉) 자리가 돌아왔다.

"우리가 겨우 현위 자리나 하나 얻어 걸리자고 반 년씩이나 목숨을 걸고 싸웠단 말이오? 또 나와 관우 형은 참는다 쳐도 함께 고초를 무릅쓰고 싸워온 저 오백 용사들은 어떻게 하시겠소? 내 말대로 때려치우고 돌아갑시다. 차라리 어디 목 좋은 곳에 산채나 여는 게 백 배 낫겠소."

장비가 다시 그렇게 펄펄 뛰었으나 유비는 말없이 그 벼슬을 받았다. 현위쯤은 예전에도 마음만 먹었으면 따낼 수 있었던 자리여서 서운한 느낌이 없는 것은 아니었다. 그러나 더 이상은 뒷골목 유협 세계의 어둠에 묻혀 세월을 낭비할 수는 없다는 생각으로 낮은 대로 밝고 떳떳한 관리로서의 길을 받아들인 것이었다.

유비는 몇 군데 지인에게 변통한 노자를 약간씩 나누어주고 뒷날을 기약한 뒤 탁군에서 데려온 의군들을 돌려보냈다. 그리고 기어이 떠나지 않으려는 스무남은 명의 장정과 관우, 장비 두 아우만 거느린 채 임지인 안희현으로 향했다.

안희는 중산부의 작은 고을에 지나지 않았으나 부임한 유비는 열성을 다해 정사에 임하였다. 한 달이 안 돼 유비의 이름은 고을 백성들이 한결같이 떠받드는 이름이 되었다. 터럭만큼도 백성들의 이익을 해하는 일이 없고, 오히려 부역과 세금을 줄이는 데만 힘을 쏟으니 오랫동안 탐관오리에 시달려온 백성들에게는 그런 유비가 고맙지 않을 수 없었다.

처음에는 탁군으로 돌아가겠다고 펄펄 뛰던 장비와 말은 안 해도 노여움을 감추지 못하던 관우도 차츰 유비의 뜻하는 바를 따라주었다. 같은 식탁에서 밥을 먹고 같은 침상에서 잠을 자며 극진한 정으로 대하는 유비를 쓸데없는 불평으로 괴롭힐 수는 없었기 때문이었다. 오히려 전보다 더욱 유비를 공경하여 형으로라기보다는 주인으로 모셨으니, 비록 그가 여러 사람과 함께 앉아 있을 때라도 관우와 장비는 그 등 뒤에 호위하여 서 있기를 마다 않았는데, 온종일이 되어도 게으른 빛이 전혀 없었다.

그런데 유비가 안희현에 부임한 지 넉 달도 채 차지 않을 때였다. 갑작스레 괴이한 조정의 조서가 내려왔다.

'이번 황건의 난에 군공을 세워 장리(長吏)에 이른 자 수없이 많다. 그런데 짐이 듣기에 개중에는 세운 공도 없이 뇌물로 벼슬을 산 자가 있다 하니 이는 용서할 수가 없다. 마땅히 그를 가려내어 벼슬을 떼고 공 있는 자에게 그 벼슬을 돌리리라.'

유비로서는 얼른 이해가 안 되는 내용이었다. 오히려 피해자에 가까운 자신에게 그런 조서가 내린 때문이었다. 그리하여 의아로운 마음으로 기다리고 있는데 난데없는 독우(督郵)의 행차가 안희현에 이르렀다. 독우는 자사(刺史)에 속한 일종의 감찰 관리로서 주로 현리 (縣吏)의 비위를 살피는 자리였다. 유비로서는 바로 상관이 되니 달려 나가 맞지 않을 수 없었다.

사람이 못날수록 쥐꼬리만 한 권력만 잡으면 턱없이 우쭐대는 법이다. 그 독우의 사람됨이 바로 그러해서 눈앞에 사람이 없었다. 유비가 성 밖까지 나가 맞아들이며 극진히 예를 올렸건만 독우는 말 위에 앉은 채 오직 말 채찍을 들어 답례를 대신할 뿐이었다.

이를 본 관우와 장비는 몹시 노했다. 당장에 말에서 끌어내려 허리를 꺾어주고 싶었지만 두 아우의 성질을 아는 유비의 엄한 눈길에 간신히 화를 억눌렀다.

비록 유비를 알아볼 만한 안목은 없더라도 그 독우에게 조금이나마 조심성이 있었더라면 그 자리의 심상찮은 공기는 느낄 수 있었을 것이다. 그러나 자기 손에 쥐어진 하잘것없는 권력에 완전히 취해 있던 그는 갈수록 더했다.

현의 역관에 이르렀을 때였다. 독우는 스스로 천자라도 된 듯 남쪽을 보며 높은 자리에 앉고 유비는 계단 아래 시립(侍立)하여 서게 했다. 그리고 한동안 거드름을 떨며 유비를 내려다보다가 입을 열었다.

"유(劉)현위는 어디 출신인가?"

"비는 중산정왕(中山靖王)의 후예로, 탁군 탁현에서 왔습니다."

유비가 공손히 대답했다. 독우가 왠지 못마땅한 표정을 지으며 한층 엄하게 물었다.

"그렇다면 무슨 공으로 이곳의 현위에 오르게 되었는가?"

"황건적을 무찌르는 서른 번의 크고 작은 싸움에서 약간의 공이 있다 하여 조정에서 내리신 것입니다."

그리고 유비는 의군 일으킨 일에서부터 얘기를 꺼냈다. 하지만 독우는 유비의 말은 들으려고도 하지 않고 큰소리로 꾸짖기 시작했다.

"듣자듣자 하니 네놈이 너무하는구나. 앞서는 황친(皇親)임을 사칭하더니 이제는 군공까지 꾸며대? 방금 조정에서 조서를 내려 찾고 있는 자가 바로 너 같은 자가 아니고 누구겠느냐? 마땅히 위에 고하여 네놈이 도둑질한 벼슬을 떼게 하리라."

실로 어처구니없는 말이었다. 유비는 하도 기가 막혀 무어라고 변변히 대꾸해보지도 못하고 역관을 물러나왔다.

현청으로 돌아와 다시 곰곰 생각해보았지만 벼슬살이가 얼마 되지 않은 유비로서는 독우의 그 같은 생트집이 무엇 때문인지 짐작이 가지 않았다. 할 수 없이 유비는 오래된 현리들에게 물어보았다. 그중에 하나가 미미하게 웃으며 귀띔해주었다.

"독우가 공연히 위세를 부리며 트집을 잡는 것은 틀림없이 뇌물을 바라서일 것입니다. 뇌물로 구슬리십시오."

듣고 난 유비가 한탄했다.

"내가 백성들로부터 아무것도 거둔 것이 없는데 무슨 수로 뇌물에 쓸 재화가 있겠소?"

사실이 그러했다. 봉미(俸米) 몇십 석 나오는 것으로는 두 아우와 나누어 쓰기에도 빠듯하고, 그렇다고 달리 백성들에게서 우려낸 것도 없으니 유비에게 재물이 있을 까닭이 없었다. 하릴없이 독우의 처분만 기다릴 뿐이었다.

밤이 지나도록 유비가 뇌물을 바치지 않자 독우는 이튿날 날이 밝는 대로 자신이 데리고 온 자들을 시켜 유비가 손발로 부리는 현리부터 잡아들였다. 그 현리를 문초해 유비의 죄를 찾으려는 수작이었다.

그러나 아무리 매질을 한다 해도 없는 유비의 죄가 나올 리 없었다. 어떻게든 유비가 백성들을 괴롭혀 재물을 빼앗았다는 자백을 얻어보려 했지만 현리는 끝내 그런 독우의 뜻을 따라주지 않았다. 독우의 언성이 높아짐에 따라 애매한 현리만 초죽음이 되어갈 뿐이었다.

역관 안에서 벌어지고 있는 그 같은 일은 곧 유비가 있는 현청에까지 들려왔다. 그림자처럼 유비를 시립하고 있던 장비가 먼저 호랑이 수염을 빳빳이 곤두세우며 소리쳤다.

"독우 제놈이 어찌 이럴 수가 있소? 내 그놈의 골통을 부숴놓고 와야겠소."

관우도 익은 대춧빛 같은 얼굴이 더욱 불그레해지며 장비의 하는 양을 조금도 말리려 들지 않았다. 그러나 현덕은 여전히 엄한 목소리로 그런 장비를 꾸짖었다.

"독우가 비록 자사의 속관(屬官)에 지나지 않는다 하나 크게 보면 그 또한 성상(聖上)의 명을 받드는 신하다. 그를 죽이고 네가 살아남기를 어찌 바라느냐? 모두 이 형에게 맡기고 너는 물러가 있거라."

그런 다음 유비는 역관으로 찾아가 독우에게 보기를 청했다. 어떻게든 죄 없이 매질을 당하고 있는 현리를 구해주고 싶어서였다. 그러나 독우는 역관을 굳게 닫아걸고 유비를 안으로 들여주지조차 아니했다.

몇 번이나 거듭 만나기를 청했으나 독우가 끝내 만나주지 않자 유비는 조용히 현청으로 돌아왔다. 그리고 홀로 앉아 깊은 생각에 잠겼다. 은은한 분노에 못지않게 가슴 깊이에서 치미는 슬픔이 있었다. 조상들이 힘들여 일으킨 한 제국의 치유할 길 없는 상처를 보고 있는 데서 느껴지는 슬픔이었다.

한편 유비의 꾸중을 듣고 홧김에 낮부터 술을 퍼마신 장비는 취한 가운데도 일의 결말이 궁금해 말을 타고 역관 쪽으로 가보았다. 난데없이 역관 앞에서는 오륙십 명의 늙은이들이 모여 슬피 울고 있었다. 이상히 여긴 장비가 그 까닭을 묻자 늙은이 하나가 나서서 울먹이며 대답했다.

"독우 나리께서 현리를 핍박하여 우리 유공(劉公)을 해하고자 한다기에 우리가 고을 백성들을 대표하여 등장(等狀)을 온 것입니다. 그러나 독우 나리는 역관 문을 닫아걸고 우리를 들이지도 않으니 애석하고 분해서 이렇게 울고 있습니다."

백성들이라고 눈과 귀가 없을 리 없었다. 드러내놓고 말은 안해도 독우를 원망하는 기색들이 완연했다.

고을 늙은이들로부터 그 같은 말을 듣자 억지로 참고 있던 장비의 분통이 일시에 터졌다. 대뜸 고리눈을 부릅뜨고 이를 부드득 갈며 말 위에서 뛰어내렸다.

굳게 잠겨 있던 역관의 문은 장비의 바윗덩어리 같은 한 주먹에 박살이 났다. 문 안에서 지키고 있던 독우를 따라온 아랫것들이 어찌 막아보려 했으나 될 수 있는 일이 아니었다. 몇 명 잡히는 대로 마당에 태질을 치니 나머지는 말 그대로 얼이 빠지고 넋이 흩어진 듯하여 도망치기에 바빴다.

앞을 가로막는 것이 없어지자 장비는 똑바로 후당으로 뛰어들었다. 독우가 마루 높이 앉아 형틀에 매달린 현리에게 거짓 죄를 씌우고 있는 중이었다.

"어떤 놈이냐? 누가 감히 나라의 기강을 바로잡는 일에 훼방을 놓으려 드느냐?"

독우는 노기가 뻗을 대로 뻗어 호랑이 수염을 고슴도치 털처럼 빳빳이 세우고 달려드는 장비를 보고 낯이 헬쑥해졌으나, 그래도 아직 주위에 여남은 명 남은 종자들을 믿는 것인지 제법 호통으로 나왔다.

장비는 더욱 노기가 치솟았다.

"백성을 해치는 이 도둑아, 나를 알아보지 못하겠느냐?"

한마디 큰 소리로 꾸짖고는 다짜고짜로 독우에게 덮쳐갔다. 주위에 남아 있던 독우의 졸개들이 분분히 창칼을 뽑아들고 막아섰지만 대문께에서와 마찬가지로 어림없는 일이었다. 뜨거운 차 한잔을 마실 시간이 지나기도 전에 저마다 대가리가 터지고 콧등이 깨어진 채 후당 좁은 뜰에 즐비하게 드러눕는 신세가 되고 말았다.

그 꼴을 본 독우가 놀라 달아나려고 했으나 때는 이미 늦었다. 장비의 솥뚜껑 같은 손이 독우가 쓴 관을 날리고 이어 쇠고리 같은 다섯 손가락이 독우의 머리채를 우악스레 감아쥐었다.

"장군, 자, 장군, 살려주시오."

그제서야 독우는 새파랗게 질린 얼굴로 바들바들 떨며 용서를 빌었지만 소용이 없었다. 장비는 한마디 대답도 없이 독우의 머리채를 당겨 마루에서 끌어내린 뒤 그대로 역관을 나와 현청 앞까지 끌고 왔다. 신발은커녕 미처 발이 땅에 닿지 않을 정도로 질질 끌고 왔으니 독우의 몰골이 성할 리 없었다.

마침 현청 앞에는 말을 매어두는 참죽나무 말뚝이 있었다. 장비는 독우를 거기다가 꽁꽁 묶은 뒤 곁에 있는 버드나무에서 회초리를 한 줌 꺾어 들었다.

"이놈, 너도 한번 맞아보아라."

장비는 그런 꾸짖음과 함께 독우의 허벅지와 종아리 어름을 후리기 시작했다. 구경꾼이 어느새 빽빽이 둘러섰지만 아무도 말릴 엄두를 못 냈다.

"잘못했습니다. 장군님, 부디 살려만 주십시오."

이제 독우는 체면이고 뭐고 차릴 여유도 없이 애처로운 목소리로 빌었다. 그러나 성난 장비는 들은 체도 않고 매질을 계속했다. 잠깐 사이에 십여 개의 버드나무 가지가 부러져나가고, 군데군데 찢긴 독우의 바지에는 벌겋게 피가 배어 나왔다.

현덕에게 그 소식이 들어온 것은 드디어 마음을 정한 그가 현위의 도장과 띠[印綬]를 챙겨들고 막 현청을 나서려는 때였다. 벼슬을 내주고라도 부리던 구실아치[懸吏]를 구하려는 생각에서였다.

"큰일났습니다. 장(張)장군께서 독우 나리를 매달아놓고 심히 매질을 하고 있습니다."

현청의 일꾼 하나가 헐레벌떡 들어와 그렇게 알렸다. 현덕이 놀라 달려가보니 과연 그랬다.

"익덕, 이게 무슨 짓이냐?"

"이런 놈들이 바로 백성을 해치는 도적이오. 내 오늘은 이놈을 때려죽이고 말겠소."

엄한 유비의 표정에도 아랑곳없이 장비가 씨근대며 대답했다. 그대로 두면 정말로 독우를 때려죽일 것만 같았다.

"현덕 공, 부디 나를 구해주시오."

그때는 이미 용서를 빌 기력도 없이 애처로운 비명만 지르던 독우가 현덕을 보고 눈물로 애걸했다. 그 꼴이 위세를 부릴 때보다 한층 밉살스러웠지만, 현덕은 원래가 너그럽고 정이 많은 사람이었다. 급히 장비를 꾸짖어 매질을 멈추게 했다. 이때 진작 소식을 듣고도 모른 체하던 관우가 뒤늦게야 나타나 현덕에게 말했다.

"형님께서는 이번 황건의 난에 큰 공을 수없이 세우셨으나 돌아온 것은 겨우 현위라는 미관말직에 지나지 않았습니다. 그나마도 저 독우 같은 못된 무리가 있어 이처럼 욕을 당하시니 참으로 기막힌 노릇입니다. 원래 가시덤불에는 봉황이 깃들이지 아니하는 법입니다. 제가 보기에 이곳은 형님이 계실 곳이 못 됩니다. 차라리 저 못된 독우를 죽여 탐관오리를 징치(懲治)하는 본보기를 보이신 뒤 벼슬을 버리고 고향으로 돌아가는 편이 낫겠습니다. 그곳에서 따로이 원대한 앞날을 도모해볼 수도 있지 않겠습니까?"

그런 관우의 말투는 결코 일시적인 분함에서 나온 것만은 아닌 것 같았다.

장비가 저질러놓은 일 또한 없던 일로 되돌리기에는 이미 늦어버렸다. 거기다가 현덕 자신도 인수(印綬, 관인(官印) 따위를 꿰어 찰 수 있게 한 끈. 인끈) 주머니를 들고 올 만큼 마음속에 결정이 선 뒤였다.

그러나 현덕은 한 번 더 생각을 기울인 뒤에야 천천히 고개를 끄덕였다.

"알겠네. 실은 나도 그리 생각했다네."

그리고 현덕은 소매에 넣어 온 인수 주머니를 꺼내 그 끈을 독우의 목에 걸어주며 꾸짖었다.

"네가 백성을 해친 죄로 보아서는 마땅히 죽여 없애야 할 것이로되, 하늘은 삶을 귀한 덕(德)으로 여기니 잠시 목숨을 붙여둔다. 마땅히 뉘우치지 않고 또다시 못된 마음을 품으면 반드시 네 목이 어깨 위에 남지 않는 날이 올 것이다. 여기 나라에서 내려주신 현위의 인수가 있으니 이만 가지고 돌아가거라."

"고맙습니다, 유공. 이 은혜 결코 잊지 않겠습니다."

관우까지 엄하게 나서는 바람에 꼼짝없이 죽는 줄로만 알았던 독우는 유비가 그렇게 말하자 기뻐 어쩔 줄 몰랐다. 매 맞은 아픔도 잊고 수없이 현덕에게 감사한 뒤 데려온 종자들과 함께 엉금엉금 기듯 돌아갔다.

하지만 워낙 태어나기를 소인으로 태어난 독우였다. 제 잘못을 뉘우치기는커녕 자사에게 돌아가기 무섭게 현덕 삼형제의 죄를 열 배나 부풀리어 일러바쳤다. 자사 또한 보잘것없는 위인이었다. 아랫것들의 말만 믿고 발연히 노하여 유, 관, 장 삼형제를 잡아들이란 영을 내렸다.

곧 고을마다 통문이 돌고 탁군으로 가는 길목에는 현덕 삼형제를 잡으려는 군사들이 깔렸다. 그러나 미리 일이 그리될 줄 짐작한 삼형제는 탁군으로 돌아가지 않고 똑바로 대주(代州) 태수 유회(劉恢)

를 찾아 몸을 의탁했다.

유회는 현덕과 마찬가지로 한나라 종실이었다. 전부터 현덕의 이름을 들어 알고 있었으나, 만나보니 그 부드러우면서도 씩씩한 기상이 한층 마음에 들었다. 이에 그들 세 사람을 찾는 정주(定州) 태수의 통문이 있음에도 개의치 않고 삼형제를 받아들여 숨겨주었다.

유, 관, 장 삼형제가 나라에 큰 공을 이루고서도 오히려 죄인으로 쫓기게 된 것과 같은 일은 낙양의 조정에서도 벌어지고 있었다. 황건의 난이 가라앉음과 함께 다시 기세를 얻기 시작한 십상시가 바로 그 주동이었다.

내시들은 난리가 한창일 때는 숨소리조차 제대로 내지 못하고 장군들과 대신들의 눈치만 살폈다. 그러나 난리가 끝나고 그 평정을 위해 나누어져 나갔던 병권들이 다시 금문(禁門) 안으로 돌아오자 그들도 되살아나기 시작했다. 간사한 말과 속임수로 늙은 영제의 마음을 홀려 이전의 세도를 되찾으려 들었다.

몇 달 전 유비를 위해 바른 말을 하다 끌려나간 낭중 장균이 그런 내시들의 첫 희생자였다. 그렇지만 그들은 그 정도로 그치지 않았다.

"이제부터 우리를 따르지 않는 자는 모두 죽여버리세."

자기들이 이전의 권세를 온전히 되찾았다 싶자 십상시들은 그렇게 의논을 맞추고 먼저 칼끝을 황건란에 공을 세운 장수들에게 돌렸다. 그들에게 뇌물을 요구하여 만약 들어주지 않으면 자기들을 따를 의사가 없는 것으로 보아 내쫓거나 죽인다는 계책이었다.

거기에 가장 앞서 걸려든 것이 황보숭과 주준이었다. 십상시의 우두머리인 장양(張讓)과 조충(趙忠)이 각기 사람을 보내 뇌물을 요구했지만 강직한 황보숭과 주준이 그따위 요구를 들어줄 리 없었다. 일이 뜻대로 되자 십상시들은 입을 모아 황보숭과 주준을 참소하기 시작했다.

"거기장군(車騎將軍) 황보숭은 세운 공도 없이 헛된 이름만 키운 자입니다. 그러면서도 높은 벼슬과 많은 상급을 받았으니 안 될 일입니다. 지금이라도 마땅히 그 벼슬을 거두어들여야 합니다."

"주준 또한 부하 장수들의 공을 가로채 제 이름만 높인 장수입니다. 그래 놓고도 거기장군에 하남윤이 된 뒤로는 더욱 우쭐하여 나라일을 게을리하니 백성들의 원망이 끊이지 않는다 합니다. 역시 그 벼슬을 거두심이 마땅합니다."

둘 다 황건적을 무찌르고 돌아올 때만 해도 고맙고 미덥던 장수들이었다. 그러나 그 몇 달 평온한 시절을 겪은 영제에게는 어느새 밤낮없이 자신을 싸고돌며 입에 발린 충성과 아첨을 일삼는 십상시가 훨씬 소중한 사람들이 되어 있었다. 이에 영제는 깊이 헤아리지도 않고 그들의 참소를 받아들이니 황보숭과 주준은 그날로 벼슬에서 쫓겨났다.

실로 어이없는 일이었다. 거기다가 더욱 어이없는 일은 아무런 명분도 없이 내시들의 벼슬을 높여준 것이었다. 느닷없이 조충에게 거기장군을 내리고 장양 등 열 명의 내시를 모두 열후(列侯)에 봉(封)한 것으로, 가히 노망이라 이를 만한 처분이었다.

벼슬을 거두고 내리는 일이 그 모양으로 행해지니 나라의 다른 일이 제대로 이루어질 리 없었다. 황건의 난리로 잠시 반짝했던 자성(自省)의 기운은 후한의 조정에서 다시 자취를 감추고 천하는 여전히 폭정과 착취의 어둠 속에 남겨지게 되었다.

정치가 썩고 백성들의 원망 소리가 높으면 반드시 그 틈을 타는 것이 야심가와 도둑의 무리이다. 먼저 장사(長沙) 땅의 구성(區星)이란 자가 무리를 모아 난리를 일으키고, 이어 어양(漁陽) 땅의 장순(張純), 장거(張擧) 형제가 백성을 선동해 모반했다. 전란으로 피폐하고 폭정에 시달린 백성들은 먹여준다는 소문 하나만으로도 도적이나 야심가를 가리지 않고 모여들어 금세 수천, 수만의 세력으로 불어나갔다.

특히 어양 땅의 장순 형제는 형 순(純)이 스스로 황제를 칭하고 아우 거(擧)가 대장군이 되어 자못 기세가 드높았다. 순식간에 부근 일대의 크고 작은 고을을 휩쓸고 머지않아 도성을 취하리라 큰소리 쳤다. 구성도 그 기세에 힘입어 장사 일대를 무인지경 넘나들듯 노략했다.

한 곳도 아닌 두 곳에서 난리가 이니 지방의 수령 방백(方伯)들이 제대로 대적할 길이 없었다. 장계와 표문이 정월 눈발 날리듯 조정으로 날아들며 위급을 고했다. 그러나 십상시들은 서로 짜고 난리가 난 사실조차 황제께 고하지 아니했다. 황제가 놀라 다시 외정(外廷)의 대신들에 함빡 대권을 넘겨줄까 두려웠기 때문이었다.

하지만 아무리 내시들이 농간을 부려도 한의 조정에 사람이 아주 없는 것은 아니었다. 어느 날 아무것도 모르는 황제가 여느 때처럼 후원에서 십상시를 불러들여 질탕한 연회를 벌이고 있을 때였다. 간의대부 유도(劉陶)가 불쑥 어전 앞에 엎드리더니 큰 소리로 통곡을 했다.

"경은 어인 일로 그리 슬피 우는가?"

한창 흥겹게 술잔을 기울이던 영제가 몽롱한 눈길을 간신히 모아 유도를 바라보며 물었다. 유도가 여전히 울음을 그치지 아니하며 대답했다.

"천하의 위태롭기가 아침저녁을 다투고 있는 때에 폐하께서는 간사한 내시들과 함께 술만 즐기고 계시니 이 어찌 통곡할 일이 아니겠습니까?"

그러나 영제로서는 도무지 이해할 수 없는 말이었다. 그 아침까지만 해도 사해가 두루 평온하고 백성들은 소리 높여 격양가(擊壤歌)를 부른다는 소리를 내시들에게서 들은 까닭이었다. 알 수 없다는 눈길로 되묻는다.

"나라 안이 두루 평온한데 무엇이 그토록 위태롭고 급한가?"

"사방에 도적이 일어 주군을 침략하고 있사옵니다. 지금 도성으로 이르는 관도에는 위급을 고하는 파발이 줄을 잇고 있사온데 어찌 위태롭고 급하지 않사옵니까?"

유도는 그렇게 아뢴 뒤 황제의 주위에 둘러선 십상시를 노려보며 분연히 덧붙였다.

"그 화는 모두 저 간악한 십상시들이 관작을 팔고 백성들을 도적질하여 원망을 산 데 있습니다. 그러면서도 오히려 폐하의 성총을 가리어 착한 사람은 모두 조정에서 떠나가고 나쁜 무리만 우글거리니 실로 이제 그 화는 눈앞에 이르렀다 할 수 있습니다. 바라옵건대 폐하, 소신의 말을 가벼이 여기지 마시옵고 밝은 살핌으로 이 나라를 위급에서 구하소서."

자기들이 둘러친 사람의 장막만 믿고 있던 십상시들은 졸지에 벌레 씹은 얼굴들이 되었다. 그러나 워낙 간지(奸智)에 밝은 자들이었다. 서로 눈짓을 주고받아 생각을 맞춘 뒤 일제히 관(冠)을 벗어놓고 영제 앞에 꿇어 엎드려 입을 모아 아뢰었다.

"조정의 대신들이 저희를 용납지 않으면 저희들은 살길이 없어집니다. 엎드려 바라옵건대, 저희가 성명(性命)을 보존하여 향리로 돌아가 살 수 있도록 윤허하여 주시옵소서. 가산은 모조리 내놓아 도적을 치는 데 쓸 군자에 보태고자 합니다."

자못 애절한 목소리에 말을 맺기 무섭게 간사한 눈물까지 줄줄이 흘러내렸다. 그걸 보자 유도의 충성스런 말에 희미하게 일던 경각심은 금세 사라지고 십상시의 거짓 충성과 애처로운 모습만이 영제의 어리석고 어두운 가슴을 가득 채웠다.

자연 유도에게 역정이 일지 않을 수 없다.

"너도 곁에 가까이 두고 부리는 자가 있을 것이다. 그런데 어찌 짐에게 그것조차 용납되지 않는단 말이냐?"

그러고는 무사를 불러 유도의 목을 베게 하였다. 거꾸로 죄 없는 십상시를 참소했다는 죄목을 뒤집어씌운 뒤였다. 그 같은 영제의 분부에 유도가 크게 탄식하며 소리쳤다.

"이 한 몸 죽는 거야 애석할 것도 없다마는 한의 천하가 가련하구나. 사백 년 치세가 어찌 이토록 허망히 끝난단 말이냐!"

그러나 그 말이 이미 마음의 귀가 막혀버린 영제에게 들릴 리 없었다. 다만 무사를 호령하여 끌어내 베기를 재촉할 뿐이었다.

제명에 몰린 무사가 유도를 끌어내 목을 베려 할 때였다. 대신 하나가 급히 후원으로 들며 무사에게 소리쳤다.

"무사들은 유(劉)대부에게 손을 대지 마라. 내가 폐하께 아뢰어 보리라."

보니 사도 진탐(陳耽)이었다. 진탐은 우선 유도의 형(刑)을 중지시킨 뒤 영제 앞에 엎드려 물었다.

"유간의(劉諫議)가 무슨 죄를 지었기에 주살하려 하십니까?"

"근신(近臣)을 욕하고 비방했으며 아울러 짐을 모독한 죄이니라."

황제가 흐릿한 눈길로 대답했다. 진탐이 문득 소리를 높였다.

"천하의 모든 백성들이 한결같이 저 간악한 십상시들의 고기를 씹고자 하나 폐하께서는 오히려 저들 받들기를 부모처럼 하시고, 저들의 몸은 한 치 공을 이룬 적도 없으나 폐하께서는 또한 저들을 높여 열후에 봉하셨습니다. 무릇 입 달린 자라면 누가 그 그릇됨을 말하지 않겠습니까? 더구나 봉서(封諝) 등의 무리는 지난번 황건의 난 때 도적들과 짜고 안에서 호응하기로 한 적까지 있사옵니다. 그런데도 폐하께서는 어찌 스스로 돌아보아 경계하지 않으시고 가만히 서서 저들의 나라 망치는 꼴을 구경만 하고 계십니까?"

"봉서 등이 안에서 난을 꾸미려 했다는 것은 아직 뚜렷이 밝혀진 일이 아니다. 또 경은 하나같이 십상시를 나라 망치는 간적(奸賊)으로만 몰아붙이나 어찌 이 중에 한둘이야 충신이 없겠느냐?"

영제는 끝내 환관들을 싸고 돌았다. 그러나 진탐도 굽히지 않고 맞섰다. 원통함을 이기지 못해 스스로 머리를 들어 계단에 찧으며 십상시의 죄를 논하니 터진 머리에서 흘러내린 피가 조복(朝服)을 흥건히 적셨다.

그걸 본 영제는 그의 충성심을 헤아리기는커녕 자신을 거스르는 것이라 여겨 크게 노했다.

"무사들은 저 발칙한 놈을 끌어내 가두어라. 뒷날 유도와 함께 목을 베리라."

그렇게 소리치니 사도 진탐 또한 유도와 함께 나란히 옥에 갇히는 신세가 되고 말았다.

황제가 자기들을 편들어 일을 처결해주기는 했지만 십상시들은 그래도 한 가닥 불안한 마음이 일었다. 대신들이 유도와 진탐을 구하려고 시끄러운 논의를 일으킬 것 같은 우려 때문이었다. 죽여 입을 봉하는 것이 가장 좋은 계책이라 생각하고 그날 밤 몰래 사람을 보내 갇혀 있는 유도와 진탐을 죽여버렸다. 그리고 마지못해 구성과 장순 형제 칠 일을 의논했다.

"이번에는 황건란 때처럼 도성의 군사를 빼내 외정(外廷)의 대신들에게 맡기는 일은 없어야겠네. 서원팔교위(西園八校尉)는 우리 손에 남겨두고 도적 잡을 계책을 세우기로 하세."

우두머리의 하나인 건석이 먼저 그렇게 못박았다. 이때 장양이 나섰다.

"장사의 도적 구성은 손견을 시켜 치게 함이 어떤가? 지난번 황건란 때는 홀로 앞장서 성벽에 기어올라 완성(宛城)을 떨어뜨릴 만큼 용맹한 장수라네. 변장(邊章)과 한수(韓遂) 등이 양주에서 난리를 일으켰을 때도 그가 간다는 말만 듣고 도적들이 스스로 흩어지지 않았나?"

"그렇지만 믿을 수 있는 인물인가?"

그 자리에 함께 있던 다른 내시가 물었다. 손견을 쓰는 일이 호랑이를 키우는 꼴이 되지 않겠는가, 라는 뜻의 물음이었다. 장양이 자신 있게 대답했다.

"손견 그자는 확실히 범 같은 장수일세. 그러나 사람이 미욱하지 않아 우리가 잘 길들이기만 하면 도리어 우리의 발톱과 이로 쓸 수도 있다네. 지난번 황건란 때도 공이 컸지만 우리들에게 씀씀이도 후하지 않던가? 이번에도 틀림없네. 손견을 장사 태수로 보내 구성을 잡도록 해보세. 도성의 군사 하나 딸려 보내지 않아도 다 제가 모아 쓸 것이고, 돌아와서는 바치는 것도 공연히 결백한 체하는 것들과는 비교도 안 될 걸세."

장양이 그렇게 말하니 반대가 있을 리 없다. 십상시들은 장사 쪽은 손견에게 맡기기로 하고, 다시 장순과 장거 칠 일을 의논했다.

"어양(漁陽)에는 누구를 보내는 편이 좋겠는가?"

"거기는 따로 사람을 보낼 것 없네. 종정(宗正) 유우(劉虞)를 다시 보내세."

"유우라고? 그는 무장(武將)이 아니잖는가? 과연 그에게 그만한 힘이 있겠나?"

"듣기에 그는 전에 유주 자사로 있을 때 선정으로 그곳 백성들을 깊이 감복시켰다 하네. 그를 보내 달래보고 안 되면 대주 태수쯤으로 돕게 하지. 공연히 좋지 못한 인물을 보냈다가 세력만 키워주면 어떻게 되겠는가?"

그리하여 결국 장순과 장거 토벌을 유우에게 맡기고 대주 태수 유회에게 돕게 하기로 결정을 보았다. 그런 십상시의 결정은 황제의 결정이나 다름없었다. 다음 날 입시한 그들은 가장 충성스러운 체

전날 꾸민 일을 도적 깨칠 계책으로 아뢰니, 영제는 크게 기뻐하며 그대로 따랐다.

그 무렵 손견은 이미 하비와 강남 일대의 용장(勇將)이 아니라 조야가 다 아는 장안의 명사가 되어 있었다. 황건의 난 때 세운 공으로 별군사마로 출발한 그는 양주의 변장, 한수 등이 난을 일으키자 또 한 번 이름을 드날릴 기회를 얻었다. 중랑장 동탁이 토평의 대임을 맡고 양주로 갔으나 시일만 끌고 이기지 못하매, 조정은 다시 사공 장온을 거기장군으로 삼아 변장과 한수를 토벌하게 하였는데 이때 장온이 표문을 올려 손견을 참군사(參軍事)로 천거한 덕분이었다.

군사를 서쪽으로 몰아 장안에 이른 장온은 그곳에서 제명에 의지해 동탁을 불러들였다. 동탁은 마지못해 장안으로 불려 왔으나 정한 기일을 어겼을 뿐만 아니라 장온의 책망에 심히 불손한 태도로 나왔다. 이때 그걸 본 손견이 가만히 장온에게 말했다.

"동탁은 지은 죄를 겁내지 않고 오히려 올빼미가 나래를 펴 맹위를 떨치듯 큰소리만 치고 있습니다. 거기다가 군령이 정한 기일까지 어겼으니 마땅히 군법을 펴 목을 베야 합니다."

"동탁은 그 위명을 농촉(隴蜀) 일대에 널리 떨치고 있는 자인데 이제 그를 죽이면 서쪽[涼州]으로 간들 누구에게 의지하겠는가?"

그래도 동탁의 용맹을 아끼는 장온이 근심스레 물었다. 이에 손견이 더욱 강경하게 권했다.

"명공께서는 친히 왕병(王兵)을 이끌고 출전하시어 위세가 천하를 울리게 하는데 어찌 동탁 따위의 하찮은 이름에 의지하려 하십니

258

까? 제가 동탁의 하는 양을 보니 용서할 수 없는 죄가 세 가지나 됩니다. 첫째는 윗사람을 가볍게 여기고 예를 갖추지 못한 죄며, 둘째는 도적이 발호한 지 여러 해 되도록 토평하지 못해 군사의 사기를 꺾이게 하고 백성들로 하여금 조정의 힘을 의심하게 한 죄며, 끝으로는 대임을 맡고도 공을 이루지 못한 주제에 소환을 받고도 기일을 어기고 또 와서는 저토록 기고만장한 것입니다. 예부터 뛰어난 장수치고, 천자께서 내리신 부월에 의지해 무리를 이끌 때 죄 지은 자를 목 베어 위엄을 세우는 것을 망설인 적은 없습니다. 만약 명공께서 지금 동탁을 목 베어 위엄을 세우지 않으시면 장차 그 화가 어디까지 미칠지 모르게 될 것입니다."

그러나 장온은 차마 동탁을 죽이지 못하고 오히려 손견을 달래보냈다.

"자네는 이만 돌아가게. 자칫 동탁의 의심을 살지도 모르겠네."

덕분에 동탁은 죽음을 면하고 장온의 휘하에 들어 다시 양주로 진군하게 되었다.

변장과 한수는 조정에서 보낸 대군이 동탁의 군사까지 아울러 오고 있다는 말을 듣자 대항할 엄두를 내지 못했다. 급히 무리를 흩고 각기 항복을 애걸해왔다. 이에 장온은 싸움 한번 해보지 못하고 군사를 돌려 낙양으로 돌아왔다.

난은 진압되었다 해도 싸움이 없었으니 논공행상이 제대로 있을 리 없었다. 그러나 손견이 세 가지 죄를 들어 장온에게 동탁을 목 베기를 권했다는 소문이 퍼지자 듣는 사람치고 감탄하지 않는 이가 없었다. 그때 벌써 동탁은 조정 안팎 모두에게 그만한 미움과 두려움의 대상이 되어 있었다. 십상시들도 처음에는 그가 주는 뇌물 맛에 줄곧 그에게 군권을 주어 변방을 지키게 했으나 별 공도 없이 자기 세력만 기르려 하자 차차 동탁을 의심하기 시작했다.

동탁을 보는 눈길이 그처럼 미움과 두려움 아니면 의심에 가득 찬 바람에 거꾸로 득을 본 것은 손견이었다. 그는 싸움 한번 하지 않고 대단한 이름을 드높였을 뿐만 아니라 별로 학문이 깊지 못한 그에게는 명예롭기까지 한 의랑(議郞) 자리까지 돌아왔다.

그런 뜻에서 보면 방금 그 토벌을 명받은 구성 또한 손견에게는 중요한 성공의 디딤돌이 되었다. 장사 태수로 내려간 손견은 한편으로는 선정을 펴 백성들을 어루만지고 다른 한편으로는 벌써 십 년이 넘도록 그를 따르는 네 장수 황개(黃蓋), 한당(韓當), 정보(程普), 조무(祖茂)를 앞세워 구성의 무리를 쳤다.

그렇지 않아도 드높은 손견의 위명이었다. 그가 장사의 태수로 왔다는 것만으로도 떨며 굴복해야 할 판에 생각 밖으로 세심한 보살핌까지 곁들이자 백성들의 마음은 금세 구성의 무리에게서 돌아섰다. 거기다가 벌써 수십 번의 크고 작은 싸움을 치른 손견의 네 장수가 정예한 관병을 이끌고 토벌해오니 구성의 무리는 견딜 재간이 없었다. 달포 남짓 지나자 무리는 흩어지고 구성은 사로잡혀 베임을 당하고 말았다.

그러나 손견은 거기서 그치지 않고 다시 이웃 군에서 구성과 내통하여 난리를 꾀하던 주조(周朝), 곽석(郭石)의 무리들까지 뿌리 뽑으니 장사에 이웃한 세 고을이 일시에 조용해졌다. 조정은 그런 손견을 오정후(烏程侯)에 봉해 그 공을 기렸다.

한편 장거, 장순의 무리를 토벌하기 위해 유주목(幽州牧)이 되어 내려간 유우(劉虞)는 생각보다 훨씬 큰 적세에 놀랐다. 장순의 무리는 그사이 십여만 명으로 자라 오환교위(烏丸校尉) 기조(箕稠), 우북평 태수 유정(劉政), 요동 태수 양종(陽終) 등을 죽이고 청주와 기주까지 세력을 뻗치고 있었다. 거기다가 오환(烏丸)의 초왕(峭王) 등과도 손을 잡아 유주는 안전한 곳이 거의 없다시피 했다.

백성들에게 지난날의 은의를 상기시키고 도적의 무리에게 현혹되지 않게 하는 일도 다스림이 있은 뒤에나 기대할 수 있는 법이었다. 당장 발붙일 곳조차 마땅찮은 유우에게는 필요한 게 먼저 자신을 임지에 있을 수 있도록 지켜주는 무력이었다.

이에 유우는 우선 성곽이 튼튼하고 높은 계성(薊城)에 관부 아닌 군영(軍營)을 열고 먼저 다스림의 근거지를 확보하는 일에 착수했다. 장거와 장순이 그걸 보아넘길 리 없었다. 곧 대군을 몰아 계성을 공격해 왔다.

이미 허약할 대로 허약해진 주군(州軍)들인 데다 그 자신 대단한 장략을 지니지도 못한 유우에게는 당연히 견디기 힘든 공격이었다. 다급한 유우는 같은 종실이요, 가장 가까운 고을의 태수가 되는 대주 태수 유회에게 구원을 청했다.

유현덕과 관, 장 삼형제를 숨겨주고는 있어도 그들이 왕법(王法)을 어긴 죄인이라는 게 자못 꺼림칙하던 대주 태수 유회였다. 구원을 바라는 유우의 글을 읽고, 그들 삼형제를 위해 좋은 기회가 온 것으로 여겼다. 곧 사람을 보내 현덕을 부른 뒤 유우의 글을 내보이며 말했다.

"비록 그 독우가 탐학한 자라고는 하나 조정이 보낸 관리임에는 틀림없으니, 그에게 매질을 한 것은 왕법을 범한 것이 아닐 수 없네. 그런데 이제 그 죄를 씻을 때가 왔네. 군사 삼천을 빌려줄 테니 가서 유백안(伯安, 유우의 자)을 구하게."

그러지 않아도 구차하게 숨어 지내는 것이 지루하고 괴롭던 유현덕이었다. 유회의 그 같은 말에 크게 기뻐하며 시키는 대로 따랐다. 관우, 장비도 현덕과 크게 다를 바 없었다. 특히 놀고 먹느라 온몸이 근질근질하던 장비는 싸울 일이 생겼다는 말에 어린아이처럼 좋아했다.

유, 관, 장 삼형제는 그날로 대주병(代州兵) 삼천을 빌려 바람과 같이 계성으로 달려갔다. 그들이 밤을 낮 삼아 달려 계성에 이르렀을 때는 장거(張擧)의 무리가 한창 공성(攻城)에 열을 올리고 있는 중이었다. 잇단 승리에 취해 마치 천하가 저희들 것이라도 된 듯 경계를 게을리하고 있던 반도들은 갑작스런 원병이 나타나자 당황하고 말았다. 열 배가 넘는 군사를 가지고도 어이없이 무너지기 시작했다.

그걸 보자 현덕 삼형제와 대주병들은 더욱 힘이 났다. 관우의 청룡도와 장비의 사모가 베고 후리고 찌르고 쑤시며 트는 길로 삼천 군마가 홍수처럼 밀려들었다. 성안의 유주병(幽州兵)들도 보고만 있지는 않았다. 기세 좋게 성문을 열고 나와 들이치니 장거의 군사들은 삼십 리나 쫓겨난 뒤에야 간신히 패군을 수습할 수 있었다.

그다음부터는 분전의 연속이었다. 데려간 대주병 삼천에다 그들이 분전으로 사기를 회복한 유주병 만여가 가세하자 보름도 안 돼 유주 일대는 유우의 다스림이 온전히 미치는 지역이 되었다.

그러자 유우는 민심의 수습에 들어갔다. 수하의 관원들과 군사들에게 터럭만큼도 백성을 괴롭히지 못하게 하고, 장거의 무리에 가담했던 자라도 마음 바꿔 돌아오면 관대하게 용서해주었다. 그런 다음 오환(烏丸)의 초왕 등 장거의 모반에 동조한 자들에게는 글을 보내 달래는 반면 장거와 장순의 목에는 큰 상을 걸었다.

민심이 차츰 자신을 떠나고 동조자들도 하나둘 떠나가자 일이 그른 것을 안 장거와 장순은 처자까지 버리고 변경 밖으로 달아났다. 그러나 장순은 그 수하인 왕정(王政)에게 목이 잘리어 유우에게 되돌아오고, 장거는 장순이 죽고 그 졸개들마저 항복해버리자 스스로 목매달아 죽었다.

겉으로 보아서는 유우의 공으로만 보였지만 사실 그 모든 것을 가능하게 한 것은 뒤를 받쳐주는 유비의 무력이었다. 유우도 그걸 잊지 않고 첩보와 함께 유비의 큰 공을 아뢰는 표를 올렸다. 조정은 유우를 태위로 삼고 용구후(龍駒侯)에 봉하는 한편, 유비도 독우 때린 죄를 면해주고 하밀(下密)이란 곳의 승(丞)으로 삼았다. 그 뒤 다시 유비는 고당(高堂)이란 곳의 위(尉)로 옮겼는데, 어느 편도 세운 공에 비하면 하잘것없는 시골 벼슬아치[郡吏]에 지나지 않았다.

나중에 간신히 별부사마(別部司馬)로 평원(平原)의 현령을 맡게 되지만 그것도 실은 공손찬의 강경한 표문 덕분이었다. 그사이 변방을 평정하고 오환 탐지왕(貪至王)과 그 족속들의 항복을 받는 등, 어느새 조정도 무시할 수 없을 만한 군벌로 자란 공손찬은 유비를 위함 못지않게 자기의 근거지 가까운 곳에서 세운 유우의 공을 깎기 위해서도 유비의 공을 힘껏 추켜세웠기 때문이었다.

장락궁의 피바람

구성이 죽고 장거, 장순의 난리가 가라앉은 뒤에도 크고 작은 민란과 소요는 끊이지 않았지만, 사실 그것들은 손과 발 또는 가지와 잎의 우환에 지나지 않았다. 그러나 곪으면 반드시 터진다던가, 마침내는 배와 가슴의 우환이라고 말할 수 있는 큰 난리가 다름 아닌 제도(帝都) 낙양성 안에서 준비되고 있었으니, 뒷날 이름한 바 '십상시의 난리'였다.

중평(中平) 육년 초여름 사월, 노환으로 누워 있던 영제(靈帝)는 스스로 명이 다했음을 알고 급히 대장군 하진(何進)을 궁궐로 불러들였다. 자신이 죽은 뒤의 일을 논의하기 위해서라는 구실이었다. 얼핏 보아서는 황후의 오라버니인 하진을 불러 황실의 뒷일을 부탁한다는 게 이상할 것도 없지만 사실 거기에는 좋지 못한 내막이 있었다.

하진은 원래 소와 돼지를 잡아 파는 도가(屠家)에서 몸을 일으킨 사람이었다. 출신은 천하지만 아리따운 누이가 있어 그녀가 궁녀로 들어가면서부터 운이 열리기 시작했다. 누이가 궁녀에서 황제의 눈에 들어 귀인(貴人)에 오르고, 다시 황자(皇子) 변(辯)을 낳자 황후 송씨(宋氏)를 몰아내고 황후의 자리에까지 오르니, 하진도 황실의 외척으로 따라서 지위가 올라 마침내는 대장군으로 나라의 대권을 쥐기에 이른 것이었다.

하지만 그 같은 하황후(何皇后)의 길이 결코 순조롭기만 한 것은 아니었다. 한때는 하황후에게 빠져 전(前) 황후인 송씨를 죄 없이 폐위시켰을 만큼 정신을 못 차리던 영제였으나 오래잖아 역시 후궁 가운데 하나인 왕미인(王美人)에게로 총애를 옮겼다. 누구보다도 자신이 바로 그런 경로를 거쳐 황후의 자리에까지 오른 하황후로서는 두려운 일이 아닐 수 없었다. 그러다가 그 왕미인이 다시 자신처럼 황자 협(協)을 낳자 참을 수 없게 된 하황후는 끝내 왕미인을 독살하고 말았다.

일찍 어미를 잃은 황자 협을 기른 것은 다름 아닌 영제의 어머니 되는 동태후(董太后)였다. 원래는 해독정후(解瀆亭侯) 유장(劉萇)의 아내였으나 아들이 환제(桓帝)의 양자가 되어 제위를 잇게 되자 궁중으로 모시어져 태후에 오르게 된 여인이었다.

그래도 양가 출신인 동태후에게 천한 백정의 누이인 며느리가 마음에 찰 리 없었다. 거기다가 거두어 기르는 사이에 황자 협이 남달리 영특한 것을 보자 흠뻑 정을 쏟게 되었다. 매양 하황후 소생인 변보다 영특하다는 이유를 내세워 협을 태자로 봉하도록 영제에게 권했고 영제의 마음도 차차 협 쪽으로 기울어져갔다.

그런 영제의 마음을 더욱 굳혀준 것은 환관들이었다. 번번이 싸워 이기기는 했지만 환관들 쪽으로 보면 역시 가장 힘겨운 적은 외척들이었다. 하진의 사람됨이 그리 똑똑지 못해 아직까지는 커다란 부담이 되지 않았지만, 하황후 소생인 변이 제위를 잇게 되면 사정은 크게 달라질 것임에 틀림없었다. 어린 황제를 대신해 사실상 정사를 휘어잡을 태후의 오라버니로서 언제 환관들에게 칼끝을 들이댈지 모르기 때문이었다.

그날 영제에게 하진을 궁 안으로 불러들이도록 한 것도 실은 그런 환관들의 꾀였다. 황제의 병세가 심상치 않음을 알자 중상시(中常侍) 건석(蹇碩)이 가장 충성스러운 듯한 얼굴로 병상 곁에서 아뢰었다.

"폐하, 만일 왕자 협으로 뒤를 잇게 하시려면 반드시 대장군 하진을 먼저 주살하셔야 합니다. 그러지 않으면 큰 근심거리가 남게 되오니 그를 홀로 불러들여 베어버리십시오."

비록 혼미한 가운데서지만 이미 협을 태자로 세울 뜻을 굳히고 있던 영제는 선선히 그 말을 받아들였다. 병권을 거지반 잡고 있다 해도 좋은 대장군 하진을 손쉽게 제거하는 길은 그밖에 없다고 판단했던 까닭이다.

하지만 내막을 알 리 없는 하진은 영제의 부름을 받자 별 생각 없이 궁으로 향했다. 그의 둔한 머리로는 제위를 잇게 될 생질 변을 잘 돌봐주라는 고명(顧命)이라도 내리려는 것쯤으로 지레짐작한 때문이었다.

그런데 궁문에 이르러 막 안으로 들려 할 때였다. 사마 반은(潘隱)이 가만히 다가와 일러주었다.

"들어가셔서는 아니 됩니다. 건석이 공을 해하려고 폐하를 충동해 부르게 한 것입니다."

제 나름으로는 무슨 속셈이 있었던지 하진은 가까운 사람을 궁 안 여기저기 박아두었는데 반은은 그 가운데 한 사람이었다.

반은의 말에 크게 놀란 하진은 급히 자기 집으로 되돌아갔다. 그리고 집안에서 부리는 종들과 먹여주고 재우며 기르는 손님들과 함께 사는 안팎 피붙이들을 모조리 무장시킨 뒤 사람을 보내 대신들을 자기 집으로 청해 들였다. 황후의 오라버니요, 어쩌면 황제의 외숙부가 될지도 모르는 대장군 하진의 부름이라 전갈을 받은 이는 거의 빠짐없이 모여들었다.

마음에 두고 있던 사람들이 대강 모였다 싶자 하진은 천천히 입을 열었다.

"쥐 같은 환관의 무리가 우리 사백 년 한나라 조정의 기둥과 대들보를 쓿어 사직을 위태롭게 한 지 이미 오래되었소. 그 죄로 보면 아래로 땅끝을 덮고 위로 하늘 꼭대기에 사무치는 바가 있으나 성상(聖上)의 뜻이 지엄하여 함부로 손대지 못했소이다. 그런데 이제 그 무리는 성상의 환후를 틈타 감히 한 나라의 대장군을 모살하고 보위를 넘보는 흉계를 꾸미고 있소. 이에 하늘을 대신하여 그들을 모조리 쓿어버리려 하거니와 공들의 의향은 어떠시오?"

비록 미천한 출신이나 벌써 십여 년 높은 벼슬만을 골라 지내는 사이에 제법 위엄이 서린 어조였다. 좌중의 한 사람이 몸을 일으켜 하진의 말을 받았다.

"환관들의 세력은 충제(沖帝), 질제(質帝) 시절부터 일어 오늘에
이르기까지 그 자라고 뻗은 지가 오랩니다. 이제 줄기는 무성하고
뿌리는 넓게 퍼졌으니 어찌 한꺼번에 모조리 죽여 없앨 수 있겠습니
까? 만약 일을 꾸밈에 치밀하지 못해 도리어 저들의 귀에 이 말이
들어간다면 멸문의 화를 면하기 어려울 것입니다. 바라건대 대장군
께서는 반드시 밝고 세밀하게 살펴 거행하도록 하십시오."

하진이 말하는 사람을 보니 전군교위(典軍校尉)로 있는 조조였다.
평소에는 그 재주를 아껴 가까이 거두었으나, 그가 바로 환관의 자
식이라는 걸 떠올리자 노기부터 치솟았다. 한 소리 크게 질러 조조
를 꾸짖었다.

"큰일을 도모하는 데 멸문의 화를 먼저 걱정하니, 너 같은 소인배
가 어찌 조정의 대사를 알겠느냐."

환관의 자식놈이라고 내뱉지 않은 것만도 많이 참은 셈이었다. 조
조를 아끼는 사람들도 조조의 말이 환관들을 두둔하는 것 같은 생각
이 들었던지 의심스런 눈길로 조조를 보았다. 그런 분위기를 느끼자
조조도 더는 입을 열 기분이 들지 않았다. 다만 가만히 마음속으로
탄식했다.

'이제 하진의 어리석음이 큰 화를 부르겠구나……'

조조를 꾸짖어 그 입을 다물게는 하였으나 하진도 가만히 생각해
보니 조조의 말에 일리가 있었다. 특히 그의 누이인 하황후가 미천
한 집안의 딸로 그토록 귀한 자리에 오를 수 있었던 것이 바로 장양
을 위시한 몇몇 환관들의 도움에 힘입은 바 크다는 것을 곁에서 지

켜보았기에 더욱 환관들의 무서운 힘을 잘 알 수 있는지도 모를 일이었다.

그 자리에 있던 다른 대신들도 마찬가지였다. 출신 때문에 조조의 말을 의심했지만, 돌이켜보면 아무래도 무시해버릴 수 없는 말이었다. 순제(順帝) 때의 외척 염현(閻顯), 환제(桓帝) 때의 양기(梁驥), 그리고 영제(靈帝) 때의 두무(竇武) ─ 한결같이 환관들을 향해 먼저 칼을 빼든 것은 그들 외척 고관들이었으나 번번이 환관들에게 도리어 당하고 말지 않았던가.

그렇게 되니 쉽게 의논이 정해질 수가 없었다. 서로 말하기를 주저하고 있는데 늦게까지 궁성에 남아 형세를 살피던 반은이 뛰어들어 놀라운 소식을 전했다.

"성상께서는 이미 붕어하셨습니다. 그런데 건석 등 십상시들은 의논을 맞추어 발상(發喪)을 않기로 했다고 합니다. 먼저 거짓 조서로 대장군을 불러들여 죽임으로써 뒷탈을 없앤 뒤에 황자 협을 받들어 제위를 잇게 하려는 술책임에 틀림없습니다."

그런데 미처 그 말이 끝나기도 전에 칙사가 당도하여 다시 하진에게 급히 궁으로 들라는 제명을 전했다. 조칙이 거짓이라는 걸 이미 알고 있는 하진은 사신을 잡아두게 하고 의논을 계속했다. 일이 급박한 것을 본 조조가 참지 못하고 다시 나섰다.

"오늘 취할 마땅한 계책은 먼저 천자의 자리를 바로 정한 뒤에 수염 없는 도적들을 도모하는 것입니다."

그 말만은 하진도 옳게 여겼다. 좌우를 둘러보며 물었다.

"그건 맹덕(孟德)의 말이 옳다. 누가 나를 도와 대위(大位)를 바로 잡고 역적들을 뿌리 뽑겠는가?"

하진의 말이 떨어지기 무섭게 한 사람이 벌떡 몸을 일으키며 우렁차게 대답했다.

"바라건대 제게 정병 오천만 주십시오. 궁궐 문을 깨뜨리고 들어가 새로운 천자를 모신 뒤에 환관놈들을 모조리 쓸어, 가깝게는 조정을 깨끗이하고 멀게는 천하를 평안케 하겠습니다."

하진이 기쁜 마음으로 바라보니 사예교위(司隸校尉)로 있는 원소(袁紹)였다. 굳이 벼슬길을 마다하는 그를 중군교위(中軍校尉)로 처음 조정에 불러들인 것이 바로 자신이라 하진은 더욱 마음이 기뻤다.

"역시 원본초(袁本初)뿐이로구나. 자네가 나서준다면 두려울 게 무어 있겠나."

라고 하며 원소에게 어림군(御林軍) 오천을 점고(點考)하여 맡겼다.

원소는 온몸을 갑주로 감싼 채 어림군을 이끌고 궁문을 깨뜨려 길을 열고, 하진은 하옹(何顒), 순유(荀攸), 정태(鄭泰) 등 대신 서른 몇을 이끌고 뒤를 따랐다.

잔꾀에는 밝은 환관들이지만 막상 큰일을 당하고 보니 계책이 없었다. 황망하여 제 몸 하나 보전할 궁리들만 하고 있는 사이에 하진은 태자 변을 부축하여 제위로 나아가게 했다. 뒤따라 문무백관이 만세를 불러 새 황제의 등극을 기뻐하니 이가 곧 후한의 소제(少帝)였다.

이때 십상시의 우두머리인 건석은 궁궐의 화원 꽃 그늘에 몸을 숨기고 있었다. 가히 내시들의 무력이라 할 수 있는 서원팔교위의 우두머리로서, 원소의 오천 군이 들이닥칠 당시만 해도 그의 손안에는 그에 못지않은 금군(禁軍)이 있었다. 거기다가 원소의 원래 벼슬인 중군교위 또한 그의 지휘 아래 있는 서원팔교위의 하나였으나, 한번 대항해볼 엄두도 내지 못하고 달아나 숨은 곳이 기껏 한 길도 안 되는 궁궐의 꽃밭이었다.

사사로운 욕심으로 뭉친 무리의 약점은 어려움을 당했을 때 가장 잘 드러나는 법이다. 역시 중상시 가운데 하나인 곽승(郭勝)이란 자가 있었다. 가만히 생각해보니 하진을 불러 해하려던 일은 대개 건석이 주동된 일이라 모든 죄를 그에게 뒤집어씌워 죽이면 자신은 살 길도 있을 것 같았다.

슬그머니 칼을 빼들고 다가가 건석을 찔러버렸다. 그리고 아직 건석의 명령을 받들고 있는 금군들을 달래 대장군 하진에게 투항해버렸다.

생각 밖으로 손쉽게 소제를 즉위케 하고 문무백관의 하례를 받고 있던 하진은 곽승의 그 같은 투항에 크게 기뻤다. 곧 그 죄를 없이하고 금군들을 거두어들이게 했다. 원소가 그걸 보고 하진을 일깨웠다.

"환관들은 패를 지어 나라를 어지럽혔을 뿐만 아니라 대장군의 목숨까지 해하려 한 못된 무리들입니다. 오늘 이 기세를 타 저것들을 모조리 주살해야 합니다. 부디 이 기회를 놓쳐 후환을 남겨두는 일이 없도록 하십시오."

그러나 하진이란 자의 사람됨이 또한 그리 밝지 못하였다. 그날의 형세를 모조리 자신에게 유리하게만 해석하고 있는 데다 옛날 미천했던 시절에 자기들 오누이를 도와준 환관들의 은공에 얽매여 얼른 결단을 못 내리고 망설였다.

그사이 숨어서 일이 돌아가는 형편만 살피고 있던 나머지 환관들은 하진과 원소의 그 같은 대화를 전해 듣자 곧장 하태후에게 달려갔다. 그리고 전날 하태후를 한낱 궁녀에서 황후로까지 올리는 데 가장 공이 큰 장양을 앞세워 애걸했다.

"처음부터 대장군을 해하려고 일을 꾸민 자는 건석 한 사람뿐이었고, 저희들은 전혀 간여한 바 없습니다. 그런데도 대장군께서 원소의 말만 듣고 저희 모두를 죽이려고 하십니다. 태후마마, 저희들을 가엾게 여기시어 부디 성명이나 보존케 해주십시오."

하태후는 오히려 그 사람됨이 오라비 하진에게조차 미치지 못했다. 한때의 은인이기도 한 장양이 허연 머리를 굽히고 눈물로 빌자 금세 마음이 풀어졌다.

"너희들은 너무 걱정하지 마라. 내 마땅히 너희를 지켜주리라."

그리고 하진을 불러들여 말했다.

"오라버니, 우리는 원래 가난하고 보잘것없는 집안에서 올라왔습니다. 만약 그때 저 장양 등이 곁에서 도와주지 않았다면 어찌 오늘과 같은 부귀를 누릴 수 있겠습니까? 비록 건석이 흉측한 뜻을 품어 우리를 해하고자 하였다 하나 이미 그자는 죽임을 당했고 나머지는 죄가 없다 합니다. 그런데도 오라버니는 어찌 다른 사람의 말만 믿고 환관들을 모조리 베어 죽이려 하십니까?"

그 말을 듣자 원소의 거듭된 권유로 간신히 다잡아먹었던 하진의 마음은 다시 돌아섰다. 태후전을 나오기 무섭게 뭇 관원들에게 일렀다.

"건석은 나를 해치고자 했으니 마땅히 일족을 멸해 본보기로 삼을 것이로되, 그 나머지는 쓸데없이 해를 끼치지 않도록 하라."

그 말에 누구보다 놀란 것은 원소였다. 결연하게 소리쳤다.

"만약 잡초를 베고도 그 뿌리를 뽑지 않으면 반드시 좋은 밭을 망치게 될 것입니다. 대장군께서는 거듭 살펴 처결하십시오."

그러나 이미 마음이 돌아선 하진은 오히려 나무라듯 원소의 말을 받았다.

"내 뜻은 이미 정해진 바다. 원본초는 여러 소리 말라."

이에 다른 관원들도 더 입을 열지 못하고 한결같이 속으로만 탄식하며 물러났다. 그러나 단 한 사람 싸늘한 결의의 칼날을 착잡한 표정 아래 숨기며 궁문을 나서는 이가 있었다. 출신 때문에 그날의 일에서는 어쩔 수 없이 한편으로 밀려나야만 했던 전군교위 조조였다.

"한나라의 날은 이제 다했다. 남은 것은 다만 떠날 구실을 찾는 일뿐."

조조는 홀로 그렇게 중얼거렸다. 조조가 그렇게 단언하게 된 것은 하진이 원소의 권유를 뿌리치고 십상시의 무리를 살려준 때문만은 아니었다. 다른 대신들과는 달리 조조에게는 환관들이야 죽건 살아남건 그리 중요한 일로 여겨지지 않았다. 오히려 그가 한 제국의 몰락을 단언하고, 그때껏 애써 지녀온 충성의 서약을 철회하려고 마음먹게 된 것은 결국 개악으로 끝나버린 그날의 작은 정변 자체였다.

먼저 조조를 실망시킨 것은 새로운 천자 소제였다. 듣기에는 열일곱 살이라 했지만 막상 보위에 앉은 모습을 보니 그저 그 한바탕의 소란에 겁먹고 질린 허약한 소년에 지나지 않았다. 따지고 보면 죽은 영제도 결코 영특하거나 빼어난 군주는 못 되었다. 그러나 제위에 오른 것은 성년이 된 뒤였고, 또 충신인 진번(陳蕃)과 두무 등이 추대한 사람이었다. 비록 환관들의 농간에 넘어가 정사를 그르치긴 해도 지켜야 할 최소한의 위엄만은 내외정(內外廷)을 가리지 않고 끝내 지켜나갔다. 그런데도 어리고 허약한 새 황제에게는 그나마도 기대할 수가 없었다.

그러나 더욱 조조의 우려를 깊게 한 것은 그런 소제를 지켜줄 막료 장치(幕僚裝置)였다. 일단은 외정(外廷)의 대신들을 등에 업은 하진에게 국권이 돌아갔으나 그 뒤의 혼란은 불 보듯이 뻔했다. 대장군 하진을 정점으로 하는 외척 세력이 권세를 잡았다고 해서 기울어진 한나라 제실이 회복될 가망은 거의 없었다. 기껏해야 그 변화는 탐욕스런 환관들 대신에 어리석고 미천한 한 떼의 외척들이 다시 국권을 농하게 되리라는 예고에 지나지 않았다.

일시적으로 기세가 꺾이기는 했지만 만만찮을 환관들의 반격도 한실의 앞길에 드리워진 짙은 어둠일 수 있었다. 대장군 양기나 대장군 두무처럼 하진 따위와는 비교도 되지 않을 만큼 지략을 갖추었던 외척의 우두머리들도 환관들의 반격 앞에서는 그토록 힘없이 허물어지지 않았던가. 그런 면에서는 환관들을 한꺼번에 쓸어버릴 좋은 기회를 놓친 하진을 애석해하는 대신들에게도 이유는 있는 셈이었다.

그밖에 조조가 보고 있는 또 하나 한실에 대한 위협은 세상이 어지러운 그 십여 년 동안 거의 도성의 군사력을 넘어설 만큼 강대한 군대를 거느리게 된 지방의 군벌들이었다. 그들도 처음에는 모두 황제의 부월(斧鉞)과 인수를 받아 떠난 장군들이었지만, 대개 변방 요새의 오랑캐들을 막기 위한 배치라 상대할 오랑캐들을 잘 아는 이들을 보낸 만큼, 어느 정도 호화(胡化)된 상태였다. 거기다가 또한 대개는 조정으로부터 멀리 떨어진 곳에서 오랑캐들의 습속만을 보고 듣고 하는 사이에 더욱 호화된 그들의 심성에는 충성의 기반이 약했다. 거느린 장졸들도 오랫동안 오랑캐들과 이웃하여 사는 동안 그들에게 동화되거나 바로 그 오랑캐들에게서 병사를 뽑아 호화가 심했고, 더욱이 멀리 있는 천자의 명보다는 자기들의 우두머리를 위해 싸울 만큼 그 군벌의 사병(私兵)이나 다름없었다.

아직은 서량 쪽에서 주로 강(羌)족을 토벌하며 기반을 굳힌 동탁과 유주 동북에서 선비(鮮卑), 오환(烏丸)을 상대로 세력을 기른 공손찬이 두각을 드러내고 있을 뿐이지만, 그들 외에도 거의 조정의 명이 도달하지 않는 상태의 군벌은 여럿 있었다. 그들 가운데 누가 외척과 환관들의 싸움을 틈타 도성으로 군사를 몰아올지는 아무도 예측할 수 없었다. 그리고 그 경우에는 환관들의 발호(跋扈)나 외척의 전횡과는 비교도 안 될, 바로 한나라의 목줄기에 비수를 들이대는 일이나 다름없는 위협이 될 것이었다.

생각이 거기에까지 미치자 조조는 자신도 모르게 가슴 깊은 곳에서 타기 시작하는 야망의 불길을 느끼며 나직이 중얼거렸다.

"곧 힘이 모든 것인 시절이 올 것이다. 힘이 바로 충성이고 힘이 대의명분인 시절이……."

그러자 문득 급히 해야 할 일이 떠올라 집으로 발길을 재촉했다.

원래 조조 일가의 근거지는 패국 초(譙) 땅이었다. 조조의 아버지 조숭(曹嵩)도 그 아비 조등(曹騰)이 닦아둔 기반과 재물에 힘입어 도성에 나와 살기도 했지만 항상 근거를 초현에 남겨두었고, 조조 또한 그 점에서는 아버지와 비슷했다. 그러나 이태 전 조숭이 일억만 전으로 삼공(三公)의 하나인 태위 자리를 사게 되면서 사정은 조금 달라졌다. 태위가 무거운 경직(京職)이니만큼 살림집을 도성 안에 마련하지 않을 수 없게 된 조숭은 삼공에 어울리는 큰 저택을 마련하고 가솔들을 모두 낙양으로 옮겨 앉게 했다. 그 무렵 동군(東郡) 태수의 자리에 있던 조조도 일시 관직을 사퇴하고 아버지가 비운 향리(鄕里)를 대신 지켰으나 역시 이듬해 다시 전군교위로 낙양에 돌아오게 되자 조조 일가는 온전히 낙양으로 옮긴 셈이 되고 말았다.

조조가 동군 태수 자리를 내던지고 훌훌히 고향으로 돌아가 보낸 일년에 대해서는 여러 가지로 말해지고 있다. 그러나 그 시기가 부친 조숭이 일억만 전을 들여 태위 벼슬을 산 때와 일치하는 것으로 보아 그 일과 어떤 연관이 있음에 틀림이 없다. 관작을 사고파는 것이 이미 흔한 일이었지만, 자신의 아버지이기에 그처럼 높은 벼슬에는 어울리지 못함을 누구보다 잘 알 수 있었던 조조였다. 그런데 바로 그 아버지가 환관으로 긁어모은 양부의 재물로 삼공의 자리를 샀다는 일이 충격적이었을 것이다.

따라서 우선 짐작이 되는 것은, 그 일이 그 무렵 마지막 불꽃으로 타오르고 있던 조조의 한 제국에 대한 충성에 찬물을 끼얹은 격이 되었으리라는 점이다. 그러나 단순히 그 일에 대한 실망만으로 태수 자리까지 내던졌다고 보는 것은 뒷날로 미루어 조조를 너무 감상적이고 나약하게만 해석하게 될 것 같다. 그보다는 차라리 그 일을 통해 자기가 나중 걷게 될 길을 예감하고, 고향으로 돌아가 자신의 세력 기반을 다시 한번 점검해두었다고 보는 편이 옳으리라.

하후연, 하후돈을 비롯한 생가 쪽의 피붙이들, 조홍, 조인을 비롯한 양가 쪽의 피붙이들, 그리고 이전과 악진을 비롯한 유협(遊俠) 시절의 패거리들, 그들은 모두 조조의 권유를 충실히 따랐다. 각기 황건 토벌의 의군을 일으켰고, 난이 평정된 뒤에도 잔당들을 핑계로 약간의 무력 기반을 연(兗), 예(豫) 일대에 가지고 있었다. 그러나 그 몇 년 조조가 마지막이기에 더욱 뜨거운 충성으로 벼슬살이에 골몰해 있는 동안 서로간의 연결이 끊기다시피 해 있었는데, 초현에서 보낸 일 년이 다시 조조와 그들을 굳게 묶어두게 해주었다.

조조가 다시 전군교위 직을 받아들여 낙양으로 돌아온 것은 그들과의 연결이 예전처럼 회복된 뒤였다. 조정에서 멀리 떨어진 초 땅에 머물러 있다가 대세의 흐름을 바로 읽지 못해 시기를 놓치는 어리석음을 저지르지 않기 위해서이기도 했지만, 그때만 해도 아직 조조의 마음에는 한실에 대한 한 가닥 미련이 남아 있었다. 그러나 영제의 죽음과 그에 따른 한차례의 혼란은 그 한 가닥 미련마저 끊어버리고 만 셈이었다.

"아버님, 즉시 가솔들과 함께 초현으로 내려갈 채비를 갖추십시오."

조조는 집으로 돌아오자마자 조숭을 찾아보고 그렇게 입을 열었다. 평소 아들의 말이라면 무엇이든 믿어주는 조숭이었지만 그 말은 좀 뜻밖인 모양이었다. 아침 나절 궁궐에 변란이 일었다는 소문이 돌더니 다시 변란이 가라앉고 태자 변이 무사히 제위에 올랐다는 말이 들려 마음을 놓고 있는데 갑자기 아들이 어두운 얼굴로 낙향 준비를 하라고 나왔기 때문이었다.

"오늘 궁궐 안에서 무슨 일이 있었느냐? 왜 우리가 그토록 급히 낙양을 떠나야 한단 말이냐?"

그 같은 조숭의 물음에 조조는 간략히 그날 있은 일을 말한 뒤 한결 어두운 목소리로 덧붙였다.

"비록 오늘 일은 건석 하나만의 죽음으로 끝났으나, 외정 대신들의 미움과 백성들의 원망이 그대로 남아 있고, 하진 또한 귀가 엷어 남의 말을 잘 듣는 자입니다. 언제 황문(黃門, 환관 집안)에 피바람이 몰아칠지 모릅니다. 아버님께서는 마침 태위에서 물러나신 지도 여러 달 되니, 이만 가솔들을 이끌고 고향으로 내려가셔서 버려둔 옛집과 전답을 돌보도록 하십시오."

마음속으로는 달리 헤아리는 바가 있었지만, 말한다고 해야 조숭이 잘 알아들을 것 같지도 않거니와 함부로 입 밖에 낼 말도 못 되는 일이라, 조조는 낙향의 이유를 그렇게 둘러댔다. 겁 많은 조숭은 아들의 그 말만으로도 안색까지 변했다. 오갈 데 없는 환관의 자식인 만큼 환관들의 일족을 멸한다면 자기 목숨도 남아날 리 없겠기 때문이었다. 조숭은 그 자리에서 가복들을 불러 초현으로 내려갈 채비를 서두르라 일렀다. 그리고 조조까지도 함께 내려가기를 권했다.

"소자는 따로 이곳에 남아 할 일이 있습니다. 만일 무슨 일이 있더라도 이 한 몸 빼내기는 어렵잖은 일이니 소자의 일은 너무 심려 마십시오."

조조는 그렇게 조숭을 안심시킨 뒤 첩 변씨(卞氏)의 방으로 건너갔다. 변씨는 마침 자신에게는 맏아들이 되는 세 살 난 비(丕)를 재우고 있었다. 초현에 은거해 있을 때 얻었는데 태어날 때 수레뚜껑 같은 둥그런 푸른 기운이 아이를 감싸고 있어 보는 사람들이 한결같이 기이하게 여긴 적이 있었다.

반색하는 변씨의 인사말에도 불구하고 조조는 한동안 잠든 아들을 물끄러미 내려다보았다. 문득 이제 자신이 가려고 마음먹는 길이 그 어린 것의 앞날에 어떤 삶을 가져다줄 것인지 하는 생각이 들어서였다. 그러다가 바깥의 수런거림을 이상히 여긴 변씨가 몇 번이고 거듭 까닭을 물은 뒤에야 조용히 그 까닭을 일러주었다.

하지만 맨 먼저 황궁을 뒤흔든 회오리는 조조도 미처 예측하지 못했을 만큼 엉뚱한 곳에서 일었다.

자신의 소생인 소제가 대위에 오른 다음 날 하태후는 오라비 하진을 높여 참록상서(參錄尙書)로 삼고 나머지 공 있는 자들에게도 골고루 벼슬을 내렸다. 아직 나잇값을 못하는 황제를 대신한 섭정을 시작한 셈이었다. 그렇게 되자 영제의 생모요, 명분으로는 황실의 가장 큰어른이 되는 동태후가 가만히 있지를 않았다. 몰래 장양을 비롯한 몇몇 중상시를 불러 의논했다.

"하진의 누이는 원래 미천한 집 여식이었으나 내가 그를 궁으로 불러들였고 마침내는 황후의 자리에까지 오르게 했다. 그런데 이제 그 자식이 대위를 잇게 되자 방자함과 참람됨이 차마 눈뜨고 볼 수가 없다. 그러함에도 내외정의 신하들은 한결같이 저것들 남매에 빌붙어 그릇됨을 바로잡으려 들지 않고, 저것들의 위의(威儀)와 권세 또한 크고 무거우니 나는 장차 어쩌면 좋겠는가?"

그렇잖아도 하룻밤 새 천하를 앗겨버린 듯 허탈함에 빠져 있던 환관들은 동태후의 그 같은 물음을 받자 가시덤불 속에서 길을 찾은 듯이나 기뻤다. 장양이 곧 한 꾀를 내어 일러주었다.

"태후께서 우리 한실의 가장 큰어른이십니다. 아직 성상께서 연소하시니 당연히 발을 드리우고 정사에 간여하실 수 있는[垂簾聽政] 권한이 있습니다. 내일로 그 영을 내리신 뒤에 먼저 황자 협을 왕에 봉하시고 또 국구 동중(董重) 그분께도 높고 힘있는 벼슬을 내리시어 병권을 잡게 하십시오. 그런 다음 저희들을 무겁게 써주신다면 큰일을 꾀해 안 될 것도 없을 것입니다."

듣고 보니 그럴싸했다. 동태후 또한 크게 기뻐하며 그 꾀를 따랐다. 자신이 태황태후(太皇太后)임을 앞세워 다음 날로 수렴청정의 전지(傳旨)를 내린 뒤, 황자 협을 진류왕(陳留王)에 봉하여 은근한 견제 세력으로 삼고, 동중은 표기장군으로 불러들여 하진이 오로지하고 있는 병권의 일부를 앗게 했다. 또 숨조차 제대로 쉬지 못하고 있던 장양의 무리도 다시 중상시의 자격으로 정사에 참여케 했다.

명분으로는 어머니뻘인 동태후가 나서서 하는 일이라 하태후도 한동안 속수무책이었다. 그러나 곧 한 꾀를 짜냈다. 잔치를 벌이고 동태후를 청해 공손한 말로 달래보는 일이었다. 어느 날 궁중에 술자리를 차리고 동태후를 청한 하태후는 때를 보아 술 한잔을 받들어 올린 뒤 두 번 절하고 공손히 입을 열었다.

"태후마마께 한 말씀 아뢸 것이 있사옵니다. 어리석다 물리치지 마시옵고 들어주시옵소서."

"무엇이오?"

하태후가 전에 없이 자신을 낮추고 숙여오는 까닭이 석연치 않던 동태후가 의심스런 눈길로 물었다.

"태후마마와 이 몸은 비록 높임을 받는 자리에 앉게 되었으나 한낱 아녀자에 지나지 않사옵니다. 조정의 정사에 간여하는 것은 마땅한 일이 아닌 줄로 여겨집니다. 지난날 여후(呂后, 한고조의 비)께서 나라의 중한 권세를 잡으셨다가 끝내는 족중(族中) 천여 명이 도륙을 당하신 참변도 있지 않사옵니까? 어리석은 소견이나, 마마와 소비(小妃)는 아울러 구중 깊은 곳으로 돌아가고, 나라의 큰일은 대신과 원로들이 의논케 하는 것이 마땅한 것 같사옵니다. 부디 가볍게 듣지 마시옵소서."

말투며 몸가짐은 한껏 공손해도 그 뜻에는 자못 위협까지 섞인 달램이었다. 이미 자신의 세상이 된 줄로 잘못 알고 있는 동태후가 그걸 참고 들어 넘기려 들 리 없었다. 대뜸 소리 높여 하태후를 꾸짖었다.

"너는 전에 투기로 왕미인을 독살하더니, 이제는 감히 내게까지 어지러운 말을 하는구나. 네 아들이 대위에 오른 것과 네 오라비 대장군 하진의 위세를 믿는 모양이다만, 나야말로 표기장군에게 조칙만 내리면 네 오라비의 잘린 목을 얻기는 손바닥 뒤집기보다 쉽다는 걸 어찌 모르느냐?"

그렇게 되자 하태후도 참지 못했다.

"나는 좋은 말로 권한 것인데 마마께서는 무엇 때문에 도리어 그리 화를 내십니까?"

"뭣이라고? 소 돼지나 잡아 팔고 지내던 하찮은 것들이 무얼 안다고 함부로 입을 여느냐?"

동태후는 더욱 화를 내서 소리쳤다. 하태후도 이미 좋게 끝나기는 틀렸다 싶은지 거침없이 대들었다. 그대로 두면 정말로 볼썽사나운 일이라도 벌어질 것 같은 기세들이었다. 그러자 숨어서 보고 있던 환관들이 동태후를 말려 자신의 궁궐로 돌아가게 했다. 아직 제대로 힘을 갖추지 못한 상태에서 지나치게 하태후를 자극하는 것은 이롭지 못하다고 여긴 까닭이었다.

하지만 일은 이미 엎질러진 물이었다. 좋은 말로 해결되기는 글렀다고 단정한 하태후는 그날 밤으로 오라비를 불렀다.

"동가(董家) 성을 쓰는 그 늙은 것이 권하는 술은 마다하고 기어이 벌주를 마시겠다는구려. 급히 손을 써야겠소."

하태후는 하진에게 낮에 있었던 일을 말해 준 뒤 동씨 일족을 제거하도록 시켰다. 하진도 그 일에서만은 자못 민첩하게 움직였다. 나오는 길로 삼공을 불러 대강 의논을 맞춘 뒤 이튿날 일찍 조회를 열었다. 그리고 동태후가 원래 번왕(藩王)의 비에 지나지 않았다는 점을 들어 황궁 안에 기거하는 것이 옳지 않다고 상주케 했다. 영제인 유굉(劉宏)이 해독정후의 아들로 환제의 뒤를 이었으므로 그 생모인 동태후가 정궁(正宮)이 아닌 약점을 찌른 것이었다. 황제가 어머니와 외숙부의 편을 들어 허락하니 동태후는 그날로 궁궐에서 쫓겨나 하간(河間) 땅으로 옮겨졌다.

그다음은 동중의 차례였다. 앞서 동태후 덕분에 표기장군이 되고 약간의 병마까지 거느린 동중이라 가볍게 다룰 수 없었다. 먼저 금군을 점고하여 동중의 부택(府宅)을 겹겹이 둘러싼 뒤 표기장군의 인수부터 빼앗게 했다. 그러나 동중은 이미 일이 위급함을 알고 스스로 목을 찔러 죽고 군사들은 흩어진 뒤였다.

본래의 품성이 그러한지 정치적인 훈련 덕택인지는 알 수 없지만, 남자는 권력의 단맛과 아울러 그 두려움도 안다. 그러나 여자는 한번 권력의 단맛을 보면 그 두려움은 곧 잊어버린다. 그것이 어쩌다 권력 핵심에 접근하게 된 남자보다는 여자 쪽이 더욱 쉽게 걷잡을 수 없는 도취에 젖고 종종 처참한 파멸로까지 가게 되는 까닭일 것이다.

하태후의 옳고 그름을 가리지 않기로 하고 본다면, 동태후의 경우도 그 한 예가 될 수 있으리라. 수렴청정으로 대권을 잡게 된 것은 거의 행운에 가까운 일이었음에도 한번 권력의 단맛을 보자 동태후는 그 두려움을 깨끗이 잊어버렸음에 틀림없었다. 그리하여 앞뒤를 헤아리지 않은 도취로 가만히 두었어도 크게 부족함이 없는 친정집을 하루아침에 폐허로 만들고, 그녀 자신도 비참한 최후를 맞게 되기 때문이었다.

하진이 보낸 사람에 의해 하간 땅 으슥한 곳에서 독살된 동태후의 시체는 두 달 뒤 낙양으로 옮겨졌다. 남의 눈을 꺼린 하진은 턱없이 후한 장례로 동태후를 높이고 문릉(文陵)에 들게 하지만, 그 어떤 것이 강요된 죽음의 고통을 덜어줄 수 있었겠는가.

한편 장양과 단규를 비롯한 환관의 무리는 믿던 동태후가 어이없이 쫓겨나자 큰 두려움을 느꼈다. 동태후의 뒤에서 꾀를 댄 것이 바로 자기들이란 걸 알면 이번에는 정말로 살아날 길이 없을 것 같았기 때문이었다.

하지만 좋건 나쁘건 꾀란 쓸수록 늘게 마련이다. 여럿이 머리를 맞댄 결과 다시 살아남을 궁리가 떠올랐다. 하진의 아우 가운데 어리석은 주제에 욕심만 많은 하묘(何苗)란 자가 있다는 것과 또 콩, 팥을 제대로 구별하지 못하면서도 딸인 하태후에게는 힘이 있는 늙은 어미가 있다는 것을 이용한 꾀였다. 환관들은 딸 덕택에 무양군(舞陽君)에 봉해진 하태후의 어미와 그 못난 아들에게 온갖 금은보화를 싸들고 가 애걸했다.

"저희들이 동태후를 부추겼다는 것은 모두 저희를 미워하는 자들의 모함입니다. 부디 두 분께서 태후마마와 대장군께 아뢰어 이 미천한 목숨을 구해주십시오."

그리고 한편으로는 싸들고 간 금은보화를 헤쳐 보이며 그들 모자의 욕심을 일으키게 하는 것도 잊지 않았다.

"여기 가져온 것은 황망한 김에 제대로 갖추지도 못한 저희들의 작은 정성입니다. 이번에 살려만 주신다면 저희 모두의 땅과 집을 팔더라도 이 열 배로 은혜를 갚겠습니다."

딸과 누이 덕분에 호강을 누린 지 오래인 그들이었지만 싸들고 온 것이 하도 엄청나니 놀라지 않을 수 없었다. 거기다가 일만 잘 이루어진다면 그 열 배를 더 내놓겠다는 바람에 그들 모자는 앞뒤 헤아릴 것도 없이 응낙하고 말았다. 그리고 그날부터 아침저녁으로 태후궁(太后宮)을 드나들며 십상시의 일을 좋게 말해 마침내는 그들의 질긴 목숨을 구해냈다.

하지만 목숨이 위태로울 때는 아까운 줄 모르던 재물이었으나, 살았다 싶기 무섭게 환관 특유의 물욕이 되살아났다. 더군다나 무양군과 하묘 모자에게 한 약속을 지키려면 아직도 바친 것의 열 배를 더 바쳐야 했다. 거기서 십상시들은 전보다 한층 이를 갈며 하진의 일족을 없앨 궁리에 몰두하게 되었다.

그때 마침 구실이 되어준 것이 바로 하진에 의한 동태후 독살이었다.

"하진 그 백정 놈이 짐독(鴆毒)으로 태후를 죽이고, 저도 낯이 없는지 병을 핑계로 나다니질 않는다네. 좋은 기회일세. 놈이 한 짓을 널리 나라 안에 퍼뜨리세. 뿐만 아니라 놈은 대위(大位)까지 넘보고 있으며, 우리를 그토록 죽이려 드는 것도 우리가 충성으로 사직을 버티고 있어 대사를 도모하는 데 방해가 되기 때문이라고 덧붙이세. 일이 잘되면 외정의 대신들이나 백성들이 들고 일어나 놈을 몰아내는 수도 있고, 일이 못 되어도 하진 그놈이 우리를 함부로 죽이려 들지는 못할 것이네."

대강 그렇게 의논을 맞춘 십상시는 그날부터 몰래 자기 편 사람을 풀어 그런 말을 퍼뜨리게 했다.

세간에 떠도는 근거 없는 소문을 유언비어라 한다. 그런 유언비어가 떠돌게 되는 원인은 두 가지로, 하나는 정치적 폭력에 의해 언로(言路)가 막혀 있을 경우이고, 다른 하나는 정당성을 공적으로 확보하지 못한 집단 또는 개인이 자기를 드러내지 않고 상대를 공격하는 비열한 수단으로 쓰는 경우이다.

하지만 그 어느 편도 진실보다는 퍼뜨린 자 또는 조작한 자의 주관과 목적에 더 충실하게 되어 있다는 점에서는 동일하다. 정의감에 의해서든, 사적인 이익을 위해서든, 또는 정치적 폭력을 겁내서이건, 자기를 드러내면 금세 그 목적이 탄로날까 두려워서이건, 그 근원이 뚜렷하지 않은 이상 진실 여부에 대한 토론이나 비판이 불가능하기 때문이다. 쉽게 말하자면, 듣는 사람이 좀 이상하게 느껴져도 전하는 사람 또한 들었을 뿐이기 때문에 진실을 따져 물을 수가 없어서이다.

그러므로 슬기로운 사람은 유언비어를 들어도 전하지 않는다. 진실은 확인할 길이 없고, 꾸며낸 자나 퍼뜨린 자의 주관과 목적만 되풀이 강조되는 그런 종류의 뜬소문을 다시 전하는 것은, 잘해야 용기 없는 정의의 주관에 뇌동하는 것이 되고 자칫하면 악당을 쓰러뜨리기 위한 다른 악당의 계교를 도와주는 결과가 되기 때문이다.

하지만 일반 민중들에게는 생각 밖으로 위력적인 것이 또한 이 유언비어이다. 퍼져나가는 동안의 알 수 없는 자가증폭의 속성은 때로 선동력으로까지 커져 어줍잖은 이 기폭제로도 강력한 권력 집단의 몰락을 가져올 수 있는 까닭이다.

십상시가 노린 것은 바로 그 같은 백성들의 우매함이었다. 그리고 그런 그들의 계책은 잘 들어맞아 며칠도 안 돼 하진에 대한 나쁜 소문은 엄청나게 부풀려진 채 낙양성 안에 널리 퍼졌다. 실로 귀 뚫린 자 치고 그 소문을 듣지 않은 자는 아무도 없다고 할 수 있을 정도였다.

그렇지만 하진 쪽이라고 아주 사람이 없는 것은 아니었다. 사람이 변변찮은 데다 천성까지 모질지 못해 동태후를 죽인 뒤로 한동안은 병을 핑계로 집안에만 틀어박혀 있는 하진에게 어느 날 원소가 찾아

왔다.

"장양과 단규의 무리가 대궐 밖으로 고약한 소문을 퍼뜨려 명공이 동태후를 독살하고 큰일을 꾸민다고 모함하고 있습니다. 이 기회에 그런 환관의 무리를 없애지 않으면 반드시 뒷날의 큰 화가 될 것입니다. 지난날 대장군 두무가 저들을 없애려 했으나 일을 꾸밈이 치밀하지 못해 도리어 그들에게 화를 입었습니다. 하지만 지금 명공의 형제와 따르는 장리(將吏)들은 한결같이 영준한 선비들이니 만약 힘을 다하신다면 능히 저 수염 없는 간적(奸賊)들을 쓸어버릴 수 있습니다. 이는 하늘이 주신 호기이니 결코 이때를 놓쳐서는 안 됩니다."

원소는 먼저 항간에 떠도는 소문을 전한 뒤 다시 한번 하진에게 결단을 촉구했다. 그러나 하진은 소나 돼지를 잡으며 살 때는 좋은 백정 노릇을 했는지는 몰라도 사람 잡는 일에는 그리 솜씨가 좋지 못했다. 동태후와 그 친정의 권속들을 죽인 일만으로도 떨떠름해 있는데 원소가 와서 그렇게 말하니 환관들의 하는 짓이 괘씸하기는 하나 또다시 자기 칼에 사람 피를 묻히는 일이 그리 마음에 내키지 않았다. 거듭 재촉을 받고서야 간신히 몸을 일으키며 원소에게 말했다.

"환관들을 죽이는 것은 적지 아니한 나라의 일이니, 먼저 태후마마와 상의한 뒤에 처리하겠네."

하지만 이때 이미 환관들의 간교한 손길은 하진의 집안에까지 뻗쳐 있었다. 주위에 있던 자들 가운데 하나가 몰래 그 일을 장양의 무리에게 전했다. 진작부터 그런 일이 있을 줄 짐작하고 있던 환관들은 재빨리 손을 썼다. 하진의 아우 하묘에게 전보다 한층 많은 뇌물을 보내며 도움을 청했다.

새는 모이를 탐하다가 그 목숨을 잃고 사람은 재물을 탐하다가 그 몸을 망친다던가. 하묘도 그 일이 종당에는 제 형 하진뿐만 아니라 제 목숨까지 상하게 하는 일인 줄도 모르고 환관들의 심부름꾼이 재촉할 필요도 없이 궁중으로 달려가 누이인 하태후에게 제 형을 헐뜯었다.

"형님은 새 성상을 도와 너그럽고 어진 정사를 펼 생각은 않으시고, 사람 죽이는 일에만 힘을 쏟고 계십니다. 지금은 또 아무 까닭 없이 십상시를 모조리 죽여 없앨 것을 꾀하고 있으니 그것은 바로 나라를 어지럽히는 일이 될 뿐입니다."

그런 다음 더욱 간곡하게 덧붙였다.

"저 십상시는 누님이 오늘 이 자리에 오르도록 도왔을 뿐만 아니라 궁궐 밖에 있는 어머님과 제게까지도 예를 극진히 했습니다. 지금 형님께서 믿고 계시는 조정 대신들이란 작자 중에 어머님과 제게 쌀 한 톨 베 한 자투리 보내준 자가 누가 있습니까? 언제나 허울 좋은 가문이란 걸 앞세워 우리를 업신여기는 자들이 바로 그들 아닙니까? 그런데도 형님께서는 그들 말만 듣고 십상시를 해하려고만 드십니다. 부디 말려주십시오. 이건 이 아우의 청일 뿐더러 어머님의 간곡하신 분부이기도 합니다."

그렇게 어머니 무양군까지 업고 나오니 하태후는 다시 그 말에 따랐다.

잠시 후 태후궁에 나타나 환관들의 죄상을 밝히고 그들을 주살(誅殺)하자고 주장하는 하진에게 타이르듯 말했다.

"외정과는 무관하게 금궁(禁宮) 안은 환관들이 다스려온 것이 한실의 오랜 관례입니다. 아직 선제(先帝)께서 세상을 버리신 지도 오래지 않은 터에 선제께서 아끼며 부리던 신하들을 죽이시면 종묘를 가벼이 여긴다는 욕을 먹기 십상입니다. 오라버님, 사람 죽이는 일은 이제 그만 그치십시오."

본시 결단력이 없는 데다 태후까지 그렇게 나오자 하진은 다시 더 말을 붙이지 못했다. 몇 마디 우물거리다가 태후궁을 나오고 말았다.

"어떻게 되셨습니까?"

문밖까지 나와 돌아오는 하진을 맞은 원소가 궁금한 낯으로 결과를 물었다. 나갈 때는 제법 일을 벌일 기세였던 터라 약간 무안해진 하진이 힘없이 대답했다.

"태후마마께서 도무지 허락하지 않으시니 어쩌겠나? 좀더 두고 보세."

하지만 원소도 집요했다. 환관들에 대한 미움이 대대로 쌓여온 명문 출신인 탓인지, 그들에 대한 원소의 적개심은 남다른 데가 있었다. 쉽게 단념하지 않고 다시 꾀를 내 하진을 충동했다.

"그럼 이렇게 해보는 것이 어떻겠습니까? 널리 사방의 영웅들을 불러들여 그들이 끌고 온 군사들로 환관들을 베어 죽이게 하십시오. 그렇게 되면 일이 다급하니 태후께서도 따르지 않을 수 없을 것입니다."

결단성 없는 하진이 그 말에 다시 마음이 움직였다. 남의 칼을 빌려 사람을 죽이는 격[借刀殺人]이라 할까, 자신은 슬그머니 빠지고 천하 영웅들의 공분에 의지해 환관들을 몰살시킨다는 원소의 계책이 자못 그럴듯했기 때문이다.

"그거 참으로 묘책일세. 그럼 여럿이 함께 생각해보도록 하세."

그렇게 말한 뒤 여러 대신을 불러 모으고 원소가 내놓은 계책을 의논케 했다. 주부(主簿) 진림(陳琳)이 일어나 말했다.

"아니 됩니다. 거리의 말에, 눈을 가려 참새나 제비를 잡으려는 것은 스스로를 속이는 일이라는 말이 있습니다. 참새나 제비 같은 미물을 잡는 일도 속여서는 뜻을 이룰 수 없는데 하물며 나라의 큰일이겠습니까? 이제 대장군께서는 황실의 위엄에 의지해 병권을 잡으셨고, 용양군(龍驤軍) 호보군(虎步軍) 그 어떤 쪽이든 높고 낮은 이가 다 마음으로 그 명을 받들고 있습니다.

대장군께서 환관들을 주살하시려 든다면 그 일은 마치 큰 화로에 머리터럭을 태우는 일이나 같습니다. 일을 빨리 결단하시어 나라로부터 받은 대권으로 처단하신다면 하늘과 사람이 함께 따를 것입니다. 그런데 무엇 때문에 바깥에 있는 영웅들에게까지 격문을 띄워 그들을 도성으로 불러들일 필요가 있겠습니까? 영웅들이 부름을 받고 모여든다 해도 먹은 마음은 각기 다를 것입니다. 이른바 칼자루와 창자루를 거꾸로 잡는 일이 벌어진다면 그때야말로 어떻게 일을 수습하시렵니까? 공(功)을 이루기는커녕 오히려 난리를 청한 꼴이 되고 말 것입니다."

자못 조리에 닿는 말이었다. 그러나 제 손에 피 안 묻히고 적을 제거한다는 원소의 발상에 마음이 기울어져 있는 하진은 진림의 말을 그리 무겁게 여기지 않았다.

"그건 겁 많은 자의 생각일세. 아무려면 그런 일이야 벌어지겠는가?"

하진이 그렇게 대답하고 다시 모인 이들을 둘러보는데 문득 한 사람이 손바닥을 치며 크게 웃었다. 웃음소리가 높고 비웃는 듯해 노한 눈으로 보니 조조였다.

부름을 받았으니 오기는 해도 원래 조조는 되도록이면 그 자리의 의논에 나서지 않을 작정이었다. 지난번 소제의 즉위를 앞뒤로 한 소동 때, 황문 출신인 자신에 대한 대신들의 감정이 어떤 것인가를 새삼 확인한 적이 있었기 때문이었다. 거기다가 한 제국의 회생에도 이미 큰 기대를 걸고 있지 않은 터라 하는 꼴들을 구경이나 하겠다는 기분으로 구석진 자리에 앉아 있었다.

그러나 원소의 계책이 발상 자체가 너무 엄청나고 따르는 위험이 너무 많아 그대로 두고 볼 수가 없었다. 만약 그렇게 된다면 진림이 말하는 혼란 이외 환관에 대한 무차별 학살의 위험까지 뒤따랐기 때문이었다. 어떻게든 진림을 도와 원소의 계책대로 되는 것을 막고 싶었다.

상대로 하여금 자신의 말에 주의를 기울이게 만드는 방법 가운데 하나는 먼저 상대를 격동시켜 놓는 일이다. 조조가 여러 사람을 비웃듯 높은 소리로 껄껄거린 것 또한 먼저 그들의 주의를 끌고자 함이었다.

"맹덕이 지나치구나. 어찌하여 그토록 안하무인인가?"

과연 하진이 노한 음성으로 물어왔다.

"이 일은 마음만 먹으면 손바닥을 뒤집기보다 쉬운 일인데 무엇 때문에 이렇게 여럿이 모여 떠들어댈 필요가 있습니까?"

조조는 그렇게 한 번 더 좌중을 충동한 뒤 낭랑하게 뒤를 이었다.

"환관의 화는 옛부터 있어온 일로 나라의 주인 되는 이가 그들에게 지나친 권세를 주고 총애한 탓에 오늘 이 꼴이 된 것으로 압니다. 그러나 이제 그들을 아끼시던 선제께서는 이미 돌아가셨고, 새 황제께서는 아직 그들에게 권세도 총애도 내리신 적이 없습니다. 만약 그들의 지난 죄를 다스리고자 한다면 우두머리 되는 못된 것들만 국법에 따라 다스릴 일이니, 형옥(刑獄)을 맡은 벼슬아치 하나만으로도 넉넉할 것입니다.

그런데도 구태여 바깥의 군사들까지 도성으로 불러들여 번거롭게 만들 까닭이 무엇 있습니까? 더군다나 환관을 모조리 죽이시려면 죄 없는 희생도 크려니와 일이 사전에 새어나가게 됩니다. 힘없는 필부라도 죽기로 싸우면 꺾기에 힘이 드는데, 하물며 수십 년 권세를 누려온 그들이겠습니까? 제가 헤아리기에는, 만약 그들이 그동안 쌓인 힘을 모두 합쳐 일시에 짓쳐나오면 오히려 지는 것은 이쪽이 될 것입니다."

그 말에 하진은 더욱 화가 났다. 이치를 따져보기도 전에, 저를 얕보는 듯한 조조의 끝맺음이 그대로 하진의 속을 뒤집어놓은 까닭이었다. 앞뒤 가리지 않고 성난 목소리로 조조를 꾸짖었다.

"네놈의 할애비가 환관이니 너 또한 딴 뜻을 품고 있구나. 네놈은 우리를 방해하러 왔느냐? 아니면 정탐하러 왔느냐? 얼른 물러가지 못할까."

그렇게 되면 더 말해봐야 소용 없는 일이었다. 조조는 소매를 떨치고 그 자리를 나서며 홀로 탄식했다.

"천하를 어지럽게 할 자는 바로 이 하진이리라……."

하지만 일은 끝내 원소가 뜻한 바대로 되어갔다. 하진은 기어이 반대를 물리치고, 그날 밤으로 몰래 여러 진장(鎭將, 지방의 군벌)들에게 사람을 보냈다. 군사를 이끌고 도성으로 들어와 간악한 십상시를 제거하라는 밀조를 받든 사자들이었다.

이때 동탁은 서량(西凉) 자사(刺史)로 있었다. 황건란에서는 이렇다 할 공을 세우지 못해 한때 조정에서는 그 죄를 물으려 한 적이 있었으나 십상시에게 뇌물을 바쳐 겨우 죄를 면한 뒤 다시 조정 고관들의 환심을 사 얻은 자리였다.

원래 동탁에게 장수로서 명성을 드날릴 수 있게 해준 것은 변방의 오랑캐, 특히 강족이었다. 어려서부터 그들과 가까이 지내 그들의 습속이나 계략에 밝은 덕분으로, 이미 말한 대로 동탁은 그들과의 크고 작은 백여 번의 싸움에서 한 번도 패한 적이 없었다.

반면 동탁은 한인들과의 싸움에서는 그리 신통치 못했다. 황건란이 그 한 예로 난리의 주역이 한인들이 되자, 열 번 싸워 일고여덟 번은 지는 꼴로 얻는 것보다는 잃는 게 많았다.

하지만 한번 서량으로 돌아가자 그는 옛날의 위세를 되찾았다. 서량은 강인(羌人)들과 가까운 곳으로 거기는 옛날에 알려진 이름이 있을 뿐만 아니라 변방인 까닭에 의심받지 않고 이십만의 대군을 기를 수 있었기 때문이었다. 반은 강족을 비롯한 인근 오랑캐 출신으로 뽑아, 한나라의 군사들이기보다는 동탁의 사병이라고 불러도 좋을 군사들이었다.

반드시는 아니지만 자신의 힘과 야심은 일쑤 비례한다. 동탁도 마찬가지였다. 이미 하동 태수 시절부터 탐욕과 야심을 키워가던 그는 다시 자신의 근거지라고 할 수도 있는 서량에서 한나라보다는 자기 자신에 충성하는 이십만 장졸을 거느리게 되자 더욱 대담해졌다.

동탁은 군사만 기를 뿐만 아니라 당대의 재사(才士)인 이유(李儒)를 사위로 맞는 등 제법 모사까지 갖추었다. 그리고 천하를 꿈꾸며 은근히 때를 기다리고 있었다.

그런 동탁에게 하진의 밀사는 그야말로 절호의 기회였다. 기쁨을 감추지 못하며 그날로 크게 군사를 일으켰다. 사위인 중랑장 우보(牛輔)에게 근거지인 섬서(陝西)를 지키게 한 뒤 스스로 이각(李傕), 곽사(郭汜, 정사 『삼국지』에는 곽범(氾)으로 나온다. 그러나 『자치통감』과 『연의』에서는 곽사로 나오고 일반에게도 곽사로 알려져 있으므로 그대로 쓴다), 장제(張濟), 번조(樊稠) 네 장수와 휘하의 군마를 이끌고 낙양으로 떠날 채비를 했다.

또 다른 사위인 모사 이유가 그런 동탁에게 권했다.

"비록 밀조를 받았다고는 하나, 그 내용에는 이상하고 애매한 곳이 많습니다. 낙양에 들기 전에 표문을 올려 이번 입경(入京)이 황제의 명에 따른 것임을 널리 알림과 아울러 장군의 충정을 앞세우십시오. 그렇게 되면 대의명분도 서고 의심도 받지 않을 것이니 어렵지 않게 큰일을 꾀해볼 수 있을 것입니다."

사실 그 밀조에 대한 의심은 이유뿐만이 아니었다. 그걸 받은 대부분의 제후 진장(鎭將)들도 마찬가지였다. 환관들 몇을 잡아 죽이기 위해 변방과 주군의 대군을 도성으로 부르는 까닭이 도무지 이해가 되지 않았다. 기껏 짐작한댔자 외척과 환관들의 싸움이 다시 불붙었구나, 싶은 정도였다.

 따라서 동탁을 뺀 나머지는 선뜻 군사를 움직이려 들지 않았다. 그럴 만한 힘이 없어서이기도 했지만, 일부는 힘이 있으면서도 자신의 근거지를 떠나 거센 도성의 권력 싸움에 말려들기 싫어서였다. 자칫 그 소용돌이에 휩싸여 억울한 희생이 되느니보다는 멀리서 형세를 관망하며 자신의 힘이나 길러두자는 속셈이었다. 동탁 못지않은 실력을 가지고도 여전히 자신의 근거지에서 움직이지 않은 공손찬이 그 대표적인 예가 된다.

 동탁도 밀조를 호기로 삼아 군사를 일으키기는 했으나, 명분이 개운치 않기는 마찬가지였다. 그런데 사위 이유가 그렇게 권해오니 됐다 싶었다. 당장에 좌우를 재촉하여 도성으로 올릴 표문을 닦게 했다.

 '듣기로 천하의 어지러움과 거스르는 일이 그치지 않는 것은 모두가 황문의 상시(常侍) 장양의 무리가 하늘의 떳떳한 도를 업신여기고 욕되게 한 탓이라 합니다. 신의 생각에 솥의 물이 끓어 넘치는 것을 멈추게 하는 수로는 아궁이에서 불붙은 장작을 들어냄보다 나은 게 없고, 또 고름이 든 종기를 찢는 것이 비록 아프기는 하나 몸속에 독을 기르는 것보다는 나을 것 같습니다.

 이에 감히 신 동탁은 종과 북[鐘鼓, 여기서 종은 군사를 거둘 때 두드리는 타악기. 쇠북]을 울리며 낙양으로 올라가 장양의 무리를 없애고자 합니다. 사직에 큰 다행이고 천하에 큰 다행이고자 할 따름이오니 헤아려주시옵소서.'

그리고 날랜 말을 내어 하진에게 표문을 전해 올리게 했다.

하진은 동탁의 그 같은 표문을 받자 모든 대신들에게 보이고 의견을 물었다. 갑자기 방안의 공기가 무겁고 어둡게 바뀌는 가운데 시어사 정태(鄭泰)가 일어났다.

"동탁은 승냥이나 이리와 같은 자입니다. 도성에 들게 되면 반드시 사람을 해칠 것입니다."

마침 그곳에 나와 있던 노식(盧植)도 격한 정태의 말을 거들었다.

"이 식도 동탁을 잘 알고 있습니다. 겉으로는 착해 보이나 마음속은 검기가 이리와 다름없습니다. 한번 대궐 안에 발을 들여놓는다면 반드시 근심과 화가 뒤따를 것입니다. 군사를 멈추고 도성에 들지 않게 하여 새로운 난리가 이는 걸 면하는 편이 옳습니다."

그러나 하진은 끝내 그들의 말을 받아들이지 아니하고 동탁을 맞을 준비를 하게 했다. 그러자 정태와 노식이 나란히 벼슬을 버리고 물러나고, 이어 대신들도 태반이 벼슬길에서 물러났다. 동탁의 흉포함을 싫어함이 대개 그러하였다.

표문과는 달리 동탁의 속셈이 음험한 것은 이내 드러났다. 하진은 동탁의 군사를 맞으러 민지(澠池)란 곳까지 사자(使者)를 보냈으나, 동탁은 그곳에 군사를 멈추게 하고 더는 움직이지 않았다. 아직 때가 무르익지 않았다고 헤아린 까닭이었다. 조용한 도성에 군사를 몰고 들어가 환관들을 죽이다가 자칫 자신이 되말려 어려운 처지에 빠질 것을 염려한 듯했다.

과연 오래잖아 일은 동탁의 뜻대로 발전해갔다. 나라 바깥 군사들이 도성 부근에 당도했다는 걸 알자 환관들이 먼저 움직이기 시작했다.

"이것은 하진이 꾸민 일이다. 우리가 먼저 손을 써 그를 죽이지 않으면 반드시 모두가 멸족의 화를 면하기 어려울 것이다."

장양의 무리는 그렇게 의논을 맞춘 뒤 하진 죽일 일을 꾸몄다. 먼저 장락궁(長樂宮) 가덕문(嘉德門) 안에 칼과 도끼를 든 장사 오십여 명을 숨겨둔 뒤 떼를 지어 하태후를 찾아갔다.

"방금 대장군께서는 저희 무리를 죽이고자 외병을 경사(京師)로 불러들이셨습니다. 바라옵건대, 태후마마께서는 다시 한번 저희 무리를 가엾게 여기시어 목숨이나마 보전하도록 해주옵소서."

환관들은 일제히 울음을 터뜨리며 그렇게 애걸했다. 하태후도 외방의 군사들까지 끌어들일 정도로 오라비의 결심이 굳은 것은 짐작했으나, 장양의 무리가 울며 애걸하는 꼴을 보니 슬몃 애처로운 마음이 일었다. 그런 상반된 마음을 절충한 의견을 내놓았다.

"대장군께서 그렇게까지 하셨다면 정말 예삿일이 아니다. 차라리 너희들이 직접 대장군의 부중으로 찾아가 빌어보는 게 어떻겠느냐?"

장양이 무리를 대신해 대답했다.

"만약 저희들이 그리로 갔다가는 뼈와 살이 부서져 가루가 되는 지경에 이르고 말 것입니다. 정히 저희 무리를 구해주려 하시면 오히려 태후마마께서 대장군을 부르시어 그만두라는 분부를 내리시는 편이 옳습니다. 그래도 대장군께서 따르지 않으신다면 저희 무리는 다만 태후마마 앞에서 죽기를 빌 따름입니다."

그리고 다시 간사한 눈물을 찍어낸다. 그 눈물 뒤에 감추어진 끔찍한 음모를 알 리 없는 태후는 오래 견디지 못하고 그들의 청을 들어주었다. 전지를 내려 하진을 태후궁으로 불러들였다.

태후의 전지를 받자 하진은 아무런 생각 없이 홀로 입궁할 채비를 서둘렀다.

그때 주부 진림이 나서서 말했다.

"태후마마의 부르심 뒤에는 반드시 십상시의 못된 꾀가 숨어 있을 것입니다. 결코 가서는 아니 됩니다. 가시면 반드시 화를 당하시게 됩니다."

"태후께서 나를 부르시는데 가면 화를 당하다니 그게 무슨 소리냐?"

하진이 어이없다는 듯 되물었다. 곁에 있던 원소도 진림을 거들었다.

"이제 저들을 죽이려던 계책이 새어나가 이미 겉으로 드러났는데, 그래도 대장군께서는 저들의 소굴이라 할 수 있는 궁궐 안으로 혼자 가시겠습니까."

조조도 곁에 있다가 한마디 거들었다.

"정히 가시려면 먼저 십상시를 밖으로 불러내신 뒤에 궁 안으로 드십시오."

번번이 면박을 당하면서도 그렇게 나선 이유는 태후의 그 부름에는 너무나도 짙게 음모의 냄새가 배어 있었기 때문이었다. 그러나 하진은 껄껄 웃으며 그들의 말을 듣지 않았다.

"어린아이 같은 소리다. 지금 천하의 병권이 모두 내 손아귀에 있는데 십상시 따위가 감히 나를 어쩐단 말이냐?"

원소가 다시 진지한 얼굴로 그 말을 받았다.

"대장군께서 굳이 가시겠다면 저희들이 갑사(甲士)들을 이끌고 호위하며 따르겠습니다. 예측하지 못한 변을 막고자 함입니다."

좌우가 한결같이 그렇게 권하자, 하진도 그것까지는 마다하지 않았다. 이에 원소와 조조는 각기 자신이 거느린 사예(司隸), 전군(典軍) 두 교위 휘하에서 정병 오백씩을 뽑아 호분중랑장인 원술에게 맡겼다. 그리고 원소와 조조는 나란히 칼을 차고 하진을 호위해서 궁으로 향했다.

원술이 이끄는 일천 군사는 청쇄문(靑鎖門)에 이르러 멈춰 기다릴 수밖에 없었으나 원소와 조조는 장락궁 앞에 이를 때까지도 좌우에서 하진을 보호하고 있었다. 그런데 그 궁문까지 함께 지나려 할 때였다. 궁문을 지키던 환관이 조조와 원소의 앞을 가로막았다.

"태후마마께서 특히 전교를 내리시어 대장군 외에는 아무도 들지 못하게 하라 이르셨습니다."

그렇게 되니 원소와 조조도 더는 하진을 호위할 수 없었다. 하진은 끝내 홀로 장락궁 안으로 들어가지 않으면 안 되었다.

궁문을 지나 가덕전(嘉德殿) 앞에 이를 때까지만 해도 하진은 자못 당당했다. 주위의 우려와는 달리 거기까지 이르도록 아무 일이 없자 마음이 놓인 까닭이었다. 누가 감히 나를 다치랴 하는 듯 거드름까지 피며 한껏 고개를 젖히고 걸었다.

그러나 미처 가덕전 안으로 들기도 전에 갑자기 문이 열리며 한 떼의 환관들이 쏟아져 나와 하진을 둘러쌌다. 하진이 놀라 살피니 장양과 단규의 무리였다.

"하진은 듣거라. 동태후께 무슨 죄가 있어 네놈이 감히 짐독으로 해쳤으며, 국모의 상을 당하여 병을 핑계로 나오지 아니함은 또 어찌 된 일이냐? 거기다가 네놈은 본시 소 돼지나 잡아 팔던 하찮은 무리로 우리가 힘써 폐하께 추천한 덕에 오늘의 영화와 부귀를 누리게 되었건만, 그 은혜를 갚을 생각은 않고 오히려 우리를 해치려 드니 그것은 무슨 까닭이냐? 듣기로 네놈은 매양 우리를 탁한 무리라 하였다는데 그렇다면 맑은 자는 누구냐? 네놈이라도 된단 말이냐?"

장양이 앞서서 그렇게 하진을 꾸짖었다.

당황한 하진의 귀에 그 말이 들어올 리 없었다. 정신 없이 달아날 길을 찾기에 바빴으나 사방의 문이란 문은 모조리 닫힌 뒤였다. 거기다가 환관들의 명을 받고 숨어 있던 갑사들이 일시 내달아 치니 원래 무예가 변변찮은 하진이 배겨날 도리가 없었다. 잠깐 사이에 하진의 몸은 두 동강이가 나 가덕전 앞을 뒹굴게 되고 말았다. 뒷사람이 시를 지어 탄식했다.

한실이 기울고 천수가 다하니 　　　　　漢室傾危天數終
꾀 없는 하진을 삼공으로 삼았구나 　　　無謀何進作三公
충간을 듣지 않기 몇 번이던가 　　　　幾番不聽忠臣諫
마침내 궁 안에서 칼끝에 죽었네 　　　難免宮中受劍鋒

한편 원소는 하진이 이미 환관들에게 죽음을 당한 줄도 모르고 여전히 궁문 밖에서 기다리고 있었다. 그러나 오래도록 하진이 나오지 않자 문 안을 향해 크게 소리쳤다.

"때가 너무 오래됐습니다. 대장군께서는 이제 그만 나오셔서 수레에 오르십시오."

그런데 대답은 너무나 뜻밖이었다. 담 너머로 하진의 잘린 목이 던져져 나온 일이 그랬다. 이어 담 안에서 장양이 높은 소리로 미리 꾸며둔 황제의 고유문(告諭文)을 읽었다.

"하진은 모반을 꾀하다가 이미 복주(伏誅)를 당했다. 그밖에도 돕고 따른 무리가 있으나 모두 너그러이 용서하노니 일후로는 아무도 경동치 말라."

걱정은 하였으나 막상 당하고 보니 실로 어처구니없었다. 원소는 잠시 멍하니 서 있다가 청쇄문으로 달려가 데려온 군사들에게 소리쳤다.

"환관들이 대신을 함부로 모살했다. 그 못된 무리를 뿌리 뽑고자 하거든 모두 나와 싸움을 도와라!"

먼저 하진의 부장 오광(吳匡)이 노해 청쇄문에 불을 지르고 안으로 뛰어들고 이어 원소가 거느린 일천 군마도 또 다른 궁문을 깨뜨리고 장락궁 안으로 짓쳐들어갔다.

"환관 놈들은 모조리 죽여라."

그 모든 장졸을 통괄하게 된 원소가 높이 칼을 빼들고 소리쳤다. 그 말을 받든 장졸들은 환관들로 보이면 늙고 젊음을 가리지 않고 눈에 띄는 대로 목을 베었다. 그 바람에 환관이 아닌 궁인들도 수염이 없거나 어깨가 솟은 자는 모조리 죽음을 당해 삽시간에 장락궁은 시체로 뒤덮인 피바다로 변했다.

원소는 문지기의 목을 베고 내궁(內宮)까지 들어가 십상시 가운데 조충(趙忠), 정광(程曠), 하운(夏惲), 곽승 넷을 잡아 취화루(翠花樓)

아래로 끌어내었다. 그리고 여럿이 보는 앞에서 그 목을 잘라 높이 매달고 몸은 다져진 고깃덩어리로 만들었다. 차마 눈뜨고 볼 수 없는 끔찍한 광경이었다. 거기다가 누군가에 의해 치솟는 불길과 놀란 궁녀들의 비명 소리로 장락궁은 그대로 피바람이 몰아치는 아비규환이었다.

하지만 아직도 그 드센 악운이 끝나지 않았는지 십상시의 우두머리인 장양과 단규(段珪), 조절(曹節), 후람(侯覽) 등은 거기서도 무사히 몸을 빼냈다. 뿐만 아니라 오히려 어린 황제와 진류왕 협 및 하태후를 겁박하여 내성(內省)을 버리고 북궁(北宮)으로 달아나려 했다.

궁중에 그 같은 변란이 일 무렵 노식은 아직 낙양에 머물러 있었다. 비록 벼슬은 버렸으나 대궐에 불길이 치솟는 것을 보자 가만히 있을 수가 없었다. 급히 갑주를 꿴 뒤 창을 잡고 대궐로 달려갔다. 불붙는 청쇄문을 지나 한곳 전각 아래 이르렀을 때였다. 중상시 단규가 하태후를 윽박지르며 어디론가 끌고 가려는 것이 보였다.

"단규 역적 놈아, 네 어찌 감히 태후마마를 핍박하느냐?"

노식이 창을 꼬나잡으며 크게 외쳤다. 놀란 단규는 태후를 내버리고 몸을 돌려 달아났다. 태후도 급한 김에 전각의 높은 창으로부터 몸을 던졌으나 노식이 급히 달려가 받아 모신 덕분에 무사히 환관들의 핍박에서 벗어날 수 있었다.

한편 하진의 부장 오광은 졸개들과 함께 닥치는 대로 내시들을 베며 내정(內廷)으로 뛰어들다가 마침 칼을 들고 들어오는 하묘(何苗)를 만났다. 하묘가 한 짓을 들어 알고 있는 오광은 분함을 이기지 못하고 소리쳤다.

"네놈도 환관들과 공모하여 우리 대장군을 죽게 했으니, 마땅히 환관들과 함께 죽어야 하리라."

주위의 군사들도 입을 모아 소리쳤다.

"원컨대 형을 해친 도적의 목을 베소서."

겁에 질린 하묘는 달아나려 했으나 이미 겹겹으로 둘러싸인 뒤였다. 발악도 잠시, 주인의 원수를 갚으려는 장졸들에게 베이고 찍히어 형태도 알아볼 수 없는 고깃덩어리로 변하고 말았다. 그 마당에서는 아무런 소용도 없는 재물을 탐하다가 하나뿐인 형을 죽이고 마침내는 저마저 끔찍한 최후를 맞았다.

여우 죽은 골에 이리가 들고

　궁궐 안의 환관들을 눈에 띄는 대로 벤 뒤 원소는 다시 군사들에
게 영을 내렸다.

　"이제부터 너희들은 패를 나누어 십상시의 가속들을 모조리 잡아
내 베도록 하라. 남녀노소를 가리지 않고 씨를 말려야 한다."

　그렇잖아도 이미 피를 보아 눈이 뒤집힌 군사들이었다. 환관의 가
속들이라 여겨지면 닥치는 대로 찌르고 베니 그 하루 동안에 목숨을
잃은 자만도 이천이 넘었다. 호분중랑장으로 있던 종제 원술(袁術)
이 앞장서서 지휘했고, 군사들 또한 광란 상태에 가깝게 흥분해 있
었다고는 하지만, 그때껏 너그럽고 어진 군자로 알려져 있었던 원소
의 과격함과 잔혹함이 대강 그러했다.

　이때 조조도 원소, 원술 형제와 함께 있었다. 만약 그 자신이 환관

의 자손만 아니었더라도 어떻게든 그 참사를 막아볼 수도 있었지만, 넓게 따지면 그 자신이 바로 환관의 가속이 되니 나서서 어찌해볼 처지가 못 되었다. 기껏 할 수 있는 것은 자기 휘하의 군사들만이라도 그 학살 대열에서 빼내는 일뿐이었다.

조조는 휘하의 군사들을 시켜 일부로는 궁궐의 불을 끄게 하고 나머지로는 천자를 끼고 달아난 내시 장양(張讓)의 무리를 뒤쫓게 했다. 그리고 하태후를 권하여 황실의 어른으로서 혼란스런 대국을 주관케 했다.

한편 소제(少帝)와 진류왕(陳留王)을 끌고 달아난 장양과 단규의 무리는 자욱한 연기와 불길을 헤치고 어둠 속을 달려 북망산에 이르렀다. 그런데 삼경 무렵 하여 뒤에서 크게 함성이 일며 한 떼의 인마가 나타났다. 앞선 사람은 하남(河南) 땅의 중부연리(中部掾吏) 민공(閔貢)이란 사람이었다.

"역적은 달아나지 마라."

민공은 크게 소리치며 장양과 단규의 무리를 덮쳤다. 장양은 이미 일이 그른 줄 알고 강에 몸을 던져 스스로 목숨을 버렸다. 죄가 죄인 만큼 붙들리기만 하면 어떤 혹형을 당할지 모르는 게 그들의 처지였다. 단규도 천자고 뭐고 돌아볼 틈도 없이 숲속으로 도망쳐버렸다.

소제와 진류왕은 일단 환관들의 손에서는 벗어났지만 나타난 사람들이 어떤 무리인지 알 수가 없었다. 우선 일의 허실을 살피기로 하고 강가의 풀숲에 몸을 숨겼다. 그 바람에 민공은 군사를 사방에 풀어 천자를 찾게 했으나 끝내 찾지를 못하고 그곳을 떠났다.

소제와 진류왕은 그들이 떠나고도 한동안을 더 풀숲에 엎드려 있었다. 그러나 밤이 깊어 사경에 이르니 이슬이 차고 배가 고팠다. 만승의 귀한 몸으로 깊은 궁궐 안에서 고이 자란 몸들이라 그 추위와 배고픔은 한층 견디기 힘들었다. 한차례 서로 부둥켜 안고 소리 없이 흐느낀 뒤 어린 진류왕이 먼저 입을 열었다.

"이곳은 오래 있을 곳이 못 됩니다. 따로이 살아날 길을 찾아보는 게 좋겠습니다."

소제도 어린 아우의 말을 옳게 여겨 두 사람은 서로 옷자락을 묶은 채 강가의 언덕으로 기어올라갔다. 서로 옷자락을 묶은 것은 어둠 속에서 두 사람이 갈라지는 일이 없도록 하기 위함이었다.

간신히 언덕에 올랐으나 땅에는 가시덤불이 가득하고 어둠 속이라 길은 보이지 않으니 도무지 어찌해볼 도리가 없었다. 그때 막막하여 서 있는 그들 앞에 한 떼의 반딧불이 몰려들어 환하게 주위를 비추었다.

"이것은 하늘이 우리 형제를 도우시는 것입니다."

진류왕이 그렇게 말하며 반딧불을 따라 걷기를 권했다. 한참을 걸으니 길이 보였다. 그러나 오경 무렵이 되자 이번에는 다리가 아파 걸을 수가 없었다. 할 수 없어 쉴 곳을 찾아보니 마침 산자락에 풀더미가 쌓여 있는 게 보였다. 형제는 지친 몸을 그 풀더미 위에 뉘었다.

어둠 속이라 알아보지 못했지만 소제와 진류왕이 누워 있는 그 풀더미 앞 멀지 않은 곳에는 장원(莊園)이 하나 있었다. 그 주인 되는 사람이 그날 밤 꿈을 꾸었는데, 붉은 해 두 개가 집 뒤로 떨어졌다. 놀라 깨어나니 아무래도 예삿꿈 같지 않았다. 급히 옷을 걸치고 사방을 살피자 집 뒤에 쌓아둔 풀더미 위에 붉은 빛이 하늘을 찌르는 듯 피어오르는 게 보였다. 놀라 그리로 가보니 두 소년이 풀더미 위에 누워 있었다. 행색이나 생김이 여느 집 아이들 같지는 않았다.

"두 분은 어느 집 자제분이시오?"

장원의 주인 되는 사람이 공손히 물었다. 소제가 대답을 망설이는데 진류왕이 나서서 소제를 가리키며 대답했다.

"이분은 당금(當今)의 천자시오. 십상시의 난리를 만나 피해 오다 보니 이곳까지 이르게 되었소이다. 나는 황제(皇弟)인 진류왕이오."

그 말에 장원의 주인은 깜짝 놀라 두 번 절한 뒤에 자신을 밝혔다.

"저는 선제 때 사도(司徒) 벼슬을 지낸 최열(崔烈)의 아우 최의(崔毅)옵니다. 십상시들이 관직을 팔고 어진 이를 미워하는 게 보기 싫어 이곳에 숨어 살고 있었습니다."

최의는 그 길로 황제를 부축하여 장원 안으로 맞아들이고 술과 밥을 차려 올렸다. 우연히 만나도 소제와 진류왕에게는 찾고 있던 사람이나 다름없었다.

소제와 진류왕이 최의의 정성 어린 보살핌을 받고 있는 동안에도 민공은 여전히 그들을 찾아 부근을 뒤지고 있었다. 그러나 끝내 보이지 않아 군사를 물리다가 앞서 달아난 단규를 만났다. 민공이 큰 소리로 천자가 계신 곳을 물었으나 단규가 알 리 없었다. 벌벌 떨며 도중에 헤어져 알 수 없노라고 대답할 뿐이었다. 그러자 노한 민공은 한칼에 단규를 베고 그 목을 말안장에 매단 뒤 다시 군사를 나누어 천자가 계신 곳을 찾게 했다. 그리고 자신도 홀로 말을 달려 숲 사이로 난 길을 따라갔다.

하늘이 도우신 것인지 그렇게 달린 지 반 각도 안 돼 민공은 우연

히 최의의 장원 앞에 당도했다. 말발굽 소리를 듣고 달려 나간 최의
가 민공에게 물었다.

"공은 뉘시오? 그리고 말 안장에 매단 것은 누구의 목이오?"

"나는 하남 중부연리 민공이라 하오. 지금 십상시들에게 끌려가신
황제 폐하와 진류왕 전하를 찾고 있소이다. 이 목은 중상시 단규의
목이오."

"폐하를 찾아서는 어떻게 하실 작정이시오?"

"궁궐로 다시 모셔가려는 것이오. 이제 십상시의 무리는 깨끗이
제거되었소."

그리고 민공은 그날 낙양성 안에서 있었던 일들을 자세히 전해
주었다. 최의가 가만히 살펴보니 아무래도 천자를 해할 사람 같지는
않았다. 민공을 불러들여 천자를 뵙게 했다.

천자를 뵙자 한바탕 통곡을 한 민공은 곧 목소리를 가다듬어 아
뢰었다.

"나라에는 단 하루라도 임금이 없어서는 아니 됩니다. 폐하, 부디
도성으로 돌아가시옵소서."

최의도 장내(莊內)에 유일한 여윈 말 한 필을 끌어내며 천자께 돌
아갈 것을 권했다. 이에 소제는 여윈 말 한 필을 진류왕과 함께 타고
최의의 장원을 떠났다. 채 삼십 리도 못 가 다시 한 떼의 인마가 황
제를 맞았다. 사도 왕윤(王允), 태위 양표(楊彪) 등의 대신들과 원소
를 비롯한 남북군의 교위들이 이끄는 수백의 군사들이었다.

더욱 힘을 얻은 황제 일행은 먼저 단규의 목을 성안으로 들여보
내 영을 세운 뒤 황제와 진류왕도 좋은 말로 바꾸어 타 위의(威儀)를

갖추고 낙양성으로 향했다. 일찍이 낙양성 아이들 사이에 퍼져 있는
노래에,

>황제는 황제가 아니고　　帝非帝
>왕도 왕이 아니네.　　　　王非王
>천 수레 만 말이　　　　千乘萬騎
>북망산으로 내닫네.　　　走北邙

란 것이 있었는데 그때에 와서 보니 과연 그 노래대로 된 셈이었
다. 실로 그 전날 밤은 황제는 황제 같지 아니했고 왕도 왕 같지 아
니했다. 그리고 고요하던 북망산에 수천의 인마가 들끓게 된 것이
었다.

하지만 그만큼으로만 그쳐도 일은 다행스럽게 풀릴 뻔했다. 수법
이 지나치게 과격하고 혹독한 대로 건석, 장양, 단규 등 천하 뭇 사
람들의 미움을 받던 열 명의 환관들은 하나같이 목숨을 잃고 그 가
속들까지 베임을 당했다. 거기다가 하진(何進), 하묘(何苗) 등 그대로
살아 있으면 반드시 나라의 우환이 될 외척 세력도 그 와중에서 저
절로 소멸되어버리지 않았던가.

그러나 천운은 이미 한나라를 떠난 뒤였다. 황제 일행이 다시 몇
리 가기도 전에 갑자기 깃발이 해를 가리고 하늘 가득 먼지가 일며
한 떼의 인마가 나타났다. 어가를 따르던 여러 관원들은 낯빛이 변
하고 임금도 크게 놀랐다. 앞을 가로막는 인마의 기세가 너무도 커
만약 불측한 뜻을 품은 무리라면 거느린 인마만으로는 감당할 수 없

을 것 같았기 때문이었다.

"멈춰라. 너희들은 누가 이끄는 군사들인가?"

어쨌든 상대나 알고 보자는 기분으로 원소가 말을 달려 나가 크게 소리쳤다. 오색으로 수놓은 깃발 아래서 한 장수가 말을 몰아 나왔다. 눈에 익은 얼굴이 아니었다.

"폐하께서는 어디에 계신가?"

그 장수는 원소의 물음에 답하는 대신 높고 거만한 음성으로 오히려 그렇게 물었다. 적인지 한편인지 구별이 안 가는 태도였다. 대신들은 불안스레 수군거리고 젊은 황제는 두려움에 질려 입을 열지 못했다. 그때 어린 진류왕이 나섰다.

"거기 온 것은 누구냐?"

열 살도 안 된 어린아이답지 않게 당차고 매서운 물음이었다. 그제서야 그 장수도 움찔하며 이름을 밝혔다.

"서량 자사 동탁이옵니다."

동탁이란 이름에 대신들은 한편으로는 마음을 놓으면서도 한편으로는 모두 어두운 얼굴이 되었다. 그러나 진류왕은 조금도 두려운 기색 없이 꾸짖듯 물었다.

"그대는 어가를 보호하러 왔는가? 아니면 힘으로 눌러 빼앗으러 왔는가?"

어린 진류왕의 날카로운 물음에 동탁은 한층 수그러든 기세로 대답했다.

"어가를 호위하고자 특히 달려오는 길입니다."

"이왕 어가를 호위하러 왔다면 천자가 이곳에 계시는데 어찌하여 말에서 내려 뵙지 않는가?"

진류왕이 다시 소리 높여 꾸짖었다. 동탁은 완전히 기가 꺾여 황망히 말에서 뛰어내린 뒤 길 왼편으로 비켜나 황제를 뵈었다.

진류왕은 말로 동탁을 어르고 달래는 데 처음부터 끝까지 조금도 그르침이 없었다. 아홉 살의 나이로 보면 빼어난 총명이요, 영특함이었다. 비록 그 때문에 혼이 나기는 했지만, 동탁이 소제를 내쫓고 진류왕을 제위에 나가게 하려 마음먹은 것은 어쩌면 그런 첫 만남부터였는지도 모를 일이었다.

동탁이 이끄는 서량병(西凉兵)들의 호위를 받게 되자 어가는 더이상 지체할 일이 없었다. 황제는 그날로 궁궐에 돌아와 하태후와 눈물로 상봉을 했다.

그을다 만 궁궐은 어지럽기 형언할 수 없었다. 그런데 궁중을 점고해보니 황제의 권위를 상징하는 옥새가 없었다. 진시황(秦始皇) 때부터 사백 년이 넘는 세월을 한나라의 황제에게서 황제로 이어온 전국옥새(傳國玉璽)였다.

옥새를 잃은 것은 실로 나라의 큰 변괴였다. 그러나 한실로 보면 그보다 더 다급한 발등의 불은 성 밖에 군대를 주둔시키고 있는 동탁의 존재였다. 동탁이 군사들에게 철갑을 입힌 뒤 매일 말을 타고 성안 거리를 가로지르게 하니 백성들은 두려움과 불안에 떨었다. 급히 달려오느라 대군은 뒤에 남겨두고 수하의 기병만을 이끌고 온 동탁으로서는 어쩔 수 없는 허장성세였지만 거듭되는 난리에 시달려 온 백성들에게는 기대 이상의 위압 효과가 있었다.

그러다가 본대의 대군이 이르게 되면서 동탁도 차차 본색을 드러냈다. 궁중을 출입하는 데 조금도 거리끼고 두려워하는 바가 없으니 보는 이 치고 눈살을 찌푸리지 않는 이가 드물었다. 후군교위(後軍校尉) 포신(鮑信)이 그 꼴을 보다 못해 원소를 찾아와 의논했다.

"동탁은 틀림없이 딴마음을 품은 자외다. 될 수 있으면 빨리 없애야 할 것이오."

그러나 원소의 대답은 미지근하기 짝이 없었다.

"이제 막 새로 조정이 열려 아직 안정되지 못한 터에 가볍게 움직여서는 안 되겠소."

이에 포신은 다시 사도 왕윤을 찾아갔다. 왕윤도 원소와 크게 다름이 없었다.

"차차 의논해보기로 하세. 아직 무슨 짓을 한 것도 없으니 자칫하면 도리어 이쪽이 평지풍파를 일으켰다고 몰리게 되네."

그러자 포신은 자신이 이끄는 군사들을 데리고 도성을 빠져나가 태산 깊숙이 숨어버렸다. 자신이 한 일이 동탁의 귀에 들어가게 되는 것이 두려울 뿐만 아니라 뻔한 일을 눈앞에 두고 볼 수 없다는 생각에서였다.

포신이 앞질러 본 사태는 머지않아 벌어졌다. 동탁은 하진 형제가 이끌던 병마까지 손아귀에 넣자 가만히 모사인 사위 이유를 불렀다.

"지금의 황제를 폐하고 진류왕을 제위에 오르게 하고 싶은데 자네 생각은 어떤가?"

이유는 잠깐 생각에 잠기는 듯싶더니 이내 찬동했다.

"지금의 조정은 주인이 없다 할 수 있으니 좋은 기회입니다. 이때를 놓치고 머뭇거리다 보면 뜻밖의 변이 일어날지도 모릅니다. 내일 온명원(溫明園)에서 여러 대신들을 불러 모으고 폐립(廢立)의 일을 꺼내신 뒤 만약 따르지 않는 자가 있으면 목을 베어버리십시오. 이제야말로 한번쯤 주공의 위엄과 권세를 떨쳐볼 때입니다."

이에 힘을 얻은 동탁은 다음 날로 온명원에 크게 잔치를 열고 모든 대신과 공경(公卿)을 청했다. 동탁을 두려워하는 공경들은 아무도 감히 거역할 마음을 먹지 못했다.

여러 대신들이 모두 모인 뒤에야 동탁은 천천히 말을 타고 와 잔치 장소로 들어섰다. 칼을 차고 호위를 거느린 채였다. 몇 순배 술이 돈 뒤에 동탁은 돌연 술과 음악을 멎게 하고 큰 소리로 입을 열었다.

"이 동탁이 한마디 드릴 말씀이 있소이다. 잠시 귀를 기울여주시기 바라오."

그러잖아도 동탁이 부른 까닭을 궁금히 여기던 백관들은 그 말에 모두 동탁을 바라보았다. 동탁은 한층 높은 소리로 진작부터 먹은 마음을 드러냈다.

"천자는 뭇 백성의 주인 된 자를 일컫는 말이외다. 위의가 없으면 종묘사직을 받들 수가 없는 것이오. 금상은 유약하여 진류왕 전하의 총명호학(聰明好學)을 따르지 못하고 있소이다. 이제 나는 금상을 폐하고 진류왕 전하로 대위를 잇게 하려는 바 여러 대신들의 생각은 어떠시오?"

동탁은 드디어 자신의 죽음으로 끝맺게 될 찬역의 첫발을 공공연히 내디딘 셈이었다.

무릇 무(武)란 문(文)의 배후에서 그 성취를 옹호하고 지켜나가는 한 위엄이요, 영광이요, 미덕이기까지 하다. 그러나 문의 전면에 나서서 그 성취의 과일을 독점하고 정신의 질서를 힘의 질서로 대치시키려 들면 흔히 비열이요, 오욕이요, 악이 되고 만다. 동탁의 경우도 반드시는 아니지만 그 비슷한 예가 될 것이다. 그가 변방에서 오랑캐를 막아낼 때는 훌륭한 장수요, 떳떳한 신하였다. 그러나 그 힘을 들어 대권을 노리자 이내 오욕과 저주의 표적이 되고 말았다. 무의 힘으로 문의 성취까지를 독점하려 한 탓이며, 주인을 지키기 위해 받은 칼로 그 주인의 목을 겨눈 탓이었다.

그러나 위급을 당하면 어이없이 무력한 것이 또한 문이다. 동탁의 수작이 터무니없건만 대신들은 동탁의 칼이 무서워 감히 입을 열지 못했다. 동탁은 일이 자기 뜻대로 되어가나 보다 싶어 은근히 기뻤다. 그런데 갑자기 한 사람이 탁자를 밀치고 뛰쳐나오며 큰소리로 동탁을 꾸짖었다.

"아니 된다. 결코 아니 된다. 도대체 너는 누구이기에 그토록 엄청난 말을 함부로 지껄이느냐? 금상 폐하는 선제의 적자(嫡子)로서 아직 아무런 허물이 없는데 어찌 감히 폐립을 논한단 말이냐? 너야말로 참람된 뜻을 품고 있는 자가 아니냐?"

대신들이 한편으로는 기쁘고 한편으로는 놀라 소리치는 사람을 보니 다름 아닌 형주 자사(荊州刺史) 정원(丁原)이었다. 성난 동탁이 정원을 노려보며 마주 외쳤다.

"나를 따르는 자는 살 것이요, 거역하는 자는 죽으리라."

그리고 칼을 빼어 정원을 베려 했다. 모사 이유가 시킨 대로였다. 그런데 정작 그걸 시킨 이유가 살펴보니 정원의 등 뒤에 한 장수가 서 있는데 그릇됨[器宇]이 커 보이고 생김이 씩씩한 게 예사 인물이

314

아니었다. 한 자루 방천화극(方天畫戟, 창과 갈고리를 결합한 형태의 창)을 들고 동탁을 노려보고 섰는 모습은 정원을 목 베기 전에 동탁이 먼저 죽게 될지도 모른다는 두려움까지 일게 했다.

놀란 이유가 급히 나가 동탁을 말리며 말했다.

"오늘 이 자리는 잔치 자립니다. 나라의 정사를 얘기하기에는 마땅치가 못합니다. 내일 묘당에서 공론에 붙여도 늦지 않으니 이만 고정하십시오."

그 말에 동탁도 이상한 낌새를 느꼈는지 슬며시 칼을 거두었다. 다른 사람들도 정원을 말리니 화가 난 정원은 그 길로 말을 타고 나가버렸다.

정원이 나가버리자 동탁은 다시 한번 백관들에게 물었다.

"오늘 내가 한 말이 그토록 공도(公道)에 어긋나오이까?"

이번에는 아직 도성을 뜨지 못하고 있다가 그 자리에 불려나온 노식이 정원을 이어 나섰다.

"그렇소이다. 공의 말은 당치 않소. 태갑(太甲, 은나라의 어리석은 임금)이 밝지 못하매 이윤(伊尹, 태갑을 내쫓는 신하)이 동궁(桐宮)으로 내쫓았고, 또 창읍왕(昌邑王, 전한의 황제로 폐위됨)이 대위에 오른 지 스무이레 만에 죄가 이천 가지나 되어 곽광(霍光, 한나라의 정승으로 창읍왕을 폐위)이 내친 적이 있기는 하오이다. 그러나 금상 폐하께서는 태갑이나 창읍왕의 허물이 없소. 춘추는 많지 않으셔도 총명하고 너그러움과 학식을 갖추신 데다 아직 이렇다 할 잘못을 저지르신 바 없는데 어찌 폐위를 논할 수 있단 말씀이오? 더군다나 공은 한낱 외군(外郡)의 자사로서, 나라 정사에 참여할 권한도 없거니와 이윤이

나 곽광 같은 재주도 갖추지 못한 터에 감히 그 무슨 당찮은 말씀이
시오? 성인께서도 이르기를 이윤과 같은 뜻을 가졌다면 천자를 폐
하는 일도 할 수 있지만 그런 뜻이 없는 자가 그 일을 한다면 다만
찬탈에 지나지 않는다 하셨소."

그 말에 동탁은 다시 크게 성이 났다. 칼을 빼들고 이번에는 노식
을 죽이려 들었다. 의랑 팽백(彭伯)이 동탁을 말렸다.

"노상서는 해내(海內)에 인망이 두터운 분입니다. 이제 그런 분을
해하셨다가 천하의 공분을 사게 되면 어쩌시렵니까?"

동탁도 노식을 잘 아는 터라 억지로 분을 삼키며 칼을 거두었다.
조정의 원로로 오래 국정에 참여한 사도 왕윤이 점잖게 동탁을 무마
시켰다.

"천자의 폐립을 술자리에서 의논하는 것은 마땅치 못하외다. 따로
날을 잡아 다시 의논하는 것이 좋겠소이다."

뭇 대신들도 왕윤의 그 말을 옳게 여겨 모두 자리에서 일어났다.
그러자 동탁은 더욱 분통이 터졌다. 정말로 자기의 말을 듣지 않는
자는 모조리 베어버리겠다는 듯 칼을 빼들고 온명원 문앞에 버티어
섰다. 아무래도 피를 보지 않고는 끝나지 못할 자리 같았다.

그때 갑자기 원문(園門) 밖에 한 장수가 나타났다. 화극을 비껴들
고 말을 달리며 오락가락하는 품이 심상치 않다.

"저게 누구냐?"

동탁은 까닭없이 그 젊은 장수의 기세에 위축되어 이유에게 물
었다.

"정원의 맺은 자식[義子]으로 성은 여(呂)요 이름은 포(布)로 자를

봉선(奉先)이라 합니다. 용맹이 대단한 자이오니 주공께서는 잠시 자리를 피하십시오."

그 같은 이유의 말을 듣고 보니 동탁도 문득 두려운 마음이 들었다. 슬며시 온명원 안으로 들어가 숨어버렸다.

동탁이 대신들의 몸에 손만 대면 그걸 구실로 동탁을 치려고 여포를 보냈던 정원도 그렇게 되자 할 수 없이 여포를 데리고 자기의 영채로 돌아갔다. 그러나 사직을 위해 동탁을 없앨 결심을 이미 굳힌 정원이었다. 이튿날 군사들을 이끌고 성 밖으로 나가 정식으로 동탁에게 싸움을 걸었다.

"형주 자사 정원이 수하 군사들을 이끌고 싸움을 걸어오고 있습니다."

그 같은 전갈을 받은 동탁은 크게 노했다. 곧 이유와 함께 자기 군사들을 이끌고 마주 싸우러 나갔다.

양쪽 군사들이 둥그렇게 진을 치고 대치한 뒤 동탁이 눈을 들어 정원의 진을 살피니 여포(呂布)가 진문 앞에 나와 있었다. 묶은 머리에 금으로 된 관을 얹고, 백화(百花) 전포에 보석으로 치장한 갑옷과 띠를 두른 모습이 멀리서도 눈부셨다. 말에 오르지 않고 화극을 낀 채 서 있는 것으로 미루어 정원이 진문 밖으로 나오기를 기다리는 것 같았다.

원래 여포는 오원군(五原郡) 구원(九原) 땅 사람이었다. 그 배운 곳은 알 수 없으나, 도검, 창극, 궁마 등 모든 무예에 능했는데, 특히 방천화극이라 불리는 한 자루 갈고리 달린 창을 쓰는 솜씨가 뛰어났다.

일찍 대단찮은 군리(郡吏)로 병주(幷州)에 벼슬살이 나갔다가 자사 정원의 눈에 들어 차차 벼슬이 높아졌다. 정원은 처음 여포를 기도위(騎都尉)로 삼았다가 하내(河內)에서 군사를 기르게 되면서는 주부로 데려가는 등 그를 대하는 게 남달랐다. 여포도 그런 정원의 은혜에 감동하여 그를 한낱 상관으로서보다는 아버지처럼 받드니 세상 사람들은 모두 그들이 부자의 의를 맺은 것으로 알았다.

정원이 군대를 이끌고 낙양으로 들어온 것은 환관 세력을 뿌리 뽑자는 하진의 밀서에 호응해서였다. 그러나 동탁과는 달리 군사를 엄히 단속하여 성안으로 들이지 않으니 낙양 사람들은 그의 군사들이 성 밖에 와 있는지조차 몰랐다.

이때 여포도 따라와 집금오 벼슬을 받았다. 그러나 하진이 뜻밖의 죽음을 당하고 환관들도 한가지로 모조리 죽자 잠시 형세를 관망하고 있던 정원을 호위하며 성 밖에 머물러 있었는데 전날과 같은 일이 벌어졌다.

이윽고 정원이 진문에 나와 말 위에 오르자 비로소 여포도 말에 올라 그 뒤를 따랐다. 동탁의 진문 앞에 이른 정원은 채찍으로 동탁을 가리키며 소리 높이 꾸짖었다.

"나라에 운이 없어 간악한 환관의 무리가 대권을 희롱하매 만백성은 도탄에 빠진 지 오래되었다. 그런데 너는 그 환관들을 제거하는 데 한 치의 공도 없으면서 어찌 감히 폐립을 함부로 지껄이느냐? 너야말로 조정을 어지럽히려 드는 도적이 아니냐?"

동탁은 생각지 아니한 난적을 만났음을 알았다. 대답이 궁한 대로 일단 정원의 말을 되받아치지 않을 수 없었다. 그러나 미처 입을 열기도 전에 여포가 똑바로 말을 몰아 가로막는 동탁의 군사들을 베며 짓쳐왔다. 그 기세가 어찌나 엄청난지 아무도 앞을 가로막지 못하고, 동탁도 황망히 말 머리를 돌렸다. 그렇게 되면 싸움은 끝난 것이나 다름없었다. 저희 대장이 도망치는 걸 보자 동탁의 군사들도 사태 나듯 뭉그러졌다. 정원이 때를 놓치지 않고 군사를 몰아 뒤따르며 죽이니 동탁은 크게 패해 삼십여 리나 도망친 뒤에야 겨우 진채를 내릴 수 있었다.

원래 정원의 군세는 동탁에게 미치지 못했다. 그러나 동탁은 세력의 반을 갈라 근거지인 서량에 남겨두고 온 데다 여포의 용맹 또한 절륜하니 정원을 당해낼 수 없었다. 이에 크게 근심이 된 동탁은 막장(幕將)들을 불러놓고 정원 깨칠 일을 의논했다.

"오늘 보니 여포란 놈이 예사내기가 아니다. 그자를 얻을 수만 있다면 천하에 두려운 것이 없겠다만……."

동탁이 그렇게 개탄하는데 문득 한 사람이 나섰다

"주공께서는 심려를 거두십시오. 저는 여포와 같은 고향이라 그가 용맹하나 꾀가 없음을 잘 압니다. 이익을 보면 대의를 잊는 인물이오니 세 치 혀로 한번 달래보겠습니다. 반드시 여포가 스스로 손을 모으고 주공께 항복하도록 하겠습니다."

동탁이 놀랍고 기뻐 말하는 자를 보니 호분중랑장 이숙(李肅)이었다.

"네가 어떻게 여포를 달래겠느냐?"

"제가 듣기로 주공께는 이름을 적토(赤兎)라 하며 하루 천리를 닫는 유명한 말이 있습니다. 그 말을 제게 주시고 그 위에 약간의 금은 보석을 더 얹는다면 이익으로 그 마음을 움직여볼 수 있겠습니다. 거기다가 좋은 말[름]로 그를 달랜다면 여포는 반드시 정원을 버리고 주공께로 항복해 올 것입니다."

얼른 믿지 못하는 동탁의 물음에 이숙은 그렇게 대답했다. 그래도 동탁은 미심쩍은 얼굴로 다시 한번 곁에 있는 이유에게 물었다.

"정말로 이 말대로 될 수 있을까?"

동탁 또한 욕심이라면 남에게 뒤지지 않는 데다 적토마(赤兎馬)는 워낙 그가 아끼는 말이었다. 동탁의 물음에는 일의 성패에 관한 의심 못지않게 적토마와 재물에 대한 아까움이 담겨 있음을 이유가 모를 리 없었다.

"주공께서는 천하를 얻고자 하시면서 어찌 한 마리 말을 아까워 하십니까?"

그렇게 충동하자 비로소 동탁도 흔연히 이숙의 요구를 들어주었다. 적토마에다 황금 일천 냥, 좋은 구슬 수십 알에 옥으로 깎아 이은 띠 한 개로 여포를 달래보게 했다.

이숙은 예물을 점검한 뒤에 몰래 여포의 진중을 찾아갔다. 정원의 군사들이 곳곳에 숨어서 지키다가 그런 이숙을 가로막았다. 이숙은 짐짓 태연하게 그 군사들에게 일렀다.

"급히 여장군께 가서 고향 친구가 와 뵙기를 청한다고 전해 주시오."

군사들이 그대로 전하자 여포도 별 생각 없이 이숙을 들여보내게 했다.

"아우님은 그간 별 탈 없이 잘 지냈는가?"

이숙이 그렇게 인사를 건네자 여포도 이숙을 알아보고 두 손을 모으며 답했다.

"오래 뵙지 못했습니다. 어디에 계시다가 이렇게 오셨습니까?"

"나는 지금 호분중랑장으로 있네. 근간에 현제가 나라를 위해 크게 힘을 쓰고 있다는 말을 듣고 기쁨을 이기지 못해 이리 찾아온 걸세."

이숙은 자기가 동탁의 막하에 있다는 말은 쑥 빼고 그렇게 둘러 댄 뒤 먼저 적토마부터 끌어오게 했다.

"마침 좋은 말 한 필을 얻었기에 현제에게 주려고 가져왔네. 하루에 천리를 달리는데 물을 건너고 산을 오르는 것도 마치 평지를 가듯 한다네. 이름을 적토라 하는데, 특히 자네를 위해 가져왔으니 자네의 호랑이 같은 위엄에 도움이 되기를 바라네."

여포가 살펴보니 과연 명마였다. 온몸이 불붙은 숯처럼 붉고, 잡털 하나 섞이지 않았는데 머리에서 꼬리까지 길이가 일 장이요, 발굽에서 목까지 높이가 여덟 자였다. 우렁차게 우는 소리에도 공중으로 솟고 바다로 뛰어드는 듯한 기상이 있었다.

천리를 치달아 자옥이 이는 먼지,	奔騰千里蕩塵埃
물 건너고 산 오를 젠 자주 안개가 열리네.	渡水登山紫霧開
매인 줄 당겨 끊고 옥고삐 흔드니.	掣斷絲韁搖玉轡
불 뿜는 용 하늘에서 날아내리는 듯싶네.	火龍飛下九天來

뒷사람이 그렇게 노래할 정도의 명마이니 그 적토마를 얻은 여포가 어찌 기쁘지 않겠는가. 얼굴 가득 감사하는 빛을 띠며 이숙에게

말했다.

"형께서 이렇게 좋은 말을 주시니 무엇으로 보답해야 좋을지 모르겠습니다."

"나는 다만 의기로 찾아왔을 뿐이네. 어찌 자네에게 보답을 바라겠는가?"

이숙은 여전히 능청을 떨었다. 그러자 여포는 더욱 마음을 놓고 좌우를 시켜 술자리를 마련케 했다. 세밀한 이숙은 어지간히 술자리가 무르익은 뒤에야 슬슬 제 볼일을 보기 시작했다.

"자네와 내가 자주 만나지 못해 영존을 뵈온 지도 오래되었네. 그래 그간 무고하신가? 한번 찾아뵈어야 하는데……."

여포의 아버지가 죽은 걸 뻔히 알면서도 이숙은 짐짓 그렇게 물었다. 맺은 아비인 정원의 얘기를 자연스레 끌어내기 위함이었다. 단순한 여포는 당장 그런 이숙에게 말려들었다.

"형이 취하셨구려. 아버님께서 세상 버리신 지 이미 여러 해인데 형이 무슨 수로 뵈옵겠습니까?"

그러자 이숙이 크게 웃으며 말했다.

"취한 게 아닐세. 나는 지금 자네의 의부인 정(丁)자사를 말하고 있는 걸세."

이숙의 말에 여포의 얼굴이 실쭉해졌다. 사실 정원과 여포의 관계는 세상에 알려진 것처럼 그리 깊은 것은 못 되었다. 정원이 여포를 자식처럼 아끼는 것은 틀림없지만, 원래가 엄격하고 곧은 사람이라 허물이 있으면 용서하지 않았다. 여포 또한 아버지처럼 그를 따르기는 했으나, 천성이 우직하고 지조가 없다 보니 그런 정원에게 따스

한 아비의 정을 느끼기보단 엄한 주인을 대하는 듯한 기분이 들 때가 많았다.

이숙이 그런 정원을 이미 죽은 친아버지에 갈음하니 여포의 기분이 별로 유쾌할 리 없었다.

"아우가 정건양(建陽, 정원의 자)의 막하에 있는 것은 사실입니다. 하지만 세상이 생각하는 것처럼 좋아서가 아니라 나가봐야 달리 갈 만한 데도 없기 때문이외다."

이윽고 여포는 이숙에게 본심을 털어놓았다. 이숙은 속으로는 옳다 싶으면서도 겉으로는 뜻밖이라는 듯한 얼굴로 은근히 여포를 부추겼다.

"자네의 재주는 하늘을 뒤흔들고 바다를 가라앉힐 만한데 누가 존경하여 흠모하지 않겠나? 마음만 먹으면 주머니 속의 물건 꺼내듯 부귀와 공명을 누릴 수 있을 것인데 그게 무슨 말인가? 별로 내키지 않으면서도 남의 밑에 있다니?"

여포는 한층 마음이 흔들려 탄식하듯 대답했다.

"한스럽게도 저는 아직 옳은 주인을 만나지 못했습니다."

이숙은 이때라 생각했다. 얼굴빛을 고치고 손위답게 점잖은 목소리로 일렀다.

"좋은 새는 나무를 가려 깃들이고 현명한 신하는 그 주인을 골라 섬기는 법일세. 때가 와도 일찍 알아보지 못하면 후회해도 이미 늦을 것이네."

"형께서는 조정에서 벼슬을 살고 계시니 당세의 빼어난 영웅이 누구인지를 알 것입니다. 이 아우에게 일러주십시오. 그게 누구오니까?"

그렇게 묻는 여포의 머릿속에는 이미 정원 따위는 그림자도 없었다. 하지만 이숙은 한참을 더 뜸을 들인 뒤에야 입을 열었다.

"내가 보기에 당금 조정의 사람들 가운데는 동탁만 한 이가 없을 것이네. 동탁은 어진 이를 공경하고 선비를 예로 대할 줄 알며, 상과 벌이 분명하니 마침내는 큰일을 이룩할 사람이네."

"동탁이 그토록 큰 인물인 줄 몰랐습니다. 그런데도 이미 서로 창칼을 맞댔으니 참으로 한스럽습니다."

"아니, 그게 무슨 뜻인가?"

"이 아우가 그를 찾아가려 한들 어디에 문과 길이 있겠습니까?"

여포의 사람됨은 진작부터 알고 있었지만 그 말이 너무 쉽게 나오니 이숙도 처음에는 자기 귀를 의심할 지경이었다. 그러나 아무리 살펴도 여포는 진심으로 말하고 있음이 분명했다.

자신을 얻은 이숙은 비로소 가져온 예물들을 펼쳤다. 일천 냥의 황금은 물론 구슬이며 옥으로 깎은 띠는 검소한 정원만 따라다닌 여포를 감탄시키기에 충분했다.

"이게 무엇입니까?"

여포가 놀란 얼굴로 물었다. 그러자 이숙은 좌우의 사람들을 모두 내쫓은 뒤 나지막이 알려주었다.

"이것은 바로 동공(董公)께서 아우의 큰 이름을 사모하여 보내신 것일세. 조금 전의 그 적토마도 마찬가지로 동공께서 주신 것이네."

여포가 조금이라도 생각 깊은 자였다면 그때쯤이라도 한 번은 앞뒤를 헤아려보았어야 했다. 이숙의 그 돌연한 방문이 단순히 같은 고향 사람의 호의에서가 아니라 사전에 면밀히 꾸며진 계책이란 걸 안 이상 그가 한 말도 의심해볼 필요가 있기 때문이다. 그러나 이미 적토마와 금은보화에 완전히 넋을 앗긴 여포는 다만 동탁의 후의에 감동할 뿐이었다.

"동공께서 이토록 크신 사랑을 베푸시는데 저는 실로 무엇으로 보답해야 될지 모르겠습니다."

"나처럼 재주 없는 사람도 호분중랑장의 자리를 주셨으니 만약 아우가 간다면 그 높게 됨은 이루 다 말할 수 없을 것이네."

이숙은 그렇게 여포의 마음을 한 번 더 흔들어놓았다. 그리고 여포가,

"한 점 띠끌만 한 공도 없이 찾아가 뵙기 실로 부끄럽습니다."

라고까지 하자 넌지시 일러주었다.

"공을 세울 길이야 손바닥 한 번 뒤집기보다 쉬운 게 있네. 다만 아우가 마음이 내키지 않을까 걱정이 될 뿐이지……."

지모가 모자라는 여포지만 그 말만은 금세 알아들었다. 그러나 워낙 일이 엄청난 탓인지 한동안 말없이 생각에 잠긴 뒤에야 입을 열었다.

"정원을 죽인 뒤 그 군사를 이끌고 동공에게로 가면 어떻겠습니까?"

"자네가 그렇게만 하면 정말로 큰 공을 세우는 게 되네. 다만 일이란 시일을 끌면 안 되는 수가 많으니 급히 결행하게."

"내일 안으로 결행하겠습니다."

"동공께 여쭙고 기다리겠네."

이숙은 여포와 그렇게 약조한 뒤 돌아갔다.

그날 밤 이경쯤이었다. 여포는 칼을 들고 정원의 군막으로 들어갔다. 무략(武略)에 못지않게 문재(文才)도 갖추고 있는 정원은 비록 진중이지만 촛불을 밝히고 책을 읽다가 여포가 들어오는 걸 보고 물었다.

"내 아들이 무슨 일로 밤중에 나를 찾아왔느냐?"

동탁과의 한 싸움에서 여포가 세운 공 때문에 전에 없이 부드러운 목소리였다. 그러나 여포의 대답은 뜻밖이었다.

"내가 떳떳한 장부로서 어찌 너 같은 놈의 자식일 수 있겠느냐?"

"봉선, 네가 마음이 변했구나. 도대체 무슨 연고냐?"

정원이 놀라 읽던 책을 떨어뜨리며 거듭 물었다. 평소에도 여포의 심지가 깊지 못함을 걱정해오기는 했지만 그렇게까지 나오리라고는 상상조차 해본 적이 없었다. 그러나 여포는 대답 대신 한칼질로 정원의 목을 잘라버렸다. 정원 또한 전혀 무예를 모르는 사람이 아니었으나 워낙 갑작스런 일이라 손발 한번 놀리지 못하고 목 없는 주검이 되고 말았다.

여포는 피가 뚝뚝 듣는 정원의 목을 높이 쳐들고 큰소리로 외쳤다.

"장졸들은 듣거라. 정원이 어질지 못해 내가 이미 죽였다. 나는 이제 동장군께 의지하려니와 나를 따르려는 자는 남고 그렇지 않은 자는 모두 떠나라."

그러자 정원의 군사들은 태반이 흩어져 제 갈 길을 가버렸다.

다음 날 여포는 정원의 목을 들고 이숙을 찾아갔다. 이숙은 여포를 인도하여 동탁에게 보이니 동탁은 기쁨을 감추지 못하여 술자리를 벌이고 여포를 맞았다. 좋든 나쁘든 천하를 노릴 정도의 인물이라 동탁의 처신 또한 변화가 무쌍했다. 어제까지의 거드름은 어디를 갔는지 가장 겸손한 체 먼저 여포에게 절을 하며 칭송했다.

"이 동탁이 장군을 얻은 것은 마치 가뭄으로 말라들어가던 모[苗]가 단비를 만난 것 같소이다!"

여포도 과분한지 놀라 동탁을 자리에 앉게 한 뒤 공손히 절을 올리며 말했다.

"공께서 하찮은 여아무개를 이토록 환대하시니 실로 몸둘 바를 모르겠습니다. 버리시지 않는다면 아버님으로 받들어 모시겠습니다."

차이라면 이리와 승냥이 정도일까, 한 쌍 잘 어울리는 상하의 자못 감동적인 만남이었다.

여포를 얻자 동탁의 위세는 한층 커졌다. 더구나 정원의 군사까지 흩어져버린 뒤라 적어도 낙양성 안에서는 동탁에 대항할 만한 무력은 없었다. 이에 동탁은 스스로 전군의 장수와 사졸을 거느리고, 아우 동민(董旻)을 좌장군으로 여포를 기도위 중랑장에 도정후(都亭侯)로 봉해 도성 안의 모든 군사력을 장악했다.

그다음은 이미 입 밖에 낸 황제 폐립을 마무리짓는 일이었다. 동탁은 다시 자기의 부중에 연회를 열고 여러 공경 대신을 청했다. 여포로 하여금 천여 갑사를 거느리고 좌우를 지키게 하여 잔뜩 위세를 부린 뒤였다.

정한 날이 되자 태부 원외(袁隗)를 비롯한 조정 백관들이 차례로 연회장에 이르렀다. 동탁의 미움을 받게 되는 것이 두렵기도 하거니와 폐립의 일이 어떻게 맺어질까 궁금하기도 한 까닭이었다. 몇 순배 술이 돈 뒤에 동탁은 칼을 빼들고 위협 담긴 어조로 입을 열었다.

"지금의 황제는 어둡고 약하시어 종묘사직을 받들기 어렵소이다. 이에 나는 이윤(伊尹)과 곽광(霍光)의 옛일에 기대 황제를 폐하여 홍농왕(弘農王)으로 삼고 지금 진류왕 전하를 추대하고자 하오. 또다시 내 뜻을 거스르는 자가 있으면 정원과 마찬가지로 벨 것이오."

동탁의 위세에 질린 백관들은 아무도 감히 대꾸하지 못했다. 그때 중군교위 원소가 벌떡 몸을 일으키며 소리쳤다.

"아니 되오. 천하는 동공(董公)의 것이 아니오. 금상께서는 제위에 오르신 지 오래지 않고 덕을 잃은 다스림을 펴신 일도 없는데, 공은 어찌 적자를 밀어내고 서자를 세우려 하시오? 그건 모반이나 다름없소."

일이 잘 돼가는가 싶은데 원소가 그렇게 나오니 동탁은 화가 치밀었다. 금세 칼로 원소를 후릴 듯 소리쳤다.

"천하가 이미 나를 따르거늘 내가 하는 일을 누가 감히 거스른단 말이냐? 너는 내 칼이 날카롭게 보이지 않느냐?"

원소도 지지 않았다. 마주 칼을 빼들며 소리쳤다.

"네 칼이 날카롭다면 내 칼이라고 날카롭지 못하란 법이 있느냐?"

두려움을 모르는 명문의 공자(公子)다운 기백이었다. 그러나 기백만으로 되는 일이 아니었다. 정원이 의를 세우려다 몸이 먼저 죽은 것처럼 원소의 목숨도 위태롭기가 바람 앞의 등불 같았다. 동탁 자신이 본시 무예가 뛰어난 데다 천여 갑사를 거느린 여포까지 방천화극을 꼬나들고 여차하면 원소를 찌를 기세였다.

이때 동탁의 모사 이유가 나섰다.

"일이 아직 정해지기도 전에 함부로 사람을 죽여서는 안 됩니다. 고정하십시오."

자기가 꾀를 빌고 있는 이유가 그렇게 말리자 동탁은 노한 가운데도 주저가 되었다. 기백 하나로 동탁과 맞섰으나 원소 또한 자신의 처지를 모를 만큼 숙맥은 아니었다. 여전히 손에는 보검을 빼든 채 백관에게 작별을 고한 뒤 연회장을 빠져나갔다. 그리고 그 길로 말을 달려 원가(袁家)의 근거지라 할 수 있는 기주(冀州)로 도망쳐버렸다.

원소까지 떠나가자 이제 동탁을 막을 사람은 아무도 없었다. 동탁은 먼저 원소의 일로 그 숙부인 태부 원외를 얼러 천자를 폐립하는 일에 찬성을 얻어낸 뒤, 이어 우격다짐으로 나머지 백관들도 승복시켰다. 그리하여 소제(少帝) 폐위는 결정되고 새 황제의 즉위는 구월 보름으로 날을 잡았다.

하지만 동탁은 아무래도 원소를 놓아 보낸 일이 마음에 걸렸다. 평소에 신임하는 시중 주비(周毖)와 교위 오경(伍瓊)을 불러 가만히 물었다.

"원소의 일을 어떻게 했으면 좋겠는가?"

주비가 대답했다.

"원소가 비록 화를 내고 떠났으나 공께서 급하게 잡으려들면 반드시 변을 일으킬 것입니다. 원씨는 사대에 걸쳐 널리 덕을 베풀어 따르는 문생(門生)들과 관리들이 천하에 두루 퍼져 있습니다. 거기다가 원소 또한 평소부터 여러 호걸들과 사귀어둔 터라 만약 그가 무리를 모아 변을 일으키고 다른 영웅들도 따라서 일어난다면 산동은 결코 공의 다스림을 받는 땅이 되지 못할 것입니다. 하지만 원소가 도망친 것은 그런 큰 뜻이 있어서가 아니라 공의 뜻을 거스른 일이 두려워서입니다. 너그러이 용서하시어 그에게 태수 자리라도 하나 내려주는 것이 그를 급히 모는 것보다 낫습니다. 그러면 그는 죄를 벗은 것이 기뻐 우환을 만들지 아니할 것입니다."

원소의 그릇됨을 지나치게 작게 본 흠은 있지만 대강은 맞는 말이었다. 오경도 거들었다.

"원소는 일 꾸미기를 좋아하는 하나 결단성이 없는 위인입니다. 족히 두려워할 바가 못 됩니다. 그에게 태수 자리나 하나 주어 도량을 보이시고 민심을 거두시는 편이 낫습니다."

이에 동탁은 그 말을 따라 원소에게 발해 태수 자리를 내려주었다. 뒷일이야 어찌 되건 당장으로는 합당한 처사였다.

구월 보름이 오자 동탁은 문무백관을 모두 불러 모으고 소제를 청해 가덕전(嘉德殿)에 오르게 했다. 그런 다음 수천 갑사들로 둘레를 에워싸게 한 뒤 자신도 칼을 빼든 채 소리쳤다.

"천자가 자질이 어둡고 여러 만백성의 임금으로 마땅치가 못하다. 이에 책문을 갖추어 읽고자 하니 모두 들으라."

동탁의 말이 떨어지기 무섭게 이유가 나서서 마련된 책문을 읽었다. 소제의 재주와 위엄이 없음을 논함과 하태후의 동태후 독살을 꾸짖음이 제법 준엄하고, 진류왕의 지혜로움과 돈독함을 기리는 말이 자못 아름다운 글이었다. 그러나 아무리 덕으로 분 바르고 의로 치장해도 동탁의 숨은 뜻이 아름답지 못하니 도무지 사람의 마음을 움직이는 힘이 없었다. 백관들은 한결같이 속으로 탄식만 삼킬 뿐이었다.

이유가 읽기를 마치자 동탁이 다시 나섰다. 좌우를 꾸짖어 소제를 옥좌에서 끌어내리게 한 뒤 옥새(십상시의 난 때 잃어버린 전국옥새가 아니라 새로 새긴 것)와 인수를 빼앗고 북면(北面)하여 꿇어앉게 했다. 신하로서 제명을 받드는 자세였다. 그런 다음 하태후도 끌어내려 예복을 벗기고 무릎을 꿇게 하니 무력한 모자는 그저 얼싸안고 통곡할 뿐이었다.

그 정경을 바라보는 백관들 치고 슬프고 참담하게 여기지 않는 이가 없었으나 어쩌랴, 당장 두려운 것은 동탁의 칼끝이었다. 하지만 그렇다고 사람이 전혀 없는 것은 아니었다. 갑자기 한 대신이 분노를 이기지 못해 뛰쳐나오며 소리쳤다.

"동탁 이 역적 놈아, 네 감히 하늘을 속이는 일을 꾸미는구나. 내 마땅히 목의 피를 뿌려서라도 네놈을 꾸짖으리라."

그리고 조회 때 두 손으로 받쳐 들고 있던 상아 막대[笏]로 동탁을 때렸다. 동탁의 성난 목소리에 놀란 무사들이 끌어내리고 보니 상서 정관(丁管)이었다. 동탁은 정관을 끌어내 목 베게 하였으나 정관은 죽는 순간까지도 얼굴색 하나 변하지 않고 동탁을 꾸짖어 마지 않았다. 뒷사람이 시를 지어 의를 위해 목숨을 버린 그를 찬양했다.

동탁은 다시 진류왕 협(協)을 부축하여 옥좌에 앉게 했다. 영제의 둘째아들로 하태후에게 독살당한 왕미인의 아들인데 그때 나이 겨우 아홉이었다. 후한의 마지막 황제가 되는 헌제(獻帝)가 바로 그였다. 가엾게도 소제는 사월에 즉위하여 구월에 폐위되니 겨우 다섯 달을 제위(帝位)에 있었던 셈이다.

자기가 뜻한 바대로 새 천자를 세우자 동탁은 연호를 초평(初平)

으로 갈고 스스로 상국(相國)이 되어 나라의 대권을 오로지했다. 뿐만 아니라 찬배(贊拜)할 때에도 이름을 부르지 않고, 조회에서도 허리를 굽히지 아니하며, 신을 신은 채 전(殿) 위로 오를 수 있고, 칼을 찬 채 천자를 대할 수 있으니 위세가 천하에 비할 바가 없었다.

동탁은 또 이유의 권유를 받아들여 새로 꾸민 조정에 명망 있는 선비들을 불러들였다. 완연히 동탁의 세상으로 바뀌자 허명(虛名)의 탈을 벗어던지고 권세와 부귀를 찾아 동탁의 부름에 좇는 이도 많았으나 그렇지 않은 이도 있었다. 그중의 하나가 채옹(蔡邕)이었다. 학자요 빼어난 문장가로서 일찍이 십상시를 탄핵하는 글을 올렸다가 파직된 적까지 있는 그는 동탁의 부름을 받고도 응하지 않았다.

동탁이 그대로 참고 있을 리가 없었다. 오지 않으면 일족을 멸하겠다고 으름장을 놓으니 문약한 채옹은 마지못해 나갔다. 그러나 채옹이 한번 벼슬길에 나서자 그에 대한 동탁의 후대는 남달랐다. 한 달에 세 번이나 벼슬을 높여 시중(侍中)으로 삼고 누구보다도 무겁고 귀하게 여겼다.

거기까지는 제법 한 나라의 정승다운 풍도가 있었다. 하지만 오래잖아 감춰져 있던 그의 흉포함이 드러났다. 그 첫 번째가 영안궁(永安宮)에 유폐되어 있는 폐제(廢帝)와 당비(唐妃), 그리고 하태후를 죽인 일이었다.

동탁은 폐제를 영안궁에 가둔 뒤 백관들을 함부로 출입하지 못하게 하는 한편 사람을 풀어 항상 폐제를 감시했다. 거기다가 음식이며 의복까지 제대로 대주지 않으니 아무리 문약한 폐제지만 울분과 한이 없을 수 없었다. 자연 노래로 그 울분과 한을 달렜는데, 그중의 한 구절이 동탁의 귀에 들어갔다.

아득히 푸른 구름 깊은 곳	遠望碧雲深
거기가 내 옛 궁궐일세.	是吾舊宮殿
누가 충의를 짚고 일어나	何人仗忠義
이 가슴속 맺힌 한을 풀어주리.	洩我心中怨

그러잖아도 폐제와 하태후가 살아 있는 게 마음에 걸리던 동탁이
었다. 은근히 충의지사들의 궐기를 촉구하는 그 구절을 듣자 내버려
둘 수 없다고 생각했다. 이유에게 무사 열 명을 딸려 폐제를 죽이라
명했다.

이때 폐제는 하태후 및 당비와 더불어 궁 안의 누각 위에 올라가
있었다. 궁녀로부터 이유가 왔다는 말을 듣자 폐제는 크게 놀랐다.

"무슨 일로 왔는가?"

폐제가 떨리는 목소리로 묻자 이유는 짐독이 든 술을 내놓으며
대답했다.

"봄날이 화창하와 상국께서 특히 수주(壽酒)를 보내셨습니다."

하지만 아무래도 태도가 수상쩍었다. 곁에 있던 하태후가 그런 이
유를 다그쳤다.

"그게 참으로 오래 살기를 비는 술이라면 네가 먼저 마셔보아라."

그 말에 이유가 본색을 드러내며 목소리를 높였다.

"정말 마시지 못하겠소?"

그리고 좌우를 불러 단도와 흰 비단 띠를 내놓으며 말했다.

"술을 마시지 못하겠거든 이 둘 중에 하나를 택하시오."

당비가 나서서 대신 죽기를 청했으나 받아들여질 일이 아니었다. 이유는 당비를 꾸짖어 물리친 뒤 하태후를 가리켜 비정하게 말했다.

"당신부터 마시시오."

그러자 하태후는 죄 없이 동탁을 낙양으로 불러들인 오라비 하진을 소리 높이 욕했다.

"그렇다면 전하께서 먼저 드시오."

이유는 그런 하태후를 두고 폐제를 재촉했다.

"내게 어머님과 작별할 여유를 주시오."

폐제는 그렇게 대답하고 한차례 통곡한 뒤 구슬픈 노래를 지어 불렀다.

하늘과 땅이 바뀜이여, 해와 달도 뒤집혔네.
天地易兮日月飜
만승의 자리를 버리고 물러나 번을 지키는도다.
棄萬乘兮退守藩
신하의 구박을 받음이여, 목숨조차 길지 못하겠구나.
爲臣逼兮命不久
대세는 가버리고 부질없는 눈물만 흐르네.
大勢去兮空淚潸

당비 역시 노래를 지어 답했다.

하늘이 무너지려 하네. 땅조차 견디지 못하겠구나.

皇天將崩兮后土頹

몸은 황제의 아내로되 따라가지 못함이 한이네.

身爲帝姬兮恨不隨

죽음 삶의 길이 다름이여, 이제는 헤어짐뿐이로구나.

生死異路兮從此別

어찌할거나 홀로 남겨짐이여, 가슴속엔 슬픔만 이네.

奈何縈速兮心中悲

노래를 마친 뒤 서로 부둥켜안고 우니 그 슬픈 정경에 무사들까지 멈칫했다. 그러나 모진 이유는 더욱 매섭게 그들을 재촉했다. 하태후가 다시 그런 이유를 소리 높여 꾸짖었다.

"역적 동탁은 우리 모자를 핍박했으니 하늘이 돕지 않을 것이오, 너희는 그 못된 짓을 도왔으니 반드시 멸족의 화를 입으리라!"

그 말에 이유는 성이 머리끝까지 치밀었다. 스스로 태후를 죽인 뒤 무사들을 호령하여 폐제와 당비도 죽이게 했다.

이유가 돌아와 그 전말을 들려주자 동탁도 노하여 그들의 시체를 성 밖에 끌어내 아무렇게나 묻어버리게 했다.

차라리 내가 저버릴지언정
저버림받지는 않으리라

하태후와 폐제 죽인 일을 시작으로 동탁의 무도함은 나날이 더해 갔다. 매일 밤마다 궁궐에 들어가 마음에 드는 궁녀들을 번갈아 욕보이고, 잠은 무엄하게도 용상에서 잤다. 조정의 대신들을 하인 부리듯 했으며, 거리의 백성들은 버러지나 짐승보다 못하게 여겼다.

한번은 이런 일이 있었다. 군사를 이끌고 도성을 나가 양성(陽城) 부근에 이르렀을 때였다. 봄이 완연한 이월이라 마을 사람들은 남녀를 가리지 않고 나와 봄놀이를 즐기고 있었다. 동탁의 뒤틀어진 심사에는 공연히 그게 못마땅했다.

그래서 찌푸린 눈으로 보고 있는데 문득 흉악한 꾀가 떠올랐다. 없는 공을 만들어 자신의 위세를 더하면서 낙양 사람들에게 겁도 주고, 또 약탈을 마음대로 못해 걸신이 들린 부하들에게 약탈할 기회도 주는 일석삼조의 꾀였다.

"농사철에 일은 않고 모여서 술을 마시고 노니 저놈들은 도적 떼임에 분명하다. 어딘가를 약탈하고 돌아와서 잔치를 벌이고 있으니 한 놈도 남기지 말고 죽여버려라."

동탁은 그렇게 명을 내려 그 마을뿐만 아니라 부근의 모든 마을을 쓸어버렸다. 남자건 여자건 보이는 대로 죽이고 마을을 뒤져서는 반반한 부녀자와 재물을 있는 대로 약탈하게 했다. 저녁때가 되니 끌고 간 수레 아래에는 천여 개의 사람 머리가 매달리고, 수레 위에는 약탈한 부녀자와 재물이 그득했다.

"양성에서 도적 떼를 만나 싸워 크게 이기고 그 목 천여 개와 노략질한 재물을 빼앗아 왔다."

낙양에 돌아온 동탁은 부하들을 시켜 그렇게 퍼뜨린 뒤, 목은 성 아래서 모두 불태우고 부녀자와 재물은 부하들에게 상으로 골고루 나누어주었다.

하지만 낙양의 백성들이라고 해서 눈과 귀가 없는 것은 아니었다. 동탁이 앞서 저지른 다른 죄악들과 마찬가지로 그 일도 며칠 가지 않아 참모습이 드러나니 입 달린 사람 치고 동탁을 욕하지 않는 이가 없었다.

원래 권세란 얻기보다 지키기가 힘든 법이다. 동탁은 권세를 얻는 과정에서는 그럭저럭 책략가의 흉내를 내었지만 지키는 데는 너무도 부족함이 많았다. 그런데 그 부족함이 드러날 때마다 창칼로 메우려 드니 내외로 파탄이 오지 않을 수 없었다.

월기교위 오부(伍孚)는 항상 동탁의 잔인하고 포악함을 미워했다.

조복 속에 가벼운 갑옷을 받쳐 입고 단도를 품은 채 동탁을 죽일 때
가 오기를 기다렸다. 하루는 먼저 입조(入朝)해 있는데 동탁이 홀로
들어오는 것이 보였다. 오부는 이때다 싶어 나가서 맞는 체하고 칼
을 꺼내 동탁을 찔렀다.

　동탁은 워낙 기력이 세고 무예가 뛰어났다. 슬몃 몸을 피하며 오
부의 칼 든 손을 꽉 움켜쥐었다. 그때 뒤따라온 여포가 달려들어 오
부를 땅바닥에 메어꽂았다.

　"누가 너에게 이 같은 역적질을 시켰느냐?"

　동탁은 쓰러진 오부를 노려보며 그렇게 물었다. 오부가 분연히 소
리쳤다.

　"너는 내 임금이 아니고 나는 네 신하가 아닌데 역적질이라니 무
슨 소리냐? 네 죄가 이미 하늘에 가득해 사람마다 죽이기를 원하고
있으니 하물며 한나라 조정의 녹을 먹는 나이겠느냐? 다만 한스러
운 일은 너를 찢어 죽여 천하에 공도를 밝히지 못하는 것뿐이다."

　그러자 화가 난 동탁은 오부를 끌어내 과형에 처하게 했다. 과(剮)
란 뼈가 드러날 때까지 살을 발라 죽이는 것으로, 오부는 그 혹독한
형을 당하면서도 끝내 욕설을 멈추지 않았다. 저 정관(丁管)과 마찬
가지로, 자기가 옳다고 믿는 바를 위하여 기꺼이 목숨을 던진 그의
이름은 길이 뒷사람의 존숭을 받으리라.

　동탁에 대한 그 같은 저항은 밖에서도 있었다. 그중에서도 가장
먼저 움직인 것은 발해 태수 원소였다. 동탁에게 칼을 빼들고 맞선
것으로 더욱 이름을 얻은 데다 그를 달랜다고 준 태수 자리가 또한
그의 근거지인 기주에서 멀지 않았다.

원소가 가만히 세력을 모으니 사람이 사방에서 구름처럼 모여들었다. 사세오공의 지반에다 그의 명성이 겹쳐 있을 뿐만 아니라 발해 태수로서 관작도 무시 못할 배경이 되어준 것이었다. 장수감으로는 안량(顔良), 문추(文醜) 등이 이미 와 있었고, 모사로는 봉기(逢紀), 허유(許攸) 등이 있었다. 원소의 군문(軍門)에 들기를 원하는 장정들도 줄을 이어 그들을 먹일 곡식이 달릴 지경이었다.

원소가 누구보다도 이를 갈며 동탁을 겨냥한 군사를 기르는 데는 그만한 까닭이 있었다. 하진이 죽은 마당에서 보면 원소는 소제(少帝)를 세우고 십상시를 뿌리 뽑는 데 으뜸가는 공신이었다. 그리하여 이제 막 큰 포부를 펴려는데 동탁이 나타나 모든 것을 가로채버렸다. 뿐만 아니라 황제까지 갈아치워 원소의 전공(前功)을 없이하는 동시에 동탁 자신의 위치는 적어도 새 황제의 재위 동안에는 흔들림이 없도록 굳혀 놓았으니 어찌 보고만 있을 수 있겠는가.

원소는 한편으로는 군사를 기르면서도 다른 한편으로는 동탁의 동정을 살피는 데 힘을 쏟았다. 그가 풀어놓은 사람들이 가져오는 소식은 한결같이 분통 터지는 것들이었다. 하지만 아직 정면으로 동탁에게 맞서기에는 힘이 너무도 약했다.

이에 원소는 낙양성 안에서 호응할 세력을 가질 필요가 있었다. 백관들을 하나하나 두고 생각해보니 사도 왕윤(王允)이라면 그 세력의 중심 인물이 될 만했다. 가만히 사람을 보내 밀서 한 통을 전했다.

'역적 동탁이 하늘을 속이고 황제를 내쫓으니 그 참람됨이 차마 말하기 어려울 지경입니다. 그런데도 공께서는 그 발호(跋扈)함을 아니 듣고 아니 보신 듯하시니 어찌 나라를 위하고 충성을 앞세우는 신하라 할 수 있겠습니까? 소(紹)는 지금 군사를 모아 조련하면서 제실(帝室)의 도적들을 깨끗이 쓸고자 하되 다만 함부로 가볍게 움직이지 않고 있을 뿐입니다. 만약 공께 나라를 위하는 마음이 있어 틈을 타 일을 꾀하시고 저를 부리시겠다면 마땅히 달려가 크신 명을 받아들이겠습니다.'

왕윤은 그 편지를 읽고 깊이 생각해보았으나 마땅한 계책이 떠오르지 않았다. 그래서 한숨만 쉬며 보내던 어느 날이었다. 대궐에서 반열을 짓고 있는데 둘러보니 마침 동탁의 사람들이 보이지 아니했다. 왕윤이 거기 있는 오래된 대신들과 의논이라도 해보리라 마음먹고 나지막이 말했다.

"오늘은 이 늙은이가 세상에 떨어진 날이오. 저녁에 저희 집에 오셔서 술이라도 몇 잔 나누는 게 어떻겠소?"

"꼭 가서 축수(祝壽)를 드리리다."

모여 있던 구신들은 별 생각 없이 모두 그렇게 대답했다.

집으로 돌아온 왕윤은 조용한 후당에다 술자리를 마련했다. 저녁이 되자 여러 공경들은 약속대로 왕윤의 집으로 모였다. 그러나 왕윤의 얼굴에는 기뻐하는 기색이 조금도 없더니 술이 몇 순배 돌기도 전에 얼굴을 가리고 목을 놓아 울었다.

"귀한 생신날에 어찌 슬퍼하십니까?"

모인 사람이 모두 놀라 그렇게 물었다. 왕윤은 울음을 그치고 대답했다.

"실은 오늘이 천한 것의 생일이 아닙니다. 다만 오래전부터 여러 분들과 모여 가슴속에 쌓인 울분을 풀어보고 싶었으나 동탁이 의심스럽게 여길까 봐 못하다가 이제 생일을 빌려 뜻을 이룬 것입니다. 동탁은 임금을 속이고 권세를 희롱하여 나라의 위태롭기가 아침 저녁을 기약하지 못할 지경입니다. 우리 고조(高祖)께서 진(秦), 초(楚)를 없애고 얻으신 천하가 오늘에 이르러 동탁의 손에 넘어갈 줄 누가 생각이라도 했겠습니까? 제가 운 것은 실로 그 때문이었습니다."

그 말을 듣자 공경들도 한가지 슬픈 마음이 일어 다 같이 목을 놓아 울었다. 그러나 단 한 사람 손을 어루만지며 큰소리로 웃는 사람이 있었다.

"이 자리에 모이신 공경들께 말씀드립니다. 울고 울어 밤이 낮이 되고 다시 낮이 밤이 된들, 울음으로야 어찌 동탁을 죽일 수 있겠습니까?"

그렇게 빈정거려 놓고 다시 소리 높여 웃는 사람을 보니 효기교위(驍騎校尉)로 있는 조조였다. 왕윤이 성난 소리로 꾸짖었다.

"네 애비 할애비도 한가지로 한실의 녹을 먹었는데, 너는 나라에 보답할 생각은 않고 도리어 웃기만 하느냐?"

그러자 조조는 웃음을 그치고 정색하며 대답했다.

"제가 웃은 것은 다른 뜻이 아닙니다. 이토록 여러분이 모여서도 아무런 계책이 없는 것이 우스웠을 뿐입니다. 이 조조가 비록 재주는 없으나, 원하신다면 즉시 동탁의 머리를 잘라 도성의 문에 내걺으로써 천하에 사죄케 할 수가 있습니다."

좀 지나치기는 하나 귀가 번쩍 뜨이는 소리였다. 왕윤은 자리를 옮기어 은근하게 조조에게 물었다.

"맹덕(孟德)에게 어떤 고견이 있는가? 좀 전에는 감정이 격해 말이 지나쳤네."

조조가 씩씩하게 대답했다.

"요즘 저는 몸을 굽혀 동탁을 섬기고 있습니다만 실은 틈을 노려 역적을 없애고자 할 따름입니다. 그러나 이제 동탁은 저를 믿어 저는 언제든 동탁에게 가깝게 다가갈 수가 있습니다. 제가 듣기로 사도께서는 칠성보도(七星寶刀) 한 자루를 가지고 계신다 합니다. 원컨대 제게 그 보도를 빌려주십시오. 동탁의 부중으로 들어가 그를 찔러 죽이겠습니다. 불행히 일이 잘못되어 제가 죽게 되어도 한은 없습니다."

"맹덕에게 그런 마음이 있다니 실로 천하를 위해 큰 다행일세."

왕윤은 이렇게 조조를 치하한 뒤 스스로 술잔을 따라 조조에게 바쳤다. 조조가 그 잔을 받아 뿌리며 맹세를 나타내자 왕윤은 애지중지하던 칠성보도를 내주었다. 칼을 받아 갈무리한 조조는 잔에 남은 술을 마시자마자 몸을 일으켜 여러 공경에게 작별을 고했다. 대의를 위해 목숨을 건 장부의 기개가 넘쳐흐르는 뒷모습이었다.

원래 조조는 동탁이 대권을 잡을 때부터 원소처럼 자신의 근거지로 돌아갈 생각을 했다. 그 무렵 부친 조숭은 진류(陳留) 땅에 자리잡고 있었다. 조조의 권유를 따라 처음에는 고향인 패국 초현으로 내려갔으나 그곳이 마땅치 않아 재물과 가솔들을 진류 땅으로 옮겨 일가의 근거지로 삼은 것이었다.

따라서 진류로 내려가면 원소만큼은 안 돼도 나름으로는 상당한 세력을 기를 수 있는 조조였지만, 조조는 곧 생각을 바꾸고 그대로 낙양에 머물렀다. 한번 그 중심권을 벗어나면 다시 편입되기 어려운 것이 권력의 속성이란 걸 정치 감각이 밝은 조조는 잘 알고 있었다. 거기다가 동탁의 농권(弄權)도 그것이 그대로 완결된 사건이 아니라 무언가 보다 크고 무거운 변화에로의 과정 같아 세밀히 보아둘 필요가 느껴졌다.

그러나 그런 이유에 못지않게 조조를 낙양성에 붙들어둔 것은 동탁 쪽의 접근이었다. 몇 번 대하지 않아서부터 동탁은 웬지 조조를 마음에 들어했다.

무딘 동탁의 눈에도 조조의 재주는 그만큼 돋보였던 듯싶다. 십상시의 몰락과 함께 유명무실해진 서원(西園, 십상시의 우두머리 건석이 거느린 내정 호위병)의 전군교위(典軍校尉)였던 조조를 남군(南軍, 도성 수비군)의 효기교위로 옮기고 서량에서 데리고 온 측근들보다 더 애중히 여겼다.

"무장에는 봉선(奉先)이 있으니 모사(謀士)로는 맹덕만 내 사람이 되면 천하에 두려울 게 없겠네마는."

동탁은 남을 통해 그렇게 넌지시 말하기도 하고,

"맹덕, 나를 도와 일해보는 게 어떤가? 뒷날 뜻을 이루게 되면 가장 큰 공은 그대에게 돌리리라."

조조에게 직접 그렇게 말하기도 했다. 조조는 원소처럼 무모하게 드러내놓고 저항하지는 않았다. 외양으로는 그의 뜻을 받드는 듯 동탁을 섬겼고, 나라와 백성들을 크게 해치지 않는 한 꾀를 빌려주기도 마다하지 않았다.

그리하여 그 무렵 동탁은 조조를 거의 자기 사람으로 여기고 있었다. 조복 아래를 갑옷으로 받쳐 입고, 수천 갑사와 여포의 호위가 아니면 집 밖을 나서지 않는 그였지만 조조만은 무시로 그의 침실까지 드나들 수 있을 정도였다.

하지만 조조가 동탁을 암살하려 든 일은 정사 기록에는 찾을 길이 없다. 지모(智謀)의 사람으로 알려진 그에게 그런 무모한 행동이 맞지 않을 뿐만 아니라 서른넷이란 조조의 나이도 혈기만으로 목숨을 내던지기에는 너무 많았다. 임협(任俠) 시절에 몸에 배었음직한 협기(俠氣)와 뒷날에 이따금씩 보인 직정적(直情的)인 성격을 바탕으로 뒷사람이 꾸민 그럴듯한 야화이리라.

어쨌든 다음 날 조조는 왕윤으로부터 받은 보도를 차고 동탁의 부중으로 갔다. 그곳에서 일하는 사람에게 물으니 동탁은 작은 채에 있다는 대답이었다.

동탁은 마침 평상에 비스듬히 기대 쉬고 있는 중이었다. 곁에는 여포가 칼을 찬 채 시립하고 있었다.

"맹덕은 어찌 이리 늦었는가?"

동탁이 들어서는 조조를 보고 물었다. 조조가 애써 태연한 표정을 지으며 대답했다.

"제 말이 시원찮아 걸음이 더딥니다."

아무것도 모르는 동탁은 그 말을 듣자 그게 조조에게 선심을 쓸 좋은 기회라 생각했다. 여포를 돌아보며 일렀다.

"내게 서량에서 바쳐온 좋은 말이 여러 필 있다. 봉선은 가서 좋은 말 한 필을 골라 조조에게 주도록 하라."

그 말에 여포는 말을 고르기 위해 방을 나갔다. 밖엣사람[外人]이 있으면 곁을 뜨지 않고 지키는 게 상례였지만 동탁이 아끼는 조조라 별 의심 없이 자리를 비운 것이었다.

'이 역적 놈을 죽이기 꼭 알맞구나……'

조조는 홀로 남은 동탁을 보고 마음속으로 그렇게 기뻐했다. 그러나 동탁의 힘이 워낙 좋고 무예가 뛰어난 걸 잘 아는 터라, 함부로 칼을 빼들 수가 없었다. 급한 마음을 누르고 기다리는데 곧 좋은 기회가 왔다. 몸이 무거운 동탁이 오래 한 자세로 있을 수가 없어 몸을 완전히 뉘며 벽 쪽을 향한 것이었다.

'이놈은 이제 끝났다……'

조조는 급히 칼을 뽑아들었다. 그리고 막 몸을 일으키는데 동탁이 홱 몸을 돌렸다. 벽에 있는 큰 거울에 조조가 칼을 빼들고 다가오는 모습이 비친 것을 본 까닭이었다.

"맹덕은 무얼 하려는가?"

동탁이 큰소리로 그렇게 물었다. 때마침 방 밖에서는 여포가 말을 끌고 돌아오는 기척이 났다. 되든 안 되든 부딪쳐 보기에도 너무 늦은 셈이었다.

"제게 좋은 칼 한 자루가 있기에 승상께 바치고자 합니다. 평소 아껴주시는 은혜에 만분의 일이라도 보답이 되었으면 합니다."

조조는 그 자리에서 무릎을 꿇으며 빼들었던 칼을 두 손으로 바쳤다. 실로 재빠르고 눈부신 기지였다.

동탁도 얼결에 그 칼을 받아 살펴보았다. 길이가 한 자 남짓, 칼자루는 일곱 가지 보석을 박아 장식을 했는데 칼끝이 몹시 날카로웠다. 과연 보기 드문 보도였다.

"좋은 칼이다. 받아두어라."

동탁은 그렇게 말하며 때마침 말을 골라놓고 들어온 여포에게 그 칼을 맡겼다. 조조는 황급히 칼집을 끌러 여포에게 넘겼다.

"말을 보러 가세."

조조의 응대가 너무도 천연스런 까닭인지, 칠성보도에 반한 덕택인지 동탁은 별 의심 없이 조조를 데리고 밖으로 나왔다. 여포가 골라온 말은 썩 훌륭했다.

"정말 대단해 보입니다. 승상의 두터우신 은혜를 무엇으로 갚아야 할지 모르겠습니다."

조조는 동탁에게 감사한 뒤 다시 자연스럽게 청했다.

"한번 시험 삼아 타보았으면 합니다만……."

"좋도록 하게."

조조가 진심으로 자기가 준 말을 마음에 들어 하자 동탁은 기쁜지 선선히 허락하고 좌우에게 일렀다.

"맹덕에게 안장을 내주어라."

안장을 얹어주자 조조는 동탁의 눈앞에서 태연히 말을 끌고 승상부 밖으로 나왔다. 그러나 대문에 이르기 무섭게 말등에 뛰어오르더니 급하게 채찍을 휘둘렀다. 동남을 바라고 달리는 말과 사람은 그대로 한 줄기 빠른 바람 같았다.

조조가 승상부를 빠져나간 뒤에야 선사받은 칼을 간수해두고 돌아온 여포가 동탁에게 말했다.

"조조의 행동이 아무래도 수상쩍습니다. 조금 전 들어오면서 보니 조조는 칼을 빼 찌르려는 모습이었습니다. 그러다가 아버님의 고함 소리에 놀라 칼을 바친 것입니다."

"실은 나도 의심스러웠다. 하지만 들킨 자객 치고는 너무 태연하지 않으냐?"

동탁이 그렇게 반문할 때 마침 이유가 들어왔다. 둘의 대화가 심상찮게 보였던지 까닭을 물었다. 동탁이 조조의 일을 이유에게 말하자 이유의 표정에도 의혹이 떠올랐다. 잠시 생각에 잠기는 듯하더니 천천히 입을 열었다.

"조조는 처자 권속이 이 낙양성 안에 없습니다. 듣기에 진작 고향으로 내려보냈다는데, 지금은 진류로 옮겨 터를 잡고 있다고 합니다. 능히 그런 일을 꾀할 만한 자입니다. 지금 그에게 사람을 보내 불러보십시오. 아무런 의심 받을 만한 일이 없으면 급히 달려올 것이니 그 칼을 바친 것으로 볼 수 있습니다. 그러나 부름을 받고도 오지 않으면 그가 그 칼로 승상을 찌르려 했다는 뜻이 됩니다. 그때는 급히 잡아 문초해보는 것이 좋겠습니다."

동탁도 그 말을 옳게 여겼다. 즉시 옥졸(獄卒) 넷을 뽑아 조조를 부르러 보냈다. 조조를 부르러 간 지 한참 만에 옥졸들이 돌아와 동탁에게 고했다.

"조조는 집에 돌아오지 않았다고 합니다. 말을 달려 동문을 나갔다기에 문을 지키는 관리에게 물으니, 승상의 명을 받들어 급한 공사를 보러 간다며 달려 나갔다는 것입니다."

이유가 곁에서 말했다.

"조조 그 도적이 두려워 달아난 것임에 분명합니다. 그놈이 승상을 찌르려 한 것은 이제 의심할 여지가 없습니다."

그 말에 동탁이 노하여 소리쳤다.

"나는 그토록 저를 두텁게 대했거늘 도리어 나를 해치려 하다니."

"이 일은 반드시 함께 꾸민 자가 있을 것입니다. 조조를 붙들어야
만 그 무리를 모두 잡을 수 있습니다."

이유가 다시 그렇게 말하며 조조 잡아들일 일을 재촉했다. 동탁의
마음이 조조에게 기울어지는 것을 걱정해온 터라 한층 그 입이 매웠
다. 동탁도 더는 머뭇거리지 않고 조조의 모습을 그린 화상과 함께
공문을 내려 조조를 잡아들이도록 했다. 조조를 잡는 자는 천금의
상에 만호후(萬戶侯)를 봉할 것이요, 숨겨주는 자는 같은 죄로 벌하
리란 내용이었다.

한편 낙양성을 빠져나온 조조는 진류 땅을 향해 나는 듯 말을 몰
았다.

'이제 한나라는 끝났다. 황제는 한낱 야심가의 이용물에 지나지
않는다. 일찍이 두려워한 대로 힘을 가진 자가 곧 의로운 자가 되는
세상이 오고 말았다. 이미 천하는 주인이 없어졌다……'

다급하게 쫓기는 몸이지만 한편으로는 홀가분한 데도 있었다. 희
망을 버린 뒤에도 오랫동안 끊지 못하던 한나라에 대한 미련에서 마
침내 벗어난 느낌이었다.

'한조를 위한 노력은 이것으로 마지막이다. 남은 것은 온갖 야심
가의 무리와 주인 없는 천하를 다투는 일뿐. 이제부터는 대의도 충
성도 다만 나를 위하여서이리라.'

그러나 조조가 탄 말은 생각처럼 빠르지 못했다. 조조가 중모현

(中牟縣)이란 곳에 이르러보니 이미 동탁의 영을 전하는 파발이 먼저 당도해 있었다. 그것도 모르고 한달음에 관을 지나려던 조조는 손 한번 제대로 쓰지 못하고 관문을 지키던 군사들에게 사로잡히고 말았다.

군사들은 조조를 묶어 현령에게 끌고 갔다.

"나는 그저 떠돌이 장사치로 성을 두 자 황보(皇甫)로 쓰고 있습니다. 군사들이 불문곡직하고 나를 얽고 이리로 끌고 왔는 바, 도무지 영문을 모르겠습니다."

조조는 현령에게 그렇게 시치미를 뗐다. 그러나 현령은 조조의 얼굴을 자세히 내려다보더니 한동안 말이 없다가 갑자기 꾸짖었다.

"전일 벼슬을 얻고자 낙양에 있을 때부터 나는 이미 네가 조조라는 걸 알고 있다. 어찌 나를 속여 네 신분을 숨기고자 하느냐? 이미 너를 잡으라는 영이 내려와 있으니 내일은 낙양으로 압송해 동승상께 상이나 청하리라."

그리고 조조를 잡아온 군사들에게 술과 밥을 대접하여 돌려보냈다.

조조는 뜻밖에도 동탁의 파발이 이미 와 있고, 현령이 자신의 얼굴까지 알아보자 앞이 아득했다. 한번 큰 뜻을 펴보지도 못하고 동탁의 손에 죽는가 싶었다.

그런데 그날 밤이었다. 현령은 조사할 것이 있다 하며 부리는 사람을 시켜 갇힌 조조를 후원으로 불러낸 뒤 물었다.

"내가 듣기로 승상께서는 너를 대함에 박하지 아니하였는데 너는 어찌하여 승상을 해치려 하였느냐?"

조조가 하늘을 우러러 크게 웃은 뒤 대답했다.

"참새나 제비가 어찌 큰 기러기나 고니의 뜻을 알겠느냐? 너는 이왕 나를 잡아 가두었으니 빨리 동탁에게 끌고 가 상이나 청하거라. 쓸데없이 무얼 자꾸 묻느냐?"

그러자 현령은 좌우를 물리친 후 더욱 은근하게 말했다.

"그대는 나를 하찮게 보나, 나 또한 속된 관리는 아니외다. 다만 주인을 아직 못 만났을 따름이오."

조조가 살피니 꾸며서 하는 말 같지는 않았다. 이에 조조도 가슴속을 털어놓았다.

"내 조상들은 대를 이어 한나라의 녹을 먹었소. 만약 그 은혜에 보답할 마음이 없다면 들짐승이나 새와 무엇이 다르겠소? 내가 몸을 굽혀 동탁을 섬긴 것은 다만 틈을 타 그를 죽여 나라에 해가 되는 물건을 제거하기 위함이었소이다. 그런데 일이 그만 이렇게 어긋나고 말았으니 모든 게 하늘의 뜻인 듯싶소."

"만약 맹덕께서 이곳을 벗어나면 장차 어디로 가시려오?"

"먼저 향리로 돌아간 뒤 거짓으로나마 제명(帝命)을 빌려 천하 제후들과 그 군사들을 불러 모을 작정이오. 그래서 다 같이 역적 동탁을 주살하는 게 오직 내가 바라는 바이오."

그러자 현령은 스스로 조조의 결박을 풀고 높은 자리에 앉힌 뒤 두 번 절을 하며 말했다.

"공이야말로 참으로 충의지사(忠義之士)요."

놀란 조조도 마주 절을 하며 물었다.

"현령의 높은 이름은 어떻게 되시오?"

"저는 성이 진(陳)이요, 이름은 궁(宮), 자는 공대(公臺)로 씁니다. 비록 작은 고을의 현령에 머물러 있으나 뜻은 비루하고 작지 아니하려고 애쓰던 차에 공의 의기를 보게 되니 실로 감동이 큽니다. 원컨대 이 하찮은 벼슬을 던지고 공을 따라가고자 하니 부디 물리치지 마십시오."

조조는 진궁의 그 같은 말에 자신의 귀를 의심할 정도로 기뻤다. 감사와 함께 그의 뜻을 받아주었다.

진궁은 그 밤 안으로 노자에 쓸 약간의 금은을 거두어 조조와 함께 떠났다. 각기 신분을 알아볼 수 없도록 옷을 갈아입고 칼 한 자루씩을 등에 진 채 조조의 권속(眷屬)들이 기다리는 진류로 나는 듯 말을 몰았다.

떠난 지 사흘째 되던 날 성고(成皐) 부근에 이르니 해가 뉘엿뉘엿했다. 조조가 한 숲이 짙은 곳을 채찍으로 가리키며 진궁에게 말했다.

"저 속에 여백사(呂伯奢)란 분이 살고 계시는데 가친과는 형제를 맺으신 분이외다. 가서 집안 소식도 물을 겸 하룻밤 묵어 갈 곳을 찾아보는 게 어떻겠소?"

"그것 참 잘됐습니다. 그리로 가십시다."

진궁이 그렇게 찬성하자 두 사람은 여백사의 집으로 말을 몰아갔다.

여백사는 조조를 반갑게 맞아들이며 물었다.

"내가 듣기로 조정에서는 널리 파발을 보내 너를 잡아들이라고 성화라더라. 네 아버님이야 진류로 피해 가셨으니 무슨 일이 있으랴만 너는 어떻게 이곳까지 올 수 있었느냐?"

"만약 여기 이 진(陳)현령이 없었더라면 이 몸은 벌써 동탁에게 끌려가 뼈는 부숴져 가루가 되고 살도 짓이겨진 고깃덩어리가 되고 말았을 것입니다."

조조는 그렇게 서두를 꺼낸 뒤 그간의 사정을 자세히 털어놓았다. 그 말을 들은 여백사는 진궁에게 늙은 몸을 굽혀 절을 하며 진심으로 감사를 올렸다. 그리고 청하기도 전에 그쪽에서 먼저 하룻밤 쉬어 가기를 권했다. 실로 자식을 구해준 이를 대하는 아비와 다름이 없었다.

조조와 진궁이 은근히 기뻐하고 있는데 여백사가 문득 몸을 일으키더니 안채로 들어갔다. 한참 후에 돌아온 여백사가 말했다.

"마침 내 집에는 좋은 술이 없네. 잠시 기다리면 서촌(西村)에 가서 한 단지 사 오겠네. 그때 마주 앉아 회포를 푸세."

그러고는 나귀를 타고 총총히 집을 나갔다. 궁하게 쫓겨다니던 끝이라 그런지 조조의 눈에는 까닭 없이 서두르는 것같이 보였다. 안에 들어가 식구들로부터 무슨 말을 들은 게 아닌가 더럭 의심이 났다.

여백사는 오래도록 돌아오지 않았다. 진궁도 은근히 걱정이 되는지 얼굴이 흐려지고 조조는 더욱 의심이 났다. 그래서 더욱 귀를 모아 바깥의 동정에 마음을 쓰고 있는데 문득 집 뒤에서 칼 가는 소리가 들렸다.

"여백사는 아무래도 제 친아버지는 아니오. 조금 전에 떠나는 모습에 자못 의심스러운 데가 있었으니, 한번 가만히 엿들어봅시다."

조조가 그렇게 말하자 진궁도 조용히 고개를 끄덕였다. 두 사람은 몰래 초당 뒤로 숨어들어 귀를 기울였다.

"묶어서 죽일까 그냥 죽일까?"

누군가가 굵은 소리로 물었다.

"혹시라도 놓치면 큰일이네. 묶어서 죽이세."

또 다른 목소리가 대답했다.

조조도 진궁도 그런 그들의 대화를 엿듣자 낯빛이 변했다.

"어떻게 하시겠습니까?"

진궁이 소리를 낮추어 물었다. 조조가 칼자루에 손을 대며 분연히 말했다.

"역시 그랬군. 만약 지금 우리가 먼저 손을 쓰지 않으면 반드시 우리가 저들에게 사로잡혀 죽게 될 것이오."

그러자 진궁도 할 수 없다는 듯 칼을 빼들고 조조를 따랐다. 두 사람은 똑바로 후원으로 뛰어들어 남녀를 가리지 않고 눈에 띄는 사람은 모조리 말 한마디 할 틈조차 주지 않고 죽여버렸다. 죽여놓고 보니 여백사의 처자와 남녀 종을 합쳐 여덟이나 되었다.

그래도 혹 남은 사람이 있을까 하여 두 사람은 집을 뒤지기 시작했다. 그런데 부엌 뒤로 갔을 때였다. 돼지 한 마리가 묶인 채 몸을 버둥거리고 있지 않은가!

두 사람은 어이가 없었다. 돼지를 잡으려고 칼을 갈고 있던 사람을 의심이 지나쳐 모조리 죽여버린 것이었다. 진궁이 탄식했다.

"맹덕께서 의심이 많아 죄 없는 사람들을 죽이게 되었구려. 우리를 대접하려고 준비하는 사람들을 도리어 죽여버렸으니 이 일을 어찌하면 좋겠소?"

조조도 실로 난감했다. 하지만 이미 저질러진 일이었다. 조조가 잠깐 생각에 잠겼다가 냉정하게 대답했다.

"이제 와서 어쩌겠소? 죽은 사람은 죽은 사람이니 우리나 서둘러 달아납시다."

그리고 서둘러 말을 끌어내 왔다.

두 사람이 채 몇 리도 달리기 전이었다. 저만큼 여백사가 나귀 안장에 술 두 병을 사서 매달고 급히 돌아오는 것이 보였다. 손에는 과일과 채소까지 싸들고 있었다.

"조카와 진현령은 무슨 일로 그리 급히 떠나려 하는가?"

여백사는 조조와 진궁을 보자 멀리서부터 큰소리로 물었다. 조조는 찔끔했으나 태연한 목소리를 꾸며 대답했다.

"죄인으로 쫓기는 몸이 어찌 한곳에 오래 머물 수 있겠습니까. 공연한 누만 끼칠까 두려워 이만 떠날까 합니다."

그러자 여백사는 어림없다는 듯 두 손까지 저으며 조조와 진궁을 말렸다.

"나는 이미 집안 사람들에게 돼지까지 잡으라고 시켜놓았네. 거기다가 이렇게 술과 안주까지 장만해 오는 길인데 하룻밤도 묵어 가지 않겠다니 될 법이나 한 말인가? 속히 말을 돌리게."

그러면서 여백사는 조조의 말고삐를 잡으며 놓아주려 하지 않았다. 해놓은 짓이 있는 만큼 조조는 그 말엔 따를 수 있는 처지가 못 됐다.

"그냥 갑시다."

진궁에게 나직이 속삭이고는 말에 채찍을 가했다. 진궁도 조조와 함께 행동해온 터라 여백사를 마주 대하기가 면구스럽기는 마찬가지였다. 역시 말에 채찍질을 해 여백사를 그냥 지나치려는 조조의 뒤를 따랐다.

그런데 그들이 어리둥절한 눈으로 자기들을 바라보고 있는 여백사를 지나칠 무렵이었다. 조조가 갑자기 고삐를 당겨 말을 세우더니 채찍을 들어 여백사의 뒤쪽을 가리키며 소리쳐 물었다.

"백부님, 저기 오는 저 사람이 누굽니까?"

그 말에 여백사는 무심코 뒤를 돌아보았다. 그 순간이었다. 조조가 재빨리 칼을 뽑아 여백사를 내리찍었다. 비명 소리 한번 없이 여백사의 목이 나귀 등에서 떨어졌다.

"아니 맹덕, 이게 무슨 짓이오?"

저만치서 급히 말을 세운 진궁이 놀라 소리쳤다.

"물론 이 사람은 의리가 깊고 우리에게 호의를 가지셨소. 그러나 한번 집에 돌아가 권속들이 몰살당한 걸 보면 마음이 달라질 것이오. 결코 우리를 그냥 둘 리 없소. 만약 무리를 모아 우리를 쫓기 시작하면, 그 화는 실로 피하기 어려울 것이오."

"하지만 그 사람이 죄 없는 줄 알면서도 죽이는 것은 크나큰 불의가 아닐 수 없소."

진궁이 한층 꾸짖는 듯한 목소리로 조조를 반박했다. 조조는 가만히 그를 보다가 낮고 조용하게 대답했다.

"차라리 내가 세상 사람들을 저버릴지언정, 세상 사람들로 하여금 나를 저버리게 하지는 않을 것이오[寧敎我負天下人, 休敎天下人我負]."

남을 배반할지언정 배반당하지는 않으리란 차가운 결의였다. 그 말을 들은 진궁은 이미 더 이상의 말이 필요없음을 알았다.

비록 짧은 순간이었지만, 여백사를 베려고 마음먹을 때까지 조조는 수많은 생각을 했다. 그냥 달아나는 것, 여백사를 억지로 끌고 가는 것, 그리고 사실을 말하여 용서를 구하는 것. 조조도 되도록이면 여백사를 죽이지 않고 그 어려움을 빠져나가고 싶었다.

그러나 그 어느 편도 안전한 방도는 못 되었다. 그냥 달아나는 것은 물론, 사실을 말하고 용서를 받는 것은 믿을 수 없는 인간의 감정에 자신의 운명을 맡기는 일이나 다름없었다. 자신이 가는 곳과 목적과 현재 상태를 아는 여백사가 한번 마음이 변해 자신을 뒤쫓으려 들면 결국은 헤어나기 어려운 지경에 빠질 것임에 틀림없었다. 그렇다고 여백사를 끌고 가는 일도 쉽지 않았다. 어린아이라 속이거나 꾀어 데려갈 수도 없고 짐짝이라 묶어서 싣고 갈 수도 없는 일이었다.

그리하여 조조가 마지막으로 의지한 것은 의의 크고 작음과 목적의 정당함이었다. 천하를 위한 대의 앞에서는 사사로운 은의는 희생될 수도 있고, 만백성을 학정(虐政)에서 구하기 위해서는 어떤 수단도 용납되어야 한다는 논리였다.

조조의 그 같은 결정은 곧 그의 정신이 전통적인 유가의 가르침과 결별하는 걸 뜻하기도 했다. 그때껏 그가 힘들여 걸어온 것은 충효와 인의의 길이었다. 하지만 그것은 태평스런 시대의 원리였고, 돌이킬 수 없는 혼란의 시대에는 맞지 않았다. 전국시대의 혼란을 끝낸 것은 법가와 종횡가와 병가의 통치술이었지 결코 유가의 가르침은 아니었다. 언제부터인가 자기의 시대가 그 난세로 치닫고 있다고 믿게 되면서부터 조조의 생각은 그렇게 기울어졌다. 그런데 이제 그게 행동으로 나타난 것이었다. 뒷사람이 흔히 그를 폄하여 말하는 '난세의 간웅'으로 가는 첫걸음이기도 했다.

그러나 진궁은 달랐다. 아직도 유가적인 이상에 사로잡혀 있는 진궁은 조조를 그 이상을 실현할 인물로 믿었다. 처음 붙들려 온 그와 대면했을 때 그가 내세운 대의가 그랬고, 며칠 함께 동행하는 동안에도 특별히 그런 환상을 깨뜨릴 만한 일을 한 적은 없었다. 그런데 여백사를 죽임으로써 진궁의 그 같은 환상은 산산이 흩어지고 만 것이었다.

진궁은 크게 실망했다. 밤길을 달리는 동안도, 객점(客店)에 투숙하여 늦은 저녁을 먹는 동안도 진궁은 말없이 자기가 해야 할 일만 생각하고 있었다.

조조는 배불리 저녁을 먹자마자 곧 잠에 떨어졌다. 마치 아무 일도 없던 사람처럼 깊고 편안하게 잠든 조조를 보자 진궁은 한층 그의 사람됨에 두려움이 일었다.

'나는 조조가 훌륭한 인간이라 믿어 어렵게 얻은 벼슬까지 버리고 그를 따랐다. 그런데 알고 보니 그 마음이 모질고 독하기가 이를 데 없구나. 그대로 두면 반드시 천하의 큰 근심거리가 될 것이다……'

생각이 거기에 미치자 진궁은 문득 그를 살려두어서는 안 되겠다는 생각이 들었다. 가만히 칼을 빼들고 조조의 침상 곁으로 다가갔다. 그때 다시 딴생각이 들었다.

'나는 나라를 위해 일하고자 그를 따라 여기까지 왔다. 그를 잘못 본 것이었으나, 한때나마 그를 주인으로 섬기려고도 마음 먹었다.

그런데 며칠도 안 돼 그를 죽인다니 아무리 그가 불인(不仁)하다 하나 의로운 일은 되지 못하리라. 거기다가 잠든 자를 찌르는 것은 하찮은 자객이나 할 짓이 아닌가. 차라리 그를 버리고 떠나 달리 좋은 사람을 찾아보는 일이 나으리라.'

이런 진궁은 칼을 다시 칼집에 꽂고 짐을 챙겨 밖으로 나왔다. 그리고 마구간에서 매인 말을 끌어내 그 밤으로 어디론가 떠나가버렸다.

한편 조조는 한참 늘어지게 자고 나니 진궁이 보이지 않았다. 그의 짐이 없어진 걸 보고 짐작은 되었지만 그래도 행여나 하는 마음으로 마구간에 가보았다. 말이 없는 것으로 보아 떠난 것임에 틀림없었다.

'이 사람은 내가 여백사를 죽이는 걸 보고 의롭지 못하다 하여 떠나간 모양이로구나. 하지만 진궁, 그대도 알아야 하네. 나도 자네가 섬기는 그 인의에 의지해 살고 싶어했음을. 그러나 이미 세상은 그 가르침만으로는 구할 수 없네. 오히려 언젠가 그 인의는 그대 스스로를 상하게 하는 칼이 될 것이네……'

조조는 쓸쓸하게 웃으며 그렇게 중얼거린 뒤 급히 떠날 채비를 했다. 우선은 그냥 떠나갔지만 진궁이 언제 마음이 변해 자신을 관가에 일러바칠지 모르는 일이었다. 쓸데없이 꾸물거리다가 어려운 지경에 떨어지느니 고단하더라도 발길을 재촉해 한시라도 빨리 진류로 가는 편이 옳다고 생각했다.

며칠 밤낮을 쉬지 않고 달린 끝에 무사히 진류 땅에 이른 조조는 부친의 놀람을 달래며 자기의 포부를 밝혔다.

"이미 한실은 스스로 역적을 몰아낼 힘이 없습니다. 동탁을 죽이는 길은 의병을 모아 그의 군사를 꺾는 길뿐입니다. 가산을 모두 털더라도 의로운 군사를 길러 대업을 이루는 기틀이 되도록 허락해주십시오."

늙어갈수록 아들의 말에 의지하고 사는 조숭이었다. 선선히 허락하며 덧붙였다.

"선친께서 물려주신 재물이 적지 않았으나 내가 불초하여 제대로 지키지 못했다. 게다가 연전 억만 전을 내어 태위 벼슬을 산 일로 더욱 줄었으니, 자금이 적어 뜻대로 일을 이루지 못할까 걱정이다. 들으니 인근에 효렴 위홍(衛弘)이란 이가 있어 재물은 소홀히하고 의를 중히 여긴다는구나. 그가 대단한 거부이고 또 네 뜻이 대의에 어그러지지 않으니 한번 도움을 청해볼 만하다. 만약 그의 도움을 얻을 수만 있으면 네 뜻을 펴기는 어렵지 않을 것이다."

조조에게는 자못 요긴한 조언이었다. 이에 조조는 크게 술자리를 벌이고 위홍을 청했다. 조조의 명성은 익히 들은 바라 위홍도 그 청을 받아들였다. 그가 조조의 집에 이르자 조조는 그를 윗자리에 앉게 한 뒤 공손히 절을 하며 입을 열었다.

"이제 한실에는 주인이 없고, 오직 동탁이 권세를 오로지하고 있을 뿐입니다. 그가 위로 임금을 속이고 아래로 백성을 해치니 천하 뭇사람들이 모두 그 고기를 씹지 못해 이를 갈고 있습니다. 조조가 힘을 다해 사직을 붙들어보려 하나 한스럽게도 너무나 힘이 모자랍니다. 공께서는 충의를 높이 여기는 지사라 들었기로 부끄러움을 무릅쓰고 감히 도움을 청합니다. 부디 천하 만민을 생각하시어 이 조

(曹)아무개의 청을 물리치지 말아주십시오."

진지하고도 간곡한 조조의 목소리였다.

위홍이 대답했다.

"나 역시 그 같은 뜻을 품은 지 오래이나 한스럽게도 앞장서 이끌 만한 영웅을 만나지 못했을 따름이오. 이제 맹덕께서 그토록 장한 뜻을 품으셨다니 가산을 흩어서라도 돕고 싶소이다."

바로 조조가 기다리던 대답이었다. 이에 조조는 크게 힘을 얻어 이튿날부터 의병을 모으기 시작했다. 먼저 황제의 명을 사칭하여 충의지사의 궐기를 촉구하는 글[矯詔]을 여러 곳으로 띄운 뒤, 커다란 백기에 '충의' 두 자를 크게 써서 세워두고 인근의 용사들을 모았다. 그리고 한편으로는 흩어져 은밀히 힘을 기르고 있는 옛 친구들과 피붙이들에게도 사람을 보내 때가 왔음을 알렸다.

동탁의 악명이 워낙 높아 충의 두 글자만으로도 조조의 깃발 아래로 모여드는 용사는 많았다. 거기다가 동탁을 찌르려다 실패한 것으로 더욱 높아진 조조의 이름과 하루에 백만 전을 써도 십 년은 간다는 위홍의 재산이 겹치니 그야말로 장마철에 비 쏟아지듯 의병들이 모여들었다. 그러나 가장 큰 힘이 된 것은 역시 조조의 부름을 받고 달려온 임협(任俠) 시절부터의 손발들이었다.

맨 처음으로 조조의 막하에 도착한 것은 악진(樂進)이었다. 양평(陽平) 위국(衛國) 사람으로 자를 문겸(文謙)이라 쓰는 그는 황건란 때 함께 향리를 지키던 용사들을 중심으로 천이 넘는 인마를 이끌고 달려왔다. 몸집은 작아도 당차고 날래 젊을 때부터 조조의 아낌을 받던 사람인데 조조가 시킨 대로 향리에서 조용히 힘을 기르고 있다가 때맞추어 돌아온 것이었다. 조조는 크게 기뻐하며 우선 그를 사마(司馬)로 삼아 좌우에 있게 했다.

그다음에 온 것은 이전(李典)이었다. 악진과 비슷한 경위로 향리인 산양군(山陽郡) 거록 땅에서 숨어 지내다가 조조가 부르자 역시 무리 수백을 이끌고 늦을세라 달려왔다. 조조는 또한 크게 기뻐하며 그의 문재(文才)를 높이 쳐 장전리(帳前吏)로 삼았다.

생가 쪽의 피붙이인 하후돈과 하후연도 이전과 악진의 뒤를 이어 각기 천이 넘는 인마를 이끌고 도착했다. 황건란 이래로 자신을 따르는 향리 용사들에다 다시 동탁 토벌의 대의로 모아들인 장정들이었다. 뿐만 아니라 종형제간인 둘 모두가 빼어난 무장들이라 그들이 오자 조조는 한층 든든했다. 하후돈을 비장(裨將)으로 삼고 하후연을 별부사마(別部司馬)로 삼아 군사(軍事)를 맡겼다.

친가로 사촌이 되는 조인과 조홍 역시 각기 천이 넘는 인마를 이끌고 조조를 돕고자 달려왔다. 둘 다 용맹하기가 하후씨(夏侯氏) 형제에 못지않은 장재(將材)들로 조인은 회수(淮水)와 사수(泗水) 어름에서 힘을 기르고 있다가 따르는 무리와 함께 달려왔고, 조홍은 조씨(曹氏)의 본거지인 패국 초현의 장정들을 이끌고 달려온 길이었다. 조조는 그 두 아우를 각기 사마(司馬)로 삼고 하후돈 형제와 함께 군사를 돌보게 했다.

"허자원(許子遠)은 왜 오지 않는가?"

조인과 조홍이 오던 날 크게 술자리를 열고 오랜만에 만난 옛 패거리들과 술잔을 나누며 회포를 풀던 조조가 불쑥 좌우에게 물었다. 자원은 허유의 자였다.

당연히 올 줄 알았던 옛 친구가 아직껏 당도하지 않은 것이 섭섭했을 뿐만 아니라 사람이 좀 가볍기는 하지만 그의 번뜩이는 재치와 매서운 안목도 조조에게는 절실히 필요했다. 하후돈, 하후연, 이전, 악진, 조홍, 조인 모두가 다 빼어난 인재였지만 모사로서는 아무래도 부족한 데가 있었기 때문이었다.

"그는 이미 원소의 사람이 되었습니다."

악진이 결기 서린 목소리로 대답했다.

"그가 원본초와 가까이 지내는 건 나도 알고 있소. 하지만 그의 사람이 되었다니?"

"주공께서 의심스러우시다면 한번 원소의 군막에 들러보십시오. 상객(上客)의 자리에 앉아 입에 혀처럼 구는 그를 볼 수 있을 것입니다."

악진이 더욱 못마땅한 듯 대답했다. 조조가 오히려 달래듯 대답했다.

"원본초 또한 대의를 위해 힘을 쓰는 사람이오. 허자원이 그를 돕는다고 탓할 게 무엇이겠소?"

그러나 말과는 달리 조조는 까닭없이 마음이 어두워졌다. 허유의 지모에 의지할 수 없게 된 아쉬움을 훨씬 넘는, 막연한 불안 같은 것이었다. 뒷날 원소와 함께 생사를 걸고 천하를 다투게 될 일이 어떤 불길한 예감으로라도 와닿은 것일까.

삼국지 1
도원桃園에 피는 의義

개정 신판 1쇄 발행 2020년 3월 25일
개정 신판 11쇄 발행 2024년 4월 30일

지은이 나관중
옮기고 엮은이 이문열

발행인 양원석
펴낸 곳 ㈜알에이치코리아
주소 서울시 금천구 가산디지털2로 53, 20층(가산동, 한라시그마밸리)
편집문의 02-6443-8842   **도서문의** 02-6443-8800
홈페이지 http://rhk.co.kr
등록 2004년 1월 15일 제2-3726호

ISBN 978-89-255-6915-4 (전 10권)